Le rubis
des Templiers

Jorge Molist

LE RUBIS DES TEMPLIERS

Traduit de l'espagnol par Mélanie Carpe

ÉDITIONS
FRANCE
LOISIRS

Titre original : *El Anillo*
publié par Ediciones Martínez Roca.

Édition du Club France Loisirs,
avec l'autorisation des Éditions de l'Archipel.

Éditions France Loisirs,
123, boulevard de Grenelle, Paris
www.franceloisirs.com

ISBN : 2-7441-9425-5

Pour Jordi, David et Gloria.
En mémoire d'Enric Caum.

Caché dans son anneau papal habite un démon.

Accusation de Philippe le Bel, principal incriminateur des Templiers, à l'encontre du pape Boniface VIII.

1

Comment deviner, au matin de mon vingt-septième anniversaire, ce qui m'attendait ? Cette journée me réservait pourtant bien des surprises. Recevoir deux bagues en moins de douze heures, ce n'est pas rien pour une femme. Surtout si ces bagues doivent changer le cours de sa vie.

Mike m'offrit la première. Une bague de fiançailles ornée d'un magnifique solitaire. Cela faisait plus d'un an que nous filions le parfait amour et je n'aurais troqué ce bonheur pour rien au monde.

Mike est l'homme idéal, le compagnon dont rêve toute jeune femme en âge de se marier, le gendre dont rêvent toutes les mères. Agent de change ou, pour être plus précise, fils du patron de l'agence, il possède bien plus qu'un avenir prometteur : il est né et destiné à mourir dans le cocon doré tissé par la fortune de papa et maman.

Quant à l'autre bague... J'ignorais qu'en la passant au doigt, je me liais à un étrange destin. Ce bijou scellait un pacte avec l'aventure.

En ouvrant le paquet, j'étais bien loin de me douter de tout cela. Je ne savais même pas d'où venait ce mystérieux présent. Et si quelqu'un m'avait indiqué le nom de l'expéditeur, je lui aurais probablement ri au nez : cette bague était un cadeau d'outre-tombe.

J'ignorais également que ces deux anneaux, ou plutôt les deux pactes qu'ils symbolisaient, étaient inconciliables. Sans plus me poser de questions, je les mis tous deux et entrai avec résolution dans ma vie de future épouse. Je n'en restais pas moins intriguée par cette bague énigmatique. Le mystère qui l'entourait piquait ma curiosité. Mais laissez-moi tout vous raconter...

La fête battait son plein. Jennifer et Susan s'étaient lancées dans une chorégraphie endiablée sous le regard indécent des invités de sexe masculin. L'effet de l'alcool aidant, tous, sans exception, n'avaient d'yeux que pour ces reines de la provocation et leur décolleté plongeant, et il avait suffi qu'une poignée de danseurs éméchés se joignent à elles pour que mon appartement de Manhattan se transforme en discothèque.

Quant à moi, j'étais à mille lieues de là, dans les bras de mon futur époux. Comblés, nous échangions, entre deux gorgées de vin, de tendres baisers. À mon doigt brillait le splendide diamant que Mike m'avait offert quelques heures plus tôt, dans le grand restaurant où il m'avait invitée à déjeuner.

— C'est ton anniversaire, mais c'est moi qui choisis le dessert ! avait-il annoncé, plein de malice.

Je m'étais retrouvée devant un magnifique soufflé au chocolat. Il n'aurait pas pu mieux choisir ! J'avais déjà attaqué mon dessert avec gourmandise quand ma cuillère heurta un objet métallique.

— La vie, c'est comme un soufflé au chocolat, avait ri Mike en imitant Tom Hanks dans *Forrest Gump*. On ne sait jamais sur quoi on va tomber.

Peut-être craignait-il qu'emportée par ma folie du

chocolat je ne voie pas le petit trésor que recelait le soufflé.

Un objet brillait au centre du savoureux dessert. Je me doutais bien que mon génie de la Bourse m'offrirait un jour une magnifique bague de fiançailles qu'il me passerait au doigt en me jurant amour et fidélité. Et richesse, devrais-je ajouter, car en lui répondant « oui » j'embrasserais une vie de château où le travail cesserait d'être une nécessité pour devenir un simple passe-temps.

— Joyeux anniversaire, Cristina ! me dit-il d'un air solennel.

— Mais, qu'est-ce... ? m'étais-je écriée.

Je léchai l'anneau pour le débarrasser du chocolat.

— Acceptes-tu de m'épouser ?

Incorrigible romantique, Mike s'était agenouillé devant moi. Alertés par mon cri de surprise, les serveurs et les clients des tables voisines nous observaient avec curiosité. Pour faire durer cet instant magique, j'avais pris une expression grave, faisant mine de réfléchir en promenant mon regard sur la pièce, son tapis persan, son lustre de cristal... Mike, inquiet, ne m'avait pas quittée des yeux. Le suspense était à son comble.

— Oui !

Je lui avais sauté au cou, le couvrant de baisers. Son visage s'était illuminé d'un sourire radieux et nos élégants voisins avaient applaudi avec enthousiasme avant de retourner à leur assiette.

Mais revenons à la fête...

Dans le brouhaha de la musique et des conversations, je n'entendis pas la sonnette de la porte d'entrée. Au contraire de John et Linda qui, au lieu de m'appeler, jugèrent opportun de faire entrer le curieux visiteur. Interloquée, je vis un grand motard débarquer dans mon salon, tout de noir vêtu et encore coiffé de son casque.

— Mademoiselle Cristina Wilson ?

Je frissonnai. Ce sinistre individu ne pouvait être qu'un oiseau de mauvais augure. À son entrée, un vent funeste s'était engouffré chez moi. Quelqu'un avait baissé le volume de la stéréo et nous avions tous le regard rivé sur le nouveau venu.

— Oui.

Alors que je m'avançais vers le motard, mon visage s'éclaira. Comment ne pas y avoir pensé ? C'était sûrement une surprise de Jennifer ou de Linda. Le visiteur allait entonner *Joyeux anniversaire* avant de monter sur la table pour exhiber, dans un strip-tease enflammé, les muscles sublimes qui se dessinaient sous le cuir noir. La soirée promettait d'être longue. D'un geste lent, mon Chippendale ouvrit la fermeture Eclair de son blouson. Mais, alors qu'il était censé l'envoyer valser d'un moulinet du bras, il sortit un petit paquet de sa poche intérieure. Mes amis, émoustillés par l'effet euphorisant de l'alcool, s'étaient attroupés autour de nous. Le motard me tendit le paquet.

— On m'a chargé de vous remettre ça.

Je ne bougeai pas. Et le show alors ?

— Il me faut d'abord vérifier votre identité, ajouta-t-il sèchement.

Il en faisait trop, mais je n'avais pas le choix, je devais entrer dans son petit jeu. J'allai chercher mon permis de conduire et il nota avec soin les références. C'était assurément un comédien accompli. Nous étions tous suspendus à ses gestes. Attention, il allait commencer...

— Signez ici.

— Voilà ! Et maintenant, ça vient ?

J'avais signé le papier et commençais à m'impatienter.

Me lançant un regard de travers, il me tendit une copie du document avant de tourner aussitôt les talons.

Je restai bouche bée. Mike, que j'interrogeai du regard, me fit comprendre d'un haussement d'épaules qu'il n'en savait pas plus que moi. Je regardai le papier que je tenais entre les mains. De mauvaise qualité, la copie ne comportait que mon nom. Celui de l'expéditeur n'y figurait pas.

Je me précipitai à la poursuite du mystérieux coursier. Personne sur le palier. Sûrement avait-il déjà quitté l'immeuble.

Intriguée, je rejoignis Mike. Si cet étrange visiteur n'était pas un comédien engagé par mes amies, qui était-il alors ? Quel mystère se cachait derrière tout cela ?

— Tu l'ouvres ou pas ? me pressa Ruth.

— Nous aussi on veut voir ! insista une voix masculine.

Je compris alors que j'avais peut-être la clé de l'énigme entre les mains. Le motard m'avait tellement intriguée que j'en avais oublié la raison de sa visite.

Je m'assis sur le canapé et entrepris d'ôter la ficelle du paquet. Autour de moi, mes amis suivaient l'opération avec attention. Les mêmes questions trottaient dans toutes les têtes : que pouvait bien contenir ce cadeau ? Qui l'avait envoyé ? Je coupai la ficelle au couteau et découvris une petite boîte en bois brun fermée par un mécanisme rudimentaire. À n'en pas douter, mon cadeau avait plusieurs siècles.

Je n'eus aucun mal à ouvrir la boîte. J'y trouvai, déposé sur un coussinet de velours émeraude, un anneau d'or serti d'une pierre rouge vermeil. Comme son écrin, c'était une pièce ancienne.

— Une bague ! m'exclamai-je.

Elle était un peu grande mais tenait parfaitement à mon majeur. Je la gardai donc au doigt, à côté de ma bague de fiançailles.

— C'est un rubis, précisa Ruth.

— Il a vraiment une drôle de forme ! remarqua Mike.

— C'est normal. Il y a plusieurs siècles, on taillait les pierres différemment, de façon bien plus grossière, expliqua Ruth, pour avoir étudié la gemmologie. On les polissait pour leur donner une forme arrondie, comme ce rubis.

— Ça alors ! s'écria Jennifer, avant de faire volte-face.

Elle monta le volume et se remit à se trémousser au rythme de la musique. La fête reprit de plus belle.

Alors que Mike préparait des cocktails, j'observai attentivement l'anneau et son écrin. Mon regard se posa sur le bon de livraison. Je l'étudiai de plus près. Au terme de gros efforts, je réussis à distinguer : « Barcelone, Espagne. »

Mon cœur fit un bond dans ma poitrine.

— Barcelone, murmurai-je.

Ce nom réveillait en moi une multitude de souvenirs.

2

Dévorée par les flammes, la tour s'effondra dans un grondement apocalyptique, écrasant de sa masse colossale les malheureux qui se trouvaient à son pied. La foule fuyait. Un nuage de poussière mêlée de cendres déferlait sur la ville. Semblable à un sirocco chargé de sable, il envahissait la moindre rue, déposant sur son passage son empreinte blanchâtre.

Je frissonnai d'angoisse. Toujours le même cauchemar. Je ne parvenais pas à oublier ce terrible matin de septembre...

Je tentai de me calmer. La catastrophe datait maintenant de plusieurs mois et j'étais en sécurité dans mon lit. À mon côté, je devinais la chaude présence de Mike dont le souffle régulier traduisait un sommeil imperturbable. Caressant son dos musclé, je le serrai dans mes bras. Je m'apaisai au seul contact de son corps nu. Quelle chance qu'il fût resté après la fête. Malgré la douce torpeur qui s'était emparée de nous après l'amour, il n'était tombé de fatigue qu'après m'avoir réitéré de tendres promesses d'amour éternel et murmuré d'inoubliables mots doux. Fatiguée par cette longue journée, j'avais ensuite sombré dans un sommeil profond... Jusqu'à ce que ces images épouvantables me réveillent.

Je jetai un coup d'œil à la pendule. Quatre heures et demie, un dimanche matin. Rien ne m'empêchait de me rendormir.

À peine avais-je fermé les yeux que j'étais de nouveau agitée par ces visions d'horreur. Toujours les mêmes images de destruction, de panique et de mort.

Mais je n'étais plus à New York, il ne s'agissait plus des Twin Towers. J'ignorais où je me trouvais mais j'étais prise au piège.

Des cris d'angoisse s'élevaient de toutes parts. En s'effondrant, les tours avaient ouvert un passage vers lequel se précipitaient des hommes en cottes de mailles. Épées, lances et arbalètes émergeaient d'une mer de poussière. Enhardis par leurs cris de guerre, les hommes disparurent à jamais dans le brouillard noirâtre. Peu après, ces ténèbres vaporeuses crachèrent une horde de guerriers musulmans. Brandissant leur cimeterre sanglant, ils poussaient des hurlements terrifiants. Je restais impuissante face à cet effroyable spectacle. Blessée, je sentais mes forces me quitter. Mon épée était bien trop lourde pour mon bras affaibli et le seul moyen de m'en sortir était de trouver un abri. Mon regard s'attarda sur ma main, où j'avais cru voir un éclat familier. Le rubis y brillait comme une grosse goutte de sang.

Une colonne affolée avançait vers la mer. Des femmes, des enfants et des vieillards couraient, portant des baluchons et tirant derrière eux des chevaux, des chèvres, des moutons. Les larmes des plus petits, terrorisés dans les bras de leur mère, formaient des rigoles claires sur leurs joues noircies par la poussière. En voyant les guerriers donner l'assaut et éventrer ceux qui se trouvaient sur leur passage, les fugitifs, pris de panique, abandonnèrent leurs biens, parfois même leurs enfants, cherchant à échapper au bain de sang. Je restais paralysée face à cette scène d'horreur. Tous ces enfants abandonnés deviendraient des esclaves, s'ils n'étaient pas tués avant. Soudain, je vis que les énormes portes de la forteresse se refermaient doucement. À coups d'épée, des soldats repoussaient ceux qui tentaient d'entrer dans l'enceinte, ne laissant passer qu'une poignée de privilégiés et hurlant aux autres de se réfugier au port. Quand, après avoir en vain tenté de fléchir les gardes, la marée humaine voulut forcer les portes, leur réponse ne se fit pas attendre. Il y eut des hurlements de douleur et d'horreur. Je remarquai que les portes étaient presque refermées. Je perdais beaucoup de sang et, l'espace d'un instant, je crus voir mon propre corps étendu dans la boue, inanimé au milieu de tous ces gens désespérés. Chancelante, je me lançai vers les gardes armés. Je devais franchir cette porte.

Je me réveillai en sursaut, le souffle coupé, les yeux remplis de larmes. L'angoisse que j'éprouvais était bien plus profonde que ce que j'avais ressenti le jour de l'attentat du World Trade Center. Aussi étrange que cela puisse paraître, mon rêve me semblait plus réel que les événements du 11 septembre. Je n'aurais su dire pourquoi et me l'explique encore difficilement aujourd'hui.

Une vision m'obsédait. L'homme qui commandait les cerbères de la forteresse portait une tunique blanche frappée d'une croix rouge sur la poitrine. Ce symbole, qui figurait également sur la muraille de l'enceinte, me donnait une impression de déjà-vu...

Cherchant un peu de réconfort, je me tournai vers Mike. Il dormait comme un bienheureux, son visage angélique éclairé d'un doux sourire. Nous partagions beaucoup de choses, mais visiblement pas nos rêves. Cette fois, sa présence ne suffit pas à me tranquilliser. Cet anneau faisait naître en moi un étrange malaise.

Je m'étendis de nouveau dans le lit, nue. Enfin, presque. Je portais toujours les deux bagues offertes pour mon anniversaire. Je ne dormais jamais avec mes bijoux mais, en me couchant la veille, je n'avais pas voulu me séparer de l'anneau de Mike, symbole de notre amour, de mon engagement, de ma nouvelle vie. Mais pourquoi avais-je gardé l'autre, celui entrevu dans mon cauchemar ? Il est vrai que cette bague m'intriguait, mais de là à hanter mes rêves...

Cela méritait une étude approfondie. J'enlevai l'anneau et le plaçai sous la lampe de chevet pour mieux l'observer, loin de penser qu'il me réservait encore des surprises.

Traversée par la lumière, la pierre projeta une croix rouge sur les draps blancs de mon lit, produisant un effet magnifique, bien que troublant. C'était une croix atypique : ses quatre bras, de longueur égale, s'élargissaient et s'ouvraient en deux petits arcs à leur extrémité.

Je m'aperçus alors que c'était la même croix que dans mon rêve, celle représentée sur l'uniforme des soldats et peinte sur le mur de la forteresse.

Je fermai les yeux et pris une profonde inspiration. Tout cela n'était probablement qu'un mauvais rêve que j'oublierais dès que j'aurais retrouvé mon calme. J'éteignis la lumière et allai chercher refuge auprès de Mike qui, toujours endormi, me tournait le dos. Blottie contre lui, je me sentais plus en sécurité, malgré les pensées qui se bousculaient dans ma tête.

Cette bague était auréolée de mystère. La manière dont elle m'était parvenue, son apparition dans mon rêve, la croix qu'elle dessinait et que j'avais également vue en songe... Tout cela cachait forcément quelque chose. Cet anneau n'était pas un cadeau comme les autres, il portait un message.

Une vive curiosité, mêlée de peur, s'empara de moi. Quelque chose me disait que cet étrange présent n'avait pas atterri chez moi par hasard. C'était un signe du destin, une porte entrouverte sur une vie parallèle dont j'ignorais l'existence. Il me suffisait de la pousser pour découvrir ce qui se cachait de l'autre côté...

J'avais la certitude que ce présent allait chambouler la vie confortable et bien planifiée qui s'offrait à moi, chargée de promesses de bonheur. Il représentait une menace, une tentation. Cela faisait à peine quelques heures que cette maudite bague était en ma possession et elle m'empêchait déjà de trouver le sommeil !

J'allumai de nouveau la lumière pour examiner le rubis. Il brillait d'une lueur étrange, intérieure, qui formait une étoile à six branches. Sous la surface de la pierre, l'éclat se déplaçait à mesure que je faisais pivoter l'anneau.

Sous la pierre se trouvait une incrustation d'ivoire découpant une forme géométrique sur le rubis, si bien que, lorsqu'il était traversé par la lumière, il projetait la magnifique croix rouge sang que j'avais contemplée plus tôt.

Très bien, j'avais compris comment fonctionnait cette petite merveille. Mais le mystère restait entier. Je ne savais toujours pas qui me l'avait envoyée et dans quel but.

Je tentais de mettre de l'ordre dans le chaos de mes pensées lorsque j'eus une certitude déconcertante : j'avais déjà vu cette bague quelque part !

À travers l'épais brouillard de mes souvenirs d'enfance, je revoyais clairement l'éclat du rubis se détachant sur une main.

Troublée, je me retournai dans mon lit. Pas de doute, ce vague souvenir datait de mon enfance à Barcelone. Mais il m'était impossible d'identifier le possesseur de la bague.

Je me concentrai sur ces réminiscences floues, mais ma mémoire se dérobait malgré mes tentatives acharnées.

Si cet anneau avait un lien quelconque avec mon enfance, pourquoi la personne qui me l'avait envoyé ne s'était-elle pas manifestée ? On ne fait généralement pas tant de mystères pour un cadeau d'anniversaire !

Toutes ces interrogations me renvoyaient finalement à une question que j'avais toujours voulu poser à ma mère sans jamais vraiment le faire, le genre de sujet sans importance que l'on oublie toujours d'aborder mais qui reste tapi dans un coin de l'esprit, attendant le moment propice pour rappeler son existence : pourquoi n'étions-nous jamais retournés dans ma ville natale ?

J'avais treize ans lorsque nous avons quitté Barcelone pour nous installer à New York. Mon père, originaire du Michigan, a occupé pendant de nombreuses années le poste de responsable de la filiale espagnole d'une grande entreprise américaine. Ma mère est, quant à elle, fille unique issue de la vieille bourgeoisie catalane. Mes grands-parents maternels n'étant plus de ce monde, nous n'avons plus, en Espagne, que de la famille éloignée avec qui nous n'avons gardé aucun contact.

Mes parents se sont rencontrés à Barcelone. Comme dans toutes les belles histoires d'amour, ils eurent le coup de foudre, se marièrent mais n'eurent qu'un seul enfant, moi.

« Daddy », mon père, s'est toujours adressé à moi en anglais et a toujours appelé María del Mar, ma mère,

« Mary ». J'avais toujours voulu demander à « Mary » pourquoi nous n'étions jamais retournés à Barcelone mais, chaque fois que j'abordais le sujet, elle détournait la conversation. Avait-elle quelque chose à cacher ? Je commençais à me poser la question...

Mon père, qui a une véritable passion pour l'Espagne, s'était plutôt bien intégré au groupe d'amis de ma mère. C'est elle qui avait insisté pour que nous nous installions aux États-Unis. Elle avait finalement eu gain de cause : mon père avait obtenu sa mutation à Long Island, au siège new-yorkais de son entreprise, et, le cœur léger, María del Mar avait quitté sa famille, ses amis et sa ville pour s'installer outre-Atlantique. Depuis, nous n'avions jamais remis les pieds en Espagne, pas même pour de courtes vacances.

Je fis volte-face pour jeter de nouveau un coup d'œil au réveil. Il était encore tôt mais j'aurais bientôt les réponses à mes questions. Ce dimanche, nous allions fêter mon anniversaire chez mes parents, à Long Island. Ma mère et moi aurions sans doute beaucoup de choses à nous dire. Enfin, si elle se décidait à me parler.

3

— Je t'aime.

Mike détourna un instant le regard de la route et me caressa le genou.

— Moi aussi je t'aime, mon amour, lui répondis-je.

Je pris sa main et la portai à mes lèvres pour l'embrasser.

C'était une belle matinée d'hiver. Mike était au volant, détendu et heureux. Le soleil irisait les troncs et les branches nues des arbres dégarnis, se perdant dans le vert profond des sapins. De l'intérieur de la voiture, réchauffée par les rayons de ce soleil hivernal, on ne pouvait deviner que l'air transparent et lumineux était d'un froid glacial.

— Il va falloir fixer une date, continua Mike.

— Une date ?

— Oui, pour le mariage.

Mike me lança un regard étonné. Comment avais-je pu oublier ?

— Oui, bien sûr, répondis-je, pensive.

Où avais-je la tête ? Je me sermonnai intérieurement : « Après s'être fiancé, la logique veut que l'on se marie. Si Mike m'a offert une bague de fiançailles, c'est qu'il veut m'épouser. Et si j'ai dit "oui", c'est que je le veux aussi. »

J'aurais dû trépigner d'impatience à l'idée de ce mariage. Mais au lieu d'élaborer de beaux projets concernant ma robe blanche, la tenue des demoiselles d'honneur ou la pièce montée et de penser à l'organisation du plus beau jour de ma vie, j'étais obnubilée par le rubis. Et mon futur époux m'avait pris la main dans le sac ! Mais je n'allais pas le lui avouer.

— Et quand nous aurons choisi la date, repris-je, il faudra penser aux invitations, aux tenues, au banquet, à l'église...

— Bien entendu.

— Ce que j'ai hâte d'y être ! repris-je, tout sourire.

« Bonjour la galère ! », pensai-je en mon for intérieur.

Comment avais-je pu en arriver là ? Je revis alors le jour où tout avait commencé...

Jamais je n'oublierai ce matin-là, où des artisans de la mort fauchèrent des milliers de vies humaines, détruisant les symboles de notre ville et jetant le voile noir du deuil sur le cœur des New-Yorkais.

Ces oiseaux de malheur débarquaient de profondes ténèbres, où seule une demi-lune couleur sang éclaire les illuminés, pour semer le tourment. Aujourd'hui, le vide laissé par les deux tours n'est que souffrance. On dit que les membres amputés restent douloureux après l'opération. De même, il ne reste des Twin Towers que la douleur.

L'immense vide est toujours là, seulement peuplé de fantômes qui semblent hanter la nuit urbaine. La ville n'est plus la même, elle ne sera jamais plus la même. Mais elle est, et restera toujours New York.

Cette journée et la nuit qui lui succéda bouleversèrent le monde, ma ville et ma vie.

Ce matin-là, je devais me rendre au tribunal pour un cas de divorce épineux. Alors que je traversais le hall d'entrée de mon cabinet, près du Rockefeller Center, j'avais été étonnée de ressentir une petite secousse. J'ignorais qu'il y avait des tremblements de terre à New York. J'étais montée jusqu'au cabinet et avais déjà salué tout le monde quand la nouvelle était tombée. « Mon Dieu ! », s'était exclamée une secrétaire au téléphone. Nous avions formé un cercle de curieux autour d'elle. Incrédules, nous étions ensuite montés sur le toit de l'immeuble pour vérifier qu'il ne s'agissait pas d'une mauvaise blague. De là-haut, comme du toit de nombreux immeubles new-yorkais, nous pouvions distinguer les tours. Nous avions alors vu de la fumée et assisté, avec des cris d'horreur, au tragique spectacle du deuxième avion entrant en collision avec le gratte-ciel, qui avait pris feu à son tour. La folie s'était emparée de la ville. Ce n'était pas un accident, c'était un attentat. Nous n'étions plus à l'abri de rien. Tout d'abord confuses, les informations s'étaient faites tragiques. On nous avait ensuite donné l'ordre d'évacuer l'immeuble et, si possible, de quitter Manhattan. Le vrombissement des pales d'hélicoptères brassant le ciel faisait écho aux hurlements angoissants des sirènes des véhicules de pompiers, de la police et des ambulances qui parcouraient les rues, telles des fourmis affolées, pour apporter un secours dérisoire.

J'avais hésité entre quitter l'île par l'un des ponts ou prendre un taxi jusqu'à la maison de mes parents, à Long Beach, avant de finalement décider de rentrer chez moi pour suivre les événements à la télévision.

Anéantie, j'avais entrepris d'appeler mes amis qui travaillaient dans les environs des tours jumelles. Mais le réseau était surchargé et il était difficile de les joindre. Quand je réussis à contacter Mike, sa voix traduisait un profond abattement. Nombre de ses amis de Wall Street travaillaient dans les tours. Il avait passé la matinée à essayer de les joindre, sans grand succès. Nous nous connaissions alors depuis plusieurs mois et je savais que je lui plaisais. D'accord, il était bel homme et charmant mais, pour l'instant, cela n'allait pas plus loin. Les ingrédients étaient réunis mais il manquait un je-ne-sais-quoi. Il insistait pour me voir plus souvent, seule ou avec des amis, mais je gardais mes distances.

— Tu es trop exigeante avec les hommes, me répétait ma mère. Tu les laisses tous tomber. Je me demande si, un jour, tu en garderas un plus de six mois...

Toujours le même refrain. Ma mère peut parfois être très fatigante.

— Ça va, Mary, intervenait mon père. Son prince charmant viendra bien un jour. Il ne faut pas, non plus, qu'elle se satisfasse du premier venu. Pas vrai ?

Il me gratifiait alors d'un clin d'œil complice.

Ma mère n'avait pas tort. J'aime beaucoup les hommes, du moins tant qu'ils ne prétendent pas m'imposer des limites et ne me demandent pas d'engagement. Sinon, j'ai tôt fait de me lasser et de fuir. Je n'ai heureusement aucun mal à me faire de nouveaux amis. De plus, mon père avait raison : je n'avais pas encore trouvé l'homme de ma vie. Ou alors je ne m'en étais pas encore aperçue...

Je ne saurais expliquer ce que j'avais ressenti ce matin-là en parlant à Mike. Peut-être l'impression qu'il partageait mon angoisse et ma souffrance... Toujours est-il que je lui avais proposé de venir dîner à la maison. Je savais qu'il ne refuserait pas.

Je l'avais attendu avec une bouteille de cabernet-sauvignon de Californie. Lorsqu'il était arrivé, il n'était plus que l'ombre de lui-même : son meilleur ami travaillait dans la deuxième tour, un étage au-dessus de l'endroit où l'avion s'était écrasé. Assis devant la télévision, nous avions bu tout en partageant notre douleur. En ce jour tragique, les spots publicitaires avaient été bannis de toutes les chaînes télévisées. Les mêmes images passaient en boucle : les collisions, les gens se jetant par les fenêtres, l'insupportable attente, l'effondrement... la tragédie. Hypnotisés, nous ne pouvions détacher nos yeux de l'écran. Face à ces images cauchemardesques, Mike avait soudain éclaté en sanglots. J'avais jusque-là réussi à me contenir mais j'avais ressenti un vif soulagement en unissant mes larmes aux siennes. Toujours en pleurs, je lui avais caressé la joue et il avait répondu à mon geste en posant un doux baiser sur mes lèvres. Je l'avais alors embrassé avec fougue. C'était la première fois que nous allions aussi loin et nous avions échangé un premier baiser plutôt baveux, tout barbouillés de larmes et sanglotants que nous étions. Je souhaitais tout oublier dans ses bras. Il m'arrive parfois de penser, pleine de remords, que j'aurais eu la même réaction avec un autre homme. Ce soir-là, contrairement à mon habitude, j'avais réellement besoin de la protection d'un homme, ou peut-être avais-je tout simplement besoin d'une présence humaine. Quoi qu'il en soit, Mike cherchait, lui aussi, du réconfort. Il avait passé sa main sous mon chemisier et caressé ma poitrine. À mon tour, j'avais entrouvert les boutons de sa chemise et laissé glisser ma main le long de son torse. Après avoir marqué une courte pause, j'avais continué ma caresse jusqu'à le libérer de l'étreinte de son pantalon. Mike, qui avait arrêté de pleurer, s'était mis à m'embrasser les seins. Nous avions fait l'amour sur le canapé, avec la force du désespoir, comme des junkies se droguent pour oublier. Dans notre empressement, nous n'avions pas pris le temps d'éteindre le téléviseur, fenêtre sur le monde extérieur que nous cherchions à fuir, et nos gémissements de plaisir s'étaient mêlés aux cris de terreur de la foule paniquée. Mike n'était pas loin de l'orgasme quand un bruit m'avait distraite.

J'avais ouvert les yeux, que j'avais aussitôt refermés : des malheureux sautaient par les fenêtres. Je m'étais mise à prier en silence.

Nous avions ensuite repris nos ébats dans la chambre, loin de l'horreur des images télévisées et des cris apocalyptiques. Après l'amour, une tendresse inattendue mêlée d'une immense reconnaissance m'avait envahie. Quand il était arrivé chez moi, j'avais le cœur si serré qu'il me meurtrissait la poitrine. Au rythme de nos étreintes, il s'était de nouveau dilaté pour retrouver sa taille normale, et même s'ouvrir un peu plus.

Nous avions passé cette horrible nuit enlacés dans mon lit, soulagés, goûtant à ce bonheur particulier qui suit un grand malheur. Dehors, des milliers d'âmes sans corps hantaient New York, terrorisées et désespérées, cherchant leur chemin dans l'obscurité pendant que les vivants pleuraient leur départ. Bien loin de ces ténèbres, j'aurais souhaité rester dans les bras de Mike pour le restant de mes jours.

Le lendemain matin, avant de partir, il avait proposé de me retrouver l'après-midi même. J'avais accepté et nous nous étions embarqués dans une histoire sérieuse. Ce jour-là, j'avais dit adieu à ma vie de croqueuse d'hommes.

4

La maison de mes parents se trouve dans les beaux quartiers de Long Island. Ce n'est peut-être pas une de ces luxueuses propriétés en bord de mer mais c'est une belle demeure de style colonial anglais, ouvrant sur un vaste jardin.

Alors que nous nous engagions sur l'allée de gravier qui mène à la maison, je klaxonnai pour que mes parents sortent nous accueillir sur le perron.

Le journal sous le bras, mon père fut le premier à faire son apparition.

— Joyeux anniversaire, Cristina !

Il me prit dans ses bras et m'embrassa sur les deux joues. Maman surgit à son tour de la maison, s'essuyant les mains sur son tablier. Nous l'avions probablement interrompue dans la préparation d'un de ses fameux plats.

Ma mère est une grande cuisinière. À une époque, elle a même songé ouvrir son propre restaurant de spécialités méditerranéennes en plein Manhattan. Elle ne laisse presque jamais cuisiner la bonne et, à en croire le doux fumet qui s'échappait de la cuisine, elle nous avait préparé une de ses délicieuses recettes de poisson, un plat catalan qu'elle baptise *suquet de l'Empordà.*

Après les politesses d'usage, mon père et Mike s'installèrent au salon alors que je suivais ma mère jusqu'à la cuisine. Je dois reconnaître que je ne mets pas souvent les pieds dans cette pièce, mais je tenais à lui annoncer la bonne nouvelle le plus tôt possible.

— Une bague de fiançailles, s'écria-t-elle, folle de joie. C'est formidable ! Félicitations !

Elle m'embrassa et me prit dans ses bras. Elle était sur un petit nuage. Pour elle, Mike était l'homme idéal.

— C'est merveilleux. Quand est prévu le mariage ?

— Nous n'avons encore rien décidé, maman, répondis-je, un peu gênée par son empressement. J'ai tout mon temps. Nous sommes très heureux comme ça, j'ai un très bon travail et, pour le moment, je ne veux pas avoir d'enfants. Je vais peut-être lui proposer de nous installer ensemble avant de nous marier.

— Mais vous devez choisir une date quand même.

— Oui, nous verrons.

Elle commençait à m'agacer. Que j'aie un petit ami beau et riche ne lui suffisait pas, il fallait encore que nous soyons fiancés et, si possible, mariés au plus vite ! Mais moi, je n'étais pas pressée. Je cherchai à attirer son attention sur le rubis avant que l'heureuse nouvelle ne se transforme en sujet à polémique.

— Tu as vu le solitaire, comme il est beau et gros ?

Ma mère était de plus en plus myope, je lui collai donc la pierre sous le nez. Elle regarda ma main avec attention et tressaillit. Je crus même détecter un léger mouvement de recul. Elle promena alors son regard de ma main à mon visage. Elle semblait apeurée.

— Qu'est-ce qu'il y a ?

— Rien, mentit-elle.

— Tu sembles surprise.

— La bague de Mike est sublime. Mais, dis-moi, d'où vient ce rubis ? Je ne t'avais jamais vue avec auparavant.

— C'est une drôle d'histoire. Mais, attends un peu, je vous la raconterai pendant le déjeuner, quand papa sera là.

J'avais parlé avec enthousiasme et je fis une pause avant d'ajouter :

— Mais tu as l'air bizarre, comme si tu l'avais déjà vue avant. Tu sais d'où elle vient ?

— Non, répondit-elle, évasive.

Mais je la connaissais suffisamment pour savoir qu'elle ne me disait pas la vérité. Elle me cachait quelque chose. Face à son comportement étrange, je redoublai de curiosité.

Pendant le repas, mes parents eurent la délicatesse de dissimuler la joie qu'éveillait en eux la vue de mon magnifique solitaire, bien que ma mère eût été capable de jeûner une semaine entière dans le seul but de savoir combien il avait coûté. Quand tout le monde se trouva à court d'éloges sur la beauté du diamant, la conversation dévia sur l'étrange cadeau.

Mike s'embarqua dans le récit de ma soirée d'anniversaire et de l'apparition du mystérieux inconnu. Il adore pimenter ses histoires de détails exagérés et, à l'entendre, le motard était, du haut de ses deux mètres et vêtu de noir des pieds au casque, la version new-yorkaise de Dark Vador.

Il ne manquait plus que la musique et les effets spéciaux ! Le fait est que mes parents étaient suspendus à ses lèvres. D'accord, Mike raconte bien les histoires. Mais je crois que la perspective du mariage de leur fille avec le brillant propriétaire d'une belle collection de cartes de crédit, toutes reliées à un compte bien pourvu, aurait rendu mes parents particulièrement réceptifs à n'importe quel baratin.

— Quelle histoire ! s'exclama mon père, visiblement emballé par le récit. Mais, ça doit être une blague, non ?

— Si c'est le cas, le petit blagueur a de l'argent à jeter par les fenêtres. Une de mes amies, qui travaille chez Sotheby's, est spécialiste en pierres précieuses. Elle affirme que l'anneau date de plusieurs siècles et que la pierre est un véritable rubis.

— Voyons, montre-la-moi, demanda mon père, piqué de curiosité.

Alors que je retirais l'anneau, j'observai ma mère.

Elle n'avait pas prononcé un mot mais son silence était suspect.

— Le plus étrange, c'est que le bon de livraison indique que le paquet vient de Barcelone.

— Barcelone ! s'exclama mon père, qui observait le bijou de plus près. J'ai déjà vu cette bague quelque part, sans doute à Barcelone, effectivement.

— J'ai la même impression, repris-je. Pas toi, maman ?

Troublée, elle se contenta d'une vague réponse :

— Peut-être, je ne me souviens pas bien.

J'étais sûre qu'elle savait exactement d'où venait cette bague. Pourquoi ne disait-elle pas la vérité ? Qu'avait-elle à cacher ?

— Je sais ! s'écria mon père.

Mon cœur fit un bond dans ma poitrine.

— Je me souviens maintenant. C'était la bague d'Enric. T'en souviens-tu, Mary ?

— Ah, oui, peut-être, répondit ma mère, sur un ton dubitatif.

J'étais désormais sûre qu'elle en savait beaucoup plus mais ne voulait rien dévoiler.

— Quel Enric, m'enquis-je. Mon parrain ?

— Oui.

— Mais il est mort !

— Oui, il est mort, répéta mon père.

— Mais comment un mort peut-il envoyer un cadeau ? intervint Mike.

Il était de plus en plus intéressé par cette histoire. Il devait déjà penser au fabuleux récit dont il régalerait ses collègues de Wall Street. Je lui expliquai :

— Enric était mon parrain, tu te souviens, je t'ai déjà parlé de lui. Tu sais que lorsqu'on baptise un enfant, chez les catholiques, on désigne un homme et une femme, généralement deux parents ou deux proches, qui acceptent la responsabilité de s'occuper de l'enfant et de son éducation spirituelle si les parents viennent à disparaître. Enric, mon parrain, est mort dans un accident de voiture l'année où nous sommes arrivés ici. C'est bien ça ?

Je me tournai vers mes parents et surpris ma mère en train de lancer un étrange regard à mon père :

— Oui, il est mort...

J'eus alors la certitude qu'on m'avait caché la vérité sur Enric. Cela ne m'étonnait pas du tout de María del Mar. Pour elle, certaines situations justifient le mensonge. Elle n'aurait pour rien au monde brisé les normes sociales ou offensé les autres. Elle détestait tout simplement la confrontation et la fuyait comme la peste.

— Vous avez quelque chose à me dire, je crois, déclarai-je d'un ton convaincu.

Une pensée soudaine me traversa l'esprit :

— C'est ça ! Enric n'est pas mort ! Il est en vie, quelque part, et c'est pour ça qu'il m'a envoyé sa bague.

Mon père regarda ma mère avant de dire, le visage grave :

— Cristina est grande maintenant. Elle est en droit de connaître la vérité.

Ma mère acquiesça d'un hochement de tête. Je les regardai tous les deux, puis Mike qui, tout aussi intrigué que moi, attendait leur révélation.

— Enric est bien mort, dit mon père d'une voix triste. Ça ne fait aucun doute. Mais il n'est pas mort dans un accident de la route, comme nous te l'avons dit. Il s'est suicidé. Il s'est tiré un coup de revolver dans la bouche.

J'étais sous le choc. J'adorais Enric. Quand j'étais enfant, à Barcelone, je le considérais comme mon oncle, voire plus. Après mes parents, c'était l'être le plus cher à mes yeux. Mes souvenirs de lui sont encore intacts. Toujours agréable, doux et souriant, il avait plus d'un tour dans sa poche pour nous faire passer de merveilleux moments, à son fils Oriol, son neveu Luis, et moi.

Je me souviens de ses fous rires et de ses blagues... Je ne pouvais pas imaginer qu'une personne aussi optimiste, qui faisait preuve de tant de vitalité, puisse décider de se suicider.

— C'est impossible, bégayai-je.

Ma mère semblait avoir retrouvé son calme. Il n'y avait, dans ses traits, plus aucune trace de la culpabilité que j'y avais décelée lors de notre conversation dans la cuisine.

— C'est pourtant le cas. Il n'y a aucun doute là-dessus. Nous savions que cette nouvelle t'attristerait énormément. C'est pour ça que nous te l'avons cachée.

— Mais, ce n'est pas possible !

Ma mère avait raison. Même après toutes ces années, j'éprouvais une profonde tristesse. Je ne pouvais pas y croire, pas Enric.

Affligés, mes parents m'observaient en silence.

— Mais, pourquoi ? Pourquoi le suicide ?

J'ouvris les bras dans un geste d'impuissance qui en disait long sur mes sentiments.

— Nous ne savons pas, reprit ma mère. Sa famille ne nous l'a pas dit et je n'ai pas voulu insister. Nous gardons de lui un souvenir impérissable. Il était si dynamique, cultivé et optimiste. Je prie toujours pour son âme.

Sa voix trahissait un grand chagrin. Elle aimait Enric comme un frère.

Je posai mes couverts. Je n'avais plus faim, pas même pour mon gâteau d'anniversaire.

La pièce était plongée dans un profond silence. Tout le monde me regardait.

— Mais la bague ? Qu'est-ce qu'elle vient faire dans tout ça ? Comment expliquer qu'on m'envoie sa bague comme cadeau d'anniversaire après tant d'années ?

Je me tournai tour à tour vers ma mère et mon père, qui exprimèrent tous deux leur ignorance par un haussement d'épaules. Quand mon regard se posa sur Mike, il les imita, comme si ma question lui était également destinée.

— Enric ne quittait jamais sa bague, finit par déclarer ma mère.

Ah ! Maintenant, elle s'en souvenait, hein ! Elle savait tout depuis le début, depuis qu'elle avait vu l'anneau, dans la cuisine, mais elle n'avait rien voulu révéler. Si je ne m'étais pas retenue, je lui aurais dit ses quatre vérités. Mais je décidai d'attendre que nous nous retrouvions en tête à tête. De toute façon, elle aurait nié en bloc.

— Je ne l'ai jamais vu avec une autre bague, continua-t-elle. Je suis sûre qu'il la portait à sa mort.

Je frissonnai à cette pensée lugubre.

— Je pensais qu'on enterrait les gens avec leurs bijoux préférés.

Je n'avais pas encore achevé ma phrase que je regrettais déjà de l'avoir prononcée. Personne ne répondit. Ils avaient tous les trois le regard rivé sur moi. Je regardai la bague. La pierre, qui jetait des reflets transparents, brillait comme une étoile. Une étoile rouge sang.

Je ne savais plus que penser. Qu'est-ce que tout cela signifiait ? Je tentai de m'éclaircir les idées. Ce bijou recelait tant de mystères : pourquoi mon parrain, qui aimait tant la vie, s'était-il suicidé ? Qui m'avait envoyé la bague qu'il ne quittait jamais ? Et pourquoi à moi ? Pourquoi n'avait-on pas enterré Enric avec, comme le voulait la coutume ? Une pensée fugitive me traversa l'esprit. Et s'il avait été enterré avec son bijou ? J'en eus la chair de poule.

Mes parents et Mike ne m'avaient pas quittée du regard.

— Pour un mystère, c'est un beau mystère, non ?

J'avais pris un ton enjoué, m'efforçant de sourire. Je les regardai l'un après l'autre. Mike me rendit mon sourire, enthousiasmé à l'idée d'avoir à résoudre une énigme. Daddy fit une moue comique pour signifier qu'il ne comprenait rien à cet imbroglio. Seule ma mère gardait un air sombre, je pouvais lire la peur sur son visage.

Elle ne m'avait pas encore tout dit. Ce bijou la préoccupait ; plus encore, il la terrifiait.

Nous étions sur le point de partir quand je repensai subitement au tableau.

— Tu as déjà vu cette peinture ? demandai-je à Mike.

Bien que ce tableau soit suspendu depuis des années à l'un des murs de la salle à manger, Mike n'y avait jamais prêté attention lors de ses précédentes visites et je n'avais jamais pensé à le lui montrer. C'était une détrempe sur bois, de quarante centimètres de haut sur trente de large. Les bords du tableau, qui n'avaient pas été recouverts de stuc, étaient rongés par les termites et l'œuvre avait dû être traitée pour ne pas tomber en poussière. La surface peinte était, toutefois, presque intacte.

C'était une belle Vierge à l'enfant. Les cheveux recouverts d'un voile, la Vierge était représentée de face, immobile et majestueuse. Malgré la douceur de ses traits, elle affichait une expression grave. Son visage était entouré d'une magnifique auréole dorée, gravée de motifs floraux. L'enfant Jésus, qui semblait avoir environ deux ans, était assis sur sa jambe droite, légèrement incliné en arrière. Il portait également une auréole, bien que plus petite et moins élaborée que celle de sa mère. Le sourire aux lèvres, il bénissait le spectateur.

Une fois de plus, j'étais fascinée par l'opposition entre la position statique de la Vierge et le mouvement de l'enfant Jésus. Ce dernier, symbole de la nouvelle génération, avait été peint dans le pur respect du style gothique alors que la quiétude de la Vierge répondait encore aux normes de l'art roman.

Deux arcs en ogive superposés, égayés de petits reliefs et dorés comme l'arrière-plan de la peinture, se détachaient de la partie supérieure du tableau. Ils semblaient former une ancienne chapelle autour de la Vierge et de l'enfant Jésus, illustrant une fois de plus l'influence du style gothique, qui s'était pourtant imposé dans la peinture bien plus tard que dans l'architecture. Aux pieds de la Vierge figurait l'inscription latine : *Mater.*

Nous étions arrivés à New York en janvier 1988 et avions passé deux mois à l'hôtel le temps de trouver la maison et d'y faire les travaux nécessaires. Le lundi de

Pâques suivant, j'avais reçu ce tableau de la part de mon parrain et nous lui avions immédiatement trouvé une place sur le mur de la salle à manger que nous n'avions pas encore fini de décorer. Enric n'ayant jamais failli à ses obligations, j'espérais bien recevoir un cadeau de sa part, même si, en raison de la distance, je ne m'attendais pas au traditionnel gâteau catalan. Il l'avait remplacé par ce magnifique tableau.

Quelques semaines plus tard, j'avais été bouleversée par l'annonce de sa mort et je comprends le mensonge inventé par mes parents pour me cacher son suicide. Mon parrain avait tant d'importance à mes yeux.

— C'est un joli tableau, commenta Mike, me tirant de mes pensées. Il a l'air très ancien.

— C'est Enric qui me l'a offert, peu avant sa mort.

— Tu as vu ? La Vierge porte la bague.

— Quoi ?

Je regardai de plus près la main gauche de la Vierge. À son majeur brillait une bague sertie d'une pierre rouge. Ma bague !

Je sentis le sol se dérober sous mes pieds, j'étais complètement étourdie, comme si j'avais reçu un coup.

Un pressentiment terrible s'insinuait en moi. Tout était lié : la bague, le tableau et le suicide d'Enric.

5

Malgré la saisissante découverte que le bijou que j'avais vu des dizaines de fois sur le tableau était celui d'Enric et la certitude qu'il renfermait un secret, je continuai à le porter à mon majeur, à côté de ma bague de fiançailles. Je m'attachais chaque jour un peu plus à ces deux anneaux représentant l'amour de mon fiancé et celui de mon parrain adoré. Je ne les quittais plus, pas même pour dormir.

Ma vie suivait son cours, mais ce mystère me hantait. Des dizaines de questions venaient me tourmenter, souvent au moment le plus inopportun, quand j'aurais dû avoir l'esprit occupé par bien d'autres sujets. Cela m'arrivait même au travail, parfois en pleine plaidoirie. Sentant une étrange sensation à la main, je posais le regard sur la pierre rouge sang et les questions déferlaient alors dans ma tête : pourquoi m'avait-on envoyé ce bijou ? Pourquoi Enric s'était-il suicidé ?

Je suis avocate de profession, et une avocate plutôt douée, même si j'ambitionne de le devenir encore plus. Pas la peine de préciser que, dans ce métier, les petits détails sont d'une importance capitale et qu'un cas exige toujours la plus grande attention. Il faut penser en permanence à tous ses aspects, toutes ses implications possibles, faire des recherches de jurisprudence et bien plus encore. Alors, évidemment, avoir l'esprit monopolisé par une énigme gothique n'aide pas vraiment !

Mais je ne pouvais résister à l'appel de cette bague.

Je pensais téléphoner à mes amis d'enfance de Barcelone, Oriol et Luis, mais je n'avais plus de nouvelles d'eux depuis notre départ. Quand je demandai à ma mère de m'aider à reprendre contact avec les cousins Bonaplata et Casajoana, elle objecta qu'elle ne retrouvait plus son vieil agenda, rangé dans un coin de la maison, et qu'elle ne savait rien de ces deux familles depuis la mort d'Enric.

C'était un mensonge mais je n'insistai pas. J'avais

l'impression qu'elle cherchait à laisser Barcelone loin derrière elle, à oublier le passé.

Un jour, j'appelai le service de renseignements téléphoniques espagnol, en vain. Ils ne localisèrent ni Oriol ni Luis dans tout Barcelone.

Je pris donc la décision de ne plus me soucier de cette affaire pour le moment et d'attendre tranquillement. Si on avait pris la peine de me retrouver aux États-Unis pour m'envoyer la bague, on finirait bien par me contacter. Du moins l'espérais-je.

Je me souviens de cet été, de l'orage et du baiser.

Je me souviens de la mer tourmentée et du sable, des rochers, de la pluie, du vent et du baiser.

Je me souviens du dernier été, de l'orage et du premier baiser.

Et je me souviens de lui, de sa chaleur, de sa pudeur, des vagues et du goût salé de sa bouche.

Je me souviens de lui, pour mon dernier été espagnol, de lui, pour mon premier baiser passionné.

Je n'ai pas oublié mon premier amour, je n'ai rien oublié, je me souviens de lui.

Lui, Oriol.

La découverte du rubis dans la peinture de la Vierge à l'enfant m'avait bouleversée. Je me surprenais en train de penser à Oriol, mon premier amour, à mon enfance, à Enric et aux mystères auxquels je n'avais pas assez prêté attention auparavant.

Pourquoi n'avions-nous jamais remis les pieds ni en

Espagne ni à Barcelone ? Pourquoi ma mère réagissait-elle ainsi à l'évocation de sa ville natale ? Ces questions me harcelaient, sans me laisser le moindre répit. À plusieurs reprises, j'avais demandé à y retourner pour les vacances mais, d'une année sur l'autre, elle me donnait toujours la même réponse : « Ce n'est pas le moment, l'été prochain. Daddy et moi avons décidé de partir à Hawaï, au Mexique, en Floride... » Jamais en Espagne !

Pas même pour les jeux Olympiques de 1992. J'étais sur le point de fêter mes dix-sept ans et ma mère avait, cette année-là, jugé inconvenant de nous rendre en Espagne pour ce type de festivités alors que nos amis barcelonais portaient encore le deuil d'Enric. Son « accident de la route » datait alors de trois ans ! Lorsque j'avais annoncé à ma mère que la famille de mon amie Sharon, qui faisait le voyage pour les jeux Olympiques, m'avait invitée, elle avait blêmi et inventé toutes sortes d'excuses. Elle avait fini par me convaincre, moyennant le permis de conduire et une voiture. J'avais accepté le marché.

Mais, cette année-là, j'avais compris que ma mère était prête à tout pour m'empêcher de traverser l'océan et de revoir Barcelone. Fille unique, comme moi, elle ne ressentait pas l'urgence d'y retourner puisque mon grand-père était décédé dans les années soixante et ma grand-mère lorsque j'avais dix ans.

« Tu dois bien t'intégrer au pays de ton père, disait-elle. C'est ton pays maintenant, il n'y a pas de place pour la nostalgie ici. »

J'avais donc commencé à monter ma propre bibliothèque de souvenirs, dans un compartiment secret de mon esprit. J'y collectionnais des images de ma grand-mère, de mes amis, de mon parrain Enric et aussi d'innombrables souvenirs de mon premier amour... Oriol.

Tous évoquaient un monde parfait dont je poussais les portes juste avant de m'endormir, inventant des aventures imaginaires qui m'accompagnaient jusque dans mon sommeil. Et là, dans mes rêves, il surgissait, au bord de la mer, dans le soleil puis l'orage. Le sel, sa bouche et le baiser.

Mon père s'est toujours adressé à moi dans son américain du Michigan et, dans mon école quadrilingue de Barcelone, j'étais la première de la classe en anglais. En outre, je suis persuadée que les femmes sont plus douées que les hommes en expression orale. Je n'avais donc eu aucun problème à mon arrivée aux États-Unis.

Pour être franche, je m'étais adaptée sans grande difficulté à la vie new-yorkaise. Chaque année, je devenais plus populaire dans mon école et me faisais de nouveaux amis. J'avais fini par oublier Barcelone et entrer dans le petit jeu de ma mère, reportant sans cesse un éventuel retour en Espagne. J'étais entrée à l'université, avais décroché mon diplôme de droit et débuté une brillante carrière d'avocate.

Entre-temps, j'avais collectionné les amis, les petits amis et les amants... Mes souvenirs catalans étaient donc restés rangés dans ma bibliothèque nostalgique, d'où il leur arrivait, de plus en plus rarement, de s'échapper dans un nuage de poussière.

Toutefois, je ne renonçais pas à revoir Barcelone. Si le mystère que l'étrange attitude de ma mère faisait planer sur cette ville était une raison suffisante pour vouloir m'y rendre, ma principale motivation était Oriol. Non pas que je sois encore amoureuse de lui. J'avais eu, depuis, une foule de petits amis et j'aimais

Mike. Mais le doux souvenir de cet été et de mon éveil à l'amour attisait ma curiosité. De quoi avait-il l'air maintenant ?

Quoi qu'il en soit, tout ceci était sous contrôle, bien rangé dans les recoins de ma mémoire... Jusqu'à ce que l'apparition de la bague sang ne chambarde tout pour laisser ma bibliothèque de souvenirs sens dessus dessous. Ces images se succédaient maintenant dans ma tête : l'orage de la fin août, le sourire timide et ironique d'Oriol, mes amies du collège sur les hauteurs de Collserola et j'en passe.

Cette bague était un signe. Je devais retourner à Barcelone et, que maman le veuille ou non, ce serait la destination de mes prochaines vacances.

Après tant d'années, le désir de revoir ma ville natale se faisait soudain plus pressant, comme si je sortais d'un long sommeil. Les souvenirs m'assaillaient dans un combat acharné pour me débarrasser de ma torpeur.

Nous étions fin août, peut-être début septembre. Les familles préparaient le retour à la ville et égrenaient, au gré de leurs rencontres, le traditionnel refrain :

— À l'année prochaine !

— Il faut qu'on se voie à Barcelone, suggéraient certains avec optimisme.

Nous restions généralement le plus longtemps possible, ne rentrant à la maison que quelques jours avant la rentrée des classes. Ces derniers instants prenaient une saveur aigre-douce. L'air se chargeait de la certitude d'une fin imminente et d'une nostalgie prématurée à l'idée des heureux moments que nous allions laisser derrière nous.

Notre maison de vacances se trouvait sur la Costa Brava, dans un magnifique village bordé d'une immense plage, délimitée par des collines plantées de pins qui plongeaient dans la mer dans une éblouissante cascade de récifs. À l'une des extrémités de la baie, les rochers donnaient naissance à une muraille jalonnée de robustes tours rondes et destinée à protéger l'ancien bourg chrétien des attaques des Sarrasins ou de pirates assoiffés de richesses et en quête de jeunes et jolies esclaves.

Bien qu'escarpées, les falaises sur lesquelles était bâtie la fortification donnaient accès, plus au sud, à une merveilleuse crique de sable et de galets. Là, le vert des pins, le gris des roches, l'azur du ciel d'été et les nuances vert, indigo et blanc de la mer composaient un tableau idyllique digne d'une carte postale.

Pour nous, c'était le paradis. Oriol, son cousin Luis et moi avions l'habitude d'y passer nos journées de vacances avec toute une bande d'amis que nous retrouvions chaque été. Équipés de masques, de tubas et de chaussures en plastique pour nous protéger des oursins, nous explorions la nature sous-marine, entre autres jeux plus ou moins innocents. L'espièglerie était au rendez-vous, peut-être encore plus pour les filles, âgées de douze à treize ans, que pour les garçons, qui avaient un ou deux ans de plus.

Ce jour-là, les mères étaient occupées à fermer les maisons pour l'hiver et à faire les valises. L'échéance approchait à grands pas et les pères avaient déjà repris le travail depuis longtemps, ne se joignant plus à nous que le week-end. La chaleur étouffante et l'air lourd et humide annonçaient un gros orage méditerranéen.

Alors que nous nagions près des récifs, à la poursuite de poissons, la mer s'était assombrie et un vent puissant s'était levé en direction de la côte. Le grondement du tonnerre avait couvert le fracas des vagues frappant les rochers. En quelques minutes, le ciel s'était gonflé d'obscurs nuages de plomb et la mer avait pris la couleur des ténèbres. Il avait commencé à pleuvoir.

— Vite, il faut sortir de l'eau ! avait crié Oriol.

Sur la plage, la jeune fille chargée de nous surveiller nous hurlait de revenir immédiatement. Luis et les autres couraient déjà vers les serviettes. En un tour de main, ils avaient tout ramassé et se dirigeaient au pas de course vers les escaliers de la muraille pour chercher un abri au village.

— Attends-moi, ne me laisse pas toute seule ! avais-je supplié Oriol.

Les flots, agités et menaçants, reflétaient de leur couleur d'encre les nuages qui les surplombaient. Toute la côte avait soudain été plongée dans une irréelle obscurité. Il fallait regagner la terre ferme au plus vite. Si la foudre tombait sur la mer, nous n'en sortirions pas vivants.

J'étais morte de peur mais mon instinct me dictait de ne pas trop me hâter. J'avais donc feint de ne pas réussir à avancer dans le courant et Oriol était venu me porter secours. Quand nous avions atteint le rivage, un terrible orage méditerranéen s'abattait sur le village et les nuages déversaient des trombes d'eau. Il n'y avait plus une âme sur la plage et, dans la confusion, personne n'avait remarqué notre absence. Le rideau formé par la pluie battante nous empêchait de voir à plus de quelques mètres.

J'avais prétendu ne plus avoir de forces avant de me réfugier dans un petit abri formé par la falaise. Nous n'étions pas vraiment protégés de la pluie et notre retraite était si étroite que nous avions dû nous serrer.

Je savais bien ce que je faisais. J'avais toujours aimé Oriol et, depuis quelques semaines, j'étais littéralement folle de lui.

Mais lui ne faisait rien. Peut-être était-il trop timide, me trouvait-il trop jeune pour lui ou peut-être que je ne lui plaisais pas... Peut-être encore n'était-il tout simplement pas assez mûr pour qu'une telle idée lui traverse l'esprit.

— J'ai froid.

Je m'étais rapprochée de lui et, tremblant, il m'avait enlacée. À travers nos maillots de bain détrempés et malgré nos peaux frissonnantes, nous goûtions avec plaisir à la chaleur de l'autre devant le spectacle des éléments déchaînés. Mais je voyais à peine l'orage et l'agitation de la mer, je ne pensais plus qu'à lui. Je m'étais retournée pour regarder ses yeux, si bleus malgré l'obscurité crépusculaire, et je n'oublierai jamais sa bouche, le baiser, l'étreinte. Le goût de sa bouche et du sel, le rugissement de la mer, les éclairs fendant le ciel, le tintement de la pluie sur les rochers... Je frémis encore en pensant à tout cela.

Je me souviens de mon dernier été espagnol, de l'orage et du baiser.

Je me souviens de la mer tourmentée, du sable, des rochers, de la pluie, du vent et de mon premier baiser passionné.

Je n'ai rien oublié, je me souviens de lui.

6

Les semaines s'écoulaient paisiblement, au rythme de mon idylle sans vagues avec Mike, mais le reflet sanguin du rubis m'avertissait que la tempête n'était pas loin. J'aimais placer le bijou sous la lumière pour admirer la croix rouge projetée sur une feuille de papier ou un drap. Il respirait le mystère. Pourquoi me l'avait-on envoyé ? J'étais persuadée qu'il ne s'agissait pas d'un simple cadeau d'anniversaire : cette énigme cachait un mystère bien plus grand.

La bague réveillait en moi des souvenirs d'enfance : mon parrain Enric, son fils Oriol, Luis et bien d'autres petits détails, des anecdotes que je croyais avoir oubliées depuis longtemps.

Je sentais que cette bague n'était que le début d'une aventure hors du commun. Mourant d'impatience et de curiosité, j'attendais la suite des événements. Enfin arriva le signe que j'espérais.

— Mademoiselle Wilson ?

Le portier de l'immeuble me parlait à l'interphone.

— Vous avez reçu un recommandé.

Je crus tout d'abord que ce courrier concernait l'une des affaires sur lesquelles je travaillais au cabinet, mais c'était absurde, je n'avais jamais reçu de citation chez moi. Dans un accès de crainte, j'envisageai ensuite être la cible d'une de ces lettres piégées à l'anthrax ou d'un acte terroriste du même type, très en vogue à ce moment.

— Je vous la monte ? continua le portier. Elle vient d'Espagne.

— Oui, s'il vous plaît.

Une violente émotion s'empara de moi. Aucun doute, c'était le signe que j'attendais !

Les mains tremblantes, je pris l'enveloppe et tentai un sourire aimable pour me séparer, peut-être un peu grossièrement, de M. Lee, qui voyait là une occasion inespérée de m'entretenir longuement d'affaires de la plus grande importance concernant la copropriété.

L'expéditeur était apparemment un notaire de Barcelone. Sans prendre le temps de chercher un coupe-papier ou un couteau, je déchirai l'enveloppe.

« À l'attention de Mademoiselle Cristina Wilson.

Mademoiselle,

Par la présente, je vous prie de bien vouloir assister à la lecture du second testament de don Enric Bonaplata, dont vous êtes l'un des héritiers.

La lecture se tiendra à l'office notarial à dix heures le samedi 1er juin 2002. Nous vous remercions de bien vouloir confirmer votre présence. »

« Alors là, oui ! pensai-je. Ma mère ne pourra pas me décourager. Cette fois, j'irai à Barcelone ! »

Ce ne fut pourtant pas faute d'essayer. Lorsque j'annonçai mes intentions à mes parents, un dimanche où Mike et moi déjeunions chez eux, elle ne fit tout d'abord aucun commentaire. Mon père, lui, se montra surpris. Un testament ? Cette affaire aurait dû être réglée juste après la mort d'Enric. Pourquoi avoir rédigé deux testaments, dont le second ne devait être ouvert que treize ans après sa mort ? Il y avait de quoi se poser des questions.

Il n'avait pas tort. Toute cette affaire était incompréhensible.

— N'y va pas, Cristina, me supplia ma mère, alors que nous étions seules. Cette histoire ne me dit rien qui vaille. Elle cache quelque chose de bizarre, de lugubre même.

— Mais pourquoi ? Pourquoi ne veux-tu pas que j'y aille ?

— Je ne sais pas, mais tout ça est absurde. Un second testament ! Quelqu'un essaye de t'attirer à Barcelone.

— Maman, tu me caches quelque chose. Qu'est-ce qu'il y a ? Pourquoi as-tu si peur ? Pourquoi ne sommes-nous jamais retournés là-bas, pas même pour une courte visite ? Pourquoi n'as-tu gardé contact avec aucun de tes amis ?

— Je ne sais pas. Mais j'ai un drôle de pressentiment, je suis sûre qu'il va t'arriver malheur là-bas.

— De toute façon, tu sais bien que j'irai.

— Non, n'y va pas, continua-t-elle d'une voix angoissée. Oublie cette histoire. N'y va pas, je t'en prie.

Des vagues furieuses déferlaient sur une plage de galets au pied d'une falaise. Une musique d'outre-tombe s'élevait des entrailles de la mer dont le ressac balayait les pierres dans un bruit d'os entrechoqués. Des chapelets de nuages parcouraient le ciel à vive allure, projetant leur ombre légère sur la scène macabre qui se déroulait sur la crique.

Une odeur nauséabonde se dégageait d'un groupe d'hommes vêtus d'oripeaux et reliés entre eux par de lourdes chaînes. Vociférant supplications et insultes, ils se débattaient dans un absurde espoir d'échapper à la fatalité. Certains priaient, attendant leur tour, immobiles et impuissants face au spectacle de leurs compagnons décapités. Tout était recouvert de sang : les galets, les cadavres étendus, les condamnés tentant de fuir devant l'imparable avancée de leurs tortionnaires... et mes mains. De temps à autre, le soleil émergeait des nuages, venant illuminer d'une lueur glacée l'acier meurtrier des lames avant de disparaître de nouveau, abandonnant les cadavres aux mains de la mort qui venait étendre son ombre terrible sur la plage. J'avais le cœur lourd. Vêtus d'une tunique grise, mes compagnons travaillaient avec la rapidité des experts, empoignant les prisonniers par les cheveux pour leur tirer la tête en arrière avant de leur trancher la gorge d'un ou deux coups de sabre. L'un d'eux, très jeune, exécutait sa besogne en sanglots. C'était un véritable bain de sang. Je vis que l'un des bourreaux arborait une tunique de couleur foncée dont le côté droit était brodé de la fameuse croix rouge. Un autre homme portait mon rubis. Il donnait des ordres aux bourreaux et ses yeux, à travers lesquels je suivais la scène, étaient remplis de larmes. Les cris s'étouffaient à mesure que les têtes tombaient. Lorsqu'on exécuta le dernier prisonnier, l'homme à la bague tomba à genoux sur les galets et pria avec ferveur. Je ressentis sa douleur au plus profond de mon être, aussi vive que s'il s'agissait de la mienne, et j'éclatai en sanglots, inconsolable. Un immense chagrin m'envahissait.

J'étais assise sur mon lit. Des larmes roulaient encore sur mes joues et ma souffrance était si réelle que je ne pus retrouver le sommeil. Je n'avais, heureusement, plus qu'une demi-heure à attendre avant la sonnerie du réveil. Comment expliquer cet horrible cauchemar ? Que m'arrivait-il ? Le cadeau posthume d'Enric m'avait-il tellement troublé ? Ce bijou était-il à l'origine de ces visions du passé chargées de douleur ? Je regardai ma main. Le rubis rouge sang y étincelait d'un éclat si vif qu'il éclipsait le diamant dont la pureté symbolisait l'amour de Mike. Le réveil sonna. Je revins à la réalité avec soulagement.

7

Lorsque je sortis de l'audience, je m'aperçus que mon téléphone portable et mon trousseau de clés avaient disparu de mon sac. Tout le reste, y compris mon portefeuille, s'y trouvait.

Je cherchais encore comment j'avais bien pu les perdre quand une idée me traversa l'esprit.

— Ray, peux-tu me prêter ton portable ?

Je pris le téléphone que me tendait mon collègue et composai le numéro du portier de l'immeuble.

— Allô, monsieur Lee. Je vous appelle pour vous prévenir que mes clés ont disparu, on ne sait jamais.

Il y eut un silence embarrassé à l'autre bout du fil.

— Qu'y a-t-il ? m'alarmai-je.

— Mais, vous les avez données aux techniciens qui sont venus ce matin...

— Quels techniciens ? De quoi parlez-vous ?

J'avais prononcé ces paroles d'une voix aiguë, presque stridente.

— Ceux qui sont venus réparer votre stéréo.

— Quoi ?

— Mademoiselle Wilson, continua-t-il, déconcerté. Vous ne vous en souvenez plus ? Vous avez téléphoné ce matin pour m'informer que des réparateurs viendraient pour votre équipement audio et que vous leur aviez laissé vos clés.

Un frisson me parcourut le dos.

— Je ne vous ai jamais appelé.

— Vous m'avez dit de vous téléphoner sur votre portable s'il y avait un problème. Je l'ai fait pour vous prévenir qu'ils avaient fini et vous m'avez remercié et répondu que c'était parfait.

— Ce n'était pas moi. On m'a aussi volé mon téléphone.

Bob Lee, qui détenait un double de mon trousseau, m'accompagna pour passer en revue mon appartement. Mes placards étaient sens dessus dessous, on avait décroché les miroirs et les tableaux, probablement dans l'espoir de découvrir un coffre-fort, mais rien ne manquait. Qu'étaient venus faire ici ces gens ?

J'assemblai les éléments que j'avais en ma possession. Tout avait été prémédité avec soin. Quelqu'un savait que je serais au tribunal toute la matinée, quelqu'un qui m'avait déjà entendue parler, peut-être à un procès, une femme capable d'imiter ma voix. Cette personne devait également savoir que j'éteignais mon téléphone pendant l'audience et avait dû me le voler dans mon sac, avec les clés, pendant que j'étais absorbée par autre chose, certainement lorsque je préparais mon intervention.

Cette femme avait ensuite dupé Bob en prenant ma voix et gardé le téléphone au cas où le concierge appellerait. Selon ce dernier, deux hommes s'étaient présentés et il avait été surpris de voir l'un d'eux avec une valise mais, me croyant au courant, il ne s'était pas alarmé.

Le plus étrange était qu'après avoir manigancé toute cette ruse, ces hommes étaient finalement repartis les mains vides. J'avais à faire à des professionnels qui n'avaient pas trouvé ce qu'ils cherchaient. Le problème était maintenant de savoir quoi ?

Je me sentais de moins en moins tranquille. Tant d'événements étranges s'étaient enchaînés depuis peu ! D'abord la bague, puis la découverte qu'elle avait appartenu à mon parrain, que j'aimais comme un père et qui n'était pas mort dans un accident de voiture, comme je le pensais, mais s'était suicidé. Mike avait ensuite remarqué que la même bague figurait sur le vieux tableau de la Vierge à l'enfant qu'Enric m'avait offert peu avant sa mort et j'avais reçu la convocation pour l'ouverture de cet étrange testament, treize ans après son décès. Et maintenant, deux hommes, qui n'avaient rien de cambrioleurs classiques, s'étaient introduits chez moi pour fouiller mon appartement.

Je ne suis vraiment pas peureuse et il m'arrive parfois même de prendre des risques inconsidérés, peut-être parce que rien de grave ne m'est jamais arrivé, mais cette visite en mon absence ne me disait rien qui vaille. L'idée même que quelqu'un puisse si facilement entrer chez moi, voler dans mon sac sous mes yeux ou imiter ma voix me donnait la chair de poule. Je découvris ce qu'étaient l'inquiétude et la crainte, et pris subitement conscience de ma vulnérabilité. Comme lors de la tragédie du 11 septembre, je sentais peser une menace dont, cette fois, j'étais la seule cible.

Malgré tout, le mystère était à son comble et moi, plus intriguée que jamais. L'effraction était sans doute liée à la bague et j'étais bien décidée à vivre cette aventure jusqu'au bout.

Je venais de sortir de la douche et me frictionnais avec la serviette de bain quand le téléphone sonna. Qui donc pouvait bien m'appeler à sept heures et demie du matin ?

— Cristina ?

— Oui, c'est moi.

Je répondis automatiquement en espagnol. À la façon dont mon prénom avait été prononcé, je devinai que mon interlocuteur n'était pas anglophone. Le fonctionnement de notre cerveau et la manière dont il sélectionne les langues ne cesse de me surprendre. Il m'arrive de ne pas me rendre compte, sur le coup, que je parle une langue plutôt que l'autre. Mais à ce moment précis, je sus que cet appel venait de l'autre côté de l'océan.

— Salut Cristina ! C'est Luis. Luis Casajoana. Tu te souviens ?

Je n'eus pas besoin de chercher bien longtemps dans les souvenirs qui avaient refait surface ces dernières semaines. L'image d'un petit gros joufflu et souriant m'apparut immédiatement. Je revoyais très clairement Luis, le cousin d'Oriol.

— Luis ! Bien sûr que je me souviens de toi. Quelle surprise ! Comment as-tu trouvé mon numéro ? Je n'en reviens pas. Tu es ici, à New York ?

J'étais ravie de l'entendre.

— Non. Je te téléphone de Barcelone. Excuse-moi d'appeler à cette heure mais je voulais être sûr de t'avoir avant que tu ne partes au travail.

— Tu as bien fait.

— Le notaire t'a envoyé une convocation pour la lecture du testament de mon oncle, non ?

— Oui, je ne m'y attendais pas le moins du monde.

— Tu vas venir, j'espère.

— Oui.

— Génial. Tu me donneras ta date et tes horaires d'arrivée pour que je vienne t'accueillir à l'aéroport.

— Merci, Luis, c'est sympa. Comment va Oriol ? J'ai beaucoup pensé à vous depuis que j'ai reçu cette lettre.

— Il va bien. On en parlera quand tu seras là. Mais je te téléphone pour te prévenir.

— Quoi ? demandai-je, alarmée.

— Avant sa mort, Enric t'a-t-il envoyé un tableau ?

— Oui.

— D'accord, alors mets-le en lieu sûr, certaines personnes s'y intéressent un peu trop.

— Qu'est-ce que tu racontes ?

— Ce tableau a un rapport avec le testament d'Enric.

— Comment ?

— Ce n'est encore qu'une supposition mais on en saura plus à l'ouverture du testament.

— Ne me laisse pas dans l'ignorance, dis-moi ce que c'est, insistai-je, morte de curiosité.

— Je crois que cette peinture a un lien avec l'héritage. C'est tout.

Je restai silencieuse. Voilà ce que cherchaient ces hommes ! Ils avaient fouillé mon appartement pour trouver le tableau. C'est pour ça qu'ils portaient une valise. Mon Dieu ! Qu'est-ce que cela pouvait bien cacher ?

— D'accord, mais de quoi s'agit-il ?

— Je ne sais pas. Viens à Barcelone et j'espère que nous aurons les réponses à toutes nos questions le 1er juin.

J'étais perdue dans mes pensées. Luis continua :

— Tu es au courant des rumeurs ?

— Non, comment le pourrais-je, de l'autre côté de l'Atlantique ? De quoi parles-tu ?

Luis baissa la voix et poursuivit dans un murmure.

— Il paraît que mon oncle cherchait un trésor avant sa mort.

— Un trésor ?

Je n'en croyais pas mes oreilles. J'avais l'impression d'entendre l'une de ces histoires qu'Enric avait l'habitude d'inventer et que nous adorions. Mon parrain organisait aussi, pour nous trois, des chasses au trésor avec des indices et des cartes qui se terminaient toujours en courses effrénées dans son immense maison de l'avenue Tibidabo. Je garde de mon parrain le souvenir d'un être à l'imagination hyperactive. Alors, un trésor, cela ne m'étonnait vraiment pas de lui !

— Oui, un trésor, un vrai. Mais pour en savoir plus, il faut attendre le mois de juin.

Luis parlait si bas que j'avais du mal à l'entendre mais

il semblait convaincu. Je réfléchis quelques instants. Il avait toujours été un enfant naïf à l'esprit fantasque et l'adulte qu'il était devenu devait facilement se laisser berner par des histoires de trésor. Méfiante, je m'aperçus qu'il n'avait pas répondu à l'une de mes questions.

— Luis.

— Oui.

Il avait retrouvé sa voix normale.

— Comment as-tu trouvé mon numéro ?

— Rien de plus facile, répondit-il dans un rire. Le notaire est un ami de la famille et rien ne lui interdit de révéler ton adresse. Mais il a tout de même dû engager un détective pour te retrouver à New York. On aurait dit que la famille Wilson avait complètement disparu de la surface de la terre...

À peine avais-je raccroché avec Luis que je téléphonai à mon père.

— Daddy, excuse-moi de t'appeler d'aussi bonne heure... Tu sais, le tableau qu'Enric m'avait envoyé pour Pâques... Oui, celui de la Vierge gothique. Est-ce que tu pourrais le porter à la banque aujourd'hui, le plus tôt possible, pour qu'ils le mettent au coffre ?

Un trésor ! J'étais encore debout devant le téléphone, nue et immobile, mais mon cerveau fonctionnait à cent à l'heure. Un vrai trésor ! Je finis par secouer la tête. Nous étions des adultes maintenant et même si Luis, toujours immature pour son âge, ne semblait pas avoir beaucoup changé, je ne croyais plus à ces histoires de trésor.

Je n'en pouvais plus ! Vêtue d'une tenue de sport ultraféminine, je m'évertuais depuis maintenant plus d'une demi-heure à suivre le rythme de Mike. S'il ne ralentissait pas tout de suite la cadence, j'allais m'écrouler dans le parc. Mais je n'allais certainement pas lui faire le plaisir de lui demander une pause. Il bomberait le torse et me regarderait avec suffisance, fier de prouver qu'il était plus fort que moi. Moi, j'aimais penser que j'étais plus intelligente et m'amusais à saboter son quart d'heure de gloire en jouant la comédie.

L'entorse à la cheville était ma spécialité. Je l'appelais en geignant et il se retournait, agacé, avant de voler illico à mon secours. Je prenais une mine déconfite et une ombre d'inquiétude venait voiler son visage. Il me faisait un massage et, appuyée sur lui, je ne pouvais me retenir de rire quand il me frictionnait la cheville et ne voyait pas mon visage.

— Ça te fait mal ? demandait-il alors, préoccupé.

Il posait la question d'une voix inquiète, ignorant que ce qu'il prenait pour des gémissements de douleur était en fait mon rire étouffé.

— Oui, un peu, répondais-je d'une petite voix. Mais ça fait du bien, tu as vraiment du talent.

Lorsqu'un fou rire m'échappait, je lui faisais croire qu'il me chatouillait. Et une fois que j'avais repris mon souffle, il m'arrivait de partir dans un sprint, le laissant à la traîne. Amusé, il m'accusait alors de tricher.

Palpitations, difficultés respiratoires... mon répertoire était bien fourni. Mais ce jour-là, c'était différent.

— Mike, lui criai-je.

Il me distançait maintenant de plusieurs mètres. Mon rythme était trop lent pour lui et il ne voulait pas m'attendre.

— Quoi ? demanda-t-il sans arrêter sa course.

— Je pars.

— Comment ça, tu pars ?

Il avait enfin daigné s'arrêter pour m'attendre. Il regarda sa montre.

— Ça fait à peine une demi-heure que nous courons. Je suis tout juste échauffé.

— Je pars à Barcelone.

— Oui, je sais. Nous allons à Barcelone, mais seulement dans quelques semaines.

— Non, Mike. Je vais à Barcelone, seule.

— Seule ? répéta-t-il, scandalisé. Nous nous étions mis d'accord pour que je t'accompagne.

— J'ai changé d'avis.

— Mais nous avons tout préparé pour y aller tous les deux ! Ça devait être comme une petite lune de miel, en attendant la vraie. Et maintenant tu m'annonces que tu veux y aller sans moi ?

— Écoute-moi, le suppliai-je. Tu dois me comprendre. J'y ai beaucoup réfléchi. C'est un voyage pour retrouver mes racines, me retrouver moi. Je dois le faire toute seule. Il y a tellement de choses que je dois comprendre : l'attitude de ma mère, le suicide de mon parrain. Ça ne sera probablement pas très gai.

— Raison de plus pour que je t'accompagne.

— Pas du tout, je dois affronter ça sans personne, tranchai-je avec énergie. J'y ai beaucoup pensé et ma décision est prise.

Mais je retrouvai aussitôt une voix plus douce.

— Écoute, Mike. Nous sommes vraiment bien tous les deux et il n'y a rien que je désire plus que d'être avec toi, mais pour que notre histoire d'amour dure, il faut savoir respecter les moments d'intimité de l'autre. On a parfois besoin d'un peu de solitude.

— Je ne te comprends pas.

Il fronçait les sourcils, les bras croisés sur la poitrine, se dressant devant moi comme un mur.

— Il est impossible de te faire choisir une date pour notre mariage et maintenant, comme ça, tu m'annonces que tu veux aller sans moi à Barcelone, alors que nous en avons déjà parlé. Qu'est-ce qui t'arrive ? Tu ne m'aimes plus ?

— Bien sûr que si, mon amour. Ne sois pas bête.

Je lui passai les bras autour du cou pour l'embrasser. Il était tendu, il n'avait pas apprécié la nouvelle.

— Tu sais que je t'adore ! Mais j'ai besoin de faire ce voyage seule.

Je l'embrassai de nouveau et sentis la tension de ses muscles se relâcher.

— Je te promets que nous choisirons la date le jour même de mon retour. D'accord ?

Il ronchonna quelques mots de mécontentement et je sus que j'avais, une fois de plus, eu le dernier mot.

8

— Vous avez là un très beau bijou, mademoiselle. Il est sans doute très ancien.

Ce furent les premiers mots que m'adressa mon voisin, alors que j'étais confortablement installée en classe affaires, dans l'avion à destination de l'Espagne.

J'avais déjà repéré le gaillard : un homme séduisant d'environ trente-cinq ans, sans alliance et donc célibataire, ou voulant le faire croire. Avec ses discrets boutons de manchette en or, sa chemise blanche dont le col était déboutonné et sa montre des plus ordinaires, il combinait sobriété et luxe dans un étrange amalgame.

Je n'étais pas dupe. J'avais remarqué qu'il attendait le moment opportun pour entamer la conversation et avais donc décidé de lui rendre la tâche difficile en regardant le paysage par le hublot avant de me plonger dans la lecture d'un magazine. Mais j'étais sûre que je n'y échapperais pas au moment du dîner. J'avalai tranquillement ma bouchée avant de répondre, froidement et en anglais, bien que j'aie parfaitement compris sa question :

— Pardon ?

— Vous parlez espagnol ? insista-t-il, en castillan.

Je ne pouvais pas tricher plus longtemps et répondis par l'affirmative.

— J'ai dit que vous portiez deux magnifiques bagues et que celle avec le rubis semble très ancienne.

Il avait légèrement modifié sa phrase.

— Merci beaucoup. Oui, c'est un bijou ancien.

— Du Moyen Âge, affirma-t-il.

— Comment le savez-vous ?

Ma curiosité eut raison de ma résolution d'afficher l'indifférence convenant à une femme sur le point de se marier, comme en attestait mon solitaire.

Il révéla un magnifique sourire.

— C'est mon travail. Je suis antiquaire et expert en joaillerie.

— Vous savez, j'ai reçu cette bague de façon très étrange.

J'abandonnai subitement toute méfiance. J'avais l'impression de me retrouver chez le médecin, lorsqu'on lui raconte en détail sa vie privée dans l'attente d'un diagnostic anodin.

— Alors, vous pensez qu'elle est vraiment ancienne ?

L'homme saisit une élégante mallette de cuir entre ses pieds et en sortit une loupe d'horloger.

— Vous permettez ?

Il me tendit la main. Je m'empressai de retirer la bague pour la lui confier. Il l'étudia avec attention, sous toutes ses facettes, laissant échapper des réflexions dans un murmure indistinct. Je le regardais faire, attendant son verdict. Il la plaça ensuite devant la lumière et, après l'avoir observée, projeta la croix rouge sur la tablette. Il contempla l'image, absorbé.

— Splendide ! C'est une pièce unique.

— Vraiment ?

— Je peux vous assurer que ce bijou est très vieux. Je lui donnerais au moins sept cents ans. Bien vendu, il peut vous rapporter une petite fortune. Et si vous êtes capable de faire la lumière sur son histoire, vous pouvez être sûre que sa valeur sera multipliée.

— Je ne connais pas l'histoire de cette bague, mais peut-être en apprendrai-je plus à Barcelone.

Le tableau de la Vierge me revint à l'esprit mais une prudence soudaine me commanda de ne pas dévoiler plus d'informations que nécessaire.

— Connaissez-vous la particularité de cette bague ?

— Non.

J'avais pris un air interrogateur bien que je croyais déjà connaître la réponse.

— La croix qu'elle projette à travers le rubis.

— C'est beau, n'est-ce pas ?

— C'est bien plus que ça. C'est une croix pattée.

— Pardon ?

— Une croix pattée.

Il me fixait du regard, le sourire aux lèvres. Il était très beau et je me rendis compte avec gêne que ce devait être la deuxième ou la troisième fois que je lui demandais de répéter. Il allait finir par croire que j'étais dure d'oreille ou, tout simplement, stupide. Encouragé par mon silence ahuri, il continua :

— La croix que projette votre bague est appelée croix pattée. C'est une croix templière.

— Ah, une croix templière !

Je passai en revue mes connaissances, recherchant désespérément un indice qui m'aiderait à comprendre ce que pouvait bien être une « croix templière ». J'étais sûre d'avoir déjà entendu ces mots, sans aucun doute de la bouche d'Enric durant mon enfance à Barcelone. Mais je n'en savais pas plus et refusais de l'admettre devant cet inconnu.

— Comme vous le savez, les Templiers étaient des moines guerriers dont l'ordre fut créé à l'époque des croisades en Terre sainte, au début du XIIe siècle, et disparut au début du XIVe siècle, à la suite d'une infâme conspiration étatique.

— Oui, j'en ai entendu parler.

Par amour propre, je dissimulai mon ignorance. Toutefois, en bon gentleman, mon compagnon de voyage était disposé à me donner quelques informations tout en faisant mine de croire que je connaissais déjà bien le thème.

— Mais je ne me souviens pas bien de tout. Pourriez-vous m'en dire plus à leur sujet ?

— L'Ordre fut fondé après le succès de la première croisade et la conquête de Jérusalem. Le roi Baudouin octroya à ces moines une partie de son palais, situé sur le site de l'ancien temple de Salomon. C'est pour ça qu'on les baptisa « Chevaliers du Temple » ou « Templiers », bien qu'ils aient préféré se faire appeler, du moins dans les premiers temps, les « Pauvres Chevaliers du Christ ». À l'origine, leur mission était de protéger les pèlerins sur le chemin de Jérusalem mais ils s'imposèrent rapidement comme une redoutable machine militaire, la plus riche et la plus disciplinée de l'époque, défendant les royaumes chrétiens du Moyen-Orient contre la marche implacable des Sarrasins et des Turcs. Au début de son existence, l'Ordre recevait des donations considérables des rois, des nobles et des paysans, désireux de soutenir sa glorieuse mission et de gagner les faveurs célestes. Cet enthousiasme était tel que le roi d'Aragon leur légua son royaume et deux ordres militaires : les Chevaliers du Saint-Sépulcre et les Hospitaliers. Ce n'est qu'après d'âpres négociations que son successeur légitime parvint à récupérer le royaume, au prix de grandes concessions territoriales. Ainsi, ces moines qui avaient fait vœu de pauvreté, de chasteté et d'obéissance et étaient prêts à porter les armes jusqu'à la mort pour défendre la Terre sainte se retrouvèrent à la tête du plus grand empire économique de l'époque en Europe. Jouissant d'une réputation avec laquelle aucun banquier de l'époque ne pouvait rivaliser, ils inventèrent la lettre de change et devinrent une organisation financière gardant en dépôt les trésors des rois et octroyant des prêts à ces derniers, enclins à dépenser en somptuosités et en guerres plus qu'ils ne possédaient. Tous ces efforts économiques étaient réalisés dans le seul but de financer la présence chrétienne au Moyen-Orient. Ils construisirent également une énorme flotte qui sillonnait la Méditerranée chargée de chevaux, d'armes, de guerriers et d'argent. Ils enrôlèrent des milliers de Turcomans, des mercenaires musulmans qui combattaient leurs coreligionnaires, et édifièrent des forteresses. À l'échelle individuelle, ils étaient pauvres en raison de leurs vœux, mais, en tant qu'organisation, ils étaient richissimes. Cette bague appartenait indubitablement à un haut dignitaire, dont elle symbolisait la position. Un simple moine, qu'il soit sergent, chapelain ou chevalier, n'aurait jamais porté un tel bijou.

Il projeta de nouveau la croix sur la tablette, fasciné, et me rendit la bague.

— Eh bien, mademoiselle, vous êtes en possession d'une pièce unique.

Je me passai la bague au doigt tout en digérant le récit que je venais d'entendre.

— Je m'appelle Cristina Wilson. Inutile de me vouvoyer...

Je lui tendis la main en souriant et fus surprise par la chaleur et par la douceur de la poignée de main qu'il me rendit.

— Artur Boix. Enchanté de faire ta connaissance. Alors, tu vas à Barcelone, c'est ça ?

— Oui.

— Je vis là-bas. Quel vent t'amène chez nous ?

J'entrepris alors le récit de mon héritage inattendu.

— Quel mystère ! Si cette bague est une avance sur l'héritage qui t'attend, je crois que je pourrais t'être d'une grande utilité.

Il me tendit une carte de visite.

— Mes associés et moi faisons affaire aux États-Unis comme en Europe. Nous ne nous intéressons pas seulement aux antiquités et aux bijoux, nous sommes ce qu'on appelle des marchands d'art ancien. Et ça fait une grande différence. Un bijou peut être estimé de trois façons : par la valeur de ses composants, tel que l'or et les pierres précieuses ; par le travail d'orfèvre et sa qualité artistique ; enfin, comme pièce historique. D'un type d'estimation à l'autre, la valeur de l'objet peut être multipliée par dix. En d'autres termes, je peux obtenir aux États-Unis cent fois plus que ce que j'obtiendrais d'un bijou en Espagne. N'hésite pas à m'appeler, je me ferai un plaisir de t'aider. Même si tu ne veux pas vendre de bijoux, je peux les authentifier et les estimer.

Il baissa la voix et son regard se fit plus intense.

— Et si tu veux sortir du pays une œuvre d'art cataloguée, ou pour laquelle il faut une autorisation, en évitant de fastidieuses démarches, je peux directement te la livrer à New York.

Je n'avais pas le moins du monde envisagé cette éventualité. À dire vrai, cela ne m'était pas venu à l'idée que l'héritage puisse se composer uniquement d'œuvres d'art. Mais je me rendais maintenant compte que c'était fort probable et que je devais m'attendre à de lourdes démarches administratives pour rentrer aux États-Unis. Je n'avais jusqu'ici pensé qu'à l'aventure qui m'attendait. Artur Boix me fit prendre conscience qu'il y aurait peut-être beaucoup d'argent en jeu.

— De toute façon, si tu as besoin de quoi que ce soit, pour un conseil, ou juste pour me donner des nouvelles, appelle-moi.

La proposition sortait maintenant du cadre professionnel. Je le dévisageai. Trop aimable ! N'avait-il pas vu ma bague de fiançailles ? Il continuait à me gratifier de son sourire de séducteur. Tout bien pensé, mieux valait avoir quelqu'un sur qui compter, je ne savais pas où j'allais mettre les pieds. Et si ce quelqu'un était beau, élégant et agréable, cela ne gâchait rien au plaisir. Je lui rendis son sourire.

— Merci. J'y penserai. Mais, raconte-moi ce qu'il est advenu des Templiers. Tu as dit que l'Ordre a été victime d'une infâme conspiration. Et qu'ils étaient très riches, c'est bien ça ?

— Oui, reprit Boix. Cette richesse fut à l'origine de leur disgrâce.

Je gardai le silence, attendant la suite du récit.

— En 1291, le sultan d'Égypte conquit les derniers kraks chrétiens en Terre sainte. Bon nombre de Templiers, dont le grand maître, l'autorité absolue, périrent dans la bataille. Mais pour les Pauvres Chevaliers du Christ, la véritable tragédie fut d'abandonner le front, la première ligne de combat contre les musulmans. Après la chute de Saint-Jean-d'Acre, ils perdirent, en quelque sorte, leur raison d'être. Seuls les royaumes ibériques, où les combats contre les Maures faisaient encore rage, nécessitaient leur force. Mais, même là-bas, leur présence n'était pas essentielle, comme ça avait été le cas deux cents ans plus tôt, lorsque les territoires chrétiens se trouvaient sous une menace permanente. À la fin du XIIIe siècle, l'Aragon, la Castille et le Portugal, qui étaient de puissantes monarchies, dominaient la guerre contre les Arabes et organisaient déjà de nombreux raids en Afrique du Nord. Dans la péninsule, il ne restait plus que le royaume nasride de Grenade, si affaibli qu'il devait payer un tribut aux chrétiens.

» Les Templiers rêvaient de retourner en Terre sainte mais l'esprit des croisades était perdu et les royaumes chrétiens n'étaient pas favorables à une telle entreprise. Philippe IV de France, connu sous le nom de Philippe le Bel, qui était toujours en quête de fonds et avait déjà fait arrêter, torturer et dépouiller les commerçants lombards et les juifs de son royaume, jeta alors son dévolu sur les richesses des Pauvres Chevaliers du Christ.

» C'est une longue histoire, mais il finit par emprisonner les Templiers sous de fausses accusations. Il leur imputa de nombreux crimes et leur fit confesser ce qu'il voulait entendre sous la torture afin de s'approprier la majeure partie de leurs biens sur le territoire français. Pour terminer, il livra aux flammes du bûcher les derniers dignitaires de l'Ordre, déclarés coupables de crimes d'hérésie. Le pape, français lui aussi, était devenu, en quelque sorte, l'otage de Philippe le Bel. Il opposa une faible résistance mais finit, sous la menace, par donner raison à l'impudent monarque. Les autres royaumes latins furent plus cléments mais, sous la direction du pontife, soutinrent la suppression de l'Ordre. Bien sûr, ils reçurent une part du butin comme récompense pour leur aide. Mais certains n'obtinrent jamais ce qu'ils voulaient des possessions templières. Et pour cause, ils ne le trouvèrent jamais...

— Que cherchaient-ils ?

— Des grands trésors qui, selon la rumeur, avaient été cachés par les Pauvres Chevaliers du Christ vivant hors de France, qui avaient eu plus de temps pour réagir.

— Ah !

— C'est une des légendes sur les Templiers. Une autre affirme que, livré aux flammes, le dernier grand maître assigna le roi Philippe et le pape à comparaître devant le tribunal de Dieu. Ils moururent tous deux avant la fin de l'année.

— C'est vrai ?

— Oui, répondit-il avec sérieux. Mais on raconte

aussi beaucoup de choses bien plus abracadabrantes, qui n'ont aucun fondement historique.

— Comme quoi ?

— Qu'ils recherchaient l'Arche de l'Alliance que Dieu ordonna à Moïse de construire, qu'ils possédaient le Saint-Graal, qu'ils protégeaient l'humanité de l'enfer, des choses comme ça.

— Et toi, qu'en penses-tu ?

— Moi, je ne crois à rien de tout ça.

Il répondit avec conviction. Peut-être ne connaissais-je pas l'histoire des Templiers mais je connaissais un peu la nature humaine et je crus deviner les pensées de l'antiquaire.

— En revanche, tu es persuadé qu'ils ont caché leurs trésors, je me trompe ?

— Ça ne fait aucun doute.

— Et tu rêverais de mettre la main dessus, pas vrai ?

Artur Boix me regarda avec attention. Son visage dénotait un sérieux absolu.

— Bien entendu. Rien ne pourrait me faire plus plaisir. Mon travail n'est pas qu'un gagne-pain, c'est une vocation. J'aime ce travail. Alors, découvrir un trésor templier, je vendrais mon âme pour ça. Et ne suis-je pas le mieux placé pour le faire ? Je saurais l'estimer artistiquement, le situer dans son contexte historique et, si nécessaire, tirer le meilleur rendement économique des pièces vendues, car, crois-moi, c'est souvent ce qui se passe. Si jamais il t'arrive de tomber sur quelque chose qui y ressemble, par exemple dans ton héritage, tu dois me promettre de me prévenir. Ne serait-ce que pour me montrer les objets, pour que je puisse les contempler.

Il posa sa main sur la mienne et je me laissai envahir par l'agréable chaleur de son contact.

— S'il te plaît, Cristina, promets-moi de me prévenir.

Je dois reconnaître que je fus émue par sa supplication, à laquelle je ne pouvais répondre que le plus aimablement possible.

— Oui, bien sûr.

Après l'escale à Madrid, je me retrouvai de nouveau assise à côté d'Artur Boix. Je dormis jusqu'à ce qu'il me réveille, en me secouant le bras, pour que je contemple la vue. Encore somnolente, je regardai par le hublot. L'avion avait fait demi-tour au-dessus de la mer et se préparait à atterrir. Le ciel diaphane nous offrait une vue splendide de la ville.

— La voici, m'indiqua-t-il. Barcelone est une vieille dame qui garde toute sa splendeur. Entre mer et montagne, elle respire la créativité. Elle regorge d'art, elle regorge de vie.

On pouvait voir le port, le vieux centre et ses églises, et une avenue serpentant entre les bâtiments.

— Ce sont les Ramblas, m'informa Artur.

Plus loin, on distinguait des blocs de taille identique, bien que tous différents, aérés de promenades et d'avenues arborées. Flottant au-dessus de la mer vers son zénith, le soleil chauffait de ses rayons les façades sud, oubliant le nord, plongé dans la pénombre, et donnant à la ville une allure féerique.

— C'est l'Eixample, la zone urbaine, le musée vivant du modernisme. Voici la dame. Vieille de plus de deux mille ans, elle semble faire la sieste, paisible sous la chaleur de l'astre roi, insensible au fourmillement de ses habitants, confortablement campée à la croisée de la Méditerranée et des montagnes, du passé et du présent. Mais en réalité, un sang bouillant coule dans ses veines.

Sa main décrivit un large demi-cercle de la main, comme s'il s'apprêtait à faire des présentations.

— Barcelone, voici mademoiselle Wilson. Cristina, Barcelone à tes pieds. Je te souhaite un excellent séjour. Profites-en bien.

Je perdis Artur de vue à la douane mais le retrouvai devant le tapis à bagages. Une de mes valises tardait à venir et, courtois, il se proposa d'attendre avec moi.

— Merci mais ne t'en fais pas, il n'y aura pas de problème. Je suis avocate et parle parfaitement castillan et catalan. S'ils ont perdu ma valise, ils verront de quel bois je me chauffe.

Il rit et, avant de partir, me rappela de lui téléphoner si j'avais besoin de quoi que ce soit.

Je songeai que me retrouver de nouveau avec le bel Artur ne serait pas pour me déplaire. J'ignorais encore que je ne tarderais pas à souhaiter ne jamais l'avoir rencontré.

9

Je n'ai jamais de chance avec les valises. Je dois toujours les attendre des heures, quand elles ne s'ouvrent pas sur le tapis à bagages ou ne se perdent pas. Cette fois, j'échappai au pire mais dû quand même patienter un bon moment avant de voir apparaître ma dernière valise. Je la chargeai sur le chariot et me dirigeai vers la sortie.

À peine avais-je passé la porte que je distinguai mon nom sur une pancarte au milieu de la foule. À des milliers de kilomètres de chez moi, cette vision me procura un vif plaisir. Je levai les yeux. Luis Casajoana Bonaplata m'attendait, mais je l'aurais difficilement reconnu si je n'avais pas su qu'il venait me chercher à l'aéroport. Ses traits s'étaient allongés et, bien que corpulent, il n'avait plus rien du petit gros aux joues rouges dont j'avais le souvenir. Quand il croisa mon regard, il m'adressa son fameux sourire, reconnaissable entre tous.

— Cristina ! s'écria-t-il.

Je ne saurais dire s'il avait reconnu en moi l'adolescente qui avait quitté Barcelone quatorze ans plus tôt ou si l'expression de mon visage l'avait mis sur la voie. Il me serra dans ses bras et m'embrassa sur les deux joues avant de saisir mon chariot.

— Qu'est-ce que tu as grandi !

Il me toisa des pieds à la tête.

— Tu es magnifique !

Me souvenant qu'il était plutôt du genre collant, je le refroidis sur-le-champ.

— Merci. Et je vois que, toi, tu n'es plus aussi grassouillet.

Il soupira avant d'éclater de rire.

— Et toi, toujours aussi peste.

Peut-être, mais j'espérais bien avoir calmé ses ardeurs. Franchement, je ne comptais pas l'avoir sur le dos pendant tout mon séjour à Barcelone.

Soudain, en sortant de l'aéroport, je remarquai de nouveau cet homme étrange. Il ne me quittait pas des yeux. Je l'avais déjà vu lorsque j'avais passé la porte automatique, une seconde avant d'apercevoir Luis, et j'avais été frappée par ses yeux et son allure, sans pour autant en faire grand cas. Cette fois, après l'avoir de nouveau surpris en train de m'observer, je soutins son regard pour le punir de son impertinence. Mais il continua à me dévisager avec effronterie jusqu'à ce que, mal à l'aise, ce soit moi qui finisse par détourner les yeux.

Cet homme me donnait la chair de poule. Il était âgé, comme en témoignait sa barbe blanche d'un demi-centimètre de long. Les couleurs sombres de ses vêtements contrastaient avec la blancheur de ses cheveux rasés de près mais, ce qui frappait le plus, c'étaient ses yeux. Des yeux décolorés, inquisiteurs, froids et agressifs.

Je devais avoir affaire à un fou ! Songeant que je n'aimerais vraiment pas me retrouver en tête à tête avec cet individu, je me repentis de l'avoir défié du regard.

Quant à Luis, il me posait toutes sortes de questions sur mon voyage et mon état de fatigue. Alors que nous prenions place dans son cabriolet métallisé, il m'interrogea sur la santé de mes parents et m'expliqua que les siens avaient quitté la ville pour s'installer dans un charmant petit village de la Costa Brava.

Sur le chemin de l'hôtel, il aborda le thème de ma vie privée.

— Ah, tu as un petit ami !

— Mieux, un fiancé, précisai-je.

— Moi, je suis diplômé en management, j'ai un master de marketing et je suis chef d'entreprise.

— Tu en as fait des choses ! lançai-je, ironique.

— Tu as vu. Et je suis aussi divorcé.

— Ça, ça ne m'étonne pas, répondis-je en riant.

Il se joignit à moi et je me réjouis de constater qu'il avait toujours très bon caractère.

— Tu es une peste.

— Ça, tu me le disais déjà il y a quatorze ans.

Il rit de nouveau.

— J'étais peut-être grassouillet, mais j'étais déjà très clairvoyant.

Quand Luis commençait à parler de lui, cela pouvait durer des heures. Je changeai donc aussitôt de sujet de conversation.

— Et Oriol, as-tu des nouvelles ?

— Oriol ?

Il parut embarrassé par la question et, sans s'en rendre compte, appuya sur l'accélérateur de sa BMW.

— Oui, Oriol. Tu sais ? Ton cousin.

— Bien sûr que je sais. Et pas la peine de me mettre la pression, sergent Cri.

J'éclatai de nouveau de rire. Cela faisait des années que je n'avais pas entendu ce surnom. Luis m'appelait toujours comme ça quand nous étions petits. Il fronça les sourcils.

— Eh bien, le surdoué de la famille... je veux dire, du point de vue intellectuel, évidemment... pour le reste, le surdoué, c'est moi...

Il m'adressa un sourire plein de suffisance.

— Eh bien quoi ? Tu vas lâcher le morceau, oui ?

— Oui, sergent Cri.

Je gardai le silence, attendant qu'il parle. Quand il vit que je ne comptais pas répondre à sa provocation, il continua :

— Eh bien... le surdoué de la famille est devenu hippie, anarchiste et squatter.

Je restai bouche bée. Oriol, le brillant Oriol destiné à un grand avenir, un inadapté ?

— Tu vois, il est devenu le marginal de la famille.

— Il n'est pas allé à l'université ?

— Oh, ça si. Il a trois ou quatre doctorats, un vrai cerveau !

— Et que fait-il ?

— Il donne des cours d'histoire à l'université. Il crée aussi, avec d'autres barjos à pantalons moulants et coiffures rastas, des centres de culture populaire et d'assistance sociale dans des maisons abandonnées, d'où la police finit toujours par les chasser.

— J'ai du mal à l'imaginer comme ça.

— Pourtant, il a livré de nombreuses batailles. Bien sûr, tu n'as pas dû entendre parler de la descente de police au cinéma Princesa, si ? Il y a eu une petite émeute et mon cousin était dans le lot.

— Lui est-il arrivé quelque chose ?

— Une nuit au poste. Notre famille a encore le bras long et il n'est pas du genre violent, si tu vois ce que je veux dire...

Luis fit un geste équivoque de la main.

Nous étions arrivés à l'hôtel et un jeune groom souriant m'ouvrit la porte. Un autre accourut pour se charger des valises alors que Luis remettait ses clés de voiture à un troisième.

Je restais songeuse. Que signifiait ce geste de Luis ? Qu'insinuait-il à propos d'Oriol ?

— Par ici, la réception est au premier étage.

Il me conduisit par le coude jusqu'à l'ascenseur.

— Je t'ai pris une chambre plein sud, au vingt-huitième étage. Tu verras, la vue est époustouflante. Et laisse-moi te dire que, d'habitude, ils ne les réservent qu'à quelques privilégiés. Je sais que, comparé aux immeubles de New York, celui-ci est tout petit, mais ici, c'est exceptionnel.

Il s'arrêta pour me regarder :

— Tu n'as pas peur de l'altitude depuis... ?

— Non, ne t'inquiète pas. Je suis allée dans des bureaux situés beaucoup plus haut depuis les événements.

Le concierge me donna effectivement une chambre au vingt-huitième étage.

— Je monte un moment avec toi pour admirer la vue et vérifier que tout est en ordre.

Je lui souris :

— Non, merci. Je te connais. Petit, tu nous espionnais toujours quand nous nous changions à la plage.

Il prit une mine de petit garnement.

— Bon, d'accord. J'avoue. Mais j'ai changé. Et toi aussi... Maintenant, le spectacle doit être plus intéressant.

Il conclut sa phrase en caressant ma poitrine du regard.

Si j'avais eu affaire à quelqu'un d'autre, j'aurais piqué une belle colère mais, venant de lui, cette effronterie n'était pas bien méchante. J'éclatai de rire.

— Au revoir. Merci d'être venu me chercher.

— Allez, laisse-moi vérifier que tout va bien.

Il me lança un regard malicieux.

— Tout va très bien, crois-moi, le rassurai-je. Et maintenant, bye-bye.

J'avais haussé le ton et ma voix s'éleva dans le hall gigantesque, des ascenseurs à la baie vitrée. Des clients assis autour des tables basses en osier, près de la verrière, se retournèrent.

— Bon, alors j'ai au moins droit à une petite bise... sergent Cri, négocia-t-il.

Luis n'avait pas tort. La chambre donnait plein sud et la vue était merveilleuse. À gauche s'étendaient la mer et les plages bordant la côte jusqu'au vieux port, désormais aménagé en espace de loisirs. Je pouvais voir les amarres des voiliers du club nautique, une zone remplie de commerces et de bars et, plus loin, deux grands navires, probablement des transatlantiques de croisière.

Au loin s'élevait le Montjuïc. Je distinguais parfaitement son château dressé au bord d'une falaise dominant la mer, ses jardins arborés et, à l'autre extrémité de la colline, le majestueux ensemble architectural du Palais national, bâti au début du siècle dernier. Le Passeig Marítim et la statue de Christophe Colomb marquaient le début d'une énorme zone urbaine qui s'étendait jusqu'au pied de montagnes couvertes de végétation.

Je regardai vers Bonanova, le quartier où j'avais vécu avec mes parents, mais fus incapable de le distinguer, et même de le deviner, dans cet océan de bâtiments qui formaient, malgré leur enchevêtrement de formes et de tailles variées, un ensemble étrangement harmonieux.

Mais une pensée me tourmentait : qu'avait insinué Luis à propos d'Oriol ?

Les grooms m'apportèrent mes bagages et je commençai à les défaire tout en pensant à Oriol. Un repas avec Luis s'imposait. Tant de questions restaient en suspens. J'espérais qu'il pourrait m'aider à répondre à quelques-unes d'entre elles. Mais, plus que tout, je désirais voir Oriol, celui qui m'avait fait découvrir l'amour. Nous étions mercredi. J'allais grignoter un morceau et me reposer. Je rencontrerais certainement Oriol le samedi, pour l'ouverture du testament. Tiendrais-je deux jours sans essayer de le contacter ? J'espérais bien que ce serait lui qui chercherait à me joindre. Mais qu'avait sous-entendu Luis ? Oriol savait-il que j'étais ici ? Et si je lui téléphonais ? Mais je n'avais pas son numéro et il n'était pas dans l'annuaire. Pourquoi ne l'avais-je pas demandé à Luis ?

Après avoir appelé mes parents et Mike, je feuilletai de beaux livres de photographies sur Barcelone qui m'attendaient sur le bureau de ma chambre. Malgré la fatigue du voyage, je ne voulais pas me coucher avant dix heures pour habituer mon organisme à l'heure espagnole.

Je commandai ensuite un repas léger, que je dégustai devant le spectacle de la nuit tombante. Barcelone se peuplait de lumières et d'ombres grandissantes. À mesure que le crépuscule avançait, un voile de mystère recouvrait ses rues et ses ruelles entrelacées. J'eus alors l'intuition qu'entre ces immeubles, là-bas, au loin, étaient cachées toutes les réponses à mes questions sur cet étrange héritage, le suicide d'Enric, l'attitude de ma mère, le secret de la bague. Je baissai les yeux vers le rubis. Son éclat énigmatique formait toujours cette curieuse étoile à six branches à l'intérieur de la pierre. Il me sembla que son scintillement était plus vif, plus profond et, surtout, plus mystérieux. Trop de questions me harcelaient. Je mourais de curiosité. Quand Luis allait-il me confier ce qu'il savait de cette histoire ?

N'y tenant plus, je composai son numéro et laissai un message sur son répondeur.

— Luis, c'est Cristina. Je t'invite à déjeuner demain. D'accord ?

Je passai mon pyjama et éteignis la lumière. J'avais laissé les rideaux ouverts. Les lumières de la ville atteignaient à peine mon étage et la chambre ne recevait que la lueur voilée des lampes disposées à l'extérieur de l'immeuble. Je n'avais pas demandé à ce qu'on me réveille, le soleil s'en chargerait.

Je m'étendis sur le lit, laissant voguer mon imagination. J'avais du mal à prendre pleinement conscience que je me trouvais à Barcelone après tant d'années...

La sonnerie du téléphone me sortit de mes rêveries.

— Cristina !

— Ah, Luis.

— Je savais que tu ne pourrais plus te passer de moi...

Je faillis raccrocher. Il commençait à me courir sur les nerfs. D'accord, il blaguait, mais son comportement était très proche du harcèlement. J'ignorai sa remarque puérile.

— Je t'invite à déjeuner demain.

— Non. Moi, je t'invite à dîner.

— Ah, non ! coupai-je. Je regrette. Je ne dîne en tête à tête qu'avec mon fiancé et je ne fais aucune exception, même pour le travail. C'est une question de principes. Juste avec mon fiancé ou, si tu préfères, mon futur époux, mon petit copain, mon partenaire ! C'est clair ?

J'avais articulé à l'excès mes derniers mots. À l'autre bout du fil, Luis faisait un drôle de bruit avec sa bouche. Tss, tss, tss... Comme s'il voulait marquer une désapprobation feinte.

— Bon, tu as gagné, finit-il par admettre. Et si je te propose un partenariat ?

J'étouffai mon rire. Malgré tous ses petits défauts, Luis pouvait parfois être drôle.

— Le déjeuner ou rien, lançai-je avec énergie.

— J'ai justement l'assemblée d'actionnaires d'une de mes entreprises demain midi.

— Tant pis, alors.

C'était du bluff. J'avais pris un ton résigné mais ne croyais pas un mot de son histoire d'assemblée. Je savais qu'il finirait par céder. Dans le cas contraire, je serais obligée d'accepter ce dîner pour satisfaire ma curiosité et obtenir les réponses à toutes les questions qui me trottaient dans la tête.

— Allez, je t'invite à dîner, insista-t-il lourdement.

— Non, non et non !

Mon cri fut suivi d'un long silence.

— D'accord, tu as gagné. Au diable les actionnaires. L'entreprise est en faillite, je leur enverrai un télégramme les informant que je me suis enfui au Brésil avec l'argent. Je passe te prendre à l'hôtel à quatorze heures.

— Si tard ?

— On est en Espagne. Tu te souviens, sergent Cri ?

10

— Ma famille n'a jamais été très bavarde au sujet d'Enric.

Luis enfourna une bouchée de salade de homard et m'observa, savourant tranquillement son plat. Il savait que j'attendais avec avidité son récit et prenait un malin plaisir à faire durer le suspense. Étant donné le mystère qu'il faisait planer sur la conversation, je m'attendais à une nouvelle surprenante mais ne voulais surtout pas lui donner satisfaction en montrant des signes d'impatience. Je pris donc une cuillerée de soupe d'amande froide et promenai mon regard sur la pièce. Ses hauts plafonds, son mobilier et sa décoration faisaient de ce restaurant, situé dans un immeuble centenaire de la Diagonal, un harmonieux repaire de style moderniste.

— Les Bonaplata n'ont jamais vraiment accepté l'homosexualité d'Enric.

Ma cuillère à soupe resta suspendue au-dessus de mon assiette. Enric, homosexuel ! Luis me dévisageait, satisfait de l'effet produit par sa révélation.

— Ma mère le savait, reprit-il, mais il l'a toujours caché au reste de la famille. Et il le dissimulait très bien. Il n'était pas du tout maniéré, enfin, quand il le voulait, bien sûr.

— Homosexuel ? m'exclamai-je. Mais comment Enric pouvait être homosexuel s'il s'est marié avec Alicia et qu'il est le père d'Oriol ?

— Réveille-toi, petite, tout n'est pas blanc ou noir, la vie est faite de nuances et ce ne sont pas toujours les gentils qui gagnent à la fin.

Il sourit avec arrogance, visiblement fier de sa tirade.

— Enric et la mère d'Oriol ne se sont jamais mariés, du moins, ce n'était pas un mariage religieux, malgré ce que nos parents voulaient nous faire croire. Ils n'étaient ensemble que lors d'occasions bien spécifiques, notamment pour faire bonne figure en société. Ils avaient, chacun, des amants de leur propre sexe. Je me demande s'ils s'amusaient quand même quand ils se retrouvaient dans le même lit.

Les yeux de Luis s'illuminèrent et un sourire obscène déforma ses lèvres.

— Peut-être qu'ils organisaient des orgies, tu imagines ?

J'imaginais très bien, oui, mais pas les scènes d'orgie qui semblaient tant plaire à Luis. Non, j'imaginais plutôt ce dernier en satyre, avec des cornes et une barbichette. L'expression qu'avait pris son visage était à mourir de rire, mais je m'efforçai de répondre dignement :

— Non, je n'imagine pas.

— Allez, avoue... Bien sûr que tu imagines...

— Non !

— Allez, Ally McBeal, avoue.

C'en était trop. Je ne supporte pas les plaisanteries qui associent ma profession à cette série télévisée. C'est trop facile de donner le nom de cette prétendue avocate en jupe trop courte, sentimentalement détraquée et névrotique, aux jeunes juristes qui ont une belle carrière devant elles, comme c'était mon cas.

— Tu manques vraiment d'originalité, Luis ! Je ne sais pas combien de fois j'ai entendu ça. Je n'ai rien à voir avec elle.

Son sourire me rappela nos disputes. Enfant, il adorait me provoquer par de petites mesquineries, des coups en douce ou des attaques verbales. Me tirer les cheveux était sa grande spécialité.

Ne manquant déjà pas de repartie, je le couvrais d'insultes subtiles et délicates concernant son physique. « Gros plein de soupe » et « gros sac de merde » figuraient parmi mes favorites. Luis, qui ne s'en formalisait pas, mettait alors ses doigts dans le nez et gonflait les joues pour faire le cochon dans une mimique hilarante. Nous nous réconcilions alors sur un fou rire.

— Pourquoi ris-tu ?

— Pour rien. Te souviens-tu quand on se disputait ? Tu n'as pas vraiment changé.

— Toi non plus. J'arrive toujours à te faire enrager.

Allons bon ! Porcinet avait peut-être minci mais il aimait toujours autant la provocation. Notre conversation initiale me revint subitement à l'esprit et je retrouvai mon sérieux.

— Pauvre Oriol, déclarai-je. Ça doit être dur pour lui.

— Tu parles de ses penchants sexuels ?

Son sourire avait disparu.

— Tu sais... pour ses goûts... enfin, il a grandi entouré de femmes qui jouaient un rôle masculin alors, il ne fallait pas s'attendre à autre chose. En plus, génétiquement... comme ses deux parents l'étaient, enfin, tu sais...

J'avais fait référence à la situation familiale d'Oriol mais Luis avait visiblement mal compris.

— Quoi ? De quoi parles-tu ? Non, je ne sais pas. Mais tu vas me le dire, non ?

— Je te parle de ça. Que mon cousin a, lui aussi, sa face cachée.

— Mais, comment le sais-tu ? Il t'en a parlé ?

— Non. Il n'est pas du genre à dévoiler ses secrets. Mais ces choses-là se voient. Il ne nous a jamais présenté de petite amie et il mène quand même une vie bizarre...

Je scrutai mon ami : ses yeux ne reflétaient pas la moindre note d'humour. Ce n'était donc pas une de ses fameuses plaisanteries ! L'homosexualité d'Alicia ne m'étonnait pas vraiment et m'importait peu. Mais, si la révélation de celle d'Enric avait été une drôle de surprise, la découverte de celle d'Oriol était un véritable choc.

Tous mes rêves d'adolescente, tous ces merveilleux souvenirs de vacances, de l'orage et du baiser, s'effondrèrent en quelques secondes. Combien de fois avais-je imaginé Oriol en fiancé, en amant, en mari ?

Je repensai à cette époque. J'avais toujours dû faire le premier pas avec Oriol. Nous fréquentions le même collège, un établissement élitiste niché sur les flancs de la Sierra de Collserola, où la bourgeoisie progressiste et libre penseuse barcelonaise envoyait ses rejetons pour leur donner une éducation catalane à la sauce européenne. Mais Oriol étant plus âgé, je le croisais à peine dans les couloirs au retour de nos dernières vacances. J'avais donc commencé à lui envoyer des petits mots.

Nous nous retrouvions à l'occasion des réceptions organisées le week-end par les amis de nos parents. Je me souviens de notre dernière rencontre, avant mon départ pour New York. Enric et Alicia avaient préparé une fête d'adieu dans leur maison de l'avenue Tibidabo. Oriol paraissait triste et, moi, j'étais affligée. Après avoir difficilement semé Luis, nous étions parvenus à voler quelques minutes d'intimité dans l'ombre protectrice de l'immense jardin. Nous nous étions embrassés. J'avais pleuré. Les yeux rougis d'Oriol indiquaient qu'il avait, lui aussi, versé des larmes.

— Tu veux qu'on reste ensemble ?

— D'accord.

Je lui avais fait promettre de ne pas m'oublier et de m'écrire jusqu'à ce que nous nous retrouvions, dès que possible.

Il n'écrivit jamais et ne répondit à aucune de mes lettres. Je n'entendis plus jamais parler de lui.

La voix de Luis me tira de ma rêverie. Je n'aurais pas été capable de répéter un traître mot de ce qu'il m'avait dit.

— Oriol n'a même pas son propre appartement, il vit encore chez sa mère. D'accord, ça n'a rien d'anormal en Espagne, mais quand même ! Parfois, il passe la nuit dans un squat, avec ses amis, et il retourne quand il veut dans la maison de Tibidabo. Il est logé, nourri et blanchi, au grand bonheur de sa petite maman.

— Mais, dans ces squats, il y a bien des filles, non ? Je veux dire, rien ne prouve qu'il n'a pas de petite amie là-bas.

— Bien sûr qu'il y a des filles. Dis donc, on dirait que tu t'intéresses de près à la vie privée de mon cousin, constata-t-il avec un sourire.

— Tu te fondes sur des soupçons, de simples preuves circonstancielles. Tu n'as aucun argument solide pour démontrer l'homosexualité d'Oriol.

— Eh, nous ne sommes pas au tribunal. Il n'y a rien à défendre, je te tiens juste au courant, c'est tout.

Luis me scrutait, amusé. Mais je ne riais pas. Il ne faisait pas que porter un jugement hâtif sur son cousin, il le condamnait sur la base d'insinuations malintentionnées. Mieux valait changer rapidement de sujet pour éviter une discussion houleuse.

— Alors, sais-tu ce qui nous attend, samedi ? demandai-je. C'est tout de même étrange, on ouvre rarement un testament treize ans après le décès de son auteur.

— En fait, le testament d'Enric a été ouvert peu de

temps après sa mort. Oriol et Alicia en étaient les principaux bénéficiaires. Là, il s'agit d'autre chose.

— D'autre chose ?

La manière que Luis avait de distiller les informations au compte-gouttes commençait à me porter sur les nerfs. Il se complaisait à me faire attendre.

— Oui, c'est différent.

Je décidai d'attendre son récit sans poser plus de questions. Nous mangeâmes en silence pendant quelques minutes.

— Il s'agit d'un trésor ! Je suis sûr que c'est un fabuleux trésor templier.

Il avait déjà abordé le sujet lorsqu'il m'avait téléphoné à New York mais ses mots semblaient faire écho à la conversation que j'avais eue avec Artur Boix la veille dans l'avion.

— Tu as déjà entendu parler des Templiers ? reprit-il.

— Évidemment.

Une ombre de déception passa sur son visage.

— Je ne pensais pas que vous étiez calés en histoire médiévale aux États-Unis.

— Encore des préjugés. Tu vois, il ne faut pas se fier aux apparences, répondis-je, satisfaite.

— Alors tu sais que, pourtant non convaincus du bien-fondé de l'action du roi de France contre les Templiers, la plupart des souverains européens obéirent au pape, profitant de l'occasion pour augmenter leurs richesses personnelles. On raconte que dans le royaume d'Aragon, qui mit plus longtemps à appliquer l'ordre papal, les moines eurent le temps de cacher une partie de leurs possessions, de grosses quantités d'or, d'argent et de pierres précieuses.

Les yeux brillants, Luis s'animait de la même flamme qui rosissait ses joues rondes quatorze ans plus tôt, quand Enric nous proposait une de ses chasses au trésor dans sa magnifique demeure de l'avenue Tibidabo.

— Tu imagines la valeur que peut avoir sur le marché noir une pièce d'orfèvrerie ciselée entre le XIIe et le XIVe siècle ? Imagine ce que peut représenter un crucifix en or, argent et émail, incrusté de saphirs, de rubis et de turquoises, ou un petit coffre en ivoire sculpté, des calices recouverts de pierres précieuses, des couronnes de rois, des diadèmes de princesses, des épées de cérémonie...

Il ferma les yeux, sans doute ébloui par la splendeur de ce trésor imaginaire. Son récit me laissait incrédule.

— Tu penses donc que, samedi, nous allons recevoir un trésor ?

— Non, pas un trésor. Mais des indices pour le trouver, comme dans les courses au trésor qu'Enric organisait pour nous quand nous étions enfants. Sauf que, maintenant, c'est pour de vrai.

— Et comment sais-tu tout ça ?

Je soupçonnais Luis de se laisser emporter par son imagination débordante mais mieux valait ne pas le lui faire remarquer si je voulais obtenir les réponses à mes questions.

— Eh bien, par des allusions de la famille. Apparemment, Enric cherchait un trésor quand il est mort.

— Et que vient faire là-dedans mon tableau gothique ?

— Je n'en sais encore rien. Mais à l'époque où il s'est suicidé, Enric était à la recherche de tableaux gothiques. Et, si je ne me trompe pas, celui que tu as date précisément de la période des Templiers, XIIIe siècle, début XIVe.

Je l'observai un moment en silence. Il m'avait tout l'air convaincu de ce qu'il disait.

— Et pourquoi s'est-il suicidé ?

— Je ne sais pas. La police pense qu'il s'agissait d'un règlement de comptes entre trafiquants d'art mais ils n'ont rien pu prouver. C'est tout ce que je sais.

— Alors, pourquoi m'as-tu appelée pour me prévenir ?

— Parce qu'il se pourrait que cette peinture contienne la clé du trésor.

Bouche bée, je repensai aux étranges visiteurs qui avaient fouillé mon appartement.

— Tu sais qu'on a essayé de me la voler ?

D'un mouvement de tête, il me fit comprendre qu'il n'était au courant de rien. À la fin de mon récit, il me révéla qu'il effectuait des recherches depuis qu'il avait reçu la convocation du notaire. Bien qu'il refusât de me donner ses sources, il m'assura que mon tableau contenait un indice essentiel. Quand Luis n'eut plus rien à me raconter sur le prétendu trésor, je changeai de sujet.

— Et où s'est-il suicidé ?

— Dans son appartement du Passeig de Gràcia.

— Et que pense Alicia de tout ça ? Elle est quand même sa femme, non ?

— Elle peut bien en penser ce qu'elle veut, je ne lui fais pas confiance.

— Pourquoi ?

— Je n'aime pas cette femme. Elle cache quelque chose. Elle est manipulatrice et cherche à dominer tout le monde. Méfie-toi d'elle. Vraiment. Je crois qu'elle fait partie d'une secte.

Quelle étrange coïncidence ! Ma mère m'avait tenu, à peu de choses près, le même discours sur Alicia avant que je quitte les États-Unis, me suppliant de l'éviter.

Les propos de Luis me confortèrent dans mes projets : je devais rencontrer Alicia.

11

Le commissariat était sans doute le meilleur endroit pour commencer mon enquête sur la mort d'Enric. Je repassai à l'hôtel pour me changer : un pantalon taille basse dévoilant mes hanches et mon ventre et un haut court feraient l'affaire. Si, comme je l'espérais, la majorité des policiers étaient des hommes, mon nombril pourrait m'aider à délier quelques langues. Ce n'était pas une question de coquetterie mais de stratégie. D'accord, il y avait peut-être un peu de coquetterie dans tout cela. Je songeai à Ally McBeal en souriant. Rien à voir ! Elle était avocate alors qu'aujourd'hui j'étais détective. Elle exhibait ses jambes. Je montrais mon ventre.

Dans ma chambre, le voyant rouge du téléphone clignotait. La standardiste de l'hôtel avait laissé un message :

— Doña Alicia Núñez a téléphoné. Elle vous prie de la rappeler dès que possible.

J'allais enfin en savoir plus sur cette femme qui effrayait ma mère et mon petit Porcinet, bien qu'il s'efforçât de le cacher. Je le connaissais mieux qu'il ne le croyait.

Je gardais un souvenir très vif de la mère d'Oriol et de ses yeux d'un bleu profond, légèrement en amandes, si semblables à ceux de son fils. Des yeux que j'aimais tant lorsque j'étais enfant...

Alicia ne fréquentait pas vraiment le groupe d'amis qui se donnaient rendez-vous tous les étés sur la Costa Brava. Oriol passait les vacances dans la maison des grands-parents Bonaplata, avec sa tante, la mère de Luis. Enric prenait une quinzaine de jours de vacances avec lui et le rejoignait ensuite certains week-ends, mais jamais avec Alicia. Lorsque celle-ci n'était pas en voyage à l'étranger ou occupée par ses affaires, à l'époque inconvenantes pour une femme, elle venait parfois passer un jour de la semaine avec Oriol mais ne restait jamais dormir. Toute petite, je pressentais déjà qu'Alicia n'était pas une maman comme les autres.

Cela faisait des années que je n'avais plus pensé à toutes ces histoires, jusqu'à ce que Luis, pendant le repas, mentionne le comportement atypique de la mère d'Oriol.

Je brûlais d'envie de rencontrer Alicia, justement parce que l'on essayait de m'en dissuader, que ma mère en avait peur et que Luis m'avait mise en garde contre elle. Pourquoi m'avait-elle téléphoné ?

Malgré ma curiosité, je décidai de ne pas la rappeler immédiatement. Rien ne pressait. Pas encore.

Au commissariat, je racontai la vérité : de passage après quatorze ans d'absence, je voulais savoir ce qui était arrivé à mon parrain.

Aucun des agents présents ne se souvenait d'un cas de suicide Passeig de Gràcia. Devais-je mettre cela sur le compte de mon sourire, de mon histoire émouvante d'émigrée à la recherche de ses racines ou de mon nombril de houri ? Quoi qu'il en soit, ils se montrèrent très aimables. L'un d'entre eux finit par suggérer que López, qui travaillait là à l'époque et était actuellement en patrouille, devait en savoir plus. Ils le contactèrent par radio.

— Bien sûr que je me souviens de cette affaire.

Les agents augmentèrent le volume pour que j'entende les informations.

— Mais c'est Castillo qui était chargé de l'enquête. Cet homme l'a appelé et, pendant qu'il lui parlait au téléphone, il s'est fait sauter la cervelle.

Castillo, devenu commissaire entre-temps, avait été muté. Ses anciens collègues me conseillèrent d'aller lui rendre une petite visite.

Quand j'arrivai au nouveau commissariat de Castillo, on m'informa qu'il ne serait là que le lendemain matin. L'affaire pouvait bien attendre le jour suivant et je décidai donc de profiter de l'après-midi pour me promener. Serrant bien fort mon sac contre moi, comme me l'avait conseillé Luis, je me dirigeai vers les Ramblas et me plongeai dans le flot de passants flânant au centre de la promenade.

Le nom de ces avenues n'est pas le fruit du hasard. En arabe, le terme « rambla » désigne le lit d'un fleuve : les Ramblas de Barcelone, qui déversent aujourd'hui des flots de promeneurs, déversaient, par le passé, les eaux de pluie. Toutefois, au contraire des eaux du courant primitif qui courait le long des murailles médiévales de la ville, le torrent de promeneurs, pourtant moins nombreux aux premières heures du jour, est intarissable. Je me demandai comment cette promenade pouvait conserver son enchantement intact sous l'assaut d'une telle faune humaine, sans cesse changeante. Comment cette mosaïque pouvait-elle garder son identité avec des carreaux toujours différents ? Serait-ce que les pièces n'importent pas et que seul existe à nos yeux l'ensemble qu'elles forment et l'esprit qui s'en détache ? Certains lieux ont une âme, parfois si grande qu'elle absorbe les énergies individuelles pour en faire les éléments d'un grand ensemble. C'est le cas des Ramblas.

Comme sur les promenades des petites villes, les gens s'y rendent pour voir et être vus, à la fois spectateurs et acteurs. À la différence que tout y est plus grand, plus cosmopolite.

Les dames en robe du soir et leur cavalier en smoking se rendant au Gran Teatre del Liceu y côtoient les travestis peinturlurés concurrençant les prostitués pour vendre leurs charmes, les marins de toutes nationalités et couleurs en uniforme militaire, les touristes blonds, les immigrants des quatre coins du monde, les branchés, les policiers, les beautés, les vieux vagabonds, les curieux aux yeux grands ouverts et les travailleurs pressés au regard perdu dans le vide...

C'est ainsi que je m'attendais à trouver les Ramblas, plus par ce que j'en avais entendu dire que par mes souvenirs d'enfance, et c'est ainsi que je les trouvai en cette radieuse journée de printemps. Déambulant entre les stands de fleurs, je m'imprégnais, par tous les pores de ma peau et l'air que je respirais, de cette magnifique explosion de couleurs et de fragrances.

Je m'arrêtai parmi les groupes qui se formaient devant les artistes de rue, les musiciens, les jongleurs et les mimes dont le visage était couvert d'un masque de maquillage blanc ou rouge, des princesses ou des guerriers prostrés dans une pause qui, d'un geste brutal ou comique, remerciaient les spectateurs de leur avoir laissé une pièce.

J'observai le jeune homme solitaire appuyé sur le tronc difforme d'un platane centenaire et sa petite amie, le visage éclairé d'un large sourire, s'approchant par-derrière sur la pointe des pieds pour lui offrir une rose et faire un pied de nez aux codes sociaux. J'assistai à la surprise, au bonheur, au baiser et à l'étreinte du beau et de sa soupirante. Ce magnifique après-midi printanier, la rumeur vivante des passants et ce couple d'artistes improvisés, donnant gratuitement son amour en spectacle, composaient un splendide tableau. Envieuse, je ressentis une pointe de nostalgie.

Dans l'espoir de me consoler, je regardai le diamant, symbole de mon amour, qui brillait à ma main. Mais la lueur rougeâtre du mystérieux rubis, ironique et moqueuse, détourna mes pensées de l'être aimé. Peut-être était-ce le fruit de mon imagination, mais, à cet instant précis, il me sembla que l'étrange bijou était vivant et qu'il avait un message à me faire passer. Je secouai la tête à cette idée insensée et regardai les jeunes amoureux se perdre dans la multitude, main dans la main. Soudain, je me figeai. Je venais d'apercevoir l'homme de l'aéroport, le vieux aux cheveux blancs vêtu de noir. Debout devant un kiosque à journaux, il affectait de feuilleter une revue mais ses yeux étaient tournés vers moi. Quand nos regards se croisèrent, il se concentra sur le magazine qu'il tenait avant de le reposer sur une pile et de s'éloigner. Prise d'inquiétude, je repris mon chemin, me demandant si je n'étais pas victime de mon imagination.

12

— Je m'en souviens comme si c'était hier ! Quel choc ! Je n'oublierai jamais !

Alberto Castillo était un homme au sourire chaleureux d'environ trente-cinq ans.

— Qu'est-il arrivé ?

Le visage du commissaire s'assombrit.

— Il a appelé au poste pour dire qu'il allait se suicider. À l'époque, je débutais et je ne m'étais jamais trouvé confronté à un cas comme celui-ci. J'ai essayé de le convaincre de ne pas le faire, de se calmer. Mais en fait, il paraissait bien plus calme que moi. Je ne me souviens plus de ce que je lui ai raconté mais ça n'a servi à rien. Il m'a fait un peu la conversation puis il s'est mis le pistolet dans la bouche et s'est fait sauter la cervelle. J'ai fait un bond sur ma chaise en entendant le coup de feu. Ça a fait boum. Ce n'est qu'à ce moment que j'ai su que cet homme parlait sérieusement. Nous l'avons retrouvé assis sur son canapé, les pieds posés sur une table basse, les fenêtres du balcon grandes ouvertes sur Passeig de Gràcia. Avant de se tuer, il buvait tranquillement un cognac français hors de prix et fumait un cigare. Il portait un costume impeccable et une cravate. La balle est sortie par le haut du crâne. Il vivait dans un vieil immeuble luxueux avec de hauts plafonds et, là-haut, collés à côté de jolies moulures au motif fleuri, j'ai retrouvé du sang et un morceau de cuir chevelu. Sur la platine d'un vieux tourne-disque, un vinyle de Jacques Brel tournait dans le vide. C'était la musique que j'avais entendue lorsque nous étions au téléphone. Avant, il avait écouté *Viatge a Itaca* de Lluís Llach.

Je fermai les yeux, cherchant à fuir les images de l'horrible scène qui se déroulait dans ma tête.

Je pensai à Enric nous rendant visite avec Oriol, les lundis de Pâques. Il m'offrait toujours une énorme *mona*, gâteau traditionnel que les parrains et marraines de Catalogne offrent ce jour-là à leurs filleuls, surmontée d'une belle sculpture en chocolat noir. Un jour, il en avait apporté une en forme de château de princesse avec de petites figurines de sucre colorées. Elle était énorme et je n'avais autorisé personne à toucher au chocolat. Je voulais garder le château, comme si c'était une maison de poupées. En ces occasions, Enric s'amusait autant que nous. Je voyais encore son sourire radieux, il était comme un père pour moi.

La gorge serrée et les yeux remplis de larmes, je balbutiai :

— Mais pourquoi ? Pourquoi s'est-il tué ?

Castillo haussa les épaules. Nous nous trouvions dans un bureau austère, typique d'un commissariat de police. Ce jour-là, je portais une jupe courte. Bien que je prétende ne pas le voir, je remarquai que le regard du commissaire s'attardait sur mes jambes croisées l'une sur l'autre.

Sur un meuble classeur siégeait une belle photo de sa femme avec ses deux enfants, un petit garçon et une fille. Je sentis que Castillo, qui semblait apprécier ma compagnie, était prêt à me raconter tout ce qu'il savait.

— Je ne sais pas pourquoi il s'est tué mais j'ai ma propre théorie là-dessus.

— Laquelle ?

— Comme vous pouvez imaginer, à vingt ans et

quelques, j'avais été terriblement bouleversé par cette histoire. J'ai donc demandé de participer à l'enquête. Je me souvenais qu'au téléphone il m'avait dit avoir assassiné un homme. Quelques semaines plus tôt, il y avait eu un quadruple assassinat dans une demeure de Sarrià. Nous n'avons jamais pu le prouver, mais je suis sûr que c'était lui.

— Lui... qui aurait tué quatre personnes ?

Il n'y avait pas plus agréable et paisible qu'Enric. L'imaginer dans la peau d'un assassin m'était impossible.

— Oui. Des personnes liées au commerce d'antiquités, comme lui. Deux d'entre elles avaient un casier pour vol et trafic d'œuvres d'art. Les deux autres étaient de simples hommes de main. Des types dangereux. En revanche, quand nous avons examiné les affaires de votre parrain, nous n'avons rien trouvé de suspect. Mieux, il avait hérité de tant d'argent que même en le jetant par les fenêtres en toutes sortes d'extravagances, de fiestas et autres excès, il lui restait assez pour mener le même train de vie jusqu'à en être complètement dégoûté.

— Il faudra m'expliquer comment un homme seul peut venir à bout de trafiquants...

— Ils ont pourtant tous été tués avec le même revolver.

— Ça ne veut pas dire que personne ne l'a aidé.

— Non, mais je suis sûr qu'il était seul. Et je vais vous dire pourquoi, mademoiselle. Cette maison était le repaire d'une bande de criminels, elle était protégée par des alarmes de sécurité et des caméras vidéo reliées à un système central. C'est très courant de nos jours, mais pas à l'époque. Malheureusement, les caméras de surveillance n'étaient pas connectées à un magnétoscope. Il a dû les piéger d'une façon ou d'une autre, et tout seul. Ces types n'auraient jamais permis que deux hommes entrent en même temps. Ils ne se seraient jamais laissé surprendre s'ils avaient soupçonné quelque chose. Ce sont eux qui lui ont ouvert la porte, et avant de l'introduire dans la salle où se trouvaient leurs patrons, ils l'ont certainement fouillé. C'étaient des professionnels et les deux jeunes étaient armés, bien qu'il ne leur ait pas laissé le temps de tirer. On en a trouvé un le pistolet à la main. L'homme le plus âgé aussi a tenté d'utiliser son arme. Il devait la garder dans un tiroir du bureau, sur lequel nous avons trouvé un paquet de billets éparpillés. Ça prouve que l'assassin ne cherchait pas d'argent, ce qui cadre avec Bonaplata. Son unique mobile était la vengeance.

— Alors, expliquez-moi comment un homme seul s'y prend pour tuer quatre hommes, dont trois armés ? D'où sortait-il son pistolet ? Enric n'était pas le moins du monde agressif...

— Je ne sais ni d'où il a sorti le revolver ni où il l'a mis.

— Mais il s'est tué d'une balle dans la tête. Vous n'avez pas trouvé d'arme près de son corps ?

— Si, bien sûr.

— Et alors ?

— Elle ne correspondait pas à celle du quadruple meurtre. Le service balistique a examiné les balles qui ont tué les trafiquants, ce n'était pas la même arme.

— Ce n'était donc pas lui l'assassin.

— Si, c'était lui. Je parie tout ce que vous voulez que c'était lui.

Il me regardait droit dans les yeux, certain de l'exactitude de sa théorie.

— Pourquoi aurait-il pris la peine de cacher l'arme et de se tuer avec une autre. C'est absurde.

— Non, pas du tout. Enric Bonaplata était un homme intelligent. S'il s'était suicidé avec la même arme, nous aurions eu des preuves pour l'inculper.

Je laissai échapper un rire nerveux. Tout ceci était ridicule. Une pointe d'ironie perça dans ma voix lorsque j'interrogeai de nouveau le commissaire :

— Mais qu'est-ce que ça pouvait bien lui faire d'être inculpé après sa mort ?

— Vous oubliez l'héritage. Il avait tout prévu. Ses légataires auraient dû indemniser la famille des victimes.

Le commissaire m'avait cloué le bec. Il avait raison. C'était une explication fort plausible. Si Enric haïssait ces hommes au point de les tuer, il n'aurait jamais condamné ses héritiers à céder leur succession à ses ennemis ?

Castillo me fixait toujours. Sous sa moustache, ses lèvres dessinaient un léger sourire, lui donnant un air sympathique. Il balaya de nouveau mes jambes du regard, cette fois avec un soupçon d'insolence, et je fus déroutée de l'entendre me tutoyer et prendre un ton familier.

— Tu savais que ton parrain était « efféminé » ?

— Efféminé ?

— Pardon, pas efféminé, je dirais plutôt carrément pédé.

Je lançai à Castillo un regard offusqué. Bien que Luis m'eût appris la nouvelle la veille, je feignis la surprise pour profiter de sa loquacité et lui soutirer toutes les informations qu'il avait sur mon parrain.

— Pardon ?

— Eh bien, oui...

Légèrement ébranlé par ma réaction, il marqua une pause pour trouver un terme plus approprié.

— Il était homosexuel.

— Mais il a un enfant !

— Ça ne veut rien dire.

— Et vous avez des arguments pour affirmer ça ?

Je l'interrogeai avec sérieux, comme je l'aurais fait pour un témoin dans un procès.

— Pouvez-vous justifier cette assertion ?

— Quand il a téléphoné, après m'avoir dit qu'il allait se tuer, il a commencé à me poser des questions sur mon âge, la couleur de mes yeux. Comme s'il me draguait. Tu y crois ? Tu attendrais ça d'un homme qui est sur le point de se faire sauter le ciboulot ?

— Non, c'est effectivement étonnant de la part d'une personne qui, homosexuelle ou pas, s'apprête à se suicider...

— Pas venant de Bonaplata, affirma Castillo avec emphase. Il était peut-être pédé, mais ça, il avait des couilles !

Le langage n'y était peut-être pas mais je remerciai intérieurement le commissaire de rendre à Enric ce qui devait être le plus bel hommage de son répertoire. Sa voix dénotait une certaine admiration. J'attendis en silence qu'il reprenne son récit.

— J'ai reconstitué la scène. Selon moi, les trafiquants ont été tués entre 6 heures et 7 heures du soir. À 8 heures et demie, la femme du plus âgé nous a appelés, paniquée, pour nous prévenir. Elle venait de rentrer chez elle.

» Je suis sûr que Bonaplata avait tout prévu pour faire ses adieux au monde en grandes pompes. Nous avons perdu sa piste pendant une semaine. En fait, il a voyagé à droite à gauche, il ne semblait pas plus que ça préoccupé par les divers interrogatoires que mes collègues lui ont fait passer, ici, à Barcelone. Ils étaient en train de réunir les preuves nécessaires à son inculpation.

» Mais il le savait et il leur a filé entre les doigts à jamais. Un jour, comme à son habitude, il est allé manger dans son restaurant préféré. Seul. Il s'est repu de ses plats favoris, s'est sifflé une bouteille entière d'un des plus grands millésimes et a fumé un cigare.

» Il est ensuite rentré dans son appartement de Passeig de Gràcia, a mis la musique, choisi un autre cigare et s'est servi un cognac avant d'appeler la police pour l'informer, en bon citoyen, de ses projets. Évidemment, même à quelques minutes de sa mort, il n'a pas pu s'empêcher de conter fleurette au petit jeune que j'étais. Après avoir caché tout au long de son existence qu'on est homosexuel à cause du qu'en-dira-t-on et de l'opinion de la famille, pourquoi ne pas s'offrir un dernier petit plaisir, juste avant de mourir ? On sait qu'il aimait les jeunes garçons...

— Quoi encore, il était pédophile peut-être ?

Cette fois, je me scandalisai vraiment. Castillo sourit à mon ton irrité.

— Non. Nous n'avons aucune preuve, et même aucun soupçon là-dessus. Je parle de garçons majeurs, qui avaient dix, voire vingt ans de moins que lui.

Ses paroles me soulagèrent. Je réfléchis un moment en silence avant d'interroger de nouveau le commissaire. Je voulais éviter qu'il ne s'étende de trop sur la vie sexuelle de mon parrain.

— Mais tout ça ne nous explique pas pourquoi il

s'est donné la mort, si ? D'après ce que vous m'avez dit, il ne semblait pas déprimé et profitait de la vie. En plus, s'il s'y est si bien pris que ça, vous n'auriez jamais pu prouver sa culpabilité et il aurait été acquitté.

— Nous étions sur le point de le coincer. Au fur et à mesure des interrogatoires, on aurait découvert un tas de choses. Mais voilà, il a pris un billet de première pour l'autre monde et nous sommes restés sur notre faim.

Castillo semblait contrarié. Il n'avait pas digéré la façon qu'Enric avait eu de prendre la poudre d'escampette. Après une courte pause, il continua :

— Je pense que toute cette affaire est liée à la mort, quelques semaines plus tôt, d'un jeune d'une vingtaine d'années. Il semblerait qu'ils étaient amants.

— Ah bon ?

— Oui. Le jeunc homme était responsable de la boutique d'antiquités que Bonaplata possédait dans le vieux centre.

— Vous ne croyez pas que vous allez chercher un peu loin ?

— Non. D'après moi, ça s'est passé comme ça : Bonaplata et les trafiquants étaient en conflit pour un objet d'art qui devait avoir beaucoup de valeur. Ils ont donné une dérouillée au jeune pour qu'il parle, sont allés un peu trop loin et l'ont tué. Ça a dû faire beaucoup de mal à Bonaplata. Il a réussi à cacher un pistolet et quand les autres s'y attendaient le moins... Pim ! Pam ! Poum ! À lui tout seul, il a envoyé les quatre à la morgue. Ça, il en avait une belle paire ! Ils ont tué son amant et il s'est vengé. Voilà ce qui s'est passé.

— Mais cette théorie ne cadre pas avec la personne

que j'ai connue : un amoureux de la vie, un homme formidable.

Des souvenirs affluaient dans mon esprit. J'avais les larmes aux yeux.

— J'ai du mal à l'imaginer homosexuel, mais soit, ça ne change rien à l'homme merveilleux qu'il était. Ce que je ne peux pas croire, c'est qu'il se soit suicidé pour échapper à la justice. Non, il ne s'est pas suicidé. Et tuer ces gens ! Enric, tuer de sang-froid ? Il a toujours été pacifiste. Et comment s'y est-il pris ? poursuivis-je, élevant le ton à chaque question. Comment a-t-il pu les piéger ? Ces hommes devaient se méfier de lui comme de la peste... Vous m'avez bien dit que c'étaient des mafieux professionnels, non ?

— Je ne sais pas. Il reste des points à éclaircir.

D'un air désespéré, Castillo ouvrit les bras, tournant ses paumes vers le ciel comme pour implorer Dieu.

— Ça fait treize ans que je tourne cette affaire dans tous les sens sans trouver de réponse. Je vous ai donné ma théorie mais il reste encore quelques zones d'ombre. Je suis persuadé d'une chose, c'est lui qui les a tués. Et seul.

13

Dans le taxi me conduisant à l'hôtel, je tentai en vain de mettre de l'ordre dans les informations obtenues de Castillo. Cette histoire constituait un véritable casse-tête chinois. En arrivant, je décidai qu'un petit tour dans les jardins et le long de la piscine ferait le plus grand bien à mon esprit confus. Je me dirigeai donc vers le premier étage quand je m'arrêtai subitement, dans un sursaut.

Assis à l'une des tables placées devant la baie vitrée, il me regardait. Aucun doute, c'était bien l'homme de l'aéroport. Même coupe de cheveux, même barbe blanche, mêmes vêtements foncés, et toujours ces yeux bleus, menaçants. Il me dévisagea comme il l'avait fait à l'aéroport mais, cette fois, je détournai rapidement le regard. Que faisait cet individu dans mon hôtel ? Revenant aussitôt sur mon idée, je fis volte-face, passai devant le comptoir de la réception en direction des ascenseurs et, une fois dans le couloir, me retournai pour m'assurer qu'il ne me suivait pas. Je tremblais à la seule idée de me retrouver en tête à tête avec ce personnage dans l'ascenseur. C'était tout de même une drôle de coïncidence que, dans une ville de la taille de Barcelone, je me retrouve de nouveau nez à nez avec cet homme qui, en outre, n'avait pas du tout le look de la clientèle huppée de l'hôtel.

Tranquillisée par la présence d'un vieux couple d'Américains de la Côte Ouest, je trouvai, dans l'ascenseur, une explication logique à tout cela.

Peut-être cet homme attendait-il un passager de mon vol à l'aéroport ou était chauffeur et venait chercher des clients de l'hôtel. Bien entendu, comment ne pas y avoir pensé plus tôt ? Mais alors, que faisait-il sur les Ramblas ? Faisait-il également office de guide touristique ?

En sécurité derrière la porte verrouillée de ma chambre, je me sentis immédiatement plus détendue. L'air mauvais et le regard de cet homme me mettaient mal à l'aise, voilà tout. Il n'y avait pas de quoi s'affoler.

Je me rendis directement à la fenêtre pour contempler

la magnifique vue panoramique qu'elle offrait sur la ville. En bas, au bord de l'immensité de la mer, s'étendait la vieille dame, endormie sous le soleil de l'après-midi. Repérant la statue de Colomb, je localisai le bas des Ramblas et suivis des yeux le chemin que j'avais parcouru la veille en sens inverse. De cette distance et à cette hauteur, il m'était difficile de retrouver les rues et les avenues cachées par les immeubles et dont on ne devinait la présence qu'en étudiant la forme des bâtiments. Je promenai un moment le regard sur le tracé aérien de la promenade la plus populaire de Barcelone.

Alors que je me retournais, mon regard se posa sur la lumière rouge clignotante du téléphone. Le premier message était de Luis, qui avait appelé à 10 heures du matin et persistait à vouloir m'inviter à dîner. Il désirait, quoi qu'il en soit, que je l'appelle pour le tenir au courant de mes découvertes et discuter un peu. Le second message avait été laissé par une femme dont je ne reconnus pas la voix sur-le-champ.

— Bonjour Cristina. Bienvenue à Barcelone. J'espère que tu te souviens de moi. C'est Alicia. Appelle-moi. Nous avons beaucoup de choses à nous raconter et, en tant que marraine, je me dois de t'héberger pendant ton séjour dans la ville.

Sa voix profonde, son intonation chaleureuse et posée traduisaient une grande confiance en elle. Elle répétait ensuite deux fois son numéro de téléphone avant d'insister pour que je la rappelle.

Et dire que ma mère fuyait comme la peste ce monstre à la voix de velours ! Tentée de téléphoner immédiatement à Alicia, je me ravisai. Mieux valait avant envisager toutes les implications d'une telle rencontre, même si cette femme représentait une mine d'informations sur la mort d'Enric et pouvait m'être d'une grande utilité pour mon enquête. À condition, évidemment, qu'elle daigne partager ce qu'elle savait...

Comment avait-elle retrouvé ma trace ? Après réflexion, cela n'avait pas dû être bien compliqué. Son fils était lui aussi convoqué pour la lecture du testament et elle devait avoir eu vent de ma présence à Barcelone. Sans compter qu'il était logique de rechercher une Américaine dans un hôtel appartenant à une chaîne américaine. Il lui avait sûrement suffi de passer un coup de fil à plusieurs établissements en demandant à me parler. Élémentaire.

Quoi qu'il en soit, j'avais hâte de rencontrer la mère d'Oriol. Pourquoi se montrait-elle si affectueuse à mon égard ? Je m'attendais à un appel de son fils, pas d'elle. Avait-il, lui aussi, gardé un inoubliable souvenir de ce dernier été, de l'orage et du baiser ? Pourquoi ne me téléphonait-il pas ? Peut-être pour la même raison qu'il n'avait pas répondu à mes lettres, ce que Luis m'avait révélé... Mon amour de jeunesse était-il réellement homosexuel ?

Dans son message, Alicia prétendait, à tort, être ma marraine. Car s'il semble logique d'appeler « marraine » la femme de son parrain, le parrain et la marraine d'un enfant n'ont souvent aucun lien de parenté. Je ne me souvenais plus de ma véritable marraine, probablement une amie de ma mère, mais j'étais certaine que ce n'était pas Alicia. Sans compter qu'Enric et elle ne s'étaient même pas mariés à l'église.

En outre, elle n'accompagnait que rarement Oriol et son père lors de leurs visites à la maison. Enfant, j'avais toujours pensé qu'Enric et Alicia formaient un drôle de couple. Ils possédaient chacun leur maison. Oriol vivait avec sa mère dans la maison de l'avenue Tibidabo, où

Enric passait parfois la nuit, quand il ne rentrait pas dans son appartement de Passeig de Gràcia, celui-là même où il s'était suicidé.

Les parents de ma mère, les Coll, étaient très proches de la famille d'Enric. En fait, mon grand-père maternel et le grand-père paternel d'Oriol, le père d'Enric, s'aimaient comme deux frères. Leurs pères, nos arrière-grands-parents, s'étaient liés d'une profonde amitié à la fin du XIXe siècle, à l'époque où une insolente Barcelone prétendait faire de l'ombre à Paris, capitale de l'art. Ensemble, ils avaient fréquenté *Els Quatre Gats,* repaire de Nonell, Picasso, Rusiñol ou encore Cases. Avant de devenir des inconditionnels du théâtre du Liceu comme le voulait la tradition familiale, ces deux jeunes hommes issus de la haute bourgeoisie catalane s'étaient encanaillés au sein des cercles artistiques de l'époque, passant par tous les *ismes* possibles et imaginables de ce monde en mutation : l'anarchisme, le communisme, le cubisme, l'existentialisme, sans oublier, de manière moins éphémère, le proxénétisme des rues Aviñó et Robador, où ils avaient l'habitude d'inviter des artistes démunis, certes, mais à la libido et au talent exacerbés, comme ce jeune homme du nom de Picasso.

De cette époque datent les magnifiques collections de tableaux que nos deux familles ont hérités des grands-pères, des œuvres achetées une bouchée de pain pour secourir des amis sans le sou et qui valent aujourd'hui une petite fortune.

Je retournai à la fenêtre pour admirer cette ville qui, aujourd'hui encore, vibrait au rythme de la vie artistique. Comment expliquer que ma mère ait renoncé à cette tradition, à toute cette histoire légendaire, pour épouser un Américain et finir par s'exiler à l'autre bout du monde ? Elle était, bien sûr, tombée sous le charme de mon père. L'héritière de fortunes ancestrales édifiées dans les ateliers de tissage et sur des voiliers parcourant les mers pour faire commerce avec les Indes, la descendante d'une lignée qui s'était distinguée au rythme des opéras du Liceu, puis illustrée dans le rôle de riche mécène bohème auprès de mouvements artistiques avant-gardistes, s'était éprise d'un ingénieur américain.

Certes, l'amour a ses raisons que la raison ignore, mais cette histoire avait quelque chose de louche. Un mystère que ma mère voulait me cacher et dont la clé se trouvait probablement ici, à Barcelone.

Je sursautai à la sonnerie du téléphone.

— Allô.

— Bonjour Cristina !

J'identifiai sur-le-champ mon interlocutrice.

— C'est Alicia, ta marraine.

— Bonjour Alicia, comment vas-tu ?

— Bien, trésor. Tu n'as pas eu mes messages ? Je t'avais pourtant dit de me rappeler.

Sa voix, chaleureuse et profonde, laissait percer une note de reproche.

— J'allais le faire, Alicia. Mais je viens à peine de rentrer.

Je ne sais pourquoi je crus nécessaire de me justifier. Je jetai un coup d'œil à l'horloge et vis que j'étais de retour depuis plus d'une heure.

— Bon, très bien. Disons que j'ai pris les devants. Je suis là, je t'attends à la réception.

— Où ? Ici ? demandai-je, abasourdie.

— Où veux-tu que ce soit, trésor ? À l'hôtel, bien sûr.

Je restai muette. Que faisait Alicia à l'hôtel ? Elle finit par briser mon silence.

— Allons, ne me fais pas attendre. Descends !

— Oui, j'arrive tout de suite, répondis-je, docile.

— À tout de suite, trésor.

— Oui, à tout de suite.

Le moment était enfin venu de rencontrer Alicia.

Je n'eus aucun mal à la reconnaître. Alicia devait avoir la soixantaine passée mais la femme qui se leva pour m'accueillir, à l'une des tables du bar près de la réception, semblait beaucoup plus jeune.

Je gardais le souvenir d'une femme plantureuse, un peu matrone, aux larges hanches. Elle s'était épaissie et ses traits s'étaient accentués avec les années.

— Mon trésor, comme je suis heureuse de te revoir !

Elle me serra fort dans ses bras, me claquant deux bises sonores sur les joues. Elle portait un parfum pénétrant et des bracelets d'or qui tintaient à chacun de ses gestes.

— Bonjour, Alicia !

Confrontée au charisme de cette femme à forte personnalité, j'avais l'impression de me retrouver dans la peau d'une adolescente de treize ans. Un frisson me parcourut lorsque je posai le regard sur ses yeux en amande d'un bleu profond, les mêmes que ceux de son fils Oriol. Elle fit un pas en arrière pour mieux me regarder.

— Comme tu es belle ! Tu es devenue une femme magnifique. J'ai hâte de voir la tête d'Oriol quand vous vous rencontrerez.

Lorsqu'elle mentionna son fils, elle m'observa attentivement alors que je m'efforçais de continuer à sourire, gardant un silence prudent. Sans se formaliser, Alicia m'invita à m'asseoir.

— Alors, raconte-moi votre vie aux États-Unis. Comment va ta famille ?

J'obéis, rassurée de constater d'un rapide coup d'œil autour de moi que l'étrange inconnu aux cheveux blancs n'était plus dans les parages.

Alicia avait beaucoup de conversation et je passai un agréable moment en sa compagnie. J'avais quantité de questions à lui poser mais notre discussion anodine ne me permit pas d'en formuler une seule. Nous n'avions pas encore suffisamment confiance l'une en l'autre. Soudain, elle annonça :

— Je suis venue te chercher pour t'emmener chez moi.

— Pardon ?

— Viens à la maison.

— Mais...

— Il n'y a pas de mais qui tienne, trésor.

Elle avait parlé avec autorité.

— J'ai une grande maison, des chambres d'amis à foison. Je ne vais pas laisser ma filleule seule à l'hôtel, non ?

Alicia, la femme qui effrayait tant ma mère, qualifiée de dangereuse par Luis, m'invitait à m'installer chez elle, dans la maison où vivait Oriol. Je réfléchis rapidement à sa proposition. Pouvait-elle me révéler tout ce que je désirais savoir sur Enric ?

— Il n'en est pas question. Je ne veux pas te déranger.

— Ce qui me dérange, c'est que tu restes ici ! reprit-elle d'un ton catégorique, presque offensée. C'est décidé, nous allons à la maison et demain je vous accompagne toi et Oriol à l'ouverture du testament.

— Mais...

Avant que je termine ma phrase, elle se leva et se dirigea vers la réception, où elle commença à donner ses instructions. Je la rejoignis pour l'en empêcher, bien consciente que toute résistance serait inutile. En réalité, je mourais d'envie de l'accompagner. Je l'observai attentivement alors qu'elle murmurait ses ordres, forçant ses interlocuteurs à se pencher pour mieux l'entendre. Une autorité impressionnante émanait de cette femme. Elle posa sa carte de crédit sur le comptoir et m'informa que nous pouvions partir.

— N'y pense même pas. Tu ne paieras pas ma note.

— C'est déjà fait, répondit-elle.

— Je refuse.

— Tu arrives trop tard. Le directeur de l'hôtel est un de mes amis et je leur ai dit de ne pas accepter ton argent. C'est moi qui t'invite, tu es quand même ma filleule, non ?

D'un signe catégorique, j'informai l'employé derrière le comptoir que je paierais la note mais il répondit qu'Alicia avait réglé tous les détails avant que je descende et qu'il lui était impossible de revenir sur la transaction.

— Je dois aller chercher mes affaires.

Je me sentais mal à l'aise avec cette femme. Ce qui me gênait le plus n'était pas tant son obstination à payer mes frais d'hôtel que l'emprise qu'elle semblait exercer sur son entourage, y compris sur moi. D'un geste du bras, elle me signifia que je n'avais pas à m'occuper de cela.

— Ne t'en fais pas pour ça, chérie. La bonne est en route. Elle se chargera de tes bagages avec la femme de chambre. Tu trouveras tout bien installé dans la chambre que je t'ai fait préparer.

M'attrapant par le bras, elle me conduisit vers la sortie.

— Tu as oublié ta carte de crédit.

— La bonne la récupérera.

— Tu as de l'argent sur ton compte au moins ?

Alicia éclata de rire avant de répondre d'un ton moqueur :

— Et sinon, où est le problème ? C'est un hôtel américain. Vous autres, Américains, vous êtes tous honnêtes, non ?

« Tu m'en diras tant », pensai-je en mon for intérieur.

— Comme tu as de belles jambes, trésor !

Nous étions arrêtées à un feu rouge sur les Ramblas. La visite inattendue d'Alicia à l'hôtel ne m'avait pas laissé le temps de me changer et, maintenant que j'étais assise dans sa voiture, la mini-jupe qui m'avait servi pour délier la langue du commissaire révélait plus de la moitié de mes cuisses. Lorsque Alicia me caressa le genou, je me crispai, regrettant un instant d'avoir accepté son hospitalité.

— Merci, répondis-je prudemment.

— J'ai laissé des instructions à l'hôtel pour qu'ils prennent note de tes appels, comme si tu y étais toujours. Comme ça, personne aux États-Unis ne saura que tu es venue chez moi.

Alicia savait donc qu'elle ne figurait pas dans les petits papiers de ma mère.

Nous filâmes sur l'axe qui traversait la ville verticalement, du vieux port à la Sierra de Collserola, en passant par les Ramblas, Passeig de Gràcia et Gran de Gràcia, pour arriver à la demeure moderniste des Bonaplata qu'occupait Alicia. En chemin, elle me racontait des anecdotes sur la ville, m'indiquant les lieux où vivaient encore des amis de la famille et me régalant de savoureux commérages sur certains d'entre eux. Elle parlait avec le même ton complice qu'une fille utilise pour raconter ses petits secrets à une amie, tentant d'établir entre nous une étrange complicité.

14

Si Barcelone avait beaucoup changé, la maison de l'avenue Tibidabo était, elle, restée telle que je l'avais quittée des années auparavant. À ceci près que tout semblait avoir légèrement rétréci. J'avais grandi depuis ma dernière visite, à l'occasion de notre fête d'adieu, et toutes les dimensions semblaient maintenant réduites par rapport à mes souvenirs d'enfant. Je n'avais pas oublié le tintement joyeux de la cloche du tramway bleu, le dernier de Barcelone et l'un des modèles les plus anciens encore en circulation, qui passait devant la maison d'Alicia pour escalader la colline dans un grondement métallique, transportant les visiteurs de la gare ferroviaire au funiculaire qui les amenait jusqu'au sommet de la colline, près du Temple del Sagrat Cor et du parc d'attractions de Tibidabo. L'avenue, le tramway, le funiculaire, le parc, toujours très ancien malgré de récentes rénovations, ses merveilleux automates du XIXe siècle, son avion, son labyrinthe et son château de sorcière avaient gardé à mes yeux une magie particulière.

— Il n'y a pas que ton hôtel qui jouisse d'une telle vue panoramique sur Barcelone. Viens voir.

Après m'avoir montré le grand escalier central, la cuisine, ses dépendances et le salon donnant sur le jardin soigneusement entretenu qui avait été le centre névralgique de tant d'aventures de mon enfance, Alicia me conduisit jusqu'à son boudoir du troisième étage. Je n'avais jamais mis les pieds dans cette pièce. La vue sur la ville y était splendide. En arrière-plan, nous distinguions la mer d'un bleu profond illuminée par le soleil déclinant, le Montjuïc et son château, alors que la ville s'étendait au centre, progressivement envahie par les ombres naissantes du soir.

— C'est donc toi qui as hérité de la bague d'Enric, remarqua soudain Alicia.

Je sursautai. Il me semblait que son ton avait changé et que son visage avait pris une expression sournoise, comme si cette remarque anodine cachait ses intentions réelles.

Alicia avait fait servir le dîner dans son boudoir. Dans le ciel, de petits nuages roses flottant au-dessus de la mer reflétaient encore les rayons d'un soleil déjà bas alors que le crépuscule enveloppait la terre et que la ville s'illuminait à nos pieds. J'avais eu le temps de vérifier que mes affaires, arrivées peu après nous, étaient disposées à mon goût dans ma chambre et de faire un petit tour dans le jardin que j'aimais tant.

À ma grande déception, Oriol n'avait pas donné le moindre signe de vie.

Alicia n'avait évoqué son fils que pour m'indiquer la porte de sa chambre, voisine de la mienne, apparemment fermée à clé. Je n'avais posé aucune question mais j'espérais secrètement tomber nez à nez avec Oriol dans les escaliers ou à un détour du jardin. Mais il n'était visiblement pas dans les parages.

Nous parlions de mes parents et de la vie à New York quand elle s'était subitement figée, le regard rivé sur ma main.

— C'est une bague de fiançailles ?

— Oui.

— Ça doit être un garçon formidable, reprit-elle avec un sourire.

— Oui, c'est vrai. Il travaille à la Bourse.

— Ces gens de Wall Street ! Ils ne se contentent que du meilleur.

Ses yeux s'étaient éclairés d'une lueur malicieuse et je m'étais contentée de sourire, sans rien dire. C'est alors qu'elle avait mentionné la bague d'Enric.

— Je l'ai reçue pour mon dernier anniversaire, quelques mois avant de recevoir la lettre du notaire me convoquant pour la lecture du testament.

— Ton parrain t'aimait beaucoup.

Un voile de tristesse couvrit son regard, dans lequel je crus déceler une pointe de jalousie. Elle insista :

— Plus, il t'adorait !

— Il a toujours été très gentil avec moi, c'était un peu comme un oncle.

— Et il aimait aussi beaucoup ta mère. Beaucoup.

Je ne sus comment répondre à cette remarque. Je n'aimais pas sa manière de détourner la conversation vers ma mère. Qu'insinuait-elle par là ?

Elle continua. Elle semblait parler pour elle-même, suivant le cours de ses pensées à voix haute, ruminant une vieille offense.

— J'aurais dû m'en douter. La bague. Il ne me l'a pas léguée. Ni à moi ni à son fils. Il te l'a fait envoyer à toi, comme cadeau d'anniversaire...

Elle commençait à me faire culpabiliser de porter ce rubis. Extrêmement mal à l'aise, j'aurais voulu, à cet instant précis, me trouver à l'hôtel, seule dans ma chambre. Ou même au restaurant avec Luis. J'en arrivais à regretter ses blagues stupides... Le large visage félin d'Alicia s'illumina d'un sourire cordial. On aurait dit qu'elle lisait dans mes pensées.

— Mais je suis si heureuse que ce soit toi qui l'aies, trésor ! Puis-je la voir ?

Elle tendit le bras entre les plats disposés sur la table et me caressa la main. J'enlevai le bijou, qu'elle prit avec précaution pour l'examiner à la lumière.

— Qu'est-ce qu'elle est belle ! C'est un véritable chef-d'œuvre d'orfèvrerie, une merveille du XIIIe siècle. Regarde !

Elle se leva pour éteindre la lumière et approcha le bijou de la flamme d'une des bougies posées sur la table. La croix rouge apparut sur la nappe, inquiétante et mystérieuse, estompée par la distance, dansant avec le tremblement de la flamme.

— N'est-ce pas fabuleux ?

— Si. C'est incroyable la manière dont le rubis est incrusté, avec sa base bordée d'ivoire, dans l'anneau d'or.

— D'ivoire ? Quel ivoire ?

— Eh bien, l'ivoire de la bague. La base qui fixe la pierre et délimite le dessin de la croix, les bords blancs en ivoire...

Alicia laissa échapper un petit rire.

— Ce n'est pas de l'ivoire, trésor.

— Qu'est-ce que c'est alors ?

— De l'os.

— De l'os ?

— Oui, de l'os humain.

— Quoi ?

Elle rit de plus belle.

— Pas la peine de faire cette tête. La pièce blanche à la base de la bague est un morceau d'os humain.

Je jetai sur le bijou un regard empli d'appréhension. Je n'étais pas vraiment heureuse d'apprendre que je portais au doigt un morceau de cadavre humain. Je songeai qu'Alicia était peut-être en train de se moquer de moi, s'amusant de la crédulité d'une touriste américaine au moyen de vieilles histoires de fantômes.

— C'est une relique, poursuivit-elle. Tu sais ce que sont les reliques, n'est-ce pas ?

— Un peu mais je n'ai jamais...

— Elles sont moins populaires aujourd'hui, mais leur importance était capitale au Moyen Âge et jusqu'il y a encore peu de temps. Ce sont des restes corporels de saints. Dans le temps, on les utilisait également pour fabriquer des épées. Ces dépouilles de saints étaient conservées dans de merveilleuses pièces d'orfèvrerie. Les reliques sont, encore de nos jours, vénérées dans de nombreuses églises. Nous n'avons jamais su de quel saint provient la relique de cette bague. Peut-être était-ce un héros templier mort en martyr pour défendre sa foi.

— Un Templier ?

— Ignores-tu aussi ce qu'est un Templier ?

Visiblement surprise de mon silence, Alicia avait écarquillé les yeux. Les flammes des bougies s'y reflétaient, lui donnant un air mystérieux d'ensorceleuse.

— Non... J'en ai un peu entendu parler.

Je pensai qu'au contraire de Luis Alicia ne chercherait pas à faire étalage de son savoir et qu'elle allait peut-être m'apprendre certaines choses.

— Très bien. Tu sais qu'il existait des moines qui, outre leurs vœux d'obéissance, de chasteté et de pauvreté, juraient de défendre la foi chrétienne par la force des armes. Ils se divisaient en plusieurs ordres et chaque ordre possédait sa propre hiérarchie, à la tête de laquelle siégeait un chef suprême : le grand maître. Il y avait l'ordre du Temple mais aussi les Teutoniques, les Hospitaliers, le Saint-Sépulcre et une multitude d'autres organisations qui fleurirent à la disparition des Templiers. Je ne t'en dis pas plus parce que j'ai le sentiment que tu deviendras, dans quelques jours, une experte en la matière.

Elle projeta de nouveau la croix du rubis sur la nappe.

— Cette croix est un symbole templier. Ta bague aurait appartenu au grand maître. La posséder représente une énorme responsabilité.

— Pourquoi ?

— Parce que ce bijou se mérite. Cette bague donne une grande autorité morale à celui qui la possède et tu es la première femme de l'histoire à en être propriétaire.

Je fixai en silence la croix projetée par ce bijou qui ne cessait de me surprendre. Alicia me prit la main et la caressa. J'éprouvai des sensations contradictoires, un mélange d'attraction et de répulsion qui me hérissait les poils. Je constatai avec inquiétude que la femme assise face à moi se révélait maîtresse dans l'art de séduire. Elle me passa tendrement l'anneau au doigt, déclarant de sa voix profonde :

— Si tu en as hérité, c'est que tu le mérites. Tu ne peux pas savoir comme je t'envie, trésor.

Cette nuit-là, je trouvai difficilement le sommeil. Alicia m'avait installée dans une belle chambre décorée de meubles d'époque, donnant sur la ville par une grande fenêtre. Malgré l'agréable conversation de mon hôtesse, je n'avais pas tardé à prendre congé. En arrivant dans ma chambre, je constatai avec soulagement qu'un verrou était fixé sur la porte. Je le fermai à double tour. Alicia était vraiment une femme étrange et j'avais du mal à me sentir totalement tranquille sous son toit. Où pouvait bien être Oriol ? Je jetai à la bague un coup d'œil inquiet. Que signifiait donc cette histoire de relique ? Cela ne me plaisait pas du tout. La pierre semblait dormir, brillant d'une faible lueur sous la lumière de la lampe. Quelles découvertes m'attendaient encore ? Allais-je enfin voir Oriol chez le notaire ? Et cet héritage, était-ce une dernière blague d'Enric ? Je passai mon pyjama mais, trop agitée pour me coucher, j'éteignis la lumière et ouvris la fenêtre. Une agréable brise m'accueillit alors que je contemplais la nuit. La nuit et la ville. Elle semblait lointaine mais j'entendais ses rumeurs, le bruit d'une voiture dans la rue sous mes pieds, le vrombissement d'un véhicule lancé à toute allure dans les artères de Barcelone. Puis le silence.

15

On a beau espérer se réveiller un matin pour se retrouver à seulement quelques minutes d'un événement attendu depuis des années, l'angoisse n'écourte jamais l'attente, et l'impatience, loin d'accélérer la course des aiguilles du temps, semble la freiner, voire l'inverser. Les choses arrivent toujours le moment venu et ce qui doit mûrir mûrit, ou reste vert... à jamais. L'un ou l'autre, blablabla et blablabla... Lorsque je me trouve dans un état d'agitation extrême, j'ai une fâcheuse tendance à palabrer interminablement. Heureusement que, dans ma profession, on apprend à se contrôler ! Mais ce jour-là, j'étais sur les nerfs. C'était le grand jour. Assise dans le taxi qui me conduisait chez le notaire, je ne pouvais mettre fin au bavardage compulsif d'un moi latent qui s'acharnait à jacasser avec cet autre moi tout aussi loquace sorti de je ne sais quel compartiment de mon inconscient.

Pourtant, la cause de tous ces longs discours intérieurs et de mon affreuse angoisse se résumait à un seul nom : Oriol. J'allais enfin le revoir.

J'avais très mal dormi cette nuit-là. À peine fermais-je les yeux que mon esprit s'égarait dans un tourbillon de pensées où se succédaient une foule de questions concernant Enric, ses sentiments quelques heures avant sa mort et ses allées et venues des derniers jours, que le commissaire Castillo n'avait pas réussi à reconstituer, Alicia et la gentillesse excessive de ses caresses sensuelles, la macabre découverte que ma bague contenait des restes humains, le contenu du mystérieux testament qui nous attendait et, surtout, ma très prochaine rencontre avec Oriol.

Cela n'en finissait plus. Je me demandais quelle serait la réaction d'Oriol en me voyant, si ce testament ouvert treize ans après la mort d'Enric avait un quelconque rapport avec l'assassinat de Sarrià, ou encore si j'avais eu tort d'accepter l'hospitalité d'Alicia. Le rubis de sang brillait toujours à mon doigt lorsque je tombai dans un demi-sommeil perturbé de rêves confus, comme hypnotisée par cette pierre qui semblait vouloir m'avertir d'un danger.

La ronde de toutes ces images, de toutes ces pensées reprenait alors de plus belle et mon trouble allait s'amplifiant.

Je ne saurais dire combien de temps je dormis au total, mais au réveil, une bonne séance de maquillage s'imposait pour masquer mes cernes.

Je pris le taxi jusque chez le notaire. Oubliant sa proposition de la veille, Alicia m'avait tout simplement fait faux bond, déclarant :

— Je me ferais un plaisir de t'accompagner mais je ne crois pas que ma présence soit attendue là-bas.

J'arrivai devant la porte de l'office vingt minutes en avance. J'avais certainement plus besoin d'une bonne tisane de grand-mère que de caféine mais j'entrai tout de même dans un café où je commandai un expresso et un croissant. Un doux arôme s'échappait de ma tasse et le croissant me donnait l'eau à la bouche. Je le dégustai avec un plaisir nostalgique. Sa saveur m'évoquait les *granjas* si typiques de Barcelone, ces petites auberges familiales servant le petit déjeuner et le déjeuner, et leur *chocolate a la taza*, épais et amer à souhait.

Cinq minutes avant le rendez-vous, je montai l'escalier menant à l'office notarial, situé au premier étage d'un vieil immeuble dont les pierres étaient sculptées d'une multitude de rosaces et de volutes et les murs intérieurs décorés de jolis motifs végétaux. La porte de l'office n'avait rien à envier au reste du bâtiment. En sonnant, j'admirai son bois magnifique travaillé au burin, son joli judas et ses ornements de métal poli.

Une secrétaire cinquantenaire vint m'ouvrir et m'informa, à ma grande surprise, que le notaire m'attendait. Moi qui pensais que les notaires faisaient toujours patienter leurs clients.

Elle m'accompagna jusqu'à un bureau rendu lumineux par de hauts plafonds et deux grandes fenêtres ouvrant sur la rue. Le sol et la moitié du mur étaient recouverts de bois de chêne.

— Mademoiselle Wilson, je présume.

Derrière un grand bureau, un homme d'une soixantaine d'années se leva pour me saluer. Il se présenta sous le nom de Juan Marimón et esquissa un baisemain. Luis, qui était assis en face du bureau, me sourit et se leva pour m'embrasser. Le notaire m'indiqua une chaise près de celle de Luis.

— Asseyez-vous, mademoiselle. M. Oriol Bonaplata devrait arriver d'une minute à l'autre.

— Attendons...

Ignorant le commentaire de Luis et son sourire moqueur, le notaire continua.

— M. Enric Bonaplata était un bon ami de la famille. Sa mort nous a beaucoup affectés. Mademoiselle, pourriez-vous me donner votre passeport ? Je connais MM.

Bonaplata et Casajoana depuis des années mais, pour vous, la loi m'oblige à vérifier votre identité.

Je lui tendis mon passeport, dont il nota le numéro avant de se lancer dans un long discours sur les innombrables qualités d'Enric. Je croisai le regard de Luis, qui m'adressa un clin d'œil complice. Il portait un élégant costume gris, une chemise saumon clair, presque blanche, et une cravate. Je jetai ensuite un coup d'œil discret à ma montre : 10 h 02. Depuis que nous nous étions assis, le notaire, posé et aimable, n'avait cessé de parler. Mais où diable était donc Oriol ? N'allait-il pas se présenter à l'ouverture du testament de son propre père ?

— ... M. Bonaplata était justement assis dans ce bureau le matin même de sa mort.

Cette phrase me tira de mes pensées. Enfin s'offrait à moi l'opportunité de reconstituer les dernières heures d'Enric. Le notaire avait poursuivi son monologue et je me trouvai forcée de l'interrompre :

— Vous avez dit qu'il était là le matin de sa mort ?

— Oui, c'est bien ce que j'ai dit.

— Vers quelle heure ?

— Je ne pourrais vous le dire avec certitude.

— Mais, approximativement...

— M. Bonaplata m'a appelé dans la matinée pour me demander un rendez-vous pour le jour même. Je n'avais aucun créneau disponible mais pour lui... Il faut dire que mon père était déjà le notaire de son père et mon grand-père, celui de son grand-père. Il en va de même pour nos arrière-grands-pères. Je ne pouvais pas lui refuser un service qu'il demandait avec tant d'insistance... parce que...

— Vous lui avez donc donné rendez-vous.

Le notaire se tut et me lança un regard offusqué. Je m'aperçus avec gêne que je lui avais coupé la parole. Mon impatience me jouait parfois des tours et j'avais encore du mal à accepter que tout le monde ne vécût pas au rythme new-yorkais. Luis me regardait, un sourire amusé flottait sur ses lèvres.

— Oui, je lui ai donné rendez-vous. J'ai dégagé un créneau en fin de matinée, juste avant le déjeuner.

— Et comment était-il ? L'avez-vous trouvé étrange ?

— Non, si mes souvenirs sont bons, je n'ai rien remarqué de particulier. Mais j'ai été surpris qu'il veuille faire un second testament sans modifier le premier.

Au même moment, des petits coups frappés à la porte interrompirent le cours de ma pensée.

— Entrez, dit le notaire.

La secrétaire apparut dans l'encadrement et annonça :

— M. Oriol Bonaplata.

La première chose que je vis furent ses yeux bleus en amande. Des yeux dont je me souvenais au détail près. Puis, son sourire chaleureux et épanoui. Malgré les années, je l'aurais reconnu entre tous. J'avais gardé de lui un souvenir impérissable.

— Cristina ! s'exclama-t-il.

Il se dirigea vers moi et je me levai pour l'embrasser. Il me serra dans une étreinte qui me coupa le souffle, non par sa force, mais par le tourbillon de sentiments qu'elle souleva en moi.

— Comment vas-tu, Oriol ? lui demandai-je.

Cette phrase anodine dissimulait une tornade de pensées confuses. Si j'avais laissé libre cours au flot de paroles que me dictait alors mon cœur noyé sous un raz de marée d'émotions, je n'aurais pas mâché mes mots : « Menteur ! Pourquoi n'as-tu pas tenu ta promesse ? Pourquoi n'as-tu répondu à aucune de mes lettres ? »

Il serra également Luis dans ses bras avant de donner une poignée de main au notaire.

L'adolescent au visage parsemé d'acné, le grand garçon maigre et timide qui semblait ne pas savoir quoi faire de jambes qui avaient grandi trop vite, avait bien changé. Oriol était maintenant un bel homme athlétique aux gestes assurés. Il s'assit sur la chaise libre à ma droite et posa affectueusement sa main sur mon genou.

— Quand es-tu arrivée ?

Sans attendre de réponse de ma part, il continua :

— Tu es magnifique.

Mon cœur s'emballa. Le contact bref de sa main chaude sur ma cuisse me fit l'effet d'une décharge électrique de mille volts. Je répondis, balbutiante :

— Merci, Oriol. Je suis arrivée mercredi.

— Et comment vont tes vieux ?

À ma plus grande joie, il ne semblait prêter aucune attention au notaire et à Luis, comme si nous étions seuls dans le bureau. Je l'observai avec plus d'attention. Il me sembla tout à fait présentable, bien différent de l'Oriol que j'avais imaginé sur la base des récits de Luis. Il portait un pantalon cigarette, un pull-over à col rond et une veste foncée assortie. Impeccable, il était rasé de près et ses cheveux étaient retenus en une queue de cheval. Aucune odeur suspecte. Je ne m'attendais tout de même pas à ce qu'il se fût parfumé mais quand il s'agit d'odeurs, ma devise est on ne peut plus simple : *no news, good news*.

Tout au long de ma nuit tourmentée, j'avais guetté son retour dans la luxueuse maison de sa mère. Ne l'entendant pas rentrer, j'avais fini par l'imaginer dans une maison abandonnée et sans eau courante, allongé par terre dans un sac de couchage et coiffé de dreadlocks remplies de cendres dégageant une odeur de cannabis.

Le notaire nous interrompit avec un sourire aimable :

— Si ça ne vous dérange pas, monsieur Bonaplata, nous allons maintenant procéder à l'ouverture du testament de votre père. Je suis sûr que vous aurez tout le loisir de parler ensuite.

Oriol n'y trouva rien à redire. Le notaire chaussa ses lunettes et s'éclaircit la voix avant de prendre un ton solennel pour nous annoncer qu'il considérait que M. Enric Bonaplata, comparu devant lui, notaire de l'Illustre Collège, le 1er juin de l'an 1989, était en possession de toutes ses facultés physiques et mentales. Il lut ensuite le document à voix haute :

— « *À mademoiselle Cristina Wilson, ma filleule, je lègue la partie centrale d'un triptyque de la fin du* XIII*e* *ou du début du* XIV*e* *siècle représentant la Vierge Marie et l'enfant Jésus, une détrempe sur bois d'environ quarante-cinq centimètres de haut sur trente de large* ».

Mon tableau faisait donc partie d'un ensemble, constatai-je, surprise.

— « *Je lui lègue également une bague de la même époque formée d'un anneau d'or serti d'un rubis. Le tableau, que je lui ai fait parvenir cette année pour Pâques, étant déjà en sa possession, je charge, par cet acte, le notaire de lui envoyer la bague pour son vingt-septième anniversaire, quelques mois avant la lecture de ce testament.*

» À mon neveu, Luis Casajoana Bonaplata, je lègue le volet droit du triptyque, un tableau de quarante-cinq centimètres de haut sur quinze de large représentant le Christ sur le Calvaire et, sur sa partie inférieure, saint Georges. Ce tableau se trouve actuellement dans le coffre-fort d'une banque.

» À mon fils Oriol, je lègue le volet gauche du même triptyque, de mêmes dimensions que le volet droit et représentant le Saint-Sépulcre et la Résurrection et, sur sa partie inférieure, saint Jean-Baptiste. »

Le notaire fit une pause avant de reprendre la lecture d'une lettre qu'il avait authentifiée comme étant bien écrite de la main d'Enric Bonaplata.

— *« Mes chers enfants,*

» Selon la légende, le triptyque contient des indices permettant de localiser un fabuleux trésor. Il s'agit du trésor des Templiers des royaumes d'Aragon, de Valence et de Majorque que le roi Jacques II n'a jamais trouvé. On prétend que ce trésor ne recèle pas moins que le Saint-Graal, le calice dans lequel Joseph d'Arimathée recueillit le sang coagulé du Christ au pied de la croix. Une chose est sûre, le pouvoir spirituel de ce saint calice est incommensurable.

» En passant les trois tableaux aux rayons X, vous constaterez qu'il ne s'agit pas que d'une légende : sous la peinture se trouvent des indices pour retrouver le trésor. J'ai eu peu de temps pour les étudier, mais assez pour être sûr qu'il manque quelque chose et que le tableau ne contient pas toutes les informations. Vous devrez retrouver les maillons manquants puisque mes heures sont comptées et que je n'ai plus l'énergie de les chercher.

» Je dois vous prévenir que vous n'êtes pas les seules

personnes lancées dans cette quête. J'espère qu'avec le temps mes ennemis auront perdu la piste du trésor, tout autant que l'espoir de le retrouver. Si tel n'est pas le cas, sachez qu'ils sont très dangereux et que si j'ai gagné une bataille contre eux, hier, la victoire est encore loin. Soyez discrets et prudents.

» Pour diverses raisons, je vous aime tous les trois comme mes propres enfants. La vie est faite de séparations et mon souhait le plus cher est que vous soyez de nouveau unis, comme vous l'étiez adolescents, en 1988.

» Les peintures et la bague sont, de mon héritage, ce qui a le moins de valeur. Ce trésor légendaire digne d'un roi n'en a pas plus à mes yeux. L'héritage que je veux vous léguer c'est l'aventure de votre vie et l'occasion de renouer, entre vous, les liens qui ont uni nos familles de génération en génération. J'espère que vous réussirez dans cette entreprise. J'ai écrit une lettre personnelle à chacun d'entre vous. Que Dieu vous garde. »

Marimón tomba dans un silence professionnel. Pardessus ses lunettes, il étudiait avec sérieux l'expression de nos trois visages. Au bout d'un moment, ses lèvres se courbèrent en un sourire presque enfantin.

— C'est excitant, non ?!

16

Le notaire nous autorisa à rester un moment dans une pièce du cabinet pour parler tranquillement de notre étrange héritage. En proie à un trouble infini, je n'aurais su dire ce qui m'avait le plus secouée : la confirmation officielle de l'existence d'un trésor ou mes retrouvailles avec Oriol. Je mourais d'envie de lui parler en tête à tête, mais le moment était évidemment mal choisi. Je n'avais d'autre solution que de prendre mon mal en patience.

À peine nous étions-nous assis dans la petite salle que Luis laissa exploser sa joie :

— Alors c'est vrai, il y a un trésor ! Un vrai trésor ! Pas comme dans les jeux qu'Enric nous organisait lorsque nous étions enfants.

— Ma mère m'avait prévenu. Ça ne me surprend pas du tout.

Oriol avait parlé avec calme mais son visage rayonnait d'un enthousiasme manifeste. Il se tourna vers moi en souriant.

— Et toi Cristina, qu'en penses-tu ?

— Moi... Même si Luis m'en avait déjà vaguement parlé, je trouve cette histoire complètement rocambolesque. J'ai du mal à y croire.

— C'est pareil pour moi, affirma Oriol. Bien que ma mère soit persuadée que ce trésor existe. Comment savoir si tout cela est bien réel ? Mon père avait beaucoup d'imagination. Et si ce trésor existe vraiment, comment expliquer que personne n'ait mis la main dessus depuis des siècles ? Et surtout, serons-nous capables de le trouver ?

— Évidemment qu'il existe, repartit Luis. Et, croyez-moi, je ferai tout ce qui est en mon pouvoir pour que nous le trouvions ! Imaginez tous ces coffres remplis d'or et de pierres précieuses... Ouah !

Il reprit son sérieux et s'adressa à son cousin :

— Allez Oriol, ne fais pas ton rabat-joie. Cet argent

tomberait vraiment à pic. Et si la fortune ne t'intéresse pas, tu n'auras qu'à donner ta part aux pauvres.

Oriol accepta. Il allait bien sûr faire son possible pour trouver ce trésor. Il s'agissait, après tout, de la dernière volonté de son père.

— Moi aussi j'aimerais bien participer à cette quête, déclarai-je à mon tour. Que ce trésor existe ou non. C'est en quelque sorte le dernier jeu auquel Enric nous convie, comme lorsqu'on était petits. Je veux être de la partie, au nom de sa dernière volonté et au nom de l'aventure.

Ce n'est qu'après avoir parlé que je réfléchis un peu plus sérieusement aux conséquences d'un tel engagement. J'avais demandé une semaine de vacances au cabinet. J'étais arrivée le mercredi, nous étions samedi et j'étais censée reprendre l'avion le mardi suivant. Je n'avais pas la moindre idée du temps nécessaire pour trouver un trésor, mais j'étais sûre que trois jours ne suffiraient pas.

Les cousins Bonaplata remarquèrent sans doute mon expression préoccupée car ils me regardèrent tous deux d'un air interrogatif.

— Que se passe-t-il ? demanda Luis.

— Je dois retourner à New York mardi prochain.

— Ah, non !

En prononçant ces mots, Oriol posa sa main sur la mienne, appuyée sur le bras de mon fauteuil.

— Tu restes avec nous jusqu'à ce qu'on ait trouvé ce trésor, ou ce qu'il y a à trouver.

Son contact, son regard, son sourire firent se lever dans la pièce une brise marine chargée d'un goût de sel, d'été et de baiser, qui me donna des frissons.

— Et mon travail, alors ?

— Demande une année sabbatique, plaisanta Luis. Imagine l'effet que ferait sur ton curriculum la découverte de toutes ces richesses médiévales ! « Brillante avocate experte en testaments gothiques et autres chasses au trésor ». Succès garanti ! Tous les cabinets de New York se battront pour t'attirer chez eux !

Je ris. Oriol m'interrompit d'une voix profonde qui me rappela celle de sa mère. Sa main reposait toujours sur la mienne.

— Reste avec nous.

Je ne répondis rien. S'il est une qualité qu'une bonne avocate doit posséder, c'est bien la capacité de résister à la pression extérieure. Mais je ne demandais rien de mieux que de rester à Barcelone. Nous décidâmes que les garçons courraient à la banque avant sa fermeture pour récupérer les volets du triptyque et que nous nous retrouverions après le déjeuner dans l'appartement de Luis. J'avais besoin de temps pour réfléchir et, surtout, je voulais être seule pour ouvrir la lettre d'Enric.

Je pris la direction du port et me retrouvai rapidement submergée par le flot coloré des Ramblas. Leur multitude bariolée et leur vibration vitale m'attiraient comme un aimant.

Je me souviens qu'un jour, alors que nous étions encore enfants et qu'Enric nous accompagnait au marché de Noël, nous étions passés devant la fontaine de Canaletas, cette fontaine des Ramblas couronnée de lampadaires. Enric nous avait alors raconté la légende qui l'entoure :

— Vous savez, ceux qui boivent de cette eau reviennent toujours à Barcelone, aussi loin qu'ils aillent.

Nous nous étions tous les trois empressés de boire à la fontaine. Après tant d'années loin de ma ville natale, j'avais fini par croire que la magie n'opérerait pas.

Je m'arrêtai un moment pour admirer des artistes de rue lancés dans un tango endiablé, joué par un radiocassette. La musique entraînante invitait les passants à esquisser quelques pas. Le danseur portait un costume et un chapeau noirs et sa cavalière aux cheveux gominés, une longue jupe ajustée et fendue qui découvrait sa cuisse sur le côté. Autour de ce couple respirant la sensualité s'était formé un large cercle de spectateurs, qui déposaient spontanément une pièce par terre ou attendaient le passage d'une belle et souriante danseuse recueillant les dons dans un chapeau.

J'entrai dans un petit restaurant et m'installai à une table d'où je pouvais, à travers de grandes baies, suivre le spectacle de la foule déambulant sur l'avenue. Après avoir commandé une salade, je sortis la lettre d'Enric de mon sac.

Mon nom y était soigneusement écrit à la plume. Je le contemplai un moment, intimidée à l'idée de décacheter cette enveloppe jaunie par le temps qui m'attendait depuis treize longues années. Je sentis mon pouls s'accélérer.

Enfin, je déchirai soigneusement l'enveloppe à l'aide d'un couteau.

« Ma chère filleule,

Je t'ai toujours aimée comme ma propre fille. Quel dommage de ne pas t'avoir vue grandir, que tu sois partie si loin ! »

À la lecture de cette phrase, je fondis en larmes au-dessus de ma salade de poulet et de mon cola light. Je l'aimais tant, moi aussi !

« Si tout se passe comme je l'imagine, à l'heure où tu ouvriras cette lettre, tu mèneras une vie totalement différente, loin de tes amis et de ton enfance. Tu n'auras probablement pas vu Oriol et Luis depuis des années. C'est pour cette raison, parce que tu es si loin des autres, que c'est à toi que j'ai légué la bague. Cette bague t'obligera à revenir. Elle a un pouvoir. Elle ne peut pas appartenir à n'importe qui car elle donne à son propriétaire une autorité particulière. Mais il arrive aussi qu'elle exige beaucoup, parfois plus qu'on ne peut lui donner.

Va à la librairie du Graal, qui se trouve dans le vieux centre, et montre cette bague au propriétaire. Je suis sûr que ce commerce existera toujours dans treize ans. Mais si pour quelque raison que ce soit je me trompe, adresse-toi à Maître Marimón, le notaire. Il aura en sa possession une liste d'adresses sous scellé qui te sera utile.

Cette bague symbolise ta mission. Tu dois la garder jusqu'à ce que tu découvres le trésor. Si tu triomphes dans cette entreprise ou si tu décides de renoncer, tu pourras t'en séparer. En aucune autre circonstance ! Tu l'offriras alors à la personne que tu considères la plus apte à la recevoir. Cette personne devra être forte d'esprit car cette bague a une vie et une volonté propres. Ou alors tu pourras la conserver, si tu t'en sens capable.

Profite bien de ce dernier jeu avec moi. Trouve ce trésor que je n'ai pas pu, pas voulu trouver ou que je ne méritais pas. Sois heureuse avec Luis et Oriol.

Je t'ai toujours beaucoup aimée, et je n'ai pas attendu ta naissance pour le faire.

Ton parrain.

Enric. »

De grosses larmes ruisselaient sur mes joues, menaçant d'agrémenter ma salade d'une bonne dose d'eau salée. Je me couvris le visage des deux mains, accablée de chagrin. Enric ! Comme je l'aimais moi aussi ! Que voulait-il dire dans sa lettre quand il disait qu'il n'avait pas attendu ma naissance pour m'aimer ? Je ne le saurais certainement jamais. Cette phrase obscure avait-elle quelque chose à voir avec le lien qui l'unissait à ma mère ? J'essuyai mes larmes et tentai de dissimuler mon chagrin aux clients des tables voisines en laissant traîner mon regard sur la rue lumineuse et colorée par la foule de badauds. La vitre me renvoyait un reflet impressionniste de mon visage, estompé et insaisissable : des cheveux blonds et courts, des lèvres encore légèrement teintées par le rouge que j'y avais appliqué le matin. Je ne distinguais presque pas mes yeux. Était-ce bien moi ? Ou le fantôme de la jeune femme que je serais devenue si je n'avais jamais quitté Barcelone, de la femme que je ne serais jamais ? Un sanglot secoua ma poitrine et une cascade de larmes roula de nouveau sur mon visage, me brouillant totalement la vue.

Comme il était douloureux de remuer tous ces bons souvenirs que j'avais laissés derrière moi ! Le souvenir d'Enric. Et la nostalgie de ce gringalet que j'avais embrassé sous l'orage, si différent de l'homme que j'avais retrouvé le matin chez le notaire.

La tristesse que j'avais éprouvée à la lecture de la lettre d'Enric s'était transformée en apitoiement. Les larmes amères versées pour mon parrain prenaient maintenant une saveur douceâtre. Je pleurais pour cette petite fille perdue dans le temps et pour cette femme épuisée par les émotions des dernières heures et par des sentiments si forts qu'elle en perdait le sommeil.

J'appelai le serveur pour lui demander un verre de vin, avant de revenir sur ma décision. Un demi-litre ferait mieux l'affaire. Bien que je ne boive généralement jamais d'alcool au déjeuner, j'avais décidé, ce jour-là, de m'accorder le plaisir d'une séance nostalgique baignée de larmes, et il me fallait plus qu'un cola light pour arroser le tout.

17

Luis vit au dernier étage d'un immeuble de Pedralbes, d'où il est possible d'admirer le monastère qui a donné son nom au quartier, un ensemble harmonieux orné de magnifiques tours et de beaux toits et protégé de murailles qui comprend, outre une église du XIVe siècle, un cloître et des dépendances de la même époque. Pedralbes a aujourd'hui été englouti par la ville mais Luis me raconta qu'à sa fondation par l'épouse du roi, doña Elisenda de Montcada, le monastère était isolé au pied de la colline. Livrées à elles-mêmes, les moniales se protégeaient des visiteurs indésirables, et notamment des hordes de brigands qui rôdaient dans les parages, au moyen de ces remparts et de troupes de soldats armés. L'appartement de Luis donnait également, de l'autre côté, sur le centre-ville. Au loin se découpait la ligne azurée de la mer. Je ne sais pourquoi le logement était au nom de sa mère, mais je crus détecter dans ce fait inhabituel une stratégie de protection, la version moderne des murailles utilisées par les Clarisses. Voilà pourquoi les renseignements téléphoniques n'avaient pu me donner les coordonnées d'aucun des deux cousins Bonaplata et Casajoana. Pour une raison ou pour une autre, tous deux se cachaient derrière l'identité de leur mère.

En m'attendant à les trouver enthousiastes à l'idée de l'aventure qui s'offrait à eux, j'étais bien loin du compte. Lorsqu'il m'ouvrit la porte, Luis afficha une moue triste et indiqua sa joue du doigt, dessinant la trajectoire invisible d'une larme. Je compris sur-le-champ : Oriol avait pleuré. Profitant de la position de son cousin, qui ne pouvait pas le voir, Luis me fit entrer d'un mouvement emprunté et équivoque, visiblement content de trouver une nouvelle occasion de railler la prétendue homosexualité d'Oriol. Sa mimique m'écœura. Si ses paroles correspondaient aux amabilités d'usage, ses gestes dénotaient une hypocrisie navrante et je ressentis une vive colère pour Oriol qui, dans le salon, ne se doutait pas des gesticulations de son cousin. Je replongeais en enfance mais, cette fois, je n'avais aucune envie de rire aux singeries de Luis.

Oriol me gratifia d'un salut rapide sans se lever du fauteuil où il s'était affalé, abattu. Ses yeux étaient rougis par les larmes. Certes, il avait pleuré, mais cela ne signifiait pas pour autant qu'il était homosexuel ou maniéré comme venait de l'insinuer Luis avec sa parodie. Je comprenais sa tristesse. J'avais été secouée d'une sacrée crise de larmes à la lecture de la lettre d'Enric. Alors, combien de larmes aurais-je versées s'il s'était agi de mon propre père ? Un père que j'avais perdu dans mon enfance, un père qui avait laissé un vide pendant des années et me confiait aujourd'hui ses dernières pensées dans une lettre posthume, un message vieux de treize ans. Qui resterait de marbre confronté à un tel événement ?

J'aurais tout donné pour lire sa lettre mais je n'osai pas m'immiscer dans une affaire aussi personnelle. Ce n'était pas vraiment le moment propice pour demander cela à un homme que je n'avais pas vu depuis des années.

— Regarde.

Luis m'indiquait une commode sur laquelle étaient posés deux petits tableaux. Ils n'étaient pas plus larges que la paume de ma main et mesuraient le double en hauteur. À eux deux, ils devaient atteindre les dimensions du tableau qui se trouvait chez mes parents, dont ils partageaient, d'ailleurs, le style et les couleurs.

— Alors ces tableaux forment un triptyque avec le mien, c'est ça ?

— C'est ça, confirma Oriol. Le bois, bien qu'il ait été traité pour une meilleure conservation, a été très détérioré par les vers, mais on peut quand même détecter des traces de gonds sur les côtés. Heureusement que ce sont des peintures *a tempera*. Les vers n'attaquent pas la couche de plâtre qui sert de base à ce type d'œuvre.

— Des gonds ?

— Oui, des charnières, m'éclaira Oriol. Ce triptyque était en fait un petit autel portatif. Ces deux pièces fonctionnaient comme des volets et se refermaient sur ton tableau, le plus grand. Il devait y avoir un genre de poignée qui, en plus de sa petite taille, le rendait très facile à transporter. Les Templiers l'utilisaient certainement pour leurs messes quand ils étaient en campagne militaire.

— Les Templiers ? Comment sais-tu qu'il appartenait à des Templiers ? interrogea Luis.

— À cause des saints.

— Comment ça ? demandai-je.

— Sur le tableau de Luis, en réalité le volet droit du tableau central, le saint représenté sous la scène du Christ crucifié sur le Calvaire, debout sur le dragon, est saint Georges.

J'observai attentivement le tableau posé à ma droite. Comme l'avait remarqué Oriol, il se divisait en deux parties de tailles plus ou moins égales. La partie inférieure représentait un guerrier piétinant une bête poilue pas plus grande qu'un lézard. Armé d'une lance, il portait une cotte de mailles, une tunique courte et une cape, et son casque était entouré d'une auréole.

— Ça c'est du dragon ! lançai-je.

Les deux cousins s'esclaffèrent.

— Tu m'étonnes ! repartit Luis. Pas vraiment de quoi avoir peur. Au lieu de le tuer, il pourrait se contenter de le faire déguerpir en tapant des pieds.

Oriol reprit un ton sérieux :

— La peinture gothique, du moins celle de la fin du XIIIe et du début XIVe, ne tenait compte ni des proportions ni de la perspective. L'important était que le saint fût identifiable. Si la peinture représentait un guerrier écrasant une espèce de reptile, tout le monde devinait d'office qu'il s'agissait de saint Georges. Sauf que ce saint Georges-là est un peu spécial.

— Pourquoi ? demandai-je.

— Saint Georges était généralement représenté avec une croix rouge dont seules les extrémités étaient légèrement élargies : la croix traditionnelle des croisés. Mais regardez cette croix-là. C'est aussi une croix pattée, mais bien particulière. C'est la croix des Templiers. Ce saint est originaire d'Asie Mineure. Georges était un officier de l'armée romaine qui, à la suite de sa conversion au christianisme, subit toutes sortes de martyres avant de mourir décapité. Il n'existe aucun témoignage historique sur ce personnage mais, selon la légende, il sauva une princesse des griffes d'un horrible dragon. Les croisés l'adoubèrent chevalier et il devint un symbole très puissant, le symbole de la victoire du bien sur le mal. On dit qu'il prit part à deux batailles, une en Aragon et une en Catalogne, offrant, au fil de l'épée, la victoire aux chrétiens contre les musulmans.

— C'est pour ça qu'il est le saint patron de Catalogne et d'Aragon, affirma Luis.

— Effectivement. Mais il est aussi le saint patron d'Angleterre, de Russie et encore d'autres pays. Il était très à la mode au Moyen Âge. Quoi qu'il en soit, il faut retenir qu'il est mort décapité. Vous avez dû reconnaître la scène qui figure sur la partie supérieure du volet, dans cette espèce de chapelle. C'est le Christ crucifié sur le Calvaire. Un grand classique. Au côté d'une Vierge accablée se tient saint Jean l'Évangéliste, la main sur sa joue, un signe qui traduit toute sa douleur et sa consternation. Cette représentation est si courante dans l'art gothique, que ce soit dans la peinture ou dans la sculpture, que les antiquaires le surnomment « le saint à la rage de dents ».

» Quant à mon tableau, qui à en croire les traces des gonds formait le volet gauche du triptyque, il représente un Christ ressuscité et triomphant sortant du Saint-Sépulcre. La scène est également couronnée d'une chapelle.

Je considérai le cadre supérieur du tableau d'Oriol. La scène était surmontée d'un arc légèrement pointu au centre, un peu comme celui de mon tableau de la

Vierge. Je remarquai que cet élément différait dans le tableau de Luis, dont l'arc était divisé en deux par un lobe central. Oriol poursuivit son exposé :

— Et dans la partie inférieure, on peut reconnaître saint Jean-Baptiste, le précurseur du Christ, celui qui l'a baptisé dans le Jourdain. C'était le saint patron par excellence des Pauvres Chevaliers du Christ, comme se faisaient appeler les Templiers.

— C'est vrai qu'il a l'air pauvre, commentai-je.

Le tableau représentait un homme barbu aux cheveux longs. Il tenait un parchemin dans la main gauche et était vêtu d'un pagne en peau de mouton.

— Il est mort décapité, comme saint Georges, souligna Oriol.

— Merci pour la précision mais ce n'était pas nécessaire, blaguai-je en affectant d'être vexée.

— Après l'avoir vue danser, Hérode promit à Salomé, la fille de sa concubine, de lui accorder tout ce qu'elle voudrait. Elle demanda alors, selon les instructions de sa mère Hérodiade, la tête de Jean-Baptiste, que le roi, fidèle à sa parole, lui fit apporter sur un plateau.

— C'est dégueulasse ! s'exclama Luis.

— Les Templiers aimaient donc les saints qui perdaient la tête, conclus-je avec humour, défiant Oriol du regard.

— Tout à fait.

Un demi-sourire aux lèvres, il ne baissa pas les yeux. Je me demandai s'il avait capté la note dérisoire de mon affirmation. Luis s'approcha d'un air interrogateur.

— Tout ceci mérite quelques éclaircissements, monsieur l'historien. Ces Templiers m'avaient tout l'air de former une étrange confrérie.

— C'est une longue histoire. Tout a commencé

quand les royaumes chrétiens, notamment les royaumes bourguignons, francs, teutons et anglais, enflammés par les harangues de divers moines prédicateurs d'Europe, tombèrent sur la Terre sainte comme une nuée de sauterelles. Et encore, ce fléau n'est rien comparé aux invasions de cette bande de sauvages. Pour vous dire, ils s'en prirent même aux chrétiens orthodoxes en attaquant les Byzantins de Constantinople. Il y eut des bains de sang inimaginables. Les royaumes ibériques, qui avaient déjà assez à faire avec leur reconquête, envoyaient peu de contingents. Je parle d'événements qui eurent lieu un siècle avant la bataille de Las Navas de Tolosa. À l'époque, les musulmans contrôlaient la majeure partie de la péninsule et une menace permanente planait sur les royaumes chrétiens.

J'interrompis Oriol avec impatience :

— D'accord. Mais qu'est-ce que tout ça a à voir avec ces décapitations ?

— Avec le temps et la fatigue, les ambitions chrétiennes en Terre sainte s'affaiblirent et les nobles se mirent à pactiser avec l'ennemi. Ainsi, les chrétiens commencèrent à négocier la liberté des chevaliers faits prisonniers au combat contre des rançons. Quant aux vulgaires soldats qui ne pouvaient pas payer, ils étaient réduits en esclavage. Mais les Pauvres Chevaliers du Christ refusaient ces pratiques. Ils avaient fait vœu de pauvreté et s'étaient engagés à mourir en défendant leur foi. Ils formaient donc une véritable machine de guerre. Les musulmans savaient bien que, quel que soit le rang du Templier qu'ils capturaient et les richesses de l'organisation, l'Ordre ne débourserait jamais un sou pour sauver le captif. Ils ne pouvaient pas plus le réduire en esclavage. Ça aurait été dégoupiller une grenade dans leur propre camp. Quand ils capturaient un chevalier portant la croix pattée à huit pointes, la solution était donc de le décapiter sur-le-champ, malgré le respect et l'admiration que ces guerriers leur inspiraient. C'est aussi pour ça que les Templiers combattaient jusqu'à la mort, qu'ils ne se rendaient jamais, ne demandaient pas de trêve et n'espéraient jamais la clémence de leur ennemi.

À en croire son sourire, Luis trouvait ce récit plutôt cocasse.

— Je vois, c'est pour ça que les Templiers aimaient les saints décapités, ils étaient en quelque sorte collègues.

Oriol acquiesça de la tête. Je continuai sur la lancée ironique de Luis :

— Bien sûr ! Et c'est aussi pour ça qu'ils gardaient des morceaux de cadavre dans leurs bagues. Rien de plus normal !

— Bon, que fait-on maintenant ? continua Luis. Nous avons ici les tableaux des saints décapités avec toute leur tête. Le volet central se trouve à New York et, d'après Enric, ce triptyque détient la clé d'un fabuleux trésor.

Il se tourna vers moi.

— Il faudra que tu t'arranges pour qu'on nous envoie le tableau, non ?

— Attends un peu, le coupa Oriol. Personne n'est obligé d'accepter un héritage. Cristina ne nous a pas donné sa réponse tout à l'heure, elle doit encore décider si elle veut chercher ce trésor ou pas. C'est un engagement qui ne se prend pas à la légère. Cette décision pourrait bien changer le cours de sa vie, et elle ne pourra pas revenir en arrière. Pour commencer, il faudra qu'elle prolonge considérablement son séjour ici, et elle est probablement attendue aux États-Unis.

En prononçant ces derniers mots, il attarda son regard sur ma bague de fiançailles.

— Quel est le problème, Oriol ? Quelle idée ! Bien sûr que Cristina veut chercher ce trésor !

— Laisse-la décider seule. Cette affaire éveille aussi en moi des sentiments contradictoires. Parfois, il vaut mieux ne pas trop remuer le passé et laisser les morts reposer en paix.

Son timbre émouvant trahissait une profonde tristesse. Luis commençait à s'énerver.

— Que veux-tu dire par là ? Tu ne vas pas recommencer avec ça, Oriol ! Pour l'amour de Dieu ! Il s'agit de la dernière volonté de ton père !

— Moi, je suis partante pour cette chasse au trésor.

J'étais intervenue sur une impulsion, pour couper court à la dispute qui naissait entre les deux cousins. Je savais pertinemment que ma décision me causerait bien des problèmes à New York.

— Moi aussi, lança Luis.

Nous attendions tous les deux la décision d'Oriol. Les yeux tournés vers le plafond, il semblait mesurer le pour et le contre. Peu à peu, son visage s'illumina de ce merveilleux sourire, son sourire d'enfant, le sourire dont j'étais tombée amoureuse et qui me faisait l'effet d'une éclaircie perçant les nuages.

— Je ne vais quand même pas vous laisser vous amuser sans moi.

Il releva le menton avec une arrogance mutine.

— En plus, sans moi, vous n'y arriverez jamais. Vous pouvez compter sur moi.

Je dus me retenir pour ne pas sauter de joie. J'échangeai un regard enthousiaste avec Luis. Sur son visage, la colère avait laissé place à une immense joie. J'avais replongé en enfance. Voilà que nous retrouvions les jeux d'Enric. Et si Enric n'était plus là, il n'en était pas moins présent parmi nous.

— Génial ! À nous le trésor !

Luis nous tapait dans les mains, comme pour sceller un pacte, quand Oriol se rembrunit subitement. Il avala difficilement sa salive :

— Je ne sais pas, mais j'ai une drôle d'impression. Peut-être que ce n'est pas une si bonne idée que ça...

Nos sourires disparurent aussi vite qu'ils étaient venus. Que nous cachait Oriol ? Sa réserve était suspecte. Que contenait la lettre posthume de son père ?

18

Je ne fermai quasiment pas l'œil de la nuit, essayant en vain d'y voir clair dans toute cette histoire. À quatre heures du matin, encore assise dans la pénombre de ma chambre, je contemplai le scintillement d'une Barcelone qui semblait beaucoup plus animée que la veille. Normal, c'était samedi. Nous étions tous les trois allés dîner au restaurant puis les cousins m'avaient emmenée boire un verre dans un bar branché. Luis m'asticotait, paradant comme un coq dans une basse-cour. Il me lançait toutes sortes de flatteries ambiguës, de plus en plus douteuses à mesure qu'il alignait les verres. Venant de lui, ces réflexions ne me gênaient pas outre mesure. Au contraire, j'en riais et me gardais bien de le décourager, dans le seul et unique but d'étudier la réaction d'Oriol. Amusé, ce dernier observait son cousin, ajoutant de temps à autre une remarque élogieuse à mon égard. Inutile de préciser que les mêmes mots me faisaient un tout autre effet lorsqu'ils sortaient de sa bouche. Et ses yeux ! Ils brillaient comme deux flammes bleues dans l'obscurité du bar. Contrairement à Luis, il n'élevait pas la voix et, chaque fois qu'il parlait, je devais m'approcher de lui pour distinguer ses paroles au milieu du brouhaha ambiant. J'osais alors à peine respirer. J'avais tout d'abord été amusée par ce petit jeu mais je m'en étais rapidement lassée. J'avais la désagréable impression que Luis jouait le rôle du coq, moi celui de la poule... et Oriol celui du chapon. Plutôt démoralisée à cette idée, j'avais décidé de ne pas trop prolonger la soirée et d'en profiter pour téléphoner à New York à une heure décente.

Ma mère avait poussé un cri d'horreur. Elle m'avait bien prévenue que c'était un piège. Cette histoire de trésor n'était qu'une machination pour m'attirer à Barcelone. Comment pouvais-je tirer un trait sur ma magnifique carrière d'avocate en prenant maintenant un congé sabbatique d'un an ? Et que ce soit un mois ou deux n'y changeait rien ! J'allais tout gâcher !

Alicia ! C'était cette sorcière qui avait tout manigancé ! Je ne devais surtout pas m'approcher d'elle ! Non, je pouvais faire une croix dessus, elle ne m'enverrait pas le tableau de la Vierge, que ça me plût ou non ! Cette histoire ne lui disait rien qui vaille. Ah, et Mike dans tout ça ? Qu'allait-il se passer avec Mike ? Après s'être emportée de la sorte, elle m'avait suppliée de revenir.

J'avais tenté de la raisonner et de lui faire comprendre qu'une merveilleuse aventure m'attendait. C'était la chance de ma vie. Qui ne rêve pas de vivre un jour une aventure comme celle-là ? Elle ne devait pas s'inquiéter. Mike le comprendrait, et le cabinet aussi. Et s'ils ne l'acceptaient pas, j'étais capable de trouver un meilleur travail à mon retour. À la fin de mon argumentation, ma mère était en sanglots à l'autre bout du fil.

— Tu ne comprends donc pas, Cristina ? Si tu restes maintenant, tu ne reviendras plus jamais.

J'avais fait tout ce qui était en mon pouvoir pour la tranquilliser. Ma mère étant généralement une femme très pondérée, je ne parvenais pas à comprendre ce qui lui arrivait, pourquoi elle faisait tout un drame de ma décision.

Mike s'était montré beaucoup plus raisonnable.

— Pourquoi pas ? J'avoue que ça ressemble à une aventure formidable, digne d'Indiana Jones. Mais cette histoire de trésor ne serait-elle pas le fruit de l'imagination d'un fou... Un trésor, c'est bien joli, mais ça n'existe que dans les contes. Bon, d'accord, à la Bourse et au casino aussi... mais c'est réservé aux initiés.

» Reste plus longtemps, si tu veux. Mais je veux que nous nous mettions d'accord sur une date de retour. Combien de temps te faut-il ? Deux semaines ? Un mois ? Mais après, c'est fini. N'oublie pas que nous sommes fiancés et que nous n'avons toujours pas fixé la date de notre mariage.

— Oui, monsieur.

Quand Mike se lançait dans un tel raisonnement,

cherchant à peser tous les arguments, il se révélait d'une logique irréfutable.

— Tu as raison. Marché conclu ! Dès mon retour, nous choisirons une date. D'accord ?

— Oui, c'est d'accord, répondit-il d'un ton méfiant. Mais tu ne m'as toujours pas précisé combien de temps tu allais rester.

— C'est que je ne le sais pas encore... Moins d'un mois, c'est certain, affirmai-je avec emphase.

— Mais nous nous sommes mis d'accord, non ? Tu dois me donner une date de retour précise.

Sentant la colère poindre dans sa voix, je m'étais empressée de lui donner raison.

— Mais pour savoir de combien de temps j'ai besoin, j'ai besoin de temps...

Mike était tombé dans un profond silence. Je m'étais demandé s'il avait mal pris mon jeu de mots ou s'il était tout simplement furibond que je ne puisse pas lui donner de date exacte. Mike aime avoir des repères numériques, une déformation professionnelle, j'imagine. J'adoucis ma voix :

— Chéri ? Tu es toujours là ?

— Tout ça ne me plaît pas, protesta-t-il. Je veux savoir combien de temps ma fiancée va rester de l'autre côté de l'océan. *Capici ?*

Je me retins de rire. Mike, qui avait essayé de me parler espagnol, avait une fois de plus utilisé un mot italien.

Voilà ce à quoi je pensais à quatre heures du matin, face au spectacle contrasté du jardin plongé dans l'obscurité et des lumières lointaines de la ville, alors que seul un mur me séparait d'Oriol.

Je comprenais parfaitement que Mike insistât pour que je lui précise ma date de retour mais je faisais confiance à mon pouvoir de persuasion pour obtenir son indulgence. Le lundi, j'appellerais mon supérieur pour lui demander de prolonger mon congé. Peut-être qu'il ne me garantirait pas un poste à mon retour mais j'avais tout de même une certaine réputation et, à mon âge, je n'aurais aucune difficulté à retrouver un emploi. La question du travail ne m'inquiétait pas non plus.

En revanche, María del Mar me posait, elle, un véritable problème. Ma mère refusait de m'envoyer le tableau et j'étais bien placée pour savoir que rien ne pourrait la faire changer d'avis. Je n'étais pas sa fille pour rien. Je devrais donc aller le chercher en personne à New York. C'était le comble ! Ce tableau m'appartenait, je n'avais pas l'intention de lui voler quoi que ce soit !

Plus que son refus de m'envoyer le tableau, son attitude singulière était pour moi cause d'inquiétude. Je n'irais pas jusqu'à prétendre que ma mère est la femme la plus équilibrée du monde, mais cela faisait des années que je ne l'avais pas vue dans cet état. L'annonce de mon séjour prolongé l'avait complètement bouleversée.

Il existait, à n'en pas douter, une vieille rancune entre Alicia et elle. Et dire que je lui avais fait croire que je l'appelais de l'hôtel ! Je préférais ne pas imaginer sa fureur lorsqu'elle apprendrait que je logeais chez la mère d'Oriol. J'étais sûre que quelque chose s'était produit entre elles, quelque chose que ma mère ne m'avait jamais raconté et n'avait pas l'intention de me révéler. Mais peut-être n'aurait-elle plus vraiment le choix, maintenant qu'elle se sentait rattrapée par le passé ; elle devrait me livrer ses secrets si bien gardés. De mon côté, il me restait à trouver un bon argument pour la convaincre de m'envoyer le tableau. Si nécessaire, j'irais le chercher à l'improviste, sans lui laisser le temps de le cacher... Alors que j'élaborais un plan d'action, je tombai dans un profond sommeil.

Lorsque j'ouvris les yeux, le soleil pénétrait dans la chambre à travers les rainures des volets, formant de petits points lumineux sur le sol.

Sur le coup, il me fut impossible de déterminer l'endroit où je me trouvais. Ce n'était pas mon appartement de New York, ni la maison de mes parents à Long Island. J'étais à Barcelone, dans la maison d'Oriol ! Ce dimanche marquait seulement mon cinquième jour en Espagne mais j'avais l'impression d'y être arrivée depuis des semaines.

À peine avais-je retrouvé mes esprits que deux idées m'assaillirent : j'avais faim et je voulais voir Oriol et ses yeux bleus.

Je commandai à mon estomac de patienter, le temps de prendre une douche et de me pomponner un peu. Je descendis ensuite à la cuisine avec le secret espoir d'y trouver Oriol. À sa place, je tombai sur Alicia.

— Bonjour, trésor. Vous êtes rentrés tard hier, dites donc...

Elle me gratifia d'un large sourire et me déposa un baiser sur chaque joue.

Elle me prit les mains et, d'un mouvement impulsif, chercha la bague du regard. J'eus tout juste le temps de bredouiller un salut avant qu'elle ne reprît la parole, plongeant son regard droit dans le mien.

— Selon les alchimistes, le rubis est une pierre ardente. Il est également appelé « anthrax », le nom de cette horreur que les terroristes ont récemment répandue comme arme biologique dans ton pays. Ce mot n'est plus vraiment utilisé dans ce sens-là mais le rubis était nommé ainsi en raison de sa ressemblance avec le charbon ardent. Ce nom faisait référence au feu intérieur de la pierre.

Sa voix grave ronronnait dans mes oreilles. Elle prit ma main et, tout en la caressant, l'approcha de son visage pour mieux observer les deux bagues. Elle concentra son attention sur celle du Templier, cherchant à capter sa splendeur intérieure. Elle semblait fascinée par cette pierre, qui attirait son regard comme un aimant et embrasait ses yeux de son reflet pourpre.

— Le rubis est placé sous le signe de Vénus et de Mars. L'amour et la guerre, la violence et la passion. Rouge sang. C'est de sa couleur que cette pierre tient son nom. Sais-tu qu'il existe des rubis mâles et des rubis femelles ?

Je relevai la tête, incapable de cacher ma stupeur. Pourtant, j'aurais dû être vaccinée contre les surprises. Des pierres avec un sexe ? Quelle drôle d'idée !

Elle baissa d'un ton, comme si elle me confiait un secret :

— Oui. Selon les sciences occultes, on les différencie par leur éclat. Le tien est un mâle. Regarde, il brille de l'intérieur. Vois-tu l'étoile à six branches qui se déplace dans la pierre quand on fait pivoter l'anneau ?

J'acquiesçai de la tête. J'avais déjà remarqué cette lueur profonde, cet astre qui semblait enfermé dans la pierre. Mais à ce moment précis, je ne trouvai pas quoi répondre à Alicia. Elle m'avait complètement prise au dépourvu. Je n'étais pas vraiment bien réveillée et je peinais à assimiler une information aussi inattendue que surprenante.

— Les rubis femelles brillent d'un éclat extérieur, ils sont dominés par Vénus. Pas le tien. Le tien est couleur sang de pigeon, c'est un mâle. Il est placé sous le signe de Mars, le dieu de la guerre, de la violence...

Elle détacha enfin ses yeux bleus de la pierre et les posa sur moi. Elle semblait sortir d'une transe. Elle me relâcha la main avec douceur et son visage s'éclaira d'un sourire chaleureux.

— Tu trouveras des toasts dans la cuisine pour le petit déjeuner. Mais n'oublie pas que le déjeuner sera servi dans deux heures à peine.

Alicia était une véritable femme-caméléon. Elle changeait de peau en un clin d'œil. Voilà qu'elle affichait maintenant la tendresse et la prévenance d'une parfaite maîtresse de maison. Tout à fait charmante, la femme qui se trouvait devant moi n'avait rien à voir avec la sorcière que m'avaient décrite Luis et ma mère ou encore avec cette ensorceleuse qui venait de partager avec moi ses connaissances en alchimie.

— J'ai invité Luis pour le déjeuner. Allez, maintenant tu ferais mieux de rejoindre Oriol sur la terrasse pour le petit déjeuner.

Je m'empressai de mettre à exécution ce qui me paraissait être une excellente idée. Je craignais qu'elle ne se perde encore dans la contemplation du rubis et ne me mette de nouveau mal à l'aise.

19

Dehors, assis à la table sous une magnifique roseraie aux teintes éclatantes, Oriol lisait le journal en buvant son café. Contrastant avec le vert des feuilles, les fleurs composaient une véritable palette de couleurs, que venaient enluminer les taches chatoyantes des rayons du soleil se faufilant à travers les branches des grands arbres. Une brise légère berçait les branchages et caressait ma peau.

Je m'arrêtai pour contempler la scène. Elle semblait tout droit sortie d'un des tableaux de Santiago Rusiñol ornant les murs de la maison. J'étais persuadée qu'une de ces toiles représentait précisément ce jardin. Je pris une profonde inspiration. L'angoisse que j'avais ressentie en entendant le récit alchimiste d'Alicia avait totalement disparue. J'observai Oriol qui, n'ayant pas remarqué ma présence, continuait à lire. Bien qu'il eût changé, il restait toujours le garçon dont j'étais tombée amoureuse enfant. Je le saluai en souriant :

— Bonjour.

— Bonjour.

— Je suis contente de te voir ici et de constater que tu n'as pas passé la nuit dans un squat.

En entamant la conversation d'une manière aussi directe, je cherchais à le sonder. Il me jeta un regard espiègle et me fit signe de m'asseoir.

Je m'installai à la table et me tartinai un toast avant de relancer le sujet :

— Alors, comme ça, tu passes ton temps libre à squatter les maisons des autres ?

Il me gratifia de nouveau de ce regard rusé, qui semblait signifier : « Tu cherches la bagarre, c'est ça ? »

— Des maisons abandonnées.

Il prit une gorgée de café.

— Il y a des gens qui n'ont pas de toit et des enfants pauvres qui ont besoin qu'on les éduque et qu'on s'occupe d'eux quand ils ne sont pas à l'école. Ces propriétés sont laissées à l'abandon en attendant que le cours de l'immobilier augmente, et les utiliser dans le seul but d'aider son prochain est un acte de charité, pas un délit.

— Tu pourrais les amener ici, il y a beaucoup de pièces que vous n'utilisez pas dans cette maison.

Il éclata de rire. Il avait un charme fou. Tranquillement, il se tartina un toast de beurre et de confiture d'orange, fronçant les sourcils dans ce qui semblait être une profonde réflexion. Puis il croqua sa tartine à pleines dents, secouant la tête de haut en bas, comme s'il me donnait raison.

— Ce n'est pas une mauvaise idée. Mais il y a deux raisons pour lesquelles je ne le fais pas.

— Lesquelles ?

— Primo, parce que ma mère me tuerait.

Je ris en imaginant la réaction d'Alicia si son fils accueillait des sans-logis sous son toit.

— Secundo, parce que cette maison n'est pas abandonnée.

— Mais il y a de la place, pourquoi ne loges-tu pas quelqu'un ici ?

Je voulais avoir le dernier mot. Amusé, il ancra son regard bleu marine dans le mien.

— Tu as fini, mademoiselle l'avocate ? Laisse-moi le droit d'être un peu incohérent dans mes principes !

De plus, ma mère offre déjà l'hospitalité à une pauvre Américaine, non ?

Je souris en silence et savourai l'arôme de mon café en contemplant cette agréable matinée ensoleillée, les arbres majestueux, les rosiers en fleur, la pelouse soigneusement tondue et le visage d'Oriol. Je l'observai ouvertement, goûtant au plaisir de ce petit déjeuner en tête à tête.

— Tu as beaucoup grandi, gringalet. Tu n'as plus d'acné et tu es très beau.

Il se mit à rire.

— Dans ce pays, la tradition veut que ce soient les hommes qui courtisent les femmes, pas le contraire.

— Alors, qu'attends-tu pour le faire ?

Je levai le menton dans un geste de défi.

— Mais mieux qu'hier soir, s'il te plaît !

Je me grondai intérieurement : « Cristina, tu es en train de flirter. Attention, vous venez de vous retrouver. N'exagère pas. » Mais j'étais déjà en marche et je ne comptais pas m'arrêter en si bon chemin.

Il eut de nouveau ce regard amusé. Il prit son temps, buvant son café et dégustant ses toasts, que sais-je encore... Il le faisait exprès pour me faire languir. Je remarquai qu'il contrôlait parfaitement les silences. Il ne se précipitait pas pour répondre et esquivait admirablement les attaques, comme il l'avait fait lorsque je l'avais questionné sur ses principes. Il aurait fait un très bon avocat.

— Toi aussi, tu as grandi, sergent Cri.

C'était un coup bas. C'était Luis qui me donnait ce surnom peu flatteur ; qu'Oriol l'utilisât à son tour était plutôt mauvais signe.

— Tu avais des petits seins de rien du tout, et regarde

maintenant ce magnifique buste que tu as là. Si ce ne sont pas des faux, bien sûr.

— Ils sont 100 % naturels, m'empressai-je de préciser.

Ce n'était vraiment pas la réaction que j'espérais. Il fit une pause, me jaugeant du regard. Si je n'avais pas eu une bonne opinion de moi-même, je me serais sentie horriblement gênée. Je savais très bien qu'il le faisait volontairement. Pour une raison ou une autre, il voulait me punir de mon audace.

— Et tes fesses ! Quelles belles rondeurs !

— Tu insinues que j'ai de grosses fesses ?

— Non, je dirais qu'elles sont presque parfaites. Les chaises doivent être très contentes d'avoir l'honneur de les côtoyer de si près.

— Ah, ah !

Ravi, il continuait à me regarder avec impertinence. Non, il ne pouvait pas être homosexuel, comme le prétendait Luis. Il n'était pas non plus le « chapon » auquel je croyais avoir affaire la veille au soir. Mais comment en avoir la certitude ? Peut-être le cachait-il ? Peut-être utilisait-il ce langage discourtois et caustique pour me décourager et me tenir à distance. Peut-être m'avait-il trouvée un peu trop directe ?

— Tu es très belle, conclut-il.

— Merci. Il a fallu te l'arracher. Tu n'as pas fait beaucoup de progrès depuis hier.

Après avoir échangé un dernier regard, nous retournâmes à notre petit déjeuner, souriants. Malgré les éloges peu raffinés d'Oriol et la provocation qu'ils supposaient, je savourai ce qui représentait, à mes yeux, un instant de bonheur. C'est sans doute cette sensation de bien-être qui me donna subitement le besoin d'exprimer ce que j'avais gardé pour moi pendant des années.

— Pourquoi ne m'as-tu jamais écrit ? demandai-je, à l'improviste, sur un ton de reproche. Pourquoi n'as-tu jamais répondu à mes lettres ?

Son sourire disparut sous un masque grave. Il me fixa pensivement, comme s'il ne comprenait pas ce à quoi je faisais référence.

— Nous étions censés être ensemble. Tu ne te souviens pas ? Nous nous étions mis d'accord, nous devions nous écrire. Tu m'as menti.

Ces paroles que je n'avais jamais eu l'occasion de prononcer à voix haute faisaient rejaillir en moi toute la déception, la douleur et le ressentiment que j'avais éprouvés à l'époque. Oriol se tenait toujours immobile, ses yeux bleus agrandis par la surprise.

— Non, c'est faux.

— Si, c'est vrai ! insistai-je.

Je n'en croyais pas mes oreilles ! Comment pouvait-il réagir ainsi ? C'était si mesquin que j'eus du mal à refouler les larmes qui vinrent gonfler mes yeux.

— Non, c'est faux, répéta-t-il.

— Comment oses-tu nier ?

Je fis une pause pour prendre une profonde inspiration.

— Alors, selon toi, nous ne nous sommes jamais embrassés pendant l'orage, lors de mon dernier été sur la Costa Brava ? Ni même en cachette, ici même, dans ce jardin, précisément sous cet arbre ?

Je me tus, furieuse et peinée. Oriol était en train de réduire en poussière mon meilleur souvenir d'adolescence. S'il était homosexuel et regrettait ses égarements passés, il était libre de me le dire franchement. Pas la peine de mentir ! Mais j'étais trop malheureuse pour le lui faire remarquer. Comme si l'interminable attente d'une réponse à mes lettres n'avait pas constitué un affront suffisant, il prétendait maintenant ignorer ce qu'il s'était passé entre nous.

— Vas-y, prétends le contraire, si tu as les tripes pour le faire !

Sur le point d'utiliser un vocabulaire bien plus grossier, j'avais réussi à me contrôler de justesse, me raccrochant au mot le plus proche qui m'était venu à l'esprit.

— Bien sûr que je m'en souviens. Nous nous sommes embrassés, j'ai dit que je resterais ton petit ami et tu m'as fait promettre de t'écrire. Mais je n'ai jamais reçu de lettre, tu n'as jamais répondu à celles que je t'ai envoyées.

Oriol avait parlé avec beaucoup de sérieux. Je restai bouche bée.

— Tu m'as écrit ?

À peine avais-je prononcé cette phrase que Luis apparut, souriant. À cet instant précis, je lui en voulus cruellement de nous interrompre. Luis est de ce genre de personnes qui, ayant une aptitude innée pour déranger les autres, en usent même à leur insu.

Alors que je me demandais encore si Oriol m'avait dit la vérité, Luis se lança dans une discussion animée.

Au cours du repas, la conversation tourna exclusivement autour du testament et du trésor. Alicia qui, après avoir écouté notre récit, semblait presque plus enthousiaste que nous, nous encourageait à nous lancer à sa recherche. À l'évidence, nous aurions beaucoup de mal à l'exclure de cette entreprise et je n'avais pas pris conscience, en acceptant son invitation, que ce serait le prix à payer pour son hospitalité... Ou, du moins, une partie du prix à payer. Et nous étions bien trop excités pour garder cette histoire sous silence ou réussir à changer de sujet. Même Luis, qui m'avait lourdement mise en garde contre la mère d'Oriol, ne modérait pas ses propos. J'avais l'impression qu'Alicia avait tout orchestré. Je la soupçonnais d'être au courant de cette histoire de trésor, et de bien d'autres choses, depuis un certain temps déjà. Avare de paroles, elle se contentait de nous écouter, posant, de temps à autre, une question pertinente. Elle retombait ensuite dans le silence, ruminant les informations qu'elle avait recueillies et nous observant tour à tour avec attention. La transe dans laquelle l'avait plongée la contemplation de la bague et son apparente familiarité avec les sciences occultes m'inquiétaient. Que savait cette femme ? Et surtout, que cachait-elle ?

20

Dans mes souvenirs, l'avenue de la cathédrale n'était pas si large, ni la place sur laquelle elle s'érigeait si vaste et dépouillée. Pour moi, cet endroit évoquait toujours le marché de Noël. Emmitouflés dans de gros manteaux, nous allions y acheter tout le nécessaire pour décorer la crèche et le sapin. À la tombée de la nuit, les petits stands s'ornaient d'une féerie de lumière. Des guirlandes colorées clignotaient dans le crépuscule, enchantant la froide nuit hivernale sous le doux bercement de *Al vinticinc de decembre, fum, fum, fum* et autres cantiques de Noël chantés par des voix éternellement enfantines. C'était un monde d'illusion, d'histoire sacrée devenue conte pour enfants, de santons de terre cuite, de mousse et de liège. Des jours magiques qui précédaient le Réveillon de Noël, lors duquel, comme tous les enfants catalans, nous donnions des coups de bâton à une bûche d'arbre pour obtenir des confiseries avant d'ouvrir les paquets du Père Noël, une petite avance sur la profusion de cadeaux que nous apporteraient les Rois mages le jour de l'Épiphanie. Les odeurs de mousse fraîche, de sapin, d'eucalyptus et de gui me chatouillent encore les narines à la seule idée de ces jours de fête. Je chéris le souvenir de ces paysages peuplés de minuscules bergers guidant leur troupeau, d'anges, de maisons, de collines, de ruisseaux, de ponts, d'arbres..., tous si petits et naïfs. Je garde ces images de mon enfance en mémoire, tels de véritables trésors. Enric figure dans la plupart de mes souvenirs du marché de Noël. Il appréciait particulièrement cette expédition annuelle et ne manquait jamais de se proposer pour nous y accompagner. Son magasin se trouvait à deux pas de la cathédrale et nous ne pouvions pas couper à la tradition. Nous le retrouvions donc, ma mère, la mère de Luis et nous trois. Après la promenade, il nous invitait systématiquement à boire une grande tasse de chocolat chaud dans une des *granjas* de la rue Petritxol.

— Tu te souviens, quand nous venions au marché de Noël ? demandai-je à Luis.

— Quoi ?

Il semblait perplexe. Je l'avais probablement interrompu dans une de ses rêveries où l'or se mêlait aux pierres précieuses et à bien d'autres merveilles. Il devait être environ onze heures quand Luis gara sa voiture dans un parking souterrain proche de la cathédrale. Nous étions convenus avec Oriol que Luis et moi nous rendrions à la librairie du Graal pendant qu'il se chargerait, par l'intermédiaire d'amis restaurateurs, de passer les tableaux aux rayons X.

— J'ai dit : « Tu te souviens quand nous venions ici pour acheter des santons et de la mousse pour la crèche. »

— Ah, oui. Bien sûr que je me souviens, répondit-il en souriant. Qu'est-ce que c'était bien ! Tu sais, le marché de Noël existe toujours et, maintenant, la zone est entièrement piétonnière.

Alors que nous traversions l'avenue, je redécouvrais avec plaisir la superbe façade de la cathédrale, toute en filigranes taillés dans la pierre.

— Rentrons à l'intérieur, lançai-je.

La veille, Alicia nous avait assuré que la librairie existait encore. Nous avions donc tout le temps de nous y rendre et, pour être franche, je n'avais pas vraiment hâte d'y arriver. Si j'étais curieuse de savoir ce qui nous attendait dans cette boutique, j'avais également très peur d'en sortir bredouille et que tout ce conte de fées, cette belle course au trésor ne nous file entre les doigts, nous laissant les mains vides, comme lorsque, petite, je m'amusais à regarder le sable fin filer de mon poing serré. Comme un enfant qui garde une friandise intacte pour le seul plaisir de faire durer le plaisir, j'essayais de retarder le moment fatidique. Luis m'interrogea d'un ton plaintif :

— Tu veux faire une visite touristique ? Maintenant ?

— J'en ai juste pour quelques minutes. Je veux voir si c'est comme dans mes souvenirs.

Il accepta à contrecœur. Au cours du repas de la veille, Oriol m'avait expliqué que ce formidable édifice avait été érigé aux XIIIe et XIVe siècles, juste avant le déclin aussi subit qu'inattendu des Templiers. Bien que ces moines aient fortement contribué au développement du style gothique, l'Ordre avait disparu avant la fin de la construction.

Un petit vestibule en bois ouvrait sur l'intérieur de la cathédrale. L'ensemble de la construction était en pierres taillées et des piliers se dressaient gracieusement en colonnes et colonnettes pour se rejoindre au centre de la nef en de formidables voûtes d'ogives. Au cœur de chaque dôme, une clef de voûte ronde et ciselée maintenait l'ensemble, formant un médaillon gigantesque qui, décoré de saints, de chevaliers, d'armes ou de rois, semblait flotter dans les airs. Sur les bas-côtés, au-dessus des chapelles, de grands vitraux en ogive illuminaient de teintes colorées la surface des pierres.

Si l'intérieur de la cathédrale était fidèle à mon souvenir, je tombai littéralement sous le charme du cloître. Ce lieu respirait la paix, l'isolement et l'éloignement du monde matériel, transportant le visiteur à mille lieux du centre bouillonnant d'une métropole européenne. Le jardin central était planté de palmiers et de magnolias qui s'élevaient vers le carré de ciel bleu se découpant entre les vieux murs, comme s'ils tentaient d'échapper à leur emprisonnement, longeant les arcs gothiques au-dessus d'un bassin peuplé d'oies blanches. J'avais l'impression d'être à des kilomètres de là, des centaines d'années auparavant, en plein Moyen Âge.

Soudain, je le vis. Adossé à l'un des piliers, à côté de la fontaine recouverte de mousse et surmontée d'un saint Georges en selle, il faisait mine de regarder les oiseaux.

Je tressaillis. C'était l'homme de l'aéroport, celui qui attendait dans mon hôtel, celui que j'avais cru voir au milieu de la foule des Ramblas. Les mêmes vêtements sombres, la même barbe, les mêmes cheveux blancs, la même allure de maniaque. Je ne me trompais pas. Cette fois, ses yeux bleus glacials ne rencontrèrent pas les miens. Il fuyait mon regard.

— Viens, on y va.

Je tirai Luis par la manche. Surpris, il me suivit jusqu'à une porte donnant sur une rue latérale.

— Que t'arrive-t-il encore ? Tu es pressée maintenant...

— Il se fait tard, murmurai-je.

Je ne me sentais pas le courage de lui donner des explications.

Nous traversâmes la place en direction de la librairie du Graal, située dans une ruelle du quartier. J'espérais que cette fuite précipitée nous permettrait de semer l'individu aux cheveux blancs. J'étais maintenant persuadée qu'il me suivait à la trace.

Nous nous trouvâmes bientôt devant un bâtiment extrêmement vétuste, dont je n'aurais pu préciser ni l'âge ni l'époque. La librairie du Graal était une très vieille librairie spécialisée dans les livres anciens. De l'extérieur, sa porte et ses vitrines enchâssées de bois offraient le spectacle d'un véritable capharnaüm. Derrière les vitres s'amoncelaient des livres, de vieilles collections d'images, des piles de cartes, des cartes postales et des calendriers dont la date était dépassée depuis plusieurs années, le tout recouvert d'une bonne couche de poussière. Une clochette tinta quand nous poussâmes la porte. Le magasin semblait vide. Luis et moi échangeâmes un regard interrogatif. Qu'étions-nous censés faire ? Je promenai mon regard dans la pièce. Les vitrines ne nous avaient donné qu'un aperçu du désordre qui y régnait. La boutique était prolongée par un couloir bordé de chaque côté de grandes étagères remplies, du plancher au plafond, de volumes reliés. Le couloir était divisé en deux par un défilé de tables jonchées de vieilles revues dont les couvertures affichaient des femmes souriantes habillées à la mode des années vingt. J'admirai une collection de poupées multicolores, vêtues de beaux costumes d'époque.

— Quel drôle d'endroit ! m'exclamai-je.

J'aurais pu rester des heures à farfouiller dans cet univers fascinant d'antiquités. Les poupées de chiffon, les armées de soldats de plomb et les gravures colorées d'animaux étaient autant de témoignages d'enfances vécues et abandonnées au siècle dernier. Mais nous n'étions pas venus pour chiner et, après ma rencontre inattendue à la cathédrale, je n'avais pas la tête à ça. Je poussai donc Luis vers le fond du magasin.

Comme personne n'était apparu au tintement de la clochette, Luis haussa le ton, lançant un salut jovial de sa voix profonde. Nous perçûmes un mouvement dans le fond du couloir et un jeune homme d'une vingtaine d'années s'approcha, observant par-dessus ses grosses lunettes les impertinents qui osaient faire du bruit et profaner sa paix solitaire de rat de bibliothèque, le forçant à quitter un monde confortable de vieilles légendes pour retrouver cette réalité moderne, prosaïque et dangereuse qu'il fuyait derrière des barrières de lettres, des murailles de mots, des tranchées de phrases, de chapitres et de livres.

— Que voulez-vous ? gronda-t-il.

— Bonjour.

Je me rapprochai de Luis, me demandant comment aborder le sujet de la bague avec ce garçon. Luis s'avança vers lui.

— Nous venons chercher quelque chose que M. Enric Bonaplata a dû laisser ici pour nous.

Le jeune fit une moue sceptique.

— Je ne connais pas d'Enric Bonaplata.

— C'est que ça remonte à plusieurs années, insista Luis. Treize pour être précis.

— Je ne vois pas de quoi vous voulez parler.

Je lui montrai ma main.

— De ça, dis-je.

Il me regarda, médusé, comme si je le menaçais avec un couteau.

— De quoi parlez-vous ?

Les verres épais de ses lunettes lui faisaient des yeux de merlan frit. Il examinait mes ongles, abasourdi. Si j'avais porté du vernis rouge, il aurait sans doute été victime d'une crise cardiaque sous nos yeux.

— La bague ! m'exclamai-je, impatiente.

Ses yeux glissèrent jusqu'à mes bagues. Il les regarda un moment, impassible.

— Cette bague-là ! précisa Luis.

Il prit ma main et la mit sous le nez du jeune homme, qui me regardait toujours bouche bée.

— Ah, la bague ! finit-il par s'écrier.

— Oui, c'est ça, la bague, répéta Luis.

Nous tournant le dos, le vendeur fit quelques pas vers le fond de la boutique en criant :

— Señor Andreu ! Señor Andreu !

Je constatai, à ma grande surprise, que la librairie s'étendait au-delà du couloir. Une voix s'éleva d'un recoin éloigné, alertée par les cris.

— Qu'y a-t-il ?

— La bague !

Un homme maigre, qui avait certainement dépassé depuis plusieurs années l'âge légal de la retraite, fit son apparition.

Il me prit la main et l'éloigna de son visage pour mieux l'observer à travers ses lunettes.

— La bague !

Ses yeux semblaient rivés au rubis. Sans le quitter du regard, il me demanda de le voir de plus près. Je lui donnai le bijou, qu'il examina sous toutes les coutures avant de le placer sous la lumière. Enfin, il s'exclama :

— C'est la bague ! Ça ne fait aucun doute !

« Bravo ! pensai-je. Ça fait à peine un quart d'heure qu'on le répète ! » Le vieux libraire ôta ses lunettes et me considéra avec attention.

— Une femme ! murmura-t-il.

« Voilà, ça vient ! Une femme et la bague. C'est bon ? C'est enregistré ? » Toutes ces manières et ces exclamations commençaient à me courir sur les nerfs. Je gardai toutefois un silence prudent, expectatif.

— Comment est-il possible que le propriétaire de la bague soit une femme ? Attendre tant d'années pour voir une femme la porter ! C'est le comble !

Le vieux semblait indigné. Luis intervint alors :

— Samedi dernier a eu lieu la lecture du testament d'Enric Bonaplata et Mlle Wilson, Oriol, son fils, et moi-même, sommes ses héritiers...

— Je me contrefiche de tout ce baratin, coupa le

vieux grincheux. Je vais faire mon devoir, un point c'est tout.

Il s'éloigna en ronchonnant et je crus distinguer les paroles : « Que lui a-t-il pris à ce Bonaplata ?... Une autre femme... » J'imaginais sa tanière comme un labyrinthe de vieux papiers, qu'il grignotait quand il avait faim et, à en juger par son allure et son humeur massacrante, qu'il digérait très mal.

Le jeune homme haussa les épaules, comme pour s'excuser de l'accueil du grand-père et je me tournai vers Luis, qui souleva un sourcil d'un air interrogateur. Qu'allait-il se passer ?

Soudain, mon rythme cardiaque s'accéléra. Luis se tenait dos à la porte et, en le regardant, je vis que quelqu'un nous observait à travers les carreaux. C'était le type de l'aéroport, celui de l'hôtel, celui du cloître de la cathédrale. Je fus secouée d'un tremblement nerveux.

L'homme soutint mon regard avant de disparaître. Cette fois, je n'arriverais pas à me convaincre qu'il s'agissait d'une coïncidence. Ces rencontres n'étaient certainement pas le fruit du hasard. Luis, qui avait remarqué mon changement d'expression, se tourna vers la porte. Trop tard.

— Que se passe-t-il ? demanda-t-il.

— Je viens de voir l'homme, celui de la cathédrale, balbutiai-je.

— Quel homme ?

Je me souvins alors que je ne lui en avais pas parlé.

— Voilà...

Le libraire apparut avec un paquet de papiers, ne me laissant pas le temps de répondre à mon ami. La liasse était ficelée avec soin et portait plusieurs sceaux rouges. Sur la couverture jaunie, je distinguai des lettres écrites à la plume que je fus incapable de déchiffrer. Le vieil homme me tendit le paquet en grommelant, cherchant du regard le soutien de Luis.

— Une autre femme, répéta-t-il.

Un instant, je fus tentée de remettre à sa place ce vieux misogyne. Mais j'avais d'autres chats à fouetter. J'avais ce que j'étais venue chercher et l'apparition de l'homme à la barbe blanche me préoccupait plus que les convictions sexistes de ce libraire. Je confiai le paquet à Luis, remerciai le vieux grincheux et me dirigeai aussitôt vers la porte. Avant de sortir, j'observai attentivement la ruelle. Mises à part deux grands-mères, il n'y avait personne. Le sinistre personnage avait complètement disparu.

Mais j'avais peur. J'étais rongée d'inquiétude et le mauvais pressentiment qui m'assaillit n'était pas pour me rassurer.

21

Nous marchions tranquillement en direction du parking, dans les rues désertes, lorsque je vis s'approcher deux hommes. Leur apparence me tranquillisa aussitôt : jeunes, ils portaient tous deux un costume et ne ressemblaient en rien au fou aux cheveux blancs. Mais, alors que nous les croisions, l'un d'eux me poussa contre une porte cochère.

— Chut ! On ne vous fera rien si vous nous obéissez à la lettre, m'avertit le jeune.

Je fus prise de panique en apercevant le couteau qu'il agitait sous mon nez, menaçant. Du coin de l'œil, je crus voir que Luis se trouvait dans le même pétrin.

— Que voulez-vous ? demanda ce dernier.

— Ça !

Son assaillant désigna de la tête le paquet que Luis avait miraculeusement gardé sous le bras.

— Dans tes rêves !

— Donne-le-moi ou je te saigne ! beugla l'homme qui le coinçait contre le mur.

Il tenta d'arracher les documents à Luis, qui refusait toujours de lâcher prise. C'était donc cela que voulaient ces deux hommes ! Le manuscrit, rien de plus ! Un instant, j'imaginai mon ami étendu à terre, rendant son dernier souffle dans un bain de sang malgré mes efforts pour le sauver. Si l'attentat des tours jumelles m'avait appris quelque chose, c'était bien que rien, pas même le plus beau des trésors, ne valait la mort d'un homme.

— Luis, donne-lui le paquet ! criai-je.

Mais Luis continuait à résister. Son oppresseur lui adressa alors un coup de couteau pour le toucher à la main et se saisir des documents. Mais Luis esquiva juste à temps. Bloquée contre la porte en bois, j'assistais impuissante à la scène. Mon agresseur appuya un peu plus la pointe du couteau sur ma gorge et cria :

— Lâche ça ou je la tue !

Tout se passa très vite. Je vis le vieil homme à la barbe et aux cheveux blancs surgir de nulle part, dans le dos de nos agresseurs, les yeux exorbités. Déjà terrorisée, je sentis mes jambes se dérober sous moi à la vue de cet homme. Un autre choc comme celui-ci et ma vessie m'abandonnerait pour de bon. Le vieux fou se rua sur nous, une flamme assassine dans ses yeux glacials. Il brandissait un poignard dont la large lame étincelait dans l'air, sinistre. Sa veste était enroulée autour de son bras gauche. Luis laissa échapper un gémissement. La lame de son agresseur venait d'atteindre la main avec laquelle il serrait le paquet. Son cri fut suivi d'un hurlement de douleur. Le vieux venait de plonger sa dague dans le flanc droit de mon assaillant, dont l'arme vint rebondir à mes pieds, dans un tintement métallique. Je respirai enfin librement. Au même instant, Luis, qui perdait beaucoup de sang, laissa tomber le paquet de feuilles. Mais, trop occupé à neutraliser le vieil homme qui s'était jeté sur lui, son agresseur ne s'en aperçut pas. Avec une agilité et une rage remarquables pour son âge, le barbu esquiva le coup de couteau que lui donnait le jeune d'un revers de son bras gauche, soigneusement protégé par la veste, et répliqua aussitôt en fendant l'air de cet immense poignard qui ressemblait à une petite épée. En un bond, le jeune évita le coup. Tétanisée contre la porte cochère, je vis l'homme qui m'avait menacée prendre la poudre d'escampette en titubant. Le second qui, dos à Luis, tenait toujours tête au vieil homme, essaya une dernière fois de blesser son surprenant adversaire. Le vieux para une fois de plus le coup de son bras gauche et, avant qu'il eût le temps de répliquer, le jeune homme prit ses jambes à son cou et fila sur les talons de son compère.

Je restai collée à la porte, épouvantée. Cet homme me terrifiait bien plus que la paire de petits truands qu'il avait fait fuir. Sans prendre la peine d'essuyer le sang qui en souillait la lame, il rangea sa dague dans une petite gaine de cuir accrochée à sa ceinture. Nous considérant tous les deux d'un regard vague, il enfila sa veste froissée qui semblait coupée sur mesure pour cacher son arme. Que voulait ce fou ? Ni Luis ni moi n'avions bougé d'un millimètre. En état de choc, nous observions avec méfiance notre sauveur. Luis, serrant fort sa main blessée dans sa main valide, et moi, toujours adossée à la porte.

Impassible, le vieux ramassa le paquet de documents et me le tendit, me foudroyant du regard.

— La prochaine fois, faites un peu plus attention, déclara-t-il d'une voix rauque.

Sans un mot de plus, il fit demi-tour et disparut.

— Cet homme n'aurait pas hésité à tuer !

Luis racontait notre aventure avec excitation, agitant sa main bandée dans les airs. Nous nous trouvions dans son appartement de Pedralbes. Le paquet du libraire reposait au milieu de la table du salon et nous étions tous les trois assis autour, sur de gros coussins.

— Ces types ont eu de la chance de pouvoir fuir, intervins-je. Ce vieux n'aurait eu aucune pitié. On aurait dit une machine dépourvue de tout sentiment.

— Mais il vous a porté secours, remarqua Oriol. Pourquoi vous a-t-il protégés s'il est si dangereux que vous le dites ?

Ses lèvres esquissaient un léger sourire et une lueur amusée animait ses yeux d'un bleu profond, si différents de ceux de notre mystérieux sauveur. Il ne semblait pas vraiment impressionné par le récit de nos aventures. Mais comme il était beau !

— Je ne sais pas, répondis-je. Je ne comprends pas ce qui s'est passé. Quelqu'un a voulu nous voler ces documents. Nous en ignorons encore le contenu mais, en toute logique, ils présentent un lien avec ce fameux trésor. C'est alors qu'apparaît cet homme sinistre, qui me suit depuis que j'ai posé les pieds à Barcelone, pour venir à notre rescousse. Ces types savaient ce qu'ils cherchaient. Ils ne voulaient ni argent ni bijoux. Ils n'ont même pas fouillé mon sac. Ils voulaient les documents, rien d'autre. Ils sont au courant de l'existence du trésor !

— Mais que vient faire ce vieil homme là-dedans ? répliqua Oriol. Peut-être te suit-il uniquement pour te protéger ?

— Je n'en sais rien, fus-je forcée d'admettre. Tous ces événements sont vraiment très étranges. J'ai l'impression que vous en savez bien plus que moi et que vous me cachez des choses...

Je promenai mon regard de l'un à l'autre. Oriol sourit et s'adressa à son cousin :

— Quoi ? Luis, nous ferais-tu des cachotteries ?

— Non, je ne crois pas, petit cousin. Toi, en revanche, que nous caches-tu ?

Affichant maintenant un sourire jusqu'aux oreilles, Oriol reprit :

— Oh, rien d'important. Mais ne vous en faites pas, si une information capitale me vient à l'esprit, je ne manquerai pas de vous en informer.

L'ambiguïté de sa réponse me scandalisa.

— Ce n'est pas une réponse. Si tu sais quelque chose, tu dois nous le dire ! Aujourd'hui Luis et moi avons frôlé la mort, au cas où tu ne l'aurais pas remarqué !

Oriol me lança un regard grave.

— Bien sûr que je sais plus de choses que toi. Et Luis aussi. Tout le monde sait plus de choses que toi.

Dois-je te rappeler que ça fait quatorze ans que tu vis à l'autre bout du monde ? Et la terre n'a pas arrêté de tourner à ton départ. Alors, évidemment, tu ne peux pas tout savoir d'un coup.

Refusant de m'avouer vaincue, je désignai la main bandée de Luis et rétorquai :

— Peut-être. Mais, en attendant, dehors, il y a des gens qui sont prêts à nous couper la gorge. Certaines réponses ne peuvent pas attendre. Qui sont ces gens ?

Oriol haussa les épaules.

— Je ne sais pas. Je suppose que ce sont les mêmes personnes auxquelles mon père a eu affaire quand il cherchait ce trésor templier. Qu'en penses-tu, Luis ?

— Oui, pourquoi pas, s'ils sont toujours sur la piste du trésor ? Mais je n'en suis pas certain non plus.

Me remémorant l'effraction dans mon appartement de New York, je compris alors que nous avions en face de nous des adversaires de taille qui semblaient, en outre, nous suivre à la trace. Mais que penser de l'homme au regard d'acier ?

— Et le fou ? demandai-je. Cet homme à la barbe et aux cheveux blancs ?

Luis secoua la tête de droite à gauche pour me signifier qu'il n'en savait rien.

— Aucune idée.

Oriol haussa les épaules en signe d'ignorance.

— Bon, assez discuté ! dit Luis, impatient. Qu'attendons-nous pour ouvrir ce paquet ?

Le dossier était scellé au moyen de plusieurs rubans rouge décolorés et de sceaux de cire frappés d'une croix pattée de l'ordre du Temple de la même dimension que celle de ma bague. Sur la couverture cartonnée du dossier, nous pouvions déchiffrer avec difficulté un nom :

Arnau d'Estopinyá. Muni d'une paire de ciseaux, Luis entreprit d'ouvrir soigneusement le paquet de sa main valide, ne coupant que les rubans qui l'empêchaient d'extraire les documents de la pochette. Il en sortit des feuilles jaunies, toutes numérotées, recouvertes d'une écriture irrégulière à l'encre bleue. Sans plus attendre, il se lança dans la lecture de la première page.

22

« Moi, Arnau d'Estopinyá, moine et sergent de l'ordre du Temple, retrace ma vie dans la tranquillité du monastère de Poblet, au mois de janvier de l'an mil trois cent vingt-huit, à l'heure où, sentant mes forces me quitter, je me prépare à remettre mon âme entre les mains de notre Seigneur.

» Ni les tortures des inquisiteurs dominicains, ni les menaces des émissaires royaux d'Aragon, ni même les violences et les brutalités de ces misérables assoiffés d'or me soupçonnant de détenir des informations capitales, n'ont pu m'arracher un secret que la mort veut emporter avec mon corps fatigué.

» J'ai jusqu'ici tenu la promesse faite à mon bon maître templier des royaumes d'Aragon, de Valence et de Majorque, le frère Jimeno de Lenda, et à son lieutenant, le frère Ramón Saguardia. Mais en emportant ce secret dans ma tombe, je romprais irrémédiablement mon serment. C'est dans ce souci, et non pour le plaisir de narrer les aventures de ma vie, que j'ai demandé au frère Joan Amanuense de recueillir par écrit mon récit après m'avoir fait la promesse solennelle de ne jamais révéler ce que je m'apprête à lui confier. »

Soudain, Luis s'interrompit dans sa lecture. Il garda un moment les yeux rivés sur le papier jauni avant de nous lancer un regard amer.

— C'est du pipeau ! Ce texte est trop facile à lire pour avoir été écrit au Moyen Âge. Tu n'es pas d'accord, Oriol ?

Son cousin attrapa l'une des feuilles et l'examina en silence.

— Ce document ne peut pas être antérieur au XIXe siècle.

— Comment le sais-tu ? demandai-je, une pointe de déception dans la voix.

— Certes, le récit est écrit en ancien catalan, mais il ne date certainement pas du XIVe siècle. Les mots utilisés sont relativement modernes. En outre, ce type de papier ne peut pas avoir plus de deux cents ans et la plume utilisée est une plume de métal assez élaborée.

— Comment peux-tu en être si sûr ?

— Parce que je suis historien et que je lis des documents anciens à longueur de journée. Ça te va ?

Il modula le ton cassant de sa réponse par un sourire.

— Oui ça me va, répondis-je, désappointée. Mais c'est plutôt une mauvaise nouvelle, je ne vois pas ce qu'il y a de drôle...

— Je ne trouve pas ça drôle, ni dramatique d'ailleurs. Dans mon métier, il n'est pas rare que l'on utilise des transcriptions de textes anciens. Que le document ne soit pas l'original ne signifie pas pour autant que le récit est imaginaire. Il nous faut plus d'informations pour tirer de véritables conclusions. N'oubliez pas que le dossier était scellé et que la cire était frappée de la croix templière.

— Et alors ? demanda Luis.

— Et alors, la marque est identique à celle d'un sceau que j'ai retrouvé dans les affaires de mon père.

— Tu veux dire qu'il aurait falsifié les documents ? intervins-je.

— Non. Il est possible que ce soit vraiment un document ancien, même s'il ne peut pas dater de plus de deux siècles. Je suis certain que mon père y a apposé les sceaux pour le rendre plus authentique.

— J'ai comme l'impression que nous jouons encore à un de ses jeux, affirma Luis. Comme lorsque nous étions enfants.

— Alors, tout ça ne serait qu'une blague posthume ?

— Non, je pense que c'est très sérieux, reprit Oriol. Je sais que mon père recherchait ce trésor. Il était persuadé de son existence.

— Il en était peut-être persuadé, repris-je. Mais y a-t-il vraiment un trésor ?

— Sûrement. Ou du moins il y en avait un. Mais, qui sait ? Il n'est pas impossible que quelqu'un soit passé par là avant nous. Vous vous souvenez quand nous cherchions les trésors qu'il cachait pour nous ?

Luis et moi opinâmes de la tête.

— Il cachait des pièces en chocolat recouvertes de papier métallique argenté et doré pour que ça ressemble à un fabuleux butin. Quel était votre moment préféré ? Chercher le trésor ou manger le chocolat ?

— Chercher le trésor, répondis-je, sans l'ombre d'une hésitation.

— Mais aujourd'hui c'est différent, contesta Luis.

Nous ne sommes plus des enfants et il y a beaucoup d'argent en jeu.

— Moi, je crois que le plus important, c'est la quête en elle-même, reprit Oriol. Mon père l'a clairement indiqué dans son testament. Il a dit qu'il y avait un trésor, mais que la fortune qu'il nous léguait véritablement était l'aventure que nous allions vivre pour le trouver. Mon père adorait l'opéra et la musique classique. Mais savez-vous ce qu'il a écouté juste avant de mourir ? Jacques Brel. Et, pour être plus précis, *Le Moribond*, une chanson qui relate les adieux à la vie d'un bon vivant. Mais avant ça, il a écouté *Viatge a Itaca* de Lluís Llach, qui s'inspire d'un poème grec de Constantin Kavafis. Les paroles font référence à l'*Odyssée*, le récit des aventures d'Ulysse sur le chemin de retour vers sa patrie, Ithaque. Pour mon père, la vie était un voyage vers Ithaque et chacun avait son propre Ithaque. Pour lui, seul le chemin comptait, pas le point d'arrivée. Le dernier port, c'était la mort. Et cet après-midi de printemps, il y a treize ans, le navire d'Enric Bonaplata est arrivé à bon port, accostant sur les rives de son Ithaque.

Ces paroles nous plongèrent dans un silence songeur. Après un moment de réflexion, Oriol conclut :

— Écoutez, nous n'avons pas hérité d'un trésor mais d'une chasse au trésor. Comme quand on était petits.

— Qu'est-ce que je fais ? demanda Luis, impatient. Je continue ?

Pour lui, l'expédition n'avait pas de sens. Seuls importaient la fin et, surtout, le trésor.

« Bien que je sois né dans les terres, mon destin devait me mener vers le large. Je ne suis pas noble mais mon père était un homme libre et un bon chrétien. Je n'ai, certes, jamais été nommé chevalier, et ce malgré mes hauts faits, mais il faut savoir que même dans l'ordre du Temple, où nous faisions vœu d'humilité, nous gardions à jamais notre rang de naissance.

» Je n'avais que dix ans lorsque mon pays connut une longue et terrible période de sécheresse et de famine. Mon père décida donc de m'envoyer chez l'un de ses frères, un marchand de Barcelone.

» Que dire de plus ? La mer me fascinait, plus encore que la foule qui formait un flot ininterrompu dans les rues de cette immense ville, où régnaient cacophonie et confusion. Le commerce maritime avec Perpignan et les nouveaux royaumes de Majorque, Valence et Murcie, conquis par le roi Jacques Ier aux dépens des Sarrasins, battait son plein. Des navires et des marchands catalans sillonnaient toute la Méditerranée, jusqu'à la Tunisie, la Sicile, l'Égypte, Constantinople et la Terre sainte.

» Mais les navires m'attiraient bien plus que le commerce et je rêvais de connaître, un jour, la gloire militaire et de me mettre au service de la chrétienté. Je désirais plus que tout traverser les mers et découvrir ces fascinantes villes d'Orient dont j'entendais parler au port. Quand mon oncle m'y envoyait pour des commissions, je restais en admiration devant les navires et écoutais avec avidité les dernières aventures des marins, qui m'expliquaient parfois comment utiliser les étranges instruments de bord.

» Les quais formaient un monde à part. Tout y était différent de mes terres d'origine, plus exotique, plus captivant. Lorsque j'y allais, je me plongeais dans l'univers des riches marchands génois et vénitiens, vêtus de costumes somptueux recouverts de pierres précieuses, des grands et blonds Normands, des chevaliers de Catalogne et d'Aragon qui s'embarquaient avec leur écuyer, leurs destriers et leurs armes pour s'engager dans des guerres lointaines, des Almogavares rudes et fiers vêtus de peaux de bête qui, tantôt partaient combattre les Sarrasins rebelles de Montesa pour le compte de notre seigneur, le roi Pierre III, tantôt mettaient les voiles vers l'Afrique du Nord pour combattre au côté d'un autre souverain. Il y avait aussi des Noirs du Sud qui portaient les marchandises et des esclaves maures en haillons. On y parlait des langues étranges et la nuit, autour des feux de camp et dans les auberges, s'élevaient des chants inconnus et se répandaient des histoires fantastiques de guerre et d'amour. Le port vibrait d'une activité frénétique. Dans les arsenaux ou en bordure de mer, les charpentiers sciaient, martelaient et calfataient à tour de bras pour construire la flotte destinée à régner sur la Méditerranée. Comme j'aimerais encore y être ! Je sens encore les odeurs de pin, d'étoupe noire, de sueur et de sardines grillées qui emplissaient le port.

» Mais l'enfant que j'étais éprouvait surtout une véritable fascination pour les moines-soldats. Ces hommes ne fréquentaient jamais les tavernes et tout le monde s'écartait avec respect sur leur passage. Pour moi, les chevaliers de l'ordre du Temple étaient des êtres exceptionnels. Ils étaient bien plus distingués que les chevaliers de Saint-Jean de l'Hôpital : toujours graves, les cheveux coupés court, bien nourris et bien habillés. Leurs tuniques semblaient cousues sur mesure et n'avaient rien des guenilles des franciscains ou des accoutrements des soldats du roi, qui semblaient avoir dépouillé des cadavres pour se vêtir. Bien que riches, les chevaliers du Temple obéissaient à des règles très strictes et ne s'adonnaient jamais aux débauches que les autres ecclésiastiques se permettaient. Ils possédaient les plus grands vaisseaux du port et le maître templier de la province dirigeait les chevaliers du royaume de notre roi Pierre et de celui de son frère, le roi Jacques II de Majorque, qui avait prêté serment au premier.

» Chaque fois que j'en avais la possibilité, j'allais engager la conversation avec ces soldats si distingués. Et je ne manquais jamais d'être ébloui par leur foi, leur rigueur et leur absolue conviction que le christianisme finirait par triompher sur ses ennemis. Ils avaient réponse à tout et étaient prêts à perdre la vie au combat. Je remarquai également que les chevaliers du Temple combattaient généralement sur leur destrier. Peu d'entre eux commandaient des navires : cette tâche revenait aux moines d'origine plus humble, des gens de ma classe sociale.

» Le jour de mes quinze ans, j'obtins de mon père la permission de rentrer dans l'Ordre. Je voulais devenir capitaine d'un navire de guerre et combattre les Turcs et les Sarrasins, voir Constantinople, Jérusalem et la Terre sainte. Les nobles pouvaient prononcer leurs vœux à treize ans mais moi, je n'avais aucun bien à apporter en donation. Pour toute richesse, je n'avais que ma foi, mon enthousiasme et la force de mes bras.

» Les Templiers avec qui j'avais lié connaissance au port intercédèrent en ma faveur auprès du commandeur de Barcelone, qui accepta de me rencontrer. Malgré ma motivation, le vieux moine me somma de beaucoup prier et de persévérer. Il mit ma foi à l'épreuve pendant un an, pas moins.

» Ce fut une année très intense. Je continuai à travailler avec mon oncle, l'aidant dans son commerce qui florissait avec les préparatifs de guerre. C'était à l'époque où les armées d'Aragon, dirigées par notre roi Pierre III le Grand, se mettaient en route pour conquérir la Tunisie. Quel grand roi que Pierre III ! Qu'il repose aujourd'hui dans la gloire de Dieu !

» Avec les garçons de mon âge, je passais des heures à observer l'embarquement des troupes, des chevaliers et des chevaux. J'eus même l'occasion de voir de nombreux comtes et nobles, mais surtout le roi et l'amiral de la flotte, Roger de Lauria. C'était un magnifique spectacle et nous ne nous lassions pas de parader dans les rues derrière les escortes en criant à la gloire du roi.

» Le Temple envoya également quelques vaisseaux et troupes pour soutenir la campagne royale, plus par devoir que par conviction. Les moines me confièrent que le maître de la province, Pere de Montcada, n'approuvait pas cette initiative. Le Saint-Père, qui était français, avait réservé ces royaumes d'Afrique du Nord pour le roi de Sicile, Charles d'Anjou, également frère du roi de France.

» Ainsi, quand Pierre III, déjà en territoires tunisiens pour lancer son offensive, demanda au pape Martin IV son soutien, ce dernier le lui refusa. Notre roi en était donc là, à se demander s'il continuait la conquête contre la volonté du pontife, quand une délégation de Siciliens vint le trouver en Afrique du Nord. Fatigués de subir les exactions des Français, ils s'étaient levés contre Charles d'Anjou et étaient venus demander de l'aide à Pierre III. Contrarié par l'attitude du pape qui marquait indéniablement son alliance avec la France, notre monarque s'embarqua pour la Sicile, où il fut couronné roi après avoir chassé les Français. Martin IV en fut si mécontent qu'il excommunia Pierre d'Aragon.

» Avec tous ces événements, l'année avait passé à une allure incroyable et je fus bientôt admis, en tant que matelot séculier, sur le navire de frère Berenguer d'Alió, sergent-capitaine. Cette année-là, l'amiral Roger de Lauria vainquit la flotte française de Charles d'Anjou à Malte, un succès qu'il allait réitérer l'année suivante à Naples.

» Le pape, furieux que notre roi ne renonçât pas à la guerre contre ses protégés, lança la croisade d'Aragon, offrant les royaumes de Pierre à tout prince chrétien en droit de les réclamer. Comme on pouvait s'y attendre, le candidat retenu fut Charles de Valois, fils du roi de France et d'Isabelle d'Aragon. Les troupes françaises traversèrent les Pyrénées et assiégèrent Gérone. Les Templiers de Catalogne et d'Aragon, qui devaient obéissance au pontife, cherchèrent des excuses pour ne pas intervenir dans le conflit par l'intermédiaire de leur grand maître, offrant ainsi implicitement leur soutien à notre roi.

» L'arrivée de la flotte de l'amiral sonna le glas de cette ignominieuse croisade. Roger de Lauria anéantit la flotte française dans le golfe de León et les troupes d'Almogavares qu'il acheminait se lancèrent sur l'ennemi à terre avec une telle violence que les Français durent prendre la fuite, subissant de grandes pertes. Dieu ne voulait pas de ces Français en Catalogne, pas plus que de ce pape indigne.

» J'avais alors dix-huit ans. J'étais un bon marin et je vouais une véritable admiration à Roger de Lauria. Je rêvais de devenir capitaine d'une galère pour participer à de grandes batailles, à l'instar de l'amiral catalan-aragonais.

» Néanmoins, ces victoires n'étaient qu'éphémères et

une plus lourde menace planait sur la destinée du Temple. Deux ans plus tard, Tripoli tomba aux mains des Sarrasins. D'illustres chevaliers du Temple catalans moururent dans la bataille. Parmi eux se trouvaient deux Montcada et les fils du comte d'Ampurias. Cette chute annonçait le malheur à venir. C'est lors de cette tragique année que je prononçai finalement mes vœux pour devenir moine templier.

» Cette défaite fut suivie d'un terrible désastre : la chute de Saint-Jean-d'Acre. J'avais alors vingt-quatre ans et j'étais second à bord de la *Na Santa Coloma*, une belle galère de celles qu'on appelait “bâtardes”, à trente-six bancs de rameurs et deux mâts, la plus rapide de la flotte templière catalane. Je travaillais toujours sous les ordres du frère Berenguer d'Alió. Nous avions pour mission de protéger les navires du Temple des couronnes d'Aragon, de Valence et de Majorque mais, bien que j'eusse participé à bon nombre d'escarmouches et d'abordages contre des Berbères, je n'avais encore rien vu de tel que le siège d'Acre.

» Jamais auparavant la *Na Santa Coloma* n'avait dépassé le cap de la Sicile et j'avais du mal à contenir mon enthousiasme. J'allais enfin voir la Terre sainte ! Nous autres Templiers des royaumes ibériques avions notre propre croisade à mener dans la péninsule et il était très rare qu'on nous envoyât sur le front d'Orient. Mais la situation y était alors catastrophique. Le sultan d'Égypte, Al-Ashraf Khalil, chassait les chrétiens après plus de cent cinquante ans de présence en Orient. Acre était assiégée mais, par bonheur, notre flotte dominait la mer, seule voie d'accès à la ville. À notre arrivée, la situation était critique. Nous envoyâmes une troupe d'arbalétriers pour protéger les murs de la zone sous contrôle templier.

» La ville était voilée d'un épais rideau de fumée. Les toits et les murs d'Acre prenaient feu sous la pluie de boules de naphte enflammées que lançaient sans répit plus de cent catapultes. Je pouvais distinguer l'odeur de chair brûlée. Les flammes dévoraient tout, même les pierres, et il n'y avait pas assez de bras pour acheminer l'eau jusque dans la ville afin d'éteindre les incendies.

» De temps à autre retentissait le bruit d'un impact : deux énormes machines de guerre commandées par le sultan catapultaient des roches de plusieurs tonnes, qui s'abattaient sur les murs, les maisons et les tours, les anéantissant dans des nuages de poussière.

» Tout laissait prévoir une fin tragique et nous acceptâmes d'embarquer quelques familles chrétiennes, en particulier des femmes, des enfants et des invalides, qui ne pouvaient pas combattre sur les murailles, pour les emmener à Chypre. Mais nous devions garder de la place. J'avais pour ordre de sauver en priorité nos frères templiers, puis les chevaliers du Saint-Sépulcre, les Hospitaliers, les Teutoniques et enfin les nobles. Le commun des chrétiens ne venait qu'après. Un jour, nous entendîmes un bruit sourd. On eut cru que la terre s'effondrait. Nous vîmes alors une des plus grandes tours de la forteresse et une partie de la muraille s'effondrer sous les assauts musulmans et les pluies de pierres. Le soleil fut masqué par un brouillard de poussière et de fumée. Des cris s'élevèrent. Les hurlements des Mamelouks prenant la ville d'assaut se confondaient avec ceux des habitants fuyant dans les ruelles. Certains cherchaient un dernier navire sur le port, d'autres tentaient de se réfugier dans notre forteresse qui, séparée du reste de la ville par une autre rangée de murailles, bénéficiait de son propre embarcadère. Mais les ressources et l'espace étaient limités et nous ne pouvions pas embarquer tout le monde. Le cœur brisé, nous repoussions à coups d'épée ces chrétiens, ces femmes, ces enfants et ces vieillards, les laissant aux mains d'une horde d'infidèles assoiffés de sang. Nous savions qu'il leur serait impossible de trouver refuge dans la ville en plein chaos... »

— Attends, arrête-toi, s'il te plaît.

En entendant le ton suppliant de ma voix, Luis interrompit immédiatement sa lecture. Oriol et lui me dévisagèrent avec curiosité. Un frisson me parcourut, me glaçant le sang. Je me cachai le visage des deux mains pour éviter que les deux cousins ne remarquent mon trouble. Mon Dieu ! Je venais d'entendre le récit du cauchemar que j'avais fait à New York, plusieurs semaines auparavant ! Quelqu'un avait vécu mon rêve des centaines d'années avant que je ne le fasse ! L'effondrement de la tour, la fuite des habitants, les coups d'épée assénés par les Templiers pour empêcher le peuple de se réfugier dans la forteresse... C'était impossible, absurde.

— Qu'y a-t-il ? me demanda Oriol, posant la main sur mon bras.

— Rien. Je dois aller aux toilettes.

Je m'assis sur la cuvette. J'étais si ébranlée que mes jambes flageolantes ne me portaient plus. J'avais besoin de réfléchir, de trouver une logique dans cette suite d'incidents étranges. Mais il n'y en avait pas. Ce qui m'arrivait ne relevait pas de la logique mais des sentiments. Ce que j'avais ressenti quelques semaines auparavant et ce que je ressentais à cet instant précis dépassait l'entendement. Cette pensée m'effraya. J'étais partagée entre l'impérieux besoin de me confier à quelqu'un et l'instinct qu'il valait mieux taire une histoire aussi invraisemblable, à laquelle je ne trouvais aucune explication logique. Je craignais que mes amis ne se moquent de moi, surtout Oriol. Mais toute cette affaire de trésor et de Templiers était tellement incroyable. Ce n'était pas franchement quelque chose qui arrivait tous les jours. Je décidai donc d'assumer le tour surréaliste qu'avait pris ma vie depuis que j'avais reçu le rubis et de raconter mes visions. À dire vrai, j'avais hâte de partager les étranges impressions qui me tourmentaient.

Luis ne put contenir ce petit sourire narquois et incrédule qui me rappelait tant l'adolescent potelé qui me tirait les cheveux. Oriol se gratta le crâne dans un geste pensif avant de prendre la parole :

— Quelle drôle de coïncidence !

— Coïncidence ! m'exclamai-je.

— Tu penses que ça peut être autre chose qu'une coïncidence ?

Le regard attentif qu'il m'adressa laissait entendre qu'il me prenait au sérieux. J'en éprouvai une vive reconnaissance.

— Je ne sais pas. C'est très étrange.

Il esquissa un geste ambigu mais garda le silence. Luis intervint, ironique :

— Et si tu nous racontais tes rêves ? Ça m'éviterait de tout lire... Peut-on continuer maintenant ?

— Non, répondis-je. Je suis vannée. J'aimerais bien me reposer un peu.

Je mourais d'envie de savoir comment se terminait l'histoire d'Arnau d'Estopinyá mais les émotions de cette journée m'avaient totalement épuisée.

— Parles-en à ma mère, me recommanda Oriol.

— Pardon ?

— Parle à Alicia Méndez de ton rêve sur Acre.

— Attention qu'elle ne te jette pas un de ses sortilèges, blagua Luis.

Quel culot ! Il dépassait les limites. C'était une chose de traiter Alicia de sorcière, mais de le faire devant son fils ! Oriol ne sourcilla pas.

— Tu peux toujours parler Luis. Mais peut-être qu'avec sa sorcellerie, ou plutôt sa perception d'autres dimensions de la réalité, ma mère pourra aider Cristina.

23

Prétextant une réunion avec une organisation caritative, Oriol avait rapidement prit congé et je me résignai donc à rentrer seule en taxi. Je dois avouer que je l'avais vu partir avec regret. J'avais décliné l'invitation à dîner de Luis mais, assise dans le taxi qui me menait chez Alicia sous une pluie battante, je regrettais mon choix. Peut-être aurais-je mieux fait de dîner avec lui, de supporter ses insinuations douteuses et de rire à ses idioties. Je me sentais seule et désemparée dans cette ville aux vibrations inquiétantes, devenue soudain obscure et hostile. J'avais besoin de bons fous rires pour me réchauffer le cœur et les enfantillages de Luis auraient été les bienvenus.

— Psychométrie.

— Pardon ?

— Psychométrie, reprit Alicia.

J'avais bien entendu mais, découvrant ce terme, je n'avais pas la moindre idée de sa signification. Je me réfugiai dans un silence expectatif.

— On appelle psychométrie la faculté de percevoir des sentiments, des émotions, ou encore des faits passés, par l'intermédiaire d'un objet.

Alicia avait pris mes mains dans les siennes et me regardait droit dans les yeux.

— C'est ce qui t'est arrivé avec la bague.

Son ton, sérieux et assuré, indiquait une extrême conviction.

— Ça veut dire que...

— Que l'effondrement de la tour, l'assaut des Maures sur Acre et le soldat blessé qui regagne la forteresse templière en trébuchant sont, tous, des faits réels. L'angoisse et les émotions du propriétaire de la bague ont imprégné le bijou. Et tu as été capable de les percevoir.

— Mais, comment ? Tu veux dire qu'il y a sept cents ans, à Acre, quelqu'un a réellement vécu mon rêve ?

— Oui, c'est ce que je veux dire.

Je gardais les yeux ancrés dans ses yeux de chat pendant que ses grandes mains chaudes me transmettaient une extrême quiétude. Alicia avait réussi à expliquer l'inexplicable. Cela n'avait aucun sens. Jamais je n'aurais cru de pareilles sornettes dans des circonstances habituelles. Mais après avoir été témoin de ces étranges phénomènes, de ces manifestations qui dépassaient l'entendement, je m'estimais heureuse de leur trouver ne serait-ce qu'un soupçon d'explication.

— Je n'ai jamais rien entendu de pareil.

— C'est une forme de clairvoyance.

— Mais comment est-ce possible ?

Un doux sourire traversa le visage d'Alicia.

— Franchement, je ne le sais pas. Selon les occultistes, il existe des archives où sont conservées les mémoires de chaque vie sur terre : les archives akashiques. Il est possible d'y accéder dans certaines circonstances. Cette bague est probablement un médium offrant l'accès à ces archives. Il arrivait la même chose à Enric.

— Ah bon ?

— Oui. Il me racontait parfois avoir des visions d'événements passés, presque toujours des tragédies. Des événements qui ont provoqué de très fortes émotions chez les personnes qui les ont vécus. Il disait que la bague en était à l'origine, il pensait que c'était une bibliothèque d'instants vécus.

Le rubis diffusait un rayonnement surnaturel dans la lumière feutrée du boudoir d'Alicia. En l'observant, je pensais à mes rêves insolites. Mis à part deux d'entre eux, dont j'étais capable de reconstituer des séquences entières avec précision, je ne gardais de ces songes qu'un vague souvenir. Au moins étais-je maintenant en mesure d'expliquer mon exceptionnelle activité onirique des derniers mois. Toutefois, malgré tous mes efforts, je ne parvenais pas, pour la plupart de ces visions, à me souvenir d'éléments significatifs ou à distinguer avec clarté les images imprimées dans ma mémoire.

La porte-fenêtre laissait pénétrer dans la pièce le halo lumineux de la nébuleuse barcelonaise enveloppée d'une brume pluvieuse.

Nous tenions cette incroyable discussion sous l'œil de jeunes femmes au corps de marbre, drapées de bronze et couvertes de pierres précieuses, figées dans un pas de danse ou effleurant les cordes de leurs instruments ; une collection de magnifiques statues chryséléphantines perchées sur plusieurs meubles de la pièce.

Un bronze moderniste grandeur nature représentait une autre danseuse qui, nue et éternellement immobile, soutenait de ses bras élevés vers le ciel une lampe composée de fleurs de verre plombé. Sous sa lumière diffuse, nos verres de vin brillaient d'un rouge velouté aux teintes sombres et profondes. Nous dînions seules dans le boudoir du dernier étage, un endroit chaleureux et accueillant qui offrait un magnifique point de vue sur la magie de la ville. La compagnie d'Alicia m'apportait un réel réconfort. Elle était curieuse de savoir ce que cette journée nous avait réservé et je n'avais aucune raison de le lui cacher. Au moment où j'avais entamé le récit du siège de Saint-Jean d'Acre, elle avait rapproché sa chaise de la mienne et m'avait pris les mains, percevant probablement mon angoisse.

— Mais ça ne m'était jamais arrivé avant.

Ma voix avait pris le ton plaintif d'une petite fille qui se serait égratigné le genou en tombant. Alicia me rassura :

— Ce n'est pas toi. C'est la bague.

Elle caressait maintenant le rubis poli. L'éclat de son étoile à six branches avait redoublé d'intensité, comme si la pierre était animée d'un souffle mystérieux. Elle me pressa de nouveau les mains. Après cette éprouvante journée, je me laissais pénétrer avec gratitude par un profond bien-être et une douce torpeur. Tout mon corps se relaxait, les barrières de protection dont je m'étais entourée tombaient. Quelle journée mouvementée ! Tout avait commencé avec notre visite à la librairie du Graal, suivie de l'agression dans la ruelle et de l'intervention de cette brute mystérieuse. Puis la lecture du manuscrit et, enfin, le choc de reconnaître dans ce récit un rêve invraisemblable. Alicia m'interrompit dans mes pensées.

— Ce n'est pas toujours facile de porter ce bijou, ce n'est pas un bijou comme les autres. Il a un pouvoir.

Cette remarque m'ébranla, me rappelant le testament d'Enric. Avec les événements des dernières heures, je l'avais complètement oublié.

« Cette bague ne peut pas appartenir à n'importe qui car elle donne à son propriétaire une autorité particulière », m'avertissait mon parrain dans sa lettre. Il avait également écrit que je devais la conserver jusqu'à la découverte du trésor, ou quelque chose dans le genre. L'écho de ces mots prenait maintenant une intensité menaçante. Je me promis de relire le dernier message de mon parrain dès que j'aurais regagné ma chambre.

— Cette bague établit une relation très particulière avec ses possesseurs, une relation de vampirisme. Elle se sert de ton énergie pour activer les forces qu'elle contient et te les communique à travers ces rêves d'outre-tombe.

Je posai le regard sur le bijou. Le rubis avait pris une teinte sanglante à mon doigt. Si ce n'avait été pour respecter les dernières volontés d'Enric, je m'en serais débarrassé sur-le-champ. Alicia semblait une fois de plus avoir lu dans mes pensées.

— Ne t'inquiète pas, trésor. Je suis là pour t'aider.

Je relevai la tête pour croiser ses yeux bleus, si semblables à ceux de son fils. Sa voix s'était teintée d'une intonation particulière. Ses paroles me réconfortaient et je constatai avec résignation qu'Alicia était la seule personne capable de me comprendre. Je crus deviner un sourire sur ses lèvres. Elle me caressa les cheveux et m'embrassa sur la joue, puis le coin de la bouche. Ce contact m'alarma et, quand ses lèvres vinrent s'unir aux miennes dans un troisième baiser, mon corps tout entier se mit en état d'alerte. Je me redressai brusquement pour me libérer de son étreinte.

— Bonne nuit, Alicia. Je vais me coucher.

— Bonne nuit, trésor. Dors bien et n'hésite surtout pas si tu as besoin de quoi que ce soit.

Affichant un grand sourire, elle ne fit rien pour me retenir, comme si elle s'attendait à ma réaction et y assistait avec amusement.

À peine arrivée dans ma chambre, j'en verrouillai la porte.

Cette journée m'avait offert son lot d'émotions. Malgré mon épuisement, j'eus de nouveau du mal à fermer l'œil. J'étais enfin tombée dans un demi-sommeil quand une vision m'assaillit. Je me retrouvai alors en plein cœur d'une épouvantable scène.

« Un hurlement traversa l'air dense, comme une lame, et retomba dans cette cave immonde, après avoir ricoché sur ses pierres froides et humides. Le brouillard qui pénétrait entre les barreaux des soupiraux allait se mêler à la fumée des brasiers, où rougissaient les fers, et des torches éclairant cette vision d'enfer. Frère Roger avait bien résisté à la première heure de torture mais il commençait à perdre force. Son cri de douleur, dont l'écho alla mourir dans le lointain, se poursuivit en un interminable gémissement, une plainte inhumaine.

» Couvert d'un simple pagne de vieux tissu sale, je n'aurais su dire si le tremblement qui m'agitait compulsivement était dû à la peur ou à la brume glaciale qui me pénétrait jusqu'aux os. Mon corps n'était que douleur. Maintenu sur l'appareil de torture par des fers qui m'entravaient les pieds et les mains, je sentais que je ne résisterais pas plus longtemps. Mais je devais lutter. Et je repris ma prière : “Seigneur Jésus-Christ, mon Dieu, aidez-moi dans cette épreuve. Aidez Frère Roger, aidez mes frères, qu'ils résistent tous, que personne ne se rende, que personne ne mente”.

» La voix de l'inquisiteur interpellant mon compagnon s'éleva :

» — Confesse que vous idolâtrez Baphomet ! Que vous crachez sur la croix ! Que vous forniquez avec vos frères !

» — Non, mensonges, murmura frère Roger dans un souffle.

» Un profond silence envahit la cave. Figé, je redoutais le prochain hurlement. Je n'eus pas à attendre longtemps avant que mes craintes ne se matérialisent.

» Le moine dominicain qui m'interrogeait s'était tu un instant, sans doute pour contempler le supplice de mon compagnon. Mais il ne tarda pas à reformuler les mêmes questions :

» — Avoue que tu as renié le Christ !

» — Non, jamais !

» — Avoue que vous idolâtrez cette statue à tête d'homme barbu, Baphomet !

» J'ouvris les yeux pour voir, brouillé par mes larmes, le plafond couvert de brouillard et de fumée. On en distinguait à peine les poutres. J'entrevis les traits durs de l'inquisiteur, assombris par la capuche de son habit dominicain.

» — Confessez et nous vous libérerons.

» — Non, c'est faux.

» — Marque-le au fer, ordonna le bourreau.

» Je sentis alors sur mon ventre, dont la peau était tendue comme celle d'un tambour, la brûlure du fer rouge.

» Mon cri emplit les entrailles de ce souterrain infernal. »

J'ouvris les yeux, paniquée. J'étais assise sur mon lit. Les sensations et la douleur que j'avais éprouvées pendant ce cauchemar étaient si réelles que, malgré mon extrême fatigue, ma nuit ne fut plus ponctuée que de courts intervalles de sommeil agité.

24

« Le cœur brisé, nous repoussions à coups d'épée ces chrétiens, ces femmes, ces enfants et ces vieillards, les laissant aux mains d'une horde d'infidèles assoiffés de sang. Nous savions qu'il leur serait impossible de trouver refuge dans la ville en plein chaos. Notre grand maître, Guillaume de Beaujeu, mortellement blessé en défendant la muraille alors que les Mamelouks mettaient la ville à feu et à sang, rendit son dernier souffle les armes à la main. »

Après avoir repris les dernières phrases lues avant mon interruption de la veille, Luis s'était lancé dans la suite du précieux manuscrit. Le soleil, qui avait déjà déserté son appartement, disparaissait derrière Collserola. L'après-midi touchait à sa fin et nous étions de nouveau réunis tous les trois pour poursuivre la lecture du témoignage d'Arnau d'Estopinyá. Oriol avait passé toute la matinée à l'université et, malgré mon impatience et le trouble suscité par mon atroce cauchemar, j'avais préféré attendre que nous nous retrouvions tous les trois pour découvrir la fin du récit du moine. Comme je l'avais prévu, Luis, n'y tenant plus, avait déjà lu et relu le document. Désormais à voix haute, il le déchiffrait une énième fois, alors que nous étions confortablement installés sur les coussins recouvrant son beau tapis persan, autour d'un café.

« Le siège dura encore dix jours. Toutefois, nous savions, tout comme le savaient les Sarrasins, que les trois ou quatre mètres d'épaisseur des murs de la forteresse ne nous protégeraient pas beaucoup plus longtemps. Tout juste le temps pour les musulmans d'acheminer leurs meilleures machines de guerre. Le dernier jour, nos quelques arbalétriers encore en vie durent couvrir les chaloupes transportant les passagers jusqu'à la galère. Cette fois, le danger immédiat ne venait pas des infidèles mais des réfugiés chrétiens qui, pris de panique, essayaient coûte que coûte d'atteindre les navires. Ils étaient prêts à payer n'importe quel prix, à abandonner tous leurs biens pour quitter Acre. Certains profitèrent de la misère de ces pauvres diables pour faire fortune. On dit que ce fut le cas de Roger de Flor, un moine templier qui renia finalement l'Ordre afin d'échapper au châtiment et se convertit en un grand chef almogavare, la terreur des musulmans et des orthodoxes. À l'époque, cet amiral amassa quantité de richesses grâce à sa galère et au désespoir des réfugiés.

» Alors que, chargé de blessés dont les gémissements redoublaient à chaque virement de bord, notre navire mettait le cap sur Chypre, je pouvais à peine distinguer, à travers l'épais brouillard de fumée et de poussière flottant sur les ruines de Saint-Jean, les bannières de l'Islam qui battaient au vent. Je ressentis une profonde tristesse. Pas seulement parce que nous venions de perdre le dernier grand bastion chrétien en Terre sainte. Non, j'eus la prémonition que l'heure était proche pour les Pauvres Chevaliers du Christ.

» Parmi les blessés se trouvaient deux jeunes et courageux moines, les chevaliers Jimeno de Lenda et Ramón Saguardia. Saguardia était au côté du grand maître Guillaume de Beaujeu quand ce dernier était tombé, mortellement blessé. Il l'avait assisté dans son agonie et celui-ci lui avait confié sa bague de rubis. Également touché par de graves blessures, Saguardia s'en était miraculeusement sorti en parvenant à se traîner jusqu'aux portes de la forteresse templière de la place forte de Saint-Jean-d'Acre, en plein assaut mamelouk, après avoir manqué de rendre l'âme dans la tourbe, à quelques mètres de l'entrée. Notre longue traversée de la Méditerranée jusqu'à Barcelone me donna l'occasion de me lier d'amitié avec les deux moines. »

Saguardia ! Ce devait donc être le chevalier de mon rêve, celui qui portait la bague ! Luis continua la lecture du manuscrit, avec une telle aisance qu'il semblait avoir appris le texte par cœur.

« De retour sur les côtes catalanes, la *Na Santa Coloma* reprit sa mission de surveillance, ponctuée de quelques attaques contre les Maures. Quelques années plus tard, le roi Jacques II et le maître de la province, Berenguer de Cardona, conclurent un accord par lequel le Temple échangeait le vaste empire des environs de Valence que lui avait légué Jacques Ier, le grand-père du souverain, en reconnaissance pour son aide dans la conquête du royaume, contre la ville de Peñíscola, sa forteresse, son port, plusieurs forteresses de la région, des forêts et de nombreuses terres. Peu avant, j'avais été nommé sergent et notre maître crut bon de me donner le commandement d'une caravelle, un cargo qui cabotait entre Barcelone, Valence et Majorque.

» Ce n'était pas vraiment ce dont je rêvais mais je mettais du cœur à l'ouvrage, comme l'exigeaient mes vœux d'obéissance. Cela ne m'empêchait toutefois pas de m'entretenir souvent avec mes supérieurs et mes amis, les frères Lenda et Saguardia, pour essayer de les convaincre que j'avais plus de talent pour le combat que pour le transport de marchandises.

» Au bout de quelques années, on me nomma commandant d'une galère à vingt-six bancs de rameurs et un mât. Je remercie notre Seigneur de m'avoir offert la victoire dans diverses batailles et aidé à capturer de nombreux navires ennemis. Tout semblait aller pour le mieux. Mais je voyais bien que quelque chose préoccupait frère Jimeno de Lenda. Un jour, il m'informa qu'un certain Esquius de Floryan, un ancien commandeur templier renvoyé de l'Ordre pour impiété, avait porté des accusations atroces contre les Templiers devant notre roi Jacques II. Le monarque lui avait offert une grande récompense en échange de preuves. Mais Esquius n'en trouva pas et le roi oublia toute cette affaire.

» La même année, nous perdîmes l'île de Raud, la dernière possession templière en Terre sainte. Jimeno était toujours plus inquiet, avançant que des forces obscures orchestraient notre perdition et que, si nous ne récupérions pas au plus vite une partie des terres d'Orient, notre sainte mission s'en verrait compromise et l'esprit de notre quête affaibli.

» Deux ans plus tard, à Elche, Jacques II signa la paix avec les Castillans, annexant par la même occasion une partie du royaume de Murcie, notamment toute la façade côtière jusqu'à Guardamar. La zone sous protection templière, beaucoup plus vaste, s'étendait désormais jusqu'au sud, où les attaques maures étaient fréquentes. Ce fut à cette époque que je pris la relève de mon ancien capitaine, le vieux Berenguer d'Alió, aux commandes de la *Na Santa Coloma*.

» Peu après sonnait l'année 1307, qui nous réservait son lot de tourmentes. Frère Jimeno de Lenda fut nommé maître de la province regroupant la Catalogne, l'Aragon, Valence et le royaume de Majorque. Frère Saguardia, alors précepteur de la commanderie de Masdéu, dans le Roussillon, enclave principale du Temple au royaume de Majorque, devint quant à lui son lieutenant. Mais voilà que le traître Philippe IV de France monta une terrible embuscade contre notre grand maître, Jacques de Molay, qu'il invita en grandes pompes à Paris. Au matin du 13 octobre, les troupes royales prirent d'assaut la forteresse du Temple et procédèrent à l'arrestation du grand maître, qui n'opposa aucune résistance. Au même moment, dans toute la France, tous les châteaux et commanderies du Temple tombèrent aux mains de l'armée du roi. Ce souverain sacrilège qui voulait la perte de notre Ordre usa de calomnies, de mensonges et d'horribles accusations pour arriver à ses fins. Le fit-il par amour de la justice ? Par amour de Dieu ? Non ! Son seul et unique objectif était de s'emparer des richesses qui permettaient aux Templiers de financer leur sainte mission en Orient. Philippe IV, surnommé Philippe le Bel, savait ce qu'il voulait et les moyens d'y parvenir. Ce n'était pas la première fois qu'il emprisonnait, torturait et assassinait pour de l'or. Quelques années auparavant, il avait déjà persécuté les banquiers lombards de France pour leur voler leurs biens avant de s'en prendre aux juifs.

» Mais il ne se contenta pas de signer la perte des Templiers français. Pour cacher son crime, il calomnia la totalité de l'Ordre et tous ses moines, exhortant par lettre les autres rois de la chrétienté à dissoudre le Temple. Parmi eux se trouvait le comte de Barcelone, notre seigneur Jacques II, roi d'Aragon, de Valence, de Corse et de Sardaigne, comme il se faisait appeler depuis qu'il avait ajouté à ses titres le nom des îles que le pape lui avait concédées pour avoir fait la guerre à son propre frère aîné, Frédéric, roi de Sicile. Ce qui, d'ailleurs, en disait long sur le genre d'individu qu'était notre roi.

» La nouvelle des arrestations se propagea rapidement jusqu'à la commanderie de Masdéu. À peine frère Ramón Saguardia en fut-il informé qu'il se mit en route avec deux cavaliers et rejoignit en toute hâte notre quartier général installé dans la forteresse de Miravet. Ramón n'accordait aucune confiance aux rois. Pour lui, les souverains étaient de vrais vautours, plus cupides les uns que les autres. Il avait donc pris avec lui les biens les plus précieux de sa commanderie. Avant son départ, il avait également dépêché des émissaires pour prévenir les chevaliers du Temple du Roussillon, de Cerdagne, de Majorque et de Montpellier, leur conseillant d'envoyer leurs biens à Miravet pour les mettre à l'abri. En apprenant la nouvelle, frère Jimeno de Lenda convoqua de toute urgence un chapitre, auquel j'assistai au côté du commandeur de Peñíscola. Il fut décidé que nous demanderions aide et protection à notre roi Jacques II tout en commençant, dans le plus grand secret, à renforcer et ravitailler en munitions les forteresses les mieux adaptées à un long siège.

» Mais les frères Jimeno et Ramón me réservaient un honneur tout particulier. Désireux de protéger les pièces les plus précieuses de chaque commanderie, ils me chargèrent, si la situation ne s'améliorait pas, d'acheminer jusqu'à Peñíscola les trésors réunis à Miravet et de les embarquer sur la *Na Santa Coloma*, la meilleure galère de la flotte, pour les cacher en un lieu sûr en attendant des jours meilleurs. Je jurai, sur le salut de mon âme, de ne laisser quiconque qui ne fût un bon Templier s'approprier ces richesses. Ramón Saguardia m'offrit alors la bague du grand maître en souvenir de ma promesse et de ma mission : un rubis qui projetait, sous la lumière, une croix pattée. J'étais ému de la confiance que ces hauts dignitaires me témoignaient. Alors que les Templiers du royaume nous faisaient parvenir leurs biens, je passai les jours suivants à jeûner et à prier le Seigneur de me rendre digne d'une entreprise de cette importance.

» J'aurais tout donné, y compris ma vie, pour mener à bien ma mission. »

25

— C'est terminé, dit Luis. C'est la dernière page.

— Quoi ? demandai-je, surprise. L'histoire n'est pas finie...

— Mais le témoignage d'Arnau d'Estopinyá, si. Il n'y a rien d'autre.

Je me retournai vers Oriol. Il semblait perdu dans ses pensées. Enfin, il nous regarda.

— Le trésor n'est pas une légende. Au moins savons-nous qu'il a existé. Avec un peu de chance, personne ne l'a trouvé et il nous attend toujours.

— Et nous savons aussi que la bague de Cristina est authentique, ajouta Luis. Et qu'elle appartenait au grand maître avant d'être confiée à Ramón Saguardia puis à Arnau d'Estopinyá.

Encore abasourdie par la concordance qui existait entre les événements de mon rêve et ceux relatés dans le témoignage que venait de lire Luis, j'acceptai ces conclusions sans me poser de questions. À dire vrai, à ce moment précis, j'aurais pu gober n'importe quoi, même les histoires les plus insolites.

Cela ne faisait aucun doute que le moine Saguardia avait porté l'anneau pendant la chute d'Acre. C'était lui qui, gravement blessé, avait réussi à atteindre la forteresse templière alors que les Mamelouks lançaient l'assaut. C'était exactement ce que j'avais vécu en songe. Tous ces désespérés qui fuyaient dans les rues d'Acre en quête d'un refuge, je les avais vus à travers les yeux du frère Ramón Saguardia.

Je contemplai la pierre rouge sang à la lumière de la lampe. Quelle sorte de violence, de douleur contenait-elle encore ?

Luis continuait son analyse :

— Mais le texte ne mentionne pas le tableau. C'est l'unique élément pour lequel nous n'avons aucune preuve de sa relation historique avec le trésor.

— Si, il existe une preuve.

Les cousins firent silence, attendant que j'éclaircisse mes propos.

— La Vierge représentée sur mon tableau porte une bague à la main gauche. La bague du grand maître.

Tous deux me dévisagèrent, bouche bée. Encore interloqué, Oriol finit par rompre le silence.

— En es-tu bien sûre ?

Je confirmai d'un hochement de tête.

— Alors, tout est lié ! reprit Luis.

— Oui, dit Oriol, pensif. Mais c'est très bizarre. Es-tu sûre et certaine de ce que tu nous dis ?

— Bien sûr. Pourquoi trouves-tu cela bizarre ?

— Parce que les Vierges gothiques ne portent pas de bagues, et encore moins celles du XIIIe siècle ou du début du XIVe. L'art médiéval n'a quasiment aucun secret pour moi et j'ai dû voir des centaines de Vierges à l'enfant. Les saints gothiques ne portaient pas de bijoux. Le seul ornement avec lequel la Vierge pouvait être peinte à l'époque était une couronne royale, lorsqu'elle était représentée en reine. Seuls les évêques et les grands dignitaires de l'Église arboraient des bagues, voire des rubis, sur leurs portraits. Et encore, c'était généralement par-dessus des gants blancs. Ce n'est qu'au XVe siècle que les bagues ont commencé à faire leur apparition dans la peinture flamande et allemande, avant de proliférer au XVIe siècle, donc bien après que notre triptyque eut été peint. En réalité, un individu lambda faisant étalage de bijoux aurait été très mal perçu par les catholiques du royaume d'Aragon à cette époque.

— Mais alors, qu'est-ce que cette bague fait dans le tableau de Cristina ? interrogea Luis.

— C'est très bizarre, répéta Oriol. Pas seulement bizarre. À l'époque, ça aurait fait scandale. Les écrits de cette période mettent en garde les maris contre l'achat de bijoux et l'exhibition en public de ces objets par leurs épouses.

Il fit une courte pause et reprit la parole, comme si une idée lui avait brusquement traversé l'esprit :

— En fait, si. Je me souviens avoir vu une Vierge avec une bague dans une œuvre de l'époque. Mais c'était un faux, une imitation d'un tableau gothique du XIIIe siècle.

— Tu penses que mon tableau n'est pas authentique ? m'enquis-je, déçue. Tu crois que ton père m'aurait offert un faux ?

— Non, répondit Oriol, catégorique. T'envoyer un faux ? Jamais. Il m'arrive de penser qu'il t'aimait plus que moi. Enric avait assez d'argent pour acheter n'importe quel tableau dont il avait envie et c'était un véritable panier percé. Je suis sûr que c'est un vrai.

— Alors, comment expliquer que la Vierge de mon tableau porte ce bijou ?

— Ce doit être un indice.

— Un indice, interrompit Luis. Comment ça un indice ? Peut-être pour toi, l'expert en histoire de l'art, mais pour Cristina ou moi, ça n'a aucun sens. Nous ne nous en serions même pas aperçus.

— Selon toi, qui a intégré cet indice à l'œuvre ? Le peintre ou quelqu'un d'autre, plus tard ?

— Je suis sûr que c'est la personne qui a également caché le message dans les tableaux.

— Il y a donc vraiment un message dans nos tableaux ? questionna Luis.

— Oui. Vous étiez tellement excités à l'idée de continuer la lecture du récit que vous avez oublié de me demander ce qu'avaient donné les rayons X. J'ai eu la réponse ce matin.

— Et alors, qu'as-tu trouvé ? demandai-je à mon tour, morte de curiosité.

— Sur la partie inférieure des deux tableaux, aux pieds des saints, la couche de peinture recouvre une inscription. Comme mon père nous l'a écrit dans son testament.

— Qu'est-ce qu'il y est écrit ? voulut savoir Luis.

— Sur l'une « le trésor » et, sur l'autre, « grotte marine ».

— Le trésor est caché dans une grotte marine ! m'exclamai-je.

— On dirait bien, admit Oriol. Et ça cadre parfaitement avec le témoignage d'Arnau d'Estopinyá. Lenda et Saguardia ont chargé un marin de cacher le trésor.

— Eh bien, nous tenons là une piste extrêmement importante, constata Luis.

— Oui, c'est important, mais ça ne suffit pas. Qui sait le nombre de grottes qu'il y a sur nos côtes ? Avec ce seul indice, il nous faudrait fouiller toute la Méditerranée occidentale. Et même en se limitant aux zones de la province templière sous la responsabilité du chevalier de Lenda, ça nous laisse la côte catalane, y compris les régions françaises de Perpignan et de Montpellier, la côte valencienne, une partie de la Murcie et les îles Baléares. S'il est allé plus loin, en excluant les territoires maures, il reste encore la Corse, la Sardaigne et la Sicile. Sans d'autres pistes, nous pourrions passer notre vie entière à chercher ce trésor.

— Eh bien, il nous reste à trouver les autres indices, conclus-je.

— Il nous manque encore ton volet du triptyque, rappela Luis.

— Je vais faire en sorte qu'on me l'envoie.

Bien que j'aie prononcé cette dernière phrase avec détermination, je me demandais comment j'allais convaincre ma mère de me faire parvenir le tableau.

— Je viens à Barcelone.

À peine ma mère avait-elle reconnu ma voix au téléphone, qu'elle m'annonça sa décision. Je ne lui cachai pas ma surprise.

— Toi ? Mais pourquoi ?

— Voyons Cristina, il se passe quelque chose de louche. Tu n'es jamais à l'hôtel quand j'appelle, y compris aux heures où tu devrais être couchée. Tu me prends pour une imbécile ? Je sais que tu n'es pas à l'hôtel. Ils prennent les messages pour toi, pour que tu me rappelles. Et va savoir depuis quand dure ce petit numéro...

Il fallait se rendre à l'évidence : maman avait été jeune avant moi. Elle continua sur sa lancée :

— Tu veux avoir mon avis ? Tu te mets dans un beau pétrin. Oublie l'héritage d'Enric, ses balivernes et ses trésors. Ton parrain avait trop d'imagination. Ta vie est ici, à New York. Reviens.

— Maman. Je t'ai déjà dit que je veux aller jusqu'au bout de l'aventure. Trésor ou pas ! Et toi, tu restes à la maison. Ça fait quatorze ans que tu n'as pas remis les pieds à Barcelone et voilà que l'envie de revenir te prend, tout à coup. Laisse-moi régler mes affaires ici et ensuite tu pourras venir et faire ce qu'il te plaît.

— Mais je te dérange, peut-être ?

Elle avait déjà pris la mouche. Pourquoi ne pouvions-nous pas avoir une discussion normale, sans que cela finît sur un conflit ? Je m'efforçai de prendre mon ton le plus aimable pour l'apaiser.

— Tu ne me déranges pas, maman. Mais ce sont mes affaires.

— Alors, puisque je ne dérange pas, j'arrive après-demain. J'ai déjà consulté les horaires. Tu viendras m'attendre à l'aéroport, n'est-ce pas ?

Sa voix trahissait une ferme résolution. Je perçus avec horreur toute l'ampleur du problème « María del Mar » en imaginant ma mère se joindre à nous pour la chasse au trésor. Ou encore ma mère et moi, toutes deux en mini-jupe, essayant de tirer les vers du nez du commissaire Castillo. C'était ridicule ! Nous ferions une belle paire de détectives, tiens ! Et Alicia... Il était évident que ma mère ne pouvait pas encadrer la veuve d'Enric. Il est vrai qu'après m'être personnellement frottée à cette femme, je pouvais comprendre la méfiance de María del Mar... Sans réfléchir, je rétorquai :

— Puisque tu y tiens, si. Franchement, tu me déranges, maman.

Un long silence pesa à l'autre bout du fil et je fus submergée par une vague de culpabilité. Pauvre maman ! Je venais de passer les bornes.

— Tu es chez elle, hein ? finit-elle par me demander.

— Pardon ?

Je m'attendais à tout, sauf à une telle question.

— Tu vis chez Alicia. Je me trompe ?

— Et si c'était le cas, qu'est-ce que ça changerait ? plaidai-je. Je ne suis plus une enfant, maman. Ça fait longtemps que plus personne ne prend les décisions à ma place.

— Je t'avais bien dit de ne pas t'approcher d'elle.

J'avais l'impression d'être retournée en enfance, lorsque ma mère me prenait la main dans le sac en train de faire une bêtise. Sauf que j'approchais maintenant de la trentaine et que j'étais libre de lui obéir ou non. Incapable de trouver une réponse appropriée, je me réfugiai dans un silence obstiné.

— Tu ne sais pas tout. Cette femme est dangereuse. Pars de chez elle, je t'en prie.

Son ton avait cessé d'être accusateur et autoritaire pour se faire suppliant. Surprise par ce brusque changement, je restai muette.

— Je vais venir à Barcelone. Et tu rentreras à New York avec moi.

— Ça continue ! Maman...

Son insistance commençait à sérieusement m'irriter.

— Crois-moi. Je sais ce qui est bon pour toi.

— Pas la peine de venir, tu ne me trouveras pas.

Ce fut à son tour de ne rien répliquer et, une fois de plus, je me reprochai de lui avoir parlé sur ce ton. Mais je n'étais pas disposée à me laisser marcher sur les pieds, même par ma propre mère. Oui, la vie était pleine de dangers et ma mère pleine d'amour et de bonnes intentions. Mais je n'allais pas permettre à María del Mar de m'enfermer dans un cocon pour éviter que sa petite fille chérie ne se brisât. C'étaient ses peurs contre ma liberté et il ne faisait aucun doute que la balance penchait du côté de mon indépendance.

— Je suis désolée, maman. N'interviens pas dans tout ça. Je vais faire ce que je crois bon.

J'envisageai maintenant d'entamer la phase diplomatique et de lui proposer un compromis pour régler le problème une fois pour toutes. Être fille unique n'est décidément pas facile tous les jours !

— Je viendrai, que tu le veuilles ou non.

— Tu es libre de faire ce qui te chante et d'aller où tu le désires. Mais ne compte pas sur moi.

Ma mère sortait maintenant le grand jeu et mieux valait éviter de lui tenir tête pour ne pas la braquer. En guise de réponse, elle se plongea dans un inquiétant silence.

— Maman, tu es là ? risquai-je, au bout d'un moment.

— Oui, chérie.

— Tu comprends...

— Allez, changeons de sujet. Aujourd'hui, tu es intraitable.

Elle semblait résignée, bien que contrariée. Je fus étonnée que ma mère acceptât aussi facilement de perdre la bataille. Mais elle avait plus d'une corde à son arc.

— Tu appelais sans doute pour quelque chose, non ?

La nouvelle inattendue de son voyage à Barcelone m'avait fait oublier la raison de mon appel : je voulais la convaincre de m'envoyer le tableau. Soudain, je vis clair dans son petit jeu. Elle m'attendait au tournant.

— Ah ! Oui, maman. J'avais oublié, mentis-je. J'aurais besoin que tu m'envoies le tableau.

— C'est un objet d'une grande valeur. Il vaudrait mieux que je l'apporte en personne.

— Mais, maman ! Encore ! Nous avons déjà parlé de ça !

— C'est le tableau et moi ou rien du tout !

À son intonation, je devinais son sourire de triomphe. Que pouvais-je répondre à cela ? Nous savions toutes deux qu'elle avait gagné. J'étais entre ses mains.

— Tu n'as pas le droit de retenir cette œuvre, maugréai-je. C'est la mienne.

— Et toi, tu es ma fille. Tu n'en fais pourtant qu'à ta guise.

Un autre silence. Elle entreprit de briser la glace d'une voix tendre :

— Tu verras, chérie, tu seras contente de me voir là-bas. Il y a des choses que tu dois savoir.

Tout s'éclaircit alors. Bien sûr ! Ma mère s'était toujours montrée mystérieuse au sujet de notre vie à Barcelone. Avait-elle des informations sur le trésor ? Ou sur la mort d'Enric ? Cette fois, elle n'échapperait pas à un questionnaire détaillé. Et, avec un peu de chance, j'arriverais à obtenir d'elle de vraies réponses...

— D'accord, acceptai-je. Je vous réserverai une chambre.

— Oui, une double. Pour toi et moi.
— Et Daddy ?
— Ton père reste à New York.

Elle venait sans papa ! Peut-être avait-elle encore plus de secrets à me révéler que je ne le pensais.

26

— Veux-tu voir le tableau dont je t'ai parlé ? me proposa Oriol. La Vierge avec une bague.

Mal réveillée, je me servais une tasse de café providentielle quand Oriol avait fait son apparition dans l'encadrement de la porte de la cuisine. Il n'avait pas cours à l'université ce jour-là et semblait de très bonne humeur. J'acceptai, enchantée, après l'avoir convaincu de m'accompagner pour le petit déjeuner.

— La Vierge ne va pas nous en faire un plat et moi, j'ai faim.

Oriol sourit discrètement à mon jeu de mots.

La maison de l'avenue Tibidabo comportait un immense grenier dans lequel les Bonaplata avaient amoncelé tout un bric-à-brac, maintenant couvert d'une épaisse couche de poussière. Ces vieux meubles et bibelots avaient traversé les âges avec la famille. Oriol fouilla parmi des tableaux posés dans un coin de la pièce pour en extraire un plus petit.

— La voilà !

Je restai un moment figée devant l'œuvre avant de parvenir à articuler un mot.

— Oriol ! Ce tableau, c'est le même que le mien !

— Quoi ? Le même que le tien ? répéta-t-il avec étonnement. Tu en es sûre ?

— Rien de plus sûr.

Il se caressa le menton dans un geste méditatif alors que je soulevais le tableau pour l'examiner de plus près. Il n'était pas plus lourd que le mien, mais le bois paraissait plus épais et les trous de termites sur ses bords semblaient avoir été peints.

— C'est une copie, affirma Oriol. Je l'ai étudié à plusieurs reprises, intrigué par l'étonnante présence de la bague au doigt de la Vierge. Je dois reconnaître que, à première vue, tout laisse penser que c'est un vrai. Mais aucun doute, c'est une reproduction moderne. Et la bague n'est pas la seule curiosité de cette œuvre.

— Qu'y a-t-il d'autre ?

— Regarde la position de l'enfant Jésus. Dans les gravures, les sculptures et les peintures catalanes de l'époque, il est presque toujours assis à gauche de la Vierge. Ce n'est que plus tard que les artistes entreprirent de rompre la monotonie de la composition en le peignant en train de jouer avec des oiseaux ou avec la couronne de sa mère quand elle est représentée en reine... Mais, quoi qu'il en soit, il est généralement assis sur la jambe gauche de la Vierge, presque jamais à droite.

Songeuse, je gardais le silence. Jamais je n'aurais pensé qu'on puisse tirer tant d'informations d'une peinture. Moi qui avais toujours cru les artistes libres de toutes contraintes !

— C'est tout de même surprenant... continua Oriol, le regard figé sur la Madone.

— Quoi ? m'enquis-je.

J'étais maintenant disposée à m'émerveiller sur des sujets pour lesquels j'éprouvais, auparavant, une indifférence royale.

— Qu'Enric possède une copie du volet central du triptyque. Il l'a probablement commandée avant de t'envoyer l'original.

— Mais pourquoi aurait-il voulu une imitation ? Était-il si attaché à cette œuvre ?

J'appuyai le tableau de bois sur une coiffeuse ancienne et ôtai mon rubis pour le placer près de celui de la Vierge. Seule la taille les différenciait. Ils étaient identiques à tout autre égard.

— Et s'il l'aimait tant, pourquoi ne l'a-t-il pas accrochée dans l'une des nombreuses pièces de la maison ? Pourquoi la cachait-il ?

Oriol ignora mes questions. Peut-être ne les avait-il même pas entendues. Il semblait plongé dans ses pensées et l'énigme du tableau quand il reprit, d'une voix lointaine :

— J'ai toujours été attiré par les antiquités. Quand j'étais petit, j'adorais monter ici et me couvrir de poussière en farfouillant partout. Je connaissais par cœur le moindre objet de cette pièce. Ce sont des vieilleries que mon père aurait pu vendre dans son magasin. Mais il n'a jamais voulu s'en séparer. Et plus j'y pense, plus je me dis qu'il y a quelque chose de bizarre avec ce tableau. À l'époque, je n'y avais pas accordé d'importance, mais peut-être que ça en a finalement.

— Que veux-tu dire ?

— Je l'ai découvert ici, juste après le décès de mon père. Il n'était pas là avant. Je m'en souviens comme si c'était hier. Je l'ai trouvé abandonné au milieu des autres tableaux, mais il n'avait pas un grain de poussière.

— Crois-tu qu'il ait une quelconque relation avec sa mort ?

— Ma mère m'a parlé des tableaux, de l'existence probable d'un second testament et d'un trésor, mais jamais je n'ai pensé que cette œuvre pouvait avoir un rapport avec tout ça.

Il fit une pause, comme pour s'éclaircir les idées, puis posa son regard bleu sur moi.

— Mais ça fait beaucoup de coïncidences et je suis de plus en plus convaincu que tout est lié : le tableau, la bague, le trésor et sa mort.

Je compris qu'Oriol ressentait le besoin de parler. Je lui proposai donc de nous asseoir à la table du jardin pour boire un café à l'ombre des arbres, devant le spectacle coloré des rosiers en fleurs et des haies d'arbustes.

— Pourquoi s'est-il suicidé ?

Je lui avais posé la question de but en blanc, lui laissant à peine le temps de s'installer devant son café.

— Je ne sais pas trop.

Son regard alla se perdre entre deux cyprès, en direction de l'ouest et de la ville couchée sous la ligne bleutée de la mer. Je devinais qu'il s'était déjà posé la question une infinité de fois, et qu'il s'interrogerait encore longtemps.

— Ma mère m'a dit qu'il avait des problèmes avec des concurrents, des membres d'une mafia internationale vivant de trafic d'art ancien. J'aimerais pouvoir croire qu'il ne s'est pas suicidé, qu'ils l'ont assassiné.

Je souffre tellement à l'idée qu'il ait choisi de baisser les bras, de fuir, de m'abandonner...

Ses yeux s'embrumèrent d'un voile de larmes.

— Je suis sûr que, quel que fût le problème, il existait une meilleure solution que de se tirer une balle dans la bouche. Ça a créé un grand vide dans ma vie. J'en souffre encore...

— Je suis désolée.

Je retombai ensuite dans un silence respectueux, le laissant en tête à tête avec son chagrin. Au bout d'un moment, il continua :

— La police dit qu'il a tué quatre de ces mafieux, mais ils n'ont jamais pu le prouver.

— Crois-tu que ce soit vrai ?

— Oui.

— Mais pourquoi ? Pourquoi quelqu'un d'aussi gentil qu'Enric aurait-il commis de tels crimes ?

— Je ne sais que ce que ma mère m'a raconté. Ils se disputaient des tableaux, qu'ils soupçonnaient de cacher un message, la clé d'une grande découverte : le trésor des Templiers. Le récit d'Arnau d'Estopinyá, qu'il soit la traduction d'écrits plus anciens ou la transcription d'une tradition orale, le confirme. Tout comme le message caché sous la couche de peinture des tableaux, tout aussi incomplet et abscons qu'il nous paraisse. Ces trafiquants connaissaient certainement son existence. Ils ont essayé d'acheter les tableaux à mon père et il a refusé. Ils ont alors essayé de l'intimider. Mon père avait un associé et ami... Peut-être même son amant... Ils lui ont réglé son compte. J'imagine qu'ils essayaient de faire peur à Enric. Une chose est sûre, prémédité ou involontaire, il s'agissait bien d'un meurtre. Ma mère dit que c'est à cette époque que nous avons commencé à recevoir des appels téléphoniques en pleine nuit. Ils ne menaçaient pas seulement mon père, ils menaçaient toute la famille.

— Et ton père les a tués.

— Apparemment. Il a refusé de leur vendre les tableaux. Qui sait s'il ne voulait pas aussi protéger sa famille ou venger son ami ? As-tu déjà entendu parler d'Épaminondas ?

— Une maladie ?

J'essayais de dédramatiser une conversation qui avait inévitablement viré au tragique. Ce nom me rappelait vaguement un héros de l'Antiquité grecque.

— Non, Épaminondas, le prince thébain, reprit-il dans un sourire.

Serrant ma tasse de café entre mes deux mains, je regardai Oriol avec intérêt.

— Mon père était obsédé par cette histoire. Il me l'a racontée plusieurs fois, son protagoniste était pour lui un modèle. Épaminondas était un chef militaire exceptionnel qui se distinguait, en outre, par une grande culture. Il était toujours entouré de philosophes, de poètes, de musiciens et de scientifiques, ce qui le rendait d'autant plus admirable aux yeux de mon père. Au IVe siècle avant J.-C., la Grèce était sous la domination de Sparte. Ses guerriers avaient la réputation d'être les meilleurs de l'Antiquité et ni Athènes ni aucune autre cité n'osaient les affronter. Mais lorsque l'armée spartiate a attaqué Thèbes, la ville s'est révoltée et Épaminondas et sa phalange n'ont fait qu'une bouchée de leur invincible adversaire.

— Que veux-tu dire par phalange ?

— Les phalanges étaient des corps d'infanterie. Celle de Thèbes, le Bataillon sacré, formait le noyau dur de l'armée de la cité. C'était un corps d'élite composé d'environ trois cents jeunes nobles qui, regroupés par paires, juraient de mourir plutôt que d'abandonner leur compagnon. C'est ce serment, cette promesse de mener un combat acharné pour sauver leur moitié et cette passion exacerbée qui les rendaient invincibles.

— Ah ! m'exclamai-je, légèrement déçue par l'intérêt qu'Oriol semblait porter aux coutumes de la Grèce antique.

— Les chevaliers du Temple fonctionnaient de la même manière. Dans des situations extrêmes ou quand ils se trouvaient en infériorité numérique, ils combattaient par paires et n'abandonnaient jamais leur *alter ego*. Vivant ou mort. Les Templiers ne se rendaient jamais. Ce principe est symbolisé par un sceau du Temple sur lequel figurent deux soldats chevauchant la même monture. Bien sûr, cette image ne correspondait pas à la réalité, c'était purement allégorique. Les Templiers ne manquaient pas de chevaux et, selon le règlement de l'Ordre, chaque chevalier devait disposer de deux bons destriers... Ce sceau symbolisait seulement le couple de chevaliers unis par leur serment.

Je pris alors la parole pour formuler la conclusion vers laquelle Oriol voulait visiblement me mener :

— Tu penses donc qu'Enric a tué, non pas pour défendre sa famille, non pas pour toi, mais pour venger son amant. Tu penses qu'il avait fait à son compagnon la même promesse que celle des soldats du Bataillon sacré ou des Templiers.

Il ne répondit rien, le regard de nouveau égaré dans le lointain, au-delà des cyprès, vers la mer. À mon tour, je laissai mes yeux s'enivrer de la douce lumière de cette matinée diaphane et du miroitement azuré de la

Méditerranée. Je bus une gorgée de café froid et me perdis dans la contemplation de l'homme que j'adorais adolescente. Quand ses yeux baignés de larmes contenues trouvèrent les miens, il me lança un regard si intense que je ressentis de vifs picotements derrière la nuque. Faisant un geste que Luis aurait qualifié de maniéré, il demanda :

— N'est-ce pas beau ?

— Quoi ?

— D'aimer quelqu'un assez fort pour lui offrir sa vie.

27

Son regard et ses mots avaient pénétré au plus profond de mon âme. « Aimer quelqu'un assez fort pour lui offrir sa vie. » Cette phrase me hantait, tout autant que le souvenir de ses yeux bleus, embués d'émotion. « N'est-ce pas beau ? », avait-il demandé. Si ! C'était beau, poétique, émouvant. Mais ce lyrisme tragique cachait des sentiments plus profonds, plus troublants. De toute évidence, Oriol était persuadé qu'Enric avait assassiné quatre personnes et s'était suicidé par amour pour un homme. Tout comme il se sentait trahi par un père qu'il admirait pour son héroïsme mais à qui il ne pouvait pardonner de l'avoir volontairement abandonné. Évoquant notre enfance, je revis l'amour d'Oriol pour son père, l'adoration qu'il lui vouait, la façon qu'il avait de lui prendre la main et de le regarder, tête renversée vers le ciel, un sourire ingénu sur les lèvres, quand Enric organisait l'un de ses jeux magiques. Radieux, il ne pouvait cacher sa fierté, bombant le torse d'un air de dire « c'est mon papa ».

Sans oublier la passion homosexuelle déclarée d'Enric. Un amour d'une tragique démesure qui, loin de scandaliser Oriol, semblait susciter chez lui une réelle admiration. J'allais finir par croire les allégations de Luis...

Je me posais de nouveau beaucoup trop de questions sur la sexualité d'Oriol. J'avais peur. Peur de retomber amoureuse de lui, comme une imbécile. Comme la petite fille qui avait versé un océan de larmes pour lui.

Je n'avais rien prévu pour l'après-midi et cette oisiveté me rendait nerveuse. Nous n'avions déjà plus d'indices pour poursuivre notre course au trésor et l'excitation des heures précédentes était retombée. Tout cela n'était-il qu'une ultime extravagance d'Enric ? Devrais-je rentrer à New York avec ma mère ? Peut-être m'étais-je déjà exposée à d'obscurs dangers, comme elle l'augurait... Et peut-être la plus redoutable menace était-elle Oriol et les incontrôlables sentiments qu'il faisait naître en moi. Pour me changer les idées, je quittai la maison d'Alicia, extraordinaire observatoire sur Barcelone, et descendis vers la vieille ville. J'espérais paradoxalement trouver la quiétude dans le bain de foule des Ramblas. Je laissai les couleurs de la nuée de badauds, les accords de la musique de rue entrecoupés du tintement des pièces et le parfum des fleurs des kiosques m'étourdir. Je voulais sentir, éviter de penser.

Sans vraiment m'en rendre compte, je traversai Plaça del Pi. Alors que je suivais une ruelle en direction de la cathédrale, je me retrouvai subitement devant une boutique d'antiquités. Aucun doute, c'était celle d'Enric ! Mes pas m'avaient instinctivement ramenée sur les chemins de mon enfance. Je m'attardai devant la vitrine sans oser pousser la porte du magasin. Aussi insensé que cela pût paraître, j'avais l'impression d'y revoir les objets de toujours. Plusieurs escopettes, un couple de statuettes chryséléphantines, comme celles que collectionnait Alicia, une commode marquetée en bois de santal et de rose, une peinture baroque en clair-obscur... J'étais retombée en enfance. Le cœur battant, je demeurais devant la porte, m'attendant naïvement à voir Enric apparaître derrière la vitrine. Souriant, un peu rondouillard, les cheveux à peine coiffés vers l'arrière et les lèvres fendues en un sourire malicieux, le même que je retrouvais parfois chez son fils. À ma main droite, je sentais les vibrations de son énigmatique bague de rubis.

Mais la réalité se rappela à moi, brutale. J'aurais beau attendre, j'aurais beau raviver l'éclat de mes souvenirs comme on polit une lampe merveilleuse, le fantôme de mon parrain ne franchirait jamais la porte. Sentant le besoin impérieux de m'éloigner de cet endroit, j'accélérai le pas vers la cathédrale. Alors que je traversais en face de l'une des nombreuses boutiques d'antiquités de la rue, je m'arrêtai net devant une vitrine décorée de lettres dorées : « Artur Boix. » Ce nom ne m'était pas inconnu. Artur Boix... Artur Boix... Bien sûr ! Mon compagnon de voyage !

Je restai de nouveau paralysée devant une vitrine. Mais cette fois, je ne m'attardai sur aucun des objets exposés. Je crois que je ne les vis même pas. Je n'avais d'yeux que pour le nom inscrit sur le verre : « Artur Boix Antiquités. »

Avais-je couru, marché à grandes enjambées ou déambulé comme un zombi ? Ce dont je suis sûre, c'est que je me retrouvai dans une cabine téléphonique de la place de la cathédrale, composant le numéro du commissaire Castillo. J'eus la chance qu'il prenne immédiatement mon appel. La moindre attente aurait été un véritable supplice.

Faisant en sorte que ma voix ne trahît pas mon trouble, je l'interrogeai sans plus attendre :

— Commissaire, vous souvenez-vous des noms des hommes que mon parrain est présumé avoir assassinés ?

— Et comment ! C'est mon mystère préféré. Je garde une copie du dossier dans l'armoire de mon bureau et une autre dans un porte-document, sous mon lit. La demoiselle américaine va-t-elle m'aider à résoudre cette énigme digne du détective Marlowe ?

D'humeur joyeuse, le commissaire semblait vouloir s'essayer à quelques blagues. Il continua :

— Je veux juste savoir comment votre parrain a fait pour régler leur compte à ces quatre types tout seul...

Je lui promis de l'aider à résoudre toutes les énigmes du monde s'il me révélait les noms des trafiquants. De but en blanc, il me les cita comme un enfant récite une poésie apprise par cœur pour la fête des mères. Si les deux premiers m'étaient totalement inconnus, les deux derniers ne m'étaient que trop familiers : Arturo et Jaime Boix.

Le commissaire venait de confirmer ce que mon instinct m'avait soufflé quelques minutes plus tôt. L'homme qui s'était assis à côté de moi dans l'avion à New York savait pertinemment qui j'étais et pourquoi je me rendais en Espagne. Il était le fils d'un des hommes que mon parrain avait envoyés à la morgue. La mafia des trafiquants d'œuvre d'art avait survécu et, à en croire l'impression que m'avait fait Artur, elle avait plutôt bonne mine.

Alors que nous nous installions à la table du café, la conversation s'éternisait sur les mérites touristiques de la ville. Après qu'on nous eut apporté les boissons, je décidai de ne pas y aller par quatre chemins :

— Notre rencontre dans l'avion n'était pas fortuite, n'est-ce pas ?

Séducteur, Artur me gratifia de son plus beau sourire.

— Ça n'a pas été difficile d'obtenir le siège à côté du tien. Juste le bon bakchich à la bonne personne. C'est presque une coutume dans mon métier.

Je l'observais au-dessus de mon verre de soda light. Je ne m'étais pas, non plus, heurtée à beaucoup d'obstacles pour obtenir ce rendez-vous. « Tu en as mis du temps à me téléphoner », avait-il remarqué, comme si mon appel était d'ordre personnel plutôt que professionnel. Du moins pour lui. À l'entendre, il était certain que j'utiliserais un jour ou l'autre sa carte de visite, assuré du succès du petit numéro qu'il m'avait joué dans l'avion. C'était un homme présomptueux mais, je dois admettre, intéressant.

— Est-ce toi qui as fouillé mon appartement de New York ?

Il ne perdit ni la face ni le sourire.

— Pas moi personnellement. Mes hommes s'en sont chargés.

— Et tu me l'avoues ouvertement ?

— Pourquoi me gênerais-je ? J'ai autant de droits que vous trois, si ce n'est plus, sur ces tableaux et l'éventuel trésor.

Son visage était devenu grave et il parlait avec conviction. Je restai muette de surprise. Sur quoi se fondait-il pour prétendre avoir des droits sur le triptyque ? J'attendis en silence des explications.

— Tu dois déjà savoir que ton parrain a assassiné mon père, mon oncle et deux de leurs associés.

— Associés ? Je croyais qu'ils étaient de simples hommes de main.

— Peu importe ce qu'ils étaient. Il les a tués.

— Ce ne sont que des présomptions. Il n'y a pas de preuves.

— Des preuves ! ricana Artur. Pourquoi aurais-je besoin de preuves ? Je sais que c'est lui. Je sais qu'ils étaient convenus d'une transaction, que non seulement ton parrain ne leur a pas remis la Vierge à l'enfant, comme prévu, mais qu'en plus, après les avoir tués, il a volé les deux autres volets, saints Georges et Jean-Baptiste.

— Il a volé les petits tableaux ?

— Oui, exactement.

Artur m'observait attentivement, lisant l'ahurissement sur mon visage.

— Mais, comment... ?

— Ton parrain et ma famille appartenaient à un club secret. Ils ont appris l'existence du trésor en même temps et ont remonté la piste des tableaux, jusqu'à un endroit proche du monastère de Poblet, d'où ils semblaient provenir. Tous les professionnels du marché de l'antiquité se sont mobilisés au plus vite pour les obtenir. Mais en raison d'une stupide affaire d'héritage, le volet central n'appartenait pas à la même personne que les deux latéraux et, malheureusement, alors que ma famille achetait les petits tableaux, ton parrain acquérait le grand.

— Et ils n'ont pas réussi à se mettre d'accord, interrompis-je.

— Non ! Bonaplata et son fiancé se sont montrés très peu coopératifs. Ils voulaient acheter nos tableaux et garder le trésor pour eux seuls.

— Et ta famille ? Voulait-elle vendre ?

— Non. Mais elle était disposée à négocier...

— Et qu'est-il arrivé à l'associé de mon parrain ?

— Eh bien... Disons qu'il a prématurément abandonné les négociations.

Une étincelle d'ironie dansait dans ses yeux.

— Vous l'avez tué !

— C'était un accident.

— Ou une tentative d'intimidation...

— Le vrai problème, c'est qu'ils étaient arrivés à un accord...

— Comment le sais-tu ?

— Ma mère me l'a raconté. Bonaplata devait remettre son tableau à mon père et mon oncle en échange d'une certaine somme. Mais il ne l'a pas fait. Au lieu de ça, ils les a assassinés et spoliés.

— Tout ça ne me semble pas très logique. Comment mon parrain aurait-il pu tromper la vigilance de leurs gardes du corps pour les assassiner ?

— Je ne sais pas, mais le résultat est le même.

Il fronça les sourcils.

— C'est sa faute si je suis orphelin.

— Mais c'est vous qui êtes à l'origine de tout ça ! Vous avez abattu l'homme qu'il aimait !

Artur pouvait avoir toutes les raisons du monde d'haïr Enric, je ne me résolvais pas à reconnaître la culpabilité de mon parrain.

— Peu importe qui a commencé.

Le bel homme de l'avion avait perdu son masque affable pour révéler un caractère dur et rancunier.

— Il s'est comporté comme une canaille, un vaurien. Il a rompu un pacte, il n'avait pas de parole.

Je serrai les lèvres et le regardai droit dans les yeux avant de répondre :

— Enric n'a fait que protéger sa famille. Vous la menaciez.

Il ne m'avait pas entendue. Le regard perdu vers le fond du café, il semblait ruminer une offense, une vieille blessure qui n'avait pas cicatrisé. Il resta silencieux un moment puis planta ses yeux durs dans les miens, murmurant d'une voix rauque :

— Entre ma famille et les Bonaplata, il existe une dette de sang.

Comme une lame, une lueur glacée traversa son regard.

28

— Enric a été mon premier amour, mon grand amour.

Je dévisageai ma mère en silence, sans en croire mes oreilles. Si je savais qu'elle désirait se confier à moi, j'étais loin d'imaginer le torrent de paroles qui affluerait. Je l'écoutais silencieusement, en état de choc. Elle taisait depuis des années un secret qui ajoutait chaque jour une pierre au mur d'incompréhension entre nous, un barrage invisible auquel je me heurtais sans cesse. Et voilà que cette digue cédait, dégorgeant un flot ininterrompu de vérités.

En fille obéissante, j'étais allée accueillir María del Mar à l'aéroport. D'abord surprise par son volume de bagages, j'avais eu une poussée d'adrénaline à l'idée qu'elle envisageât de rester à Barcelone jusqu'à mon retour définitif. Mais je m'étais aussitôt ravisée : l'une de ses valises devait contenir le tableau, soigneusement emballé. Le nombre de bagages qu'elle avait pris n'en restait pas moins impressionnant, bien que ma mère eût toujours voyagé bien équipée. Je lui avais réservé une chambre dans l'hôtel où j'avais passé mes premières nuits barcelonaises. Double, car elle ne me laissait évidemment pas le choix : je devais me joindre à elle pour son séjour.

J'assistais passivement à son intrusion, non sans une certaine méfiance. Nous avions conclu un marché, c'était le prix à payer pour le tableau et son acheminement depuis New York. Je devais maintenant remplir ma part du contrat, en commençant par quitter la maison d'Alicia pour m'installer à l'hôtel.

— Ma mère arrive aujourd'hui, avais-je annoncé à cette dernière. Je retourne à l'hôtel.

— Déjà !

Elle avait pincé les lèvres dans un sourire forcé. Elle connaissait mieux que moi l'opinion de María del Mar à son sujet.

— Tu seras la bienvenue ici à son départ.

Ma mère avait parlé sans s'arrêter de mon voyage, du sien, de Daddy, resté à New York... Un véritable moulin à paroles. Cependant, la surprise du chef n'arriva qu'au cours du dîner.

Quand elle me révéla son secret, ses yeux cherchèrent les miens.

Interloquée, je ne savais que répondre. La stupeur fit rapidement place à l'incrédulité mais, si je voulais croire à une plaisanterie, le regard triste de María del Mar et ses lèvres figées en une moue douloureuse m'en dissuadèrent. Ce visage dont le front strié de rides et les pattes-d'oie témoignaient du passage du temps, ces traits que j'associais à ma mère, immobile devant moi, revêtaient l'expression de l'accusé attendant le verdict. Je posai mes couverts sur la table et balbutiai :

— Mais... Et papa ?

— C'était avant ton père...

— Mais Enric était... était...

— Homosexuel, acheva-t-elle pour moi.

— Oui, c'est ça. Il ne devait pas l'être tant que ça alors, parce que sinon...

— Sinon, il n'aurait pas eu de fils...

Elle se tut pendant quelques instants, comme pour prendre sa respiration, avant de se plonger en apnée dans le récit de sa jeunesse.

— Comme tu le sais, les Bonaplata et les Coll ont toujours été unis par des liens très forts, et ce depuis plusieurs générations. À la fin du XIXe siècle, mon grand-père fréquentait *Els Quatre Gats* avec le grand-père d'Enric et l'amitié s'est perpétuée avec nos pères.

» Enric était mon compagnon de jeu lors des réunions entre nos deux familles. Puis nous sommes tous les deux allés au Lycée français et, adolescents, nous fréquentions le même groupe d'amis pour nos premières sorties, à Barcelone et sur la Costa Brava, lors des vacances.

» J'étais très attirée par Enric. Il était intelligent, sympathique, bourré d'imagination et de répondant. J'étais persuadée que je lui plaisais et quand des couples ont commencé à se former autour de nous, avant notre entrée à l'université, je me suis réservée pour lui. Naturellement, nous avons fini par former l'un d'entre eux. J'étais folle amoureuse et nos parents ne cachèrent pas leur joie en apprenant la nouvelle. L'étroite amitié qui unissait nos deux familles depuis des générations allait enfin se muer en lien de sang. Rien ne pouvait leur faire plus plaisir. Mes parents ne m'ont jamais fait la moindre remarque si je rentrais tard après avoir passé la soirée avec Enric.

— Vous vous embrassiez ?

Ma curiosité l'emportait sur ma réserve initiale. Ma mère gigotait sur sa chaise, soudain muette d'embarras. La conversation prenait un tour trop incommodant à son goût.

— Oui, finit-elle par répondre. Mais n'oublie pas que tout ça s'est passé il y a plus de trente ans et, dans notre classe sociale, il était d'usage de rester vierge jusqu'au mariage. Même quand la date du mariage était fixée, ce qui n'a jamais été notre cas, on réfrénait les passions. Nos baisers et nos caresses ont toujours été très sages.

— J'imagine qu'il ne devait pas trop insister non plus, remarquai-je avec malice.

— Oui, c'est certain. Quand j'y pense, je devais toujours faire le premier pas.

Elle laissa s'échapper un long soupir.

— J'expliquais cela par mon naturel affectueux, alors que lui était plus distant.

— Tout de même, tu devais bien te douter de quelque chose...

— J'y ai beaucoup réfléchi.

Elle soupira de nouveau, secouant la tête comme pour reconnaître l'absurdité de la situation.

— Personne ne connaissait ses tendances. Bien sûr, personne n'était mieux placé que moi, sa petite amie, pour s'en rendre compte. Il le cachait, il craignait la réaction de sa famille. À l'époque, un fils homosexuel représentait un véritable stigmate aux yeux de la société. Il aurait déshonoré les Bonaplata. Quant à moi, folle amoureuse, je lui fournissais un alibi parfait. J'imagine qu'Enric s'interrogeait sur son identité sexuelle et que notre relation lui a permis de définir ses sentiments. Au bout d'un certain temps, je me suis demandé pourquoi il ne profitait pas du privilège de pouvoir rester tard avec moi sans craindre les remontrances parentales. Il me raccompagnait de plus en plus tôt à la maison et, certains jours, cherchait des excuses pour ne pas me voir. Puis j'ai commencé à avoir de réels soupçons. En téléphonant chez lui à plusieurs reprises, j'ai constaté qu'il ne rentrait pas après m'avoir quittée. J'ai appris plus tard qu'il traînait dans des bars homosexuels à la recherche de nouvelles rencontres.

— Et que s'est-il passé ? Comment s'est terminée votre histoire ?

— Un jour, persuadée qu'il menait une double vie, je lui ai demandé ce qu'il avait fait la veille au soir. C'est alors qu'il m'a révélé que ses sentiments pour moi n'étaient qu'amicaux. J'étais médusée. Après m'avoir suppliée de garder le secret, il m'a avoué son homosexualité. Il a répété qu'il m'aimait, mais qu'il ne me voulait pas pour épouse et qu'il serait très égoïste de sa part de me faire perdre mon temps. Enric était un homme bon, et moi une jeune fille très naïve. J'ai tout d'abord refusé de voir les choses en face. Comment pouvait-il être certain de son homosexualité si nous n'avions jamais fait l'amour ? Quand je lui ai posé la question, il a ri. Comme je te l'ai dit, j'étais folle de lui. Je lui ai déclaré que ça m'était égal de perdre mon temps, que tout m'était égal du moment que je restais avec lui. Je l'ai supplié. Tu imagines un peu ! Moi, María del Mar, supplier ! Au début, il a cédé, tout en insistant pour que j'accepte la fatalité de notre relation et l'idée de chercher un autre mari. Je devais faire une croix sur lui puisqu'il ne pouvait pas me donner ce que je méritais et que notre relation ferait de ma vie un enfer. Il m'a alors raconté ses aventures nocturnes, ce qu'il faisait après m'avoir déposée chez moi, le soir. Mais je refusais de renoncer à lui. Je suis allée jusqu'à l'accompagner dans les bars qu'il fréquentait. Un soir, j'ai même accepté les caresses d'une femme pour me fondre dans le paysage.

» J'étais désespérée. Je n'avais plus goût à rien. Je n'imaginais pas l'avenir sans lui. Pour le garder, j'aurais accepté son homosexualité, qu'il continue à voir des hommes après notre mariage. D'ailleurs, il n'a pas rejeté cette solution quand je la lui ai proposée.

» Il ne refusait pas non plus mes caresses. Sans doute par charité, pour ne pas m'humilier. J'ai donc décidé de lui tendre un piège. Je ne me le suis jamais pardonné.

» Alors que j'étais seule à la maison un après-midi, je lui ai demandé de venir me chercher et j'ai inventé une excuse pour l'attirer dans ma chambre. Et là... Eh bien, là... nous avons fait l'amour.

— Vous avez fait l'amour ? m'exclamai-je. Mais il était homosexuel !

— Oui, reprit-elle, mal à l'aise. Mais l'un n'empêche pas l'autre.

— A-t-il résisté ?

— Oui, il a résisté. Mais je me suis appliquée à la tâche. Je voulais absolument lui donner du plaisir. C'était de la folie, j'aurais voulu tomber enceinte. J'étais prête à n'importe quoi pour le garder.

— Mais tu étais vierge, n'est-ce pas ?

— Évidemment que je l'étais. Mais, cet après-midi-là, j'ai cessé de l'être, dans un acte désespéré.

— Que s'est-il passé ensuite ?

Sa voix était teintée de tristesse.

— Il a rompu définitivement. Il m'a dit qu'il me faisait du mal et que nous resterions toujours amis, que son amour pour moi était celui d'un ami ou d'un frère, pas d'un amant. J'ai vécu le pire moment de mon existence. Je l'avais violé et perdu. Je m'en voulais terriblement.

J'essayai de la réconforter :

— Tu as fait l'amour avec l'homme que tu aimais. Qu'y a-t-il de mal à cela ?

— Je n'aurais jamais dû le faire, je n'aurais jamais dû le forcer.

— Tu ne devrais pas culpabiliser autant. Si tu es arrivée à tes fins, c'est qu'il n'a pas dû passer un si mauvais moment que ça. Mais que s'est-il passé après ?

— La nouvelle de notre rupture a été très mal accueillie par les Coll et les Bonaplata, mais Enric et moi continuions à nous voir lors des réunions entre nos deux familles. Il était toujours très gentil avec moi. L'eau a coulé sous les ponts. Je sortais avec mes amis et me remettais doucement de la rupture... Jusqu'au jour où j'ai appris qu'il vivait avec une femme.

— Alicia !

— Oui, Alicia. Enric m'a donné rendez-vous pour m'en parler. Il m'a raconté qu'Alicia et lui vivaient le même genre de vie et qu'ils avaient passé une sorte d'accord.

— Un accord ?

— Oui. Cet arrangement sauvait les apparences. Ils prétendaient ainsi mener une vie orthodoxe et échappaient aux foudres de leurs parents.

— Mais ils ont quand même eu un fils.

— Ça faisait partie de l'accord, ils désiraient tous les deux un enfant. Tu ne peux pas imaginer comme j'en ai souffert. J'ai traversé une période extrêmement difficile : d'abord la rupture, puis son emménagement avec Alicia et enfin la naissance de leur enfant... Enric tentait vainement de me réconforter. Il avançait qu'une petite bourgeoise de ma trempe n'était pas armée pour mener la vie ambiguë qu'il avait à m'offrir. Selon lui, il aurait fait mon malheur, alors qu'Alicia était comme lui.

— Mais ensuite tu as rencontré Daddy et tu es de nouveau tombée amoureuse.

J'essayais en vain de lui rappeler les conséquences positives de son vieil échec amoureux.

— Oui.

— Et je suis née, peu après.

— Oui, chérie. J'ai pu reconstruire ma vie.

— Mais tu continuais à voir Enric.

— Bien que quelque peu altérée, notre amitié a survécu à tout ça, perpétuant la tradition familiale. Pour prouver que j'avais tourné la page, je lui ai demandé d'être ton parrain. Ça lui a fait tellement plaisir ! Il t'a toujours aimée comme si tu étais sa propre fille.

Je décidai de profiter du grand déballage de María del Mar pour lui poser la question qui me hantait depuis longtemps.

— Mais si tout allait si bien, pourquoi n'es-tu jamais retournée à Barcelone ?

Elle me scruta longuement, comme perdue dans une profonde réflexion. Observant son visage, je pensais à la jeune fille qu'elle était, trente ans plus tôt. Une femme qui devait beaucoup me ressembler. Il s'agissait, certes, d'une autre époque, régie par d'autres normes sociales. Mais, comme moi aujourd'hui, ma mère avait été jeune et avait aimé, souffert, cherché l'amour. Un amour qui lui avait échappé...

— Tout le monde, y compris Enric, pensait que nous nous étions quittés sans rancune. La rupture parfaite. Mais pour moi, tout ça n'était qu'une farce douloureuse. Je l'aimais toujours. Et avant même de connaître Alicia, ma haine envers cette femme était à la mesure de mon amour pour Enric. Le spectacle de leur couple m'infligeait une véritable torture. Je souffrais d'assister à cette mise en scène amoureuse, de la voir dominer leur relation... Elle, si brillante... J'avais l'impression qu'Enric l'avait tout simplement préférée à moi. Le jour où j'ai appris sa grossesse, je n'ai pas fermé l'œil de la nuit. C'est à cette période que j'ai rencontré ton père et que je me suis mariée.

» Nous nous retrouvions toujours pour les réunions de famille. S'il venait parfois seul avec Oriol, il lui arrivait malheureusement aussi de venir en compagnie de sa femme. Chacune de ces occasions réveillait en moi de douloureux souvenirs, mais je m'y résignais. Peut-être parce que je refusais de tirer un trait sur son amitié, peut-être parce que, malgré l'amour que je portais à ton père, j'avais toujours des sentiments pour Enric... Cependant je n'arrivais pas à m'y faire et, avec les années, ce petit manège m'est devenu insupportable. J'ai pris sur moi, jusqu'au jour où j'ai eu une bonne raison de quitter Barcelone pour ne plus jamais y remettre les pieds.

— Laquelle ?

Elle plongea son regard dans le mien.

— Toi.

— Moi ? repris-je, surprise.

— Oui.

J'attendis en silence ses explications. Je savais qu'elle avait spécialement fait le voyage depuis New York pour avoir cette conversation.

— Nous étions début septembre. Tu n'étais encore qu'une enfant. Je rangeais notre maison de la Costa Brava avec la bonne pour préparer le retour à Barcelone. Il faisait très lourd et, soudain, une rafale de vent a fait claquer les stores des fenêtres. Je me suis alors aperçue que des nuages de plomb menaçants arrivaient à toute allure de la mer, annonçant l'orage. Je savais que tu étais à la plage. Sans perdre de temps, j'ai pris une serviette de bain et un parapluie et je suis sortie te chercher. Alors que j'approchais du bord de mer et que les premières gouttes d'un terrible déluge tombaient sur le village, j'ai croisé tes amis et la jeune fille qui s'occupait de vous. Ils couraient vers le centre en quête d'un refuge mais tu n'étais pas avec eux. Quand je leur ai demandé où tu étais, ils n'ont pas su me répondre. Inquiète, je me suis hâtée vers la plage. Je ne voyais pas bien à travers les trombes d'eau déversées par le ciel mais, après avoir cherché partout, j'ai fini par te trouver. Abrités dans une niche entre les rochers, deux adolescents s'embrassaient. Je vous ai tout de suite reconnus, Oriol et toi.

Elle fit une pause, sans doute coupée dans son élan par la stupeur qu'elle lisait sur mon visage. Je ne pouvais pas croire que ma mère eût été témoin d'une scène aussi intime. Si je l'avais su à l'époque, je serais morte de honte !

— J'étais si surprise que, pour toute réaction, j'ai fait demi-tour et suis rentrée au pas de course à la maison. J'étais trempée jusqu'aux os, mais surtout paniquée et terrifiée.

— Mais pourquoi ?

— J'avais observé Oriol grandir. Il avait les yeux de sa mère. Dieu comme je la déteste ! Mais tout le reste, il le tenait de son père. Le seul fait de le regarder ravivait mes blessures passées.

Elle se tut et son regard alla se perdre dans le fond du restaurant. Une larme coulait sur sa joue. Gênée, elle enfouit son visage dans ses mains.

Je caressai doucement son bras dans une tentative de réconfort. Oui, peut-être qu'il y a trente ans, elle était une jeune femme comme moi. Mais moi, je ne voulais pas finir comme elle dans trente ans. Je pris la parole d'une voix douce :

— Oriol te rappelait ton échec.

Comme elle ne répondait pas, je décidai de ne pas la brusquer.

— Oui. Mais j'avais appris à vivre avec.

Elle chercha de nouveau mes yeux.

— Non. C'est ton échec à venir qui me terrorisait. Crois-tu que je n'avais pas remarqué qu'il te plaisait avant cet épisode ?

— Mais qu'y avait-il de mal à ça ? Si nous nous plaisions ?

— J'ai dit que j'avais remarqué qu'il te plaisait, pas que vous vous plaisiez.

— Que veux-tu insinuer ?

— Oriol n'était pas le genre de garçon à jouer au football ou à la guerre, et je t'ai dit qu'il me rappelait beaucoup son père...

Elle marqua une pause.

— Pour ce genre de choses...

— Quel genre de choses ?

Je craignais malheureusement de déjà connaître la réponse.

— Je te parle de ses tendances sexuelles.

— Mais c'est un jugement totalement gratuit, ripostai-je.

— Non, tu peux me croire, me répondit-elle avec fermeté. Il est comme son père, comme sa mère. Ils sont tous du même bord. Ne le vois-tu pas ? Il est charmant, il t'aime comme une amie, comme une sœur. Peut-être même que si tu essayes de le violer il se laissera faire, pour ne pas te vexer. Mais il finira par partir. Et toi, tu finiras le cœur brisé. C'est sa nature. Même s'il le voulait, rien n'y changerait.

— Tu te trompes !

— Non, je ne me trompe pas ! Je ne me suis pas trompée. J'ai constaté avec horreur que tu marchais sur mes traces. Je me suis rendu compte que pendant des années, sans le savoir, j'avais craint que ça n'arrive. Quand j'ai découvert ce qui se passait entre toi et Oriol, j'ai insisté auprès de ton père pour qu'il demande sa mutation à New York. Ou même en Amérique latine. Je voulais partir loin, te séparer de lui, t'épargner les souffrances que j'avais traversées. C'est pour ça que nous sommes partis, que nous ne sommes jamais revenus.

— Mais tu n'avais pas le droit...

Elle poursuivit, en transe :

— Et les lettres, les lettres que tu lui écrivais et celles qu'il t'écrivait... Je les ai toutes jetées...

— Quoi ?

J'étais près de bondir de ma chaise. Ma mère me lança un regard de défi.

— Oui. Je les ai jetées, l'une après l'autre... jusqu'à ce que tu n'en écrives ni n'en reçoives plus.

— Mais comment as-tu pu ? m'exclamai-je, indignée, après m'être remise de ma stupeur. Tu n'avais aucun droit de t'immiscer comme ça dans ma vie !

— Comment ça je n'avais aucun droit ? J'avais tous les droits ! Tu sembles oublier que je suis ta mère. Il était de mon devoir de te protéger... Et j'avais aussi le droit de déménager aux États-Unis, de t'emmener avec moi et de changer de façon radicale ta vie et ton destin. Mon devoir me dictait d'éviter que tu ne souffres. Et c'est encore valable aujourd'hui !

Elle revint alors à la charge, m'adjurant d'oublier Oriol et ces histoires fantastiques de trésor et de rentrer avec elle. J'avais eu mon lot d'aventures, Mike incarnait mon avenir, le plus merveilleux des trésors, je ne pouvais pas tout gâcher à cause des fantaisies de mon parrain. Et ainsi de suite... Je finis par déconnecter, faisant mine de lui prêter l'oreille.

Je m'imaginai alors à sa place, dans une trentaine d'années, essayant d'éviter que ma fille ne commette les mêmes erreurs. Son récit m'avait estomaquée. Comment ma mère avait-elle eu le cran de forcer Enric à la déflorer ? Cet épisode attestait de sa détermination, la même qu'elle déployait aujourd'hui pour éviter que je ne marche sur ses pas. Jamais je ne lui pardonnerais d'avoir volé mes lettres. Scandalisée par son attitude, je ressentais toutefois l'exaltation d'un bonheur inattendu. C'était bien vrai ! Je n'avais pas osé le croire mais j'en avais maintenant la preuve : Oriol m'avait écrit.

Devais-je me fier à ma mère lorsqu'elle prétendait avoir abandonné Barcelone pour moi ? N'avait-elle pas plutôt tiré un trait sur le passé pour ne plus avoir à supporter le spectacle d'Enric et d'Alicia ?

Après avoir vidé notre bouteille de vin, nous nous attaquâmes aux digestifs. Puis, à la fermeture du restaurant, nous nous lançâmes dans une folle tournée des bars. Chaque escale me rapprochait un peu plus de ma mère, tissant entre nous une étrange complicité, renforcée par l'effet euphorisant de l'alcool qui me déliait la langue.

— Allez, vas-y ! Explique-moi comment tu t'es tapé Enric !

Ma mère, tout aussi imbibée que moi, riait et prenait des airs de vierge effarouchée avant de se confondre en excuses et de répéter à l'envi qu'elle n'était pas elle-même ce jour-là. Et la teigne que j'étais la sollicitait de nouveau, usant de plaisanteries glauques, si bien qu'elle finit par éclater en sanglots. La serrant dans mes bras, je laissai, à mon tour, rouler sur mes joues de grosses larmes, la maudissant de m'avoir volé les lettres d'Oriol. Si c'était à refaire, elle n'hésiterait pas à recommencer, déclara-t-elle entre deux hoquets. Elle ne permettrait pas que je souffre autant qu'elle, elle m'éloignerait de cet homme qui ne pouvait pas rendre une femme heureuse.

— Mais il a vraiment fini dans ton lit ? répétais-je en boucle.

J'imaginais mal ma mère tendre un traquenard à un homme. Ce n'était pas une femme, c'était ma maman, et les mamans ne s'adonnaient pas à ce genre de pratiques. Ignorant mes questions, elle s'évertuait, quant à elle, à vanter les mérites de Mike. Nous aurions continué comme ça toute la nuit, l'alcool alimentant notre conversation, ou plutôt nos monologues respectifs, si je ne l'avais pas aperçu.

Dans un coin, un verre à la main et solitaire comme la mort, se tenait l'homme aux cheveux blancs et aux yeux bleu délavé. Le vieux à la dague était là, dans le bar ! J'eus la chair de poule en croisant son regard.

— Vieux corbeau ! Je t'interdis de me suivre !

Animée d'un courage éthylique, je le menaçai du doigt alors que mes paroles se perdaient dans le brouhaha du bar. Il ne baissa pas le regard et, l'espace d'un instant, je crus qu'il allait sourire.

— Va-t'en ! lui lançai-je de nouveau.

Le temps de me retourner pour expliquer mon état à ma mère, il avait disparu. Je commandai un taxi et nous restâmes prudemment dans le bar jusqu'à l'arrivée du véhicule.

29

À l'hôtel, María del Mar s'était effondrée en sous-vêtements sur le gigantesque lit orienté vers le sud et le Montjuïc. Avec mon aide, elle avait tout juste eu le courage d'ôter sa robe avant de plonger dans un lourd sommeil.

Selon moi, les quinquagénaires tiennent moins bien l'alcool que leurs cadets. Ou peut-être boivent-ils plus ? Gambergeant sur la boisson et ses effets, je m'étendis à côté de ma mère. Le petit meuble de télévision, unique obstacle entre le lit et l'immense baie vitrée fermée sur le vide, n'obstruait en rien la vue magnifique sur le port et le mont.

Les premières lueurs du jour filtraient à travers les nuages de plomb, dans une lutte impuissante pour chasser l'obscurité. Les reflets des lampadaires des quais, toujours allumés, formaient de petits feux de joie sur les eaux sombres du port et, plus haut, les lumières du Montjuïc serpentaient le long des sentiers et du sommet de la colline. Les gris opaques de la végétation nocturne se dessinaient sur le fond bleuté du ciel brumeux, présageant une aube encore prisonnière des ombres.

La vue de l'homme en noir avait déclenché en moi un signal d'alarme invisible, dissipant l'engourdissement de l'alcool. Quelle soirée ! Enric et María del Mar ! Incroyable ! La pauvre, comme elle avait dû souffrir ! Elle dormait maintenant à côté de moi, pelotonnée, comme pour se protéger des coups du destin. Je soulevai ses cheveux teints en châtain clair, vaine tentative de retrouver la couleur et le lustre d'une jeunesse perdue, et posai un baiser sur son front.

N'y tenant plus, j'entrepris de déballer la Vierge à l'enfant. Elle était plus mystérieuse que jamais. Je plaçai la main sur le tableau pour comparer les deux bagues de rubis resplendissant d'un funeste éclat. Je contemplai ensuite le combat de l'aurore tremblante face à l'obstination de la nuit, les lumières perdues dans les eaux ténébreuses du port, la ville endormie à mes pieds, d'une tristesse enchanteresse, d'une magie énigmatique. Comme le tableau. Ma dernière pensée avant de fermer les yeux alla à cet homme qui me suivait, cet oiseau de mauvais augure. Pourquoi ressentais-je cette étrange peur ? J'avais l'angoissante impression de le connaître... Pourquoi le craignais-je encore alors qu'il m'avait quasiment sauvé la vie ?

Artur Boix me téléphona le jour suivant pour s'excuser de s'être laissé gagner par ses émotions lors de notre dernière entrevue. Si j'avais souffert de la mort de mon parrain, je pouvais imaginer ce qu'il avait ressenti en perdant son père et son oncle. Je reconnus m'être également emportée et regrettai que notre rendez-vous eût pris des allures de bataille rangée.

Il me proposa de dîner avec lui. Fidèle à mes principes, je déclinai l'invitation et l'informai de l'arrivée de ma mère. Il eut une courte hésitation avant de répondre qu'il serait honoré de la présence de Mme Wilson, M. Wilson et tout le reste de la famille. Je devinais son sourire à l'autre bout du fil. Il en profita pour souligner qu'il savait faire les choses dans les règles de l'art et que ses intentions étaient des plus honnêtes.

Le sens de l'humour est une qualité que j'apprécie beaucoup chez les hommes et Artur était loin d'en être dépourvu.

— Si tel est le cas, je préfère venir seule, ris-je. Alors ce sera un déjeuner. Au départ de ma mère.

— Tu ne le regretteras pas. J'ai énormément de choses à te raconter.

María del Mar resta trois jours de plus à Barcelone.

Des jours que je lui consacrai entièrement et lors desquels nous sillonnâmes la ville sur les traces du passé, parcourant un itinéraire nostalgique : notre maison, la maison de mes grands-parents, ses rues préférées... Nous retournâmes dans les *granjas* de mon enfance pour y déguster du *chocolate a la taza*, nous redécouvrîmes ses restaurants favoris, elle me raconta des anecdotes de sa jeunesse, de son adolescence, de ses premières années de mariage. Des histoires que je connaissais déjà et d'autres que je n'avais jamais entendues. Nous rîmes comme des gamines et une complicité inédite fleurit au fil des heures. Un jour, nous retrouvâmes même Luis et Oriol pour dîner, une occasion qu'elle choisit d'ailleurs pour nous remettre un cadeau inattendu.

Elle posa sur la table une grande enveloppe dont j'ignorais le contenu.

— C'est la radiographie du tableau de la Vierge. C'est ton amie Sharon qui l'a faite. Je vous souhaite de tout cœur de trouver le trésor d'Enric.

María del Mar avait les yeux brillants de larmes mais les deux cousins, qui dévoraient l'enveloppe du regard, ne le remarquèrent pas. Je l'ouvris avec précaution et cherchai l'inscription cachée aux pieds de la Vierge.

Et elle était bien là. Mais je ne voyais rien de plus que « est dans une ».

— « Le trésor est dans une grotte marine », déclama Oriol, déçu.

— Ça, nous le savions déjà, repartit Luis. Ça ne nous apprend rien de plus.

Bien élevés, nous remerciâmes ma mère pour ce cadeau qui ne nous donnait malheureusement pas la clé du mystère. Nous devrions trouver d'autres indices.

Comme prévu, María del Mar refusa de voir Alicia, tout comme elle refusa de revenir sur son idée, me conseillant, une fois de plus, d'oublier Oriol et de rejoindre Mike le plus tôt possible.

Elle se montra, toutefois, plus diplomate et choisit judicieusement de partir quand je montrai les premiers signes d'exaspération. Tout agréables et constructifs que furent ces quelques jours en sa compagnie, j'avais hâte de reprendre la course au trésor interrompue, et à peine avais-je vu son avion décoller que je regagnai la maison d'Alicia.

30

— Ça te dit de voir une galère ? me proposa subitement Oriol.

— Une galère ? répétai-je, perplexe.

J'avais beau me souvenir que ce type de navire apparaissait dans le témoignage du Templier recueilli à la librairie du Graal, je ne m'attendais pas le moins du monde à une telle proposition. Face à mon hésitation, Oriol jugea opportun de me donner quelques précisions.

— Oui, une galère. Tu sais, le moine-sergent Arnau d'Estopinyá était capitaine d'une de ces embarcations.

— Merci, repris-je, vexée. Je m'en souviens, et je sais ce qu'est une galère.

— Veux-tu en voir une alors ?

Il m'adressait un sourire lumineux, me dévisageant

de ses yeux en amande pétillant de mystère. J'étais toujours sous le charme de ce garçon. De cet homme, devrais-je nuancer.

Un énorme navire en bois occupait toute une aile du Musée maritime. C'est vraisemblablement sous ces toits de tuiles soutenus par de grands arcs, dans les anciens arsenaux de Barcelone, que l'original avait été construit plus de quatre siècles auparavant.

Outre la découverte du type de navire commandé par Arnau d'Estopinyá, cette visite avait un intérêt tout particulier pour moi : c'était la première fois que je sortais en tête à tête avec Oriol. Si l'on considérait, évidemment, que la visite d'un musée était à proprement parler une « sortie ». Je n'eus donc pas de mal à me convaincre que, pour une future mariée, cette « visite culturelle » n'était pas plus déloyale qu'inconvenante. Je m'instruisais, voilà tout. Jetant un regard à mon solitaire, je fus une fois de plus surprise à la vue du rubis templier, beaucoup plus étincelant que le resplendissant diamant taillé tout spécialement pour moi.

Une galère ressemble en fait à un gigantesque canot, au bord relativement bas pour que les longues rames atteignent la surface de l'eau. Rien à voir avec les vaisseaux chargés de canons ou les caravelles de Christophe Colomb. La galère est, elle, hérissée de rames. Sur celle-ci, il devait bien y en avoir une centaine. Après que je lui eus révélé mes impressions, Oriol se lança dans de longues explications historiques.

— C'est une embarcation typiquement méditerranéenne, conçue pour la guerre. Cellé-ci est une réplique grandeur nature de celle qu'on a construit ici pour don

Juan d'Autriche, le demi-frère de l'empereur Philippe II. Elle a participé à la célèbre bataille de Lépante, le 7 octobre 1571. Ce jour-là, la Sainte-Ligue, formée par les flottes espagnoles, vénitiennes et papales, a laminé les forces navales ottomanes. Depuis qu'ils avaient chassé les Templiers de Terre sainte, trois siècles plus tôt, les Turcs n'avaient cessé d'étendre leur empire en Méditerranée. Ils prirent Chypre puis la Crête et menacèrent la péninsule italienne, notamment le royaume de Naples et les deux grandes îles méditerranéennes, qui appartenaient alors à la couronne d'Espagne. Curieusement, des galères des Hospitaliers, les grands rivaux des Pauvres Chevaliers du Christ et également les principaux héritiers de leurs biens, ont participé à cette grande bataille. Car il faut savoir que l'ordre des Hospitaliers existait encore trois siècles après la disparition des Templiers. Ils avaient seulement pris le nom d'Ordre de Malte puisque, fuyant la Terre Sainte, puis Chypre, Rhodes et la Crête sous l'avancée turque, ils avaient établi leurs quartiers généraux sur l'île de Malte, un territoire placé sous l'autorité de la couronne d'Aragon que Charles Ier leur avait cédé.

Il se tourna vers moi, souriant.

— En Espagne, on dit que c'est nous qui conduisions la flotte. Mais si on visite le musée naval de Venise, on s'aperçoit que pour les Vénitiens, c'étaient les Italiens. Et je suis persuadé que le pape pensait, lui aussi, avoir la direction des opérations. Tu parles d'alliés !

Je ris discrètement de son histoire, fuyant ses troublants yeux bleu marine. À force d'y plonger le regard, j'avais senti sur mes lèvres le goût du sel, souvenir de sa bouche. Mais Oriol continuait son récit, inconscient de l'effet qu'il produisait sur moi.

— L'histoire dépend de celui qui l'écrit. Une chose est sûre, Venise a envoyé beaucoup plus d'embarcations que tout l'empire espagnol, en y incluant la Catalogne, Valence, Majorque, mais également Naples et la Sicile.

Oriol éprouvait un tel enthousiasme à visiter le passé que les chances d'une femme encore vivante, en l'occurrence moi, de détourner son attention des formes sensuelles d'une galère étaient quasiment nulles. Il se tenait immobile, en extase devant le navire.

— En six cents ans, les modèles de navire ont très peu évolué. Vers l'an mil, les navires de Byzance, qui représentaient alors le summum en matière de combat naval, développaient des formes semblables, héritées des embarcations romaines, grecques et phéniciennes. On peut considérer que ce type de navire a dominé la Méditerranée pendant deux mille ans. Ils étaient conçus pour la vitesse et sabordaient les bateaux ennemis en plantant dans leur coque un éperon prolongeant leur proue. Puis, au Moyen Âge, l'éperon est devenu un pont d'abordage, par lequel les soldats prenaient d'assaut l'embarcation rivale. Cette galère était déjà équipée de canons, sur sa proue, sa poupe et le pont mais, à l'époque, l'artillerie manquait encore de puissance. Avec l'introduction de canons plus perfectionnés, les galères ont disparu des combats navals. Évidemment, si on pouvait couler le bateau ennemi à coups de canon, on n'allait pas s'amuser à fondre droit sur lui, au risque de perdre son propre navire.

» La galère d'Arnau d'Estopinyá était ce qu'on appelle une galère bâtarde : elle combinait voiles et avirons. Elle avançait donc avec deux grandes voiles latines et, de chaque côté, trente-six bancs de trois rameurs. Celle-ci est légèrement différente. Elle est plus large et moins longue, puisqu'elle possède trente bancs de quatre galériens. Les avirons n'étaient sortis qu'en combat, pour manœuvrer plus vite, ou lorsque le vent tombait. Tu imagines ? Soixante avirons frappant la mer ! Bien sûr, un tambour marquait le rythme, afin que toutes les rames soient actionnées au même moment.

Ses yeux brillaient d'excitation. Transporté dans le temps, il voyait devant lui la galère d'Estopinyá fendre les flots, lancée à toute allure contre l'ennemi.

— C'était l'embarcation la plus rapide de l'époque, ajouta-t-il.

Et Oriol continua ainsi mon instruction sur les forces navales. J'écoutais avec beaucoup d'attention son exposé dont l'intérêt, je l'avoue, se trouvait accentué par le magnétisme de son auteur. Conté par Oriol, ce récit historique devenait fascinant.

Nous contournâmes la quille du navire. Du sol, nous ne pouvions voir que la coque en bois, dont certaines planches avaient été ôtées pour permettre aux visiteurs d'explorer du regard les entrailles de l'embarcation et les aménagements de chaque zone. J'admirai les riches décorations baroques de son château de proue qui, vu du sol, s'élevait majestueusement à une hauteur incroyable.

— Évidemment, la *Na Santa Coloma* n'arborait aucun de ces ornements. Il s'agit là de la galère capitane commandée par don Juan d'Autriche, le frère de l'héritier de Charles Quint, l'un des hommes les plus puissants de l'empire « où le soleil ne se couche jamais ». La galère d'Arnau d'Estopinyá ne devait, elle, porter que la croix pattée ou la croix patriarcale du Temple, peinte en poupe et sur les écussons protégeant les galériens et les arbalétriers.

Après avoir monté plusieurs volées de marches, nous accédâmes à une plate-forme située au-dessus des premiers bancs, la passerelle de commandement. C'est là que voyageaient les dignitaires, près du pilote et du timonier. Ils ne se mélangeaient certainement pas à la chiourme, ni même aux comites ou aux argousins qui s'assuraient de l'exécution des ordres.

De cette hauteur, nous voyions tous les bancs et, loin devant, l'éperon. Un film fut alors projeté sur un écran au-dessus de nos têtes. Par un miracle technologique, des galériens en plein effort apparurent sur les bancs du bâtiment royal.

Je ressentis alors une drôle d'impression. Le rubis ! Il recommençait à se manifester !

Soudain, les images et les sons enregistrés du film se perdirent dans une vision qui, venue de l'intérieur, prenait une dimension plus réelle que cette reconstitution, bien plus présente que la réalité.

J'entendais le battement du tambour marquant le rythme et le bruit lourd des avirons fendant la surface de l'eau. Je sentais les miasmes âcres et putrides émanant des galériens en haillons qui, enchaînés à leur banc de nage, étaient couverts de leurs propres déjections. Une brise légère soufflait dans le ciel azur qui se reflétait dans la mer constellée d'écume blanche. Malgré le temps clair, le navire tanguait sur des flots agités.

À l'horizon je distinguais une autre galère, arborant le vert de l'Islam en haut de ses mâts. Au-dessus de nous, claquait le pavillon de la flotte guerrière du Temple, un crâne blanc sur fond noir.

Les argousins battaient la coursie de long en large,

menaçant de leur fouet ceux qui ne ramaient pas assez énergiquement, quand un homme perché sur le mestre hurla. J'entendis une voix, peut-être la mienne, ordonnant aux catapultes de faire feu, et la vibration sourde du bois plié traversa le navire de la proue à la poupe.

Mon cœur battait à tout rompre et, tendue, j'agrippais la poignée de mon épée harnachée à ma ceinture. Je savais que la mort frapperait dans quelques instants et que beaucoup succomberaient à son souffle terrible, peut-être même moi.

Alors que son équipage baissait les voiles, comme nous l'avions fait un peu plus tôt, la galère ennemie prenait la fuite, muée par la seule force des bras de ses rameurs. Mais je savais que nous la rattraperions.

— Passe-vogue, criai-je.

Et l'ordre parcourut la galère, relayé par les comites jusqu'au tambour qui, à la proue, battait la mesure. Les fouets claquaient sur les épaules des forçats qui ne parvenaient pas à suivre le rythme soutenu. De concert, la chiourme commença à pousser des râles chaque fois que les avirons plongeaient dans l'eau et que la galère s'élançait par à-coups sur les flots. Des cris de douleurs répondaient aux claquements des fouets. Portée par l'air venant de proue, la pestilence des corps m'arrivait plus intense que jamais et, malgré l'infection, je distinguai ce que j'avais déjà perçu à plusieurs reprises dans des situations semblables. Une odeur presque imperceptible qui se greffait aux relents nauséabonds : l'odeur de la peur.

À chaque coup de tambour, chaque coup de fouet, la distance qui nous séparait de notre proie diminuait. Mais nous avions affaire à une embarcation rapide et elle échappait encore aux jets de pierres de nos machines de guerre. Sur le gaillard avant de la *Na Santa Coloma*, une horde d'archers se tenaient prêts à tirer sur les Sarrasins. L'un d'entre eux expédia un dard qui alla se ficher dans la coque de l'ennemi mais, à cette distance, le risque d'erreur était élevé. Je lançai donc l'ordre d'attendre pour économiser les flèches.

C'est le moment que choisirent les Maures pour découvrir le pont supérieur de leur galère. Le marin juché sur leur arbre de mestre cria : « naphte ! » et des lignes de fumées sillonnèrent le ciel alors que des pots enflammés s'abattaient tout autour de notre navire.

Les soldats se couvrirent de leur cuirasse, peu efficace contre les flammes, alors que la chiourme continuait à ramer sans protection. Mais là, entre le banc dix-huit et dix-neuf de bâbord, un pot vint s'écraser sur l'un de ces malheureux, le transformant en une boule de feu liquide qui éclaboussait ses compagnons. Dans des hurlements angoissés, les rameurs lâchèrent les avirons et la *Na Santa Coloma* vira à bâbord.

Le timonier tentait de garder le cap au milieu des cris inhumains des hommes dévorés par les flammes. Mais l'heure n'était ni à la peur ni à la compassion.

— Allez chercher des feuilles mortes au fougon ! ordonnai-je.

Ce n'était pas la première fois que nous utilisions ce stratagème. Pendant que les comites et les soldats s'efforçaient d'éteindre le feu avec des seaux d'eau, les marins sortirent de la cale chargés de gros sacs de feuilles mortes et d'étoupe noire, qu'ils lancèrent sur les braises du foyer, situé à l'air libre, au niveau du banc vingt-trois. Peu de temps après, une colonne de fumée noire s'élevait du navire.

— Arrêtez de ramer ! aboyai-je. Rames à l'eau !

Mon ordre traversa la coursie et la galère s'immobilisa, branlante, perdant le cap. Nous avions presque contrôlé le feu lorsque le guet cria que la galère sarrasine ralentissait pour manœuvrer. L'espace d'un instant, les tirs cessèrent. Mais lorsque l'ennemi nous fit face, les Maures, maintenant sur le gaillard avant de leur embarcation, déchirèrent le ciel de leurs projectiles mortels. Nos argousins libérèrent rapidement les blessés et les moribonds de leurs chaînes, laissant la place aux rameurs volontaires, les *bonnes-voglies*, qui n'avaient pas besoin de fers. La *Na Santa Coloma*, couverte d'une épaisse brume noirâtre que les marins se chargeaient d'alimenter, semblait rendre son dernier souffle. Pourtant, elle était plus que jamais prête à se lancer dans la bataille.

Le navire ennemi venait à tribord, devancé par un escadron de feu grégeois et de flèches. Il voulait profiter de notre débâcle pour nous saborder. Jamais il ne se serait risqué à attaquer une galère de la taille de la *Na Santa Coloma* si notre équipage n'avait pas été affaibli. Mes hommes s'affairaient dans la fumée. L'heure était grave, les dards maures atteignaient déjà notre coque et les premiers bancs de nage, d'où s'élevaient d'affreux cris.

Lorsque nous nous trouvâmes à distance raisonnable de l'ennemi, j'ordonnai :

— Archers, tirez ! Passe-vogue !

Mes ordres coururent jusqu'à la proue et le battement sourd du tambour résonna au milieu des claquements de fouet et des gémissements de douleur. Une nuée de flèches vola en direction de l'ennemi, bientôt suivie de hurlements, encore plus terrifiants quand l'un des blocs de pierre lancés par nos catapultes éventra le pont de l'autre galère.

Les Sarrasins ne s'aperçurent pas de l'embuscade

avant que notre bâtiment, qui filait maintenant à vive allure, ne laissât dans son sillage la fumée noirâtre du feu que l'on avait cessé d'alimenter. Ils commirent alors leur seconde erreur. Pour nous esquiver et échapper à la collision, ils virèrent à bâbord. Mais c'était sans compter notre puissance et la force de nos rameurs, qui s'étaient reposés pendant que les leurs besognaient. Notre éperon alla se planter à tribord de la galère, faisant éclater le bois de la coque sous sa pression. Pendant ce temps, nos archers, qui tentaient de ne pas blesser les galériens de l'ennemi, probablement des esclaves chrétiens, eurent le temps de lancer une deuxième salve sur les guerriers et les officiers. Vu la proximité, ils ne manquèrent pas de faire mouche.

— À l'abordage !

À mon cri, nos soldats, experts dans cet exercice, se lancèrent sur l'éperon en clamant « Au nom du Christ et de la Vierge Marie » et sautèrent avec aisance sur le navire sarrasin. De nombreux hommes tombèrent sous les flèches et les coups de sabre maures mais, ignorant les soldats entassés à la proue, nous nous lançâmes avec férocité vers la poupe du navire pour égorger les officiers et les gardes. Lorsque nous nous trouvâmes tous à bord, nous gagnâmes la proue par la coursie, entre les bancs d'esclaves qui nous acclamaient. Je sus alors que nous avions gagné.

De ma poitrine, gonflée de joie et d'orgueil, s'échappa un cri de victoire.

Je m'aperçus alors que j'étais de nouveau dans le musée. Seules quelques secondes avaient dû s'écouler et Oriol me parlait toujours :

— ... les navires munis d'un haut franc-bord, comme les caravelles de Colomb, étaient également utilisés au temps d'Arnau. Mais c'étaient des bateaux de commerce, destinés au transport de marchandises. Ils ne naviguaient qu'à voile et leur coque était plus profonde, pour pouvoir charger un fret considérable. Les plus connus sont les nefs, les cogges et les caraques, et toute la famille des vaisseaux ronds. Quant aux galères, il en existait plus d'une douzaine, comme les huissiers, les dromons, les trirèmes, les quadrirèmes...

Je saisis la balustrade et me laissai tomber sur le sol, me tenant la poitrine de l'autre main. Mon cœur battait à tout rompre, j'avais besoin d'air. Alarmé, Oriol interrompit son récit :

— Que se passe-t-il ?

— C'est encore arrivé, murmurai-je, reprenant mon souffle. Le rubis.

31

Après cette angoissante expérience, j'attendais un peu de compréhension de la part d'Oriol, que je croyais sensible et familiarisé avec l'effet que cette étrange bague pouvait produire sur son propriétaire. Jamais je n'aurais imaginé qu'il m'assénerait le prochain coup.

Nous restâmes dans les arsenaux le temps nécessaire pour que je lui raconte ma vision puis, une fois qu'il s'était assuré que je tenais plus ou moins sur mes jambes, il me proposa, pour me changer les idées, de me faire découvrir un endroit très spécial. Nous traversâmes une avenue pour entrer dans un quartier aux maisons très anciennes et je suivis Oriol dans de petites ruelles, jusqu'à ce qu'il poussât la porte d'un minuscule bar. Pour être spécial, l'endroit était très spécial. Les murs souillés accueillaient des étagères où s'alignaient des bouteilles recouvertes de crasse datant de Mathusalem et des peintures déprimantes qui, sous une couche de graisse, laissaient à peine entrevoir des femmes, cigarette au bec, affichant une moue d'infini dégoût. Les coupures de journaux encadrées attestaient de la singularité du lieu. De la musique française qui semblait sortir d'une vieille radio en bois vernis, ancêtre des transistors, animait la pièce.

— Ce bar s'appelle Pastis, m'informa Oriol.

Il nous avait d'ailleurs commandé à chacun un verre de cette boisson que je n'avais jamais goûtée. Cela dit, une gorgée me suffit pour déterminer que je n'aimais pas l'anis. Si Oriol avait l'intention de me remonter le moral avec ce breuvage, il avait, de toute évidence, fait le mauvais choix. C'était mal parti. La seule pensée de ma drôle d'expérience dans les arsenaux me donnait la chair de poule et mes yeux étaient attirés comme des aimants par la pierre mâle rouge sang, cherchant dans ses transparences le fantôme du vieux Templier qui semblait la hanter.

— J'aime beaucoup la légende de ce bar, ajouta Oriol, me sortant de mes sombres souvenirs.

Il parcourait du regard ce cagibi avec le même air nostalgique que je lui avais vu dans le musée. Comme il avait revécu les grandes batailles navales de l'histoire et ressuscité les héros noyés dans la Méditerranée, il allait maintenant, dans cet endroit qui avait incontestablement un long passé, se lancer dans un récit historique. Ainsi était Oriol. Il aimait vivre dans le passé. Revivrait-il aussi les vagues, l'orage et notre baiser ?

— Ce bar a été fondé en 1947 par Quimet, un bohème passionné de peinture. À la fin de la Seconde Guerre mondiale, il suivit les pieds noirs émigrant du Maghreb à Paris. Comme Picasso et Juan Gris avant lui, il y chercha le succès. À l'époque, Paris était encore, loin devant New York, la capitale de l'art. Sa compagne, la fière Carme, l'y accompagna. On dit que c'était une de ses cousines d'Alicante, une belle plante très talentueuse. Elle l'aimait passionnément et était convaincue de son génie. Carme travaillait dans des bars, faisait des ménages et bien d'autres travaux pour leur permettre à tous les deux de vivre. Les tableaux existentialistes nauséeux de Quimet ne se vendaient pas. Qui aurait voulu accrocher chez lui des peintures déprimantes et si peu artistiques ?

Sirotant le liquide trouble qu'Oriol avait commandé pour moi sans me demander mon avis, j'examinai les toiles couvertes de traces de tabac jaunâtres. Des femmes au regard vide en face de verres tout aussi vides, des hommes fumant, des silhouettes féminines dans la rue, sans doute des prostituées. Je savais que le quartier où Oriol m'avait emmenée appartenait à l'ancien Barrio Chino, sanctuaire des bordels bon marché de la ville. Je hochai la tête en signe d'approbation. Jamais je n'accrocherais un truc pareil chez moi.

— Quimet aspirait certainement à devenir le Toulouse-Lautrec existentialiste de la Barcelone des années cinquante. Ses peintures, signées Pastis, reproduisaient son environnement. C'était l'époque où la culture française était très à la mode et la culture anglo-saxonne totalement ignorée. Les bourgeois envoyaient leurs enfants au Lycée français.

« Comme maman et Enric », pensai-je.

— Quoi qu'il en soit, Quimet a réussi à former un cercle pseudo-artistique marginal, un groupe d'amis et d'assidus qui se réunissait pour écouter chanter Édith Piaf, Montand, Gréco et Jacques Brel, en sirotant du pastis et en discutant des dernières tendances de la capitale du monde.

Oriol but une gorgée et regarda alentour avant de plonger ses yeux dans les miens :

— Mon père fréquentait ce bar.

Je soutins son regard et crus y distinguer des larmes. L'étroitesse du lieu me donnait un excellent prétexte pour me rapprocher un peu plus de ce garçon timide et introverti devenu un bel homme, certes, mais ô combien ambigu. L'aimais-je encore ? Et lui, ressentait-il ou avait-il jamais ressenti quelque chose pour moi ?

Nous nous regardions, muets, bercés par ces ballades de chansonniers ronronnant des mots d'amour dans une pénombre qui, malgré la demi-douzaine d'habitués qui remplissait presque le bar, me semblait offrir une intimité inédite.

Et je crus déceler qu'il se rapprochait, que nos lèvres se désiraient alors que je mourais d'envie de goûter de nouveau à la saveur de sa bouche. J'aperçus mon reflet dans ses pupilles. Une adolescente de treize ans impatiente de recevoir son premier baiser, un jour orageux de septembre. Une femme insensée qui nourrissait le fantasme de reconstruire une romance que la distance et le temps avaient anéantie. Une histoire que j'aurais pu vivre mais qui n'avait germé que dans le monde parallèle de mes rêves. Je me rapprochai de quelques millimètres encore. Mon cœur s'emballait.

— C'est lui qui m'a emmené ici.

— Qui ? demandai-je stupidement.

Cette interruption me fit l'effet d'une douche froide. J'eus de nouveau l'impression de me réveiller sans savoir où je me trouvais, comme dans les arsenaux. Mis à part que la cause de l'enchantement n'était plus le rubis mais Oriol.

— Mon père, Enric.

Il se tenait toujours très près de moi, mais le charme était rompu. L'avait-il cherché délibérément, par manque d'audace ? Avait-il pris peur devant la promesse de baiser qu'échangeaient nos regards ? Était-il homosexuel, comme tout le monde le prétendait ? Je promenai les yeux sur les quatre murs étroits pour cacher mon désarroi.

— C'est lui qui m'a raconté la légende. En lisant les articles de journaux accrochés au mur, on trouve différentes histoires. Mais pour moi, l'unique, la vraie, c'est celle d'Enric.

— Raconte-la-moi.

— Quimet était un homme brillant et charismatique qui plaisait beaucoup. Mais aujourd'hui, plus personne ne parle de son côté obscur.

— Son côté obscur ?

— Oui. À part peindre, bavarder, boire, boxer et fumer, il ne faisait pas grand-chose. Enfin, sans compter...

— Quoi ?

— Les scandaleuses raclées qu'il infligeait à Carme quand il était soûl.

Il m'indiqua un petit cadre derrière le bar.

— Tiens, regarde. Ils sont tous les deux sur cette photo.

Je contemplai avec horreur une photo en noir et blanc jaunie, sur laquelle souriaient un homme aux cheveux peignés en arrière et une belle femme coiffée à la mode des années cinquante, portant un tablier d'une blancheur immaculée.

— Mais pourquoi se laissait-elle faire ?

— Parce qu'elle l'aimait.

— Ce n'est pas une raison.

— Elle l'entretenait déjà à Paris et elle a continué à travailler pour lui ici, à Barcelone.

— Pourquoi acceptait-elle qu'en plus de se la couler douce, ce type la frappe ?

— Parce qu'elle l'aimait.

— Ça ne justifie pas...

— Il était malade. Puis, Quimet est mort. Alcoolisme, cirrhose ou syphilis, va savoir... Mais c'est à ce moment que cet endroit et l'amour de Carme sont entrés dans la légende.

— Pourquoi ?

— Carme a décidé de laisser tout dans le même état que du vivant de Quimet. As-tu vu les bouteilles sur les étagères ?

— Elles sont couvertes de crasse.

— Les murs n'ont jamais été repeints, le tourne-disque a continué à jouer la même musique et Carme, qui servait toujours derrière le bar avec son tablier amidonné d'une blancheur impeccable, faisait une grimace et maugréait dès qu'on lui commandait autre chose que du pastis. À peine un client poussait-il la porte qu'elle lui lançait : « Un petit pastis ? », tout en souriant et en polissant le bar avec un chiffon, comme si c'était le tribut obligatoire à payer à la mémoire de son saint. Moi, comme j'étais petit, j'avais le droit de boire un soda ou un jus de fruits.

» Au début, l'absence du peintre a créé un vide dans le bar et un de ses amis du mouvement de la *nova cançó* lui a même dédié un vers dans une chanson :

» "Quimet del bar Pastis ja no et veurem mai mes...", et il continuait : "Peró hi ha un fet que no es enten : cada vegada hi ve mes gent [1]".

» La légende du bar Pastis comme monument de l'amour de Carme pour Quimet a dépassé l'œuvre du peintre au foie fatigué. Et Carme, qui malgré tout ce qu'elle avait accepté par amour ne se laissait pas faire, a toujours pris soin de conserver la bonne ambiance du lieu, n'hésitant pas à chasser du bar tous les indésirables. Quand elle a pris sa retraite, au début des années quatre-vingt, Pastis était toujours aussi populaire et ses successeurs ont réussi à perpétuer l'esprit de l'endroit.

Oriol dégusta une gorgée de pastis et reposa son regard sur moi. Un léger sourire flottait sur ses lèvres.

— Serais-tu capable d'aimer à ce point, Cristina ?

Je réfléchis un moment.

— Je crois à l'amour.

— Aimes-tu ton fiancé autant que Carme aimait Quimet ?

Je me sentis mal à l'aise. Que venait faire Mike dans cette conversation ? En y réfléchissant, je songeai que la seule réponse sincère à cette question serait négative.

1. « Quimet, au bar Pastis, nous ne te verrons plus... Mais ce qui s'y passe est inexplicable : il y vient de plus en plus de gens. »

— Je ne sais pas, c'est un peu exagéré quand même, murmurai-je.

— Je n'ai pas connu Quimet. Mais quand on interrogeait Carme à son sujet, elle répondait que c'était un artiste. Son regard se perdait dans le passé, un sourire habillait ses lèvres et sa voix vibrait d'admiration. Pourras-tu jamais apprécier autant un homme ? Au point de l'entretenir, de t'occuper de lui s'il est malade et de subir ses mauvais traitements ?

— Sûrement pas ! me scandalisai-je.

Oriol sourit, satisfait.

— Tu vois ! conclut-il d'un air triomphal. Il y a différentes manières de vivre. Il y a différentes manières d'aimer. Certains sont capables de se sacrifier pour l'être aimé. Certains sont prêts à donner leur vie.

Qu'entendait-il par là ? Faisait-il référence à son père, à lui-même, à eux deux ?

En sortant du bar, nous prîmes la direction des Ramblas. Je laissai pendre négligemment ma main près de la sienne, dans le secret espoir qu'elles se frôlent ou qu'elles finissent par s'unir comme lorsque, enfants, nous marchions jusqu'à la plage.

Je n'avais pas remarqué la présence de cette fille qui, débarquant derrière nous, attrapa Oriol par le bras.

— Salut, chéri ! lança-t-elle, d'une voix singulière.

Oriol fit volte-face et me tourna le dos.

— Salut, Susi !

Susi, une belle et grande femme qui abusait du maquillage, portait une mini-jupe en cuir rouge, des bas noirs et des talons aiguilles.

— Ça fait un bail qu'on ne s'est pas vus, mon cœur.

Je fus surprise par le timbre de sa voix.

— Je ne te le fais pas dire, repartit Oriol. Je te présente Cristina, une amie d'enfance qui arrive tout droit de New York.

— Enchantée.

Sans lâcher le bras d'Oriol, elle m'envoya deux de ces bises qui ne frôlent même pas la joue, faisant claquer ses lèvres dans le vide. Bien que toujours sur mes gardes face à cette mystérieuse créature, je l'embrassai poliment. Un parfum sucré et capiteux l'enveloppait.

— Enchantée, répondis-je.

Un beau mensonge. Je me serais bien passée d'une telle rencontre et la franche camaraderie qui existait entre Oriol et cette fille vulgaire à la poitrine généreuse m'étonnait.

— C'est une amie... très proche ? demanda Susi à Oriol.

— Je l'aime beaucoup, affirma-t-il.

Ses lèvres se tordirent en un sourire lubrique que je ne lui avais encore jamais vu.

— Parfait ! s'exclama Susi.

Elle sourit légèrement, ses lèvres gonflées de sensualité laissant apparaître deux rangées de dents jaunies par le tabac, puis m'observa.

— On peut se faire un truc à trois alors.

Sonnée pendant quelques secondes, je finis par comprendre la proposition choquante de Susi. C'était une prostituée et elle nous racolait ! Sans aucune pudeur, elle entreprit alors de nous dépeindre le formidable moment que nous passerions tous les trois, décrivant des scènes obscènes et nous accablant de quantité de détails scabreux. Je me tournai vers Oriol, qui m'observait en souriant, comme s'il attendait ma décision.

Gênée, je sentis une chaleur étouffante recouvrir mon visage. Il y avait des années que je n'avais pas rougi comme une gamine, moi qui me félicitais de mon assurance et de mon répondant. Mais la grande avocate, capable de se sortir de n'importe quelle situation avec brio, perdait pied devant une proposition aussi inattendue. Horriblement mal à l'aise, je me sentais totalement dépassée par les événements.

Mais le pire était encore à venir quand, remise de ma surprise, je compris enfin la signification des scènes décrites par Susi. Cette révélation me frappa comme un éclair.

— Mais tu n'es pas une femme ! Tu es un homme !

L'exclamation était sortie du plus profond de mon être, sans que je puisse contrôler mes paroles.

— Ta première affirmation n'est pas tout à fait fausse, chérie.

Susi n'avait pas perdu le sourire. Je remarquais maintenant sa pomme d'Adam proéminente.

— Je ne le suis pas totalement. Mais, tu te trompes pour la seconde. Je ne suis pas non plus un homme. Avec des seins comme ça !

Elle empoigna ses seins pour les soupeser. Comme je m'en étais déjà rendu compte, ils étaient énormes. Elle regarda Oriol avec insistance.

— Allez Oriol, on y va tous les trois. Cinquante euros, vingt-cinq chacun.

Je n'en croyais pas mes oreilles. J'avais l'impression d'être spectatrice d'une scène qui arrivait à une autre, dans un univers imaginaire. Mais quand Oriol ouvrit la bouche, le monde entier s'écroula autour de moi.

— Qu'en penses-tu, Cristina. On y va ?

Il m'interrogeait de ses yeux bleus en amande que

j'avais tant aimés, ses dents parfaites découvertes par un grand sourire.

— Oh, oui, allez ! s'exclama Susi.

Elle nous saisit tous les deux par la taille.

— Allez demoiselle. Tu verras, je donne autant de plaisir aux femmes qu'aux hommes... Tu n'auras plus jamais une occasion comme celle là, un homme et moi, les deux pour toi toute seule.

L'ombre d'un instant, je m'imaginai entre eux deux et ressentis une excitation morbide. Puis une vive répulsion...

32

Ce soir-là, assise devant le spectacle urbain offert par la fenêtre de ma chambre, j'appelai Mike. Je ne lui avais pas parlé depuis deux jours, ce qu'il ne manqua pas de me reprocher. J'acceptai ses remontrances. J'avais plus que jamais besoin de son amour, de sa dévotion et de son affection.

— Je t'aime et tu me manques, dit-il ensuite. Laisse tomber cette stupide chasse au trésor et reviens ici.

— Moi aussi, je t'aime. Mais je dois rester jusqu'à la fin de cette histoire.

Mes paroles traduisaient un sentiment profond et sincère. Cette conversation et ces mots d'amour étaient du baume pour mes plaies. Car il s'agissait bien de cela, je me sentais blessée, meurtrie. Oriol voulait-il réellement suivre ce transsexuel ? Si ce genre d'expériences lui plaisait et si c'était ce qu'il cherchait, il aurait au moins pu attendre d'avoir entamé une relation avec moi pour espérer un minimum de réussite. Que cherchait-il en me faisant une proposition aussi injurieuse.

Non, ce n'était pas ce qu'il cherchait.

— Je ne m'attendais pas à rencontrer Susi et j'ai improvisé. C'était une blague, s'était-il justifié.

J'avais traversé la rue au pas de course et avais gagné les Ramblas sans répondre à sa proposition indécente ni me retourner. Il avait aussitôt quitté Susi, pour me rejoindre au centre de la promenade.

— Eh bien, ça ne me fait pas rire ! avais-je répondu.

— Allez, ne te fâche pas. J'ai joué le jeu pour voir ta réaction... Je trouvais ça drôle.

Ses explications ne m'avaient pas convaincue. J'étais terriblement offensée et à peine avais-je refermé la porte de ma chambre que j'avais fondu en larmes. Oriol me décevait.

Où était passé le garçon timide dont j'étais tombée amoureuse quatorze ans plus tôt ?

Penchée à la fenêtre face aux lumières de la nuit citadine, essuyant encore quelques larmes au souvenir de cette journée, je ne pouvais m'empêcher de ressasser les deux épisodes dont Oriol avait été le protagoniste. Tout d'abord, celui du bar. Il m'avait confronté à une manière de vivre et de penser opposée à la mienne. Que voulait-il insinuer en me dépeignant cette dévotion de la femme à l'homme, cette soumission volontaire ? Avait ensuite suivi la rencontre avec Susi. L'avait-il orchestrée ? M'avait-il menti lorsqu'il m'avait déclaré que c'était le fruit du hasard ? J'étais persuadée qu'Oriol s'attendait que je refuse sa proposition. J'ai du mal à imaginer une situation moins appropriée que celle-ci pour inviter une femme à avoir une relation sexuelle ? Pourquoi l'avait-il fait ? Attendait-il mon refus pour révéler son homosexualité ? Et Susi ? Cette complicité, cette confiance qu'ils affichaient prouvait qu'ils se connaissaient bien. Quelle relation entretenaient-ils ? Peut-être partageaient-ils les mêmes goûts sexuels, voire bien plus...

Une fois encore, je ne trouvai pas le sommeil après m'être couchée. Les images de mon expérience psychométrique défilaient devant moi dès que je fermais les paupières. Les traînées de fumée dessinées par le naphte enflammé se dirigeant vers nous, les miasmes insupportables des corps humains développant des excroissances depuis des mois, l'odeur âcre de la chair carbonisée, les hurlements des brûlés et des blessés par le fer des lances. J'avais la nausée. Lorsque je me levai pour boire un peu d'eau, mon regard se posa sur cette bague maléfique et sanglante. Je l'ôtai et la déposai sur la table de nuit. Je dormirais avec pour seule parure le diamant pur et transparent, gage d'amour de mon fiancé. Je ne pourrais supporter une autre de ces terribles visions du passé cette nuit.

J'attendis des heures, étendue dans l'obscurité, avant de sombrer dans un sommeil agité. Bien que, cette fois, je ne puisse expliquer mon activité onirique par le port du rubis, je fus de nouveau assaillie d'images inquiétantes. Je me trouvais dans un tel état d'esprit que ce qui commença comme un doux rêve érotique, un songe aimablement léger, se transforma en une expérience traumatisante.

Lentement, Oriol s'approchait de moi et, accueillant

son baiser bouche entrouverte et yeux fermés, je savourais le goût salé de sa salive, comme je l'avais fait, des années auparavant, quand nous avions échangé notre premier baiser d'adolescent.

Un désir irrésistible s'empara de moi lorsque sa main passa sous ma jupe. Mais lorsque j'ouvris les yeux, je constatai avec panique que c'était un autre homme qui m'effleurait les cuisses. Révoltée, je détachai mes lèvres de celles d'Oriol et vis alors l'inconnu, qui continuait à me caresser, prendre sa bouche dans un baiser auquel mon premier amour répondit avec passion.

J'étais prisonnière de cette étreinte à trois dans laquelle, cherchant l'amour d'Oriol, je trouvais le lit de son amant. Et si cet homme n'était pas Susi, il portait le même parfum qu'elle.

Je me réveillai, le souffle court, partagée entre l'excitation et l'angoisse. Comment se serait terminé ce rêve ambigu mêlant horreur et plaisir ? Je ne préférais pas l'imaginer.

Mais, plus que tout, ce songe traduisait une peur latente : la question de l'homosexualité d'Oriol, voire de sa bisexualité.

Cette énigme me hantait. De toute évidence, j'étais toujours très attachée à lui. Allais-je marcher sur les pas de ma mère et répéter l'histoire de sa déception amoureuse ?

Au réveil, mon moral était au plus bas. Assise sur le lit, je fixais avec terreur le rubis posé sur la table de nuit, assaillie d'idées noires au sujet d'Oriol. Au diable le trésor et ces vieilles histoires douloureuses ! J'allais écouter maman et Mike pour une fois. Je désirais plus que tout me sentir aimée, cajolée, et j'entrepris donc de planifier mon retour à New York.

La sonnerie du téléphone me tira de mes pensées. Artur m'invitait à déjeuner. J'acceptai sans hésiter, trop heureuse de la perspective d'une rencontre avec un homme galant, à l'inverse d'Oriol, et plus séduisant que lui par bien des égards.

— Je ne comprends pas. Pourquoi n'avez-vous pas déclaré le vol des tableaux à la police ? demandai-je à Artur.

Son sourire me confirma qu'Oriol n'avait pas l'exclusivité du charme et de la beauté. Oui, l'antiquaire était bien plus attirant que lui.

— Comment sais-tu que nous ne l'avons pas fait ?

— J'ai mes sources.

Il me sonda d'un regard pétillant d'intérêt.

— C'est Alicia qui te l'a dit ?

— Je n'ai pas abordé le sujet avec elle. J'ai parlé au commissaire Castillo. C'est lui qui a mené l'enquête. Aucun vol n'a été déclaré à la police. Alors, comment savoir s'il y en a vraiment eu un ?

— Bien sûr qu'il y a eu vol.

— Et comment comptez-vous récupérer ce qui vous appartient sans déclaration ?

— Nous avons nos propres méthodes.

— Comme celle que vous avez employée avec l'ami de mon parrain ?

— Écoute, Cristina. Nous avons notre manière de travailler et nous ne voulons pas que la police fourre son nez là-dedans.

— Vous êtes de la mafia, n'est-ce pas ?

Artur secoua la tête avec une moue de dégoût. Puis,

un sourire crispé sur les lèvres, il continua d'un ton posé, mesurant ses paroles :

— Je prends cette remarque comme une insulte, ma belle... Nous sommes de simples commerçants qui appliquent leurs propres règles en affaire.

— Des règles qui n'excluent pas l'assassinat...

— Seulement quand il n'y a pas d'autre solution...

Je scrutais son beau visage en silence, les dents serrées, sentant la colère m'envahir alors que j'hésitais à quitter la table sur-le-champ. Cet homme était dangereux mais peu m'importaient les risques courus. Je n'envisageais que le plaisir de le planter là, lui et son arrogance, sa conviction d'être au-dessus de tout, y compris de la loi. L'avocate que j'étais bouillait d'indignation. Comme s'il avait deviné mon intention, il s'empressa d'ajouter :

— Ne crois pas qu'ils sont mieux que nous...

— Qui ?

— Oriol, Alicia et les autres...

— Et pourquoi ?

— Ils appartiennent à une secte.

— Pardon ?

— Tu as bien entendu, une secte, répéta-t-il, sûr de lui. Moi, au moins, je suis sincère, je vais droit au but. Mais eux ne te disent pas tout.

Je restai muette, pondérant ma réaction, avant de me résoudre à accorder foi à ses propos.

— Dis-moi tout ce que tu as à me dire une bonne fois pour toutes.

Inspiré par le romantisme de la fin du XIXe siècle et l'exaltation du Moyen Âge dans l'art catalan, de la poésie à l'architecture, le grand-père Bonaplata, assidu des cercles francs-maçons et de la Rose-Croix, avait fondé sa propre société secrète en ressuscitant une version *sui generis* de l'ordre des Templiers. Ma famille et celle d'Artur, les Coll et les Boix, appartenaient à cette confrérie. Mais après deux générations, la nomination d'Enric comme maître de l'Ordre marqua un tournant dans la philosophie du groupe, de plus en plus ésotérique et ritualiste, et le père et l'oncle d'Artur commencèrent à s'y sentir mal à l'aise. D'autant plus qu'Enric modifia les statuts de la société pour y permettre l'admission des femmes et que la première Templière ne fut autre qu'Alicia, une matrone à forte personnalité et autoritaire, attirée par la pseudo-sorcellerie et les légendes occultes des Chevaliers du Temple de Salomon.

— C'est alors qu'apparut Arnau d'Estopinyá.

— Arnau d'Estopinyá ? répétai-je, dans un sursaut.

— Oui, continua-t-il gravement. Arnau d'Estopinyá, le Templier.

— Comment ça, Arnau d'Estopinyá ? m'exclamai-je. Apparu, mais comment ?

Totalement déconcertée, je cherchais en vain à comprendre. Artur n'était pas du genre à croire aux fantômes mais son expression était des plus convaincantes.

— À qui est-il apparu ?

— À ton parrain, répondit l'antiquaire, réjoui du spectacle que lui offrait ma mine stupéfaite.

— Arnau d'Estopinyá est apparu à Enric ?

Les pensées se succédaient à un rythme infernal dans ma tête. Enric avait-il vu le moine grâce aux visions qu'Alicia attribuait à ma bague ?

— Oui. Un beau jour cet homme s'est présenté à ton parrain en disant que lui aussi était templier et qu'il voulait être admis sous son autorité...

— Un moment, l'interrompis-je. Arnau d'Estopinyá est censé être mort au XIVe siècle !

— Ah oui ?

— Bien sûr !

— Alors c'en est un autre, reprit-il, énigmatique.

D'un hochement de tête, j'acceptai sa réponse, bien que peu convaincue. Cette petite plaisanterie de l'antiquaire, qui me prenait visiblement pour une imbécile, commençait à m'irriter.

— Eh bien, non ! lâcha subitement Artur. C'est le même Arnau d'Estopinyá qu'il y a six cents ans.

J'attendais en silence une explication à cette farce. Artur savait, comme moi, que c'était impossible. Il se moquait de moi, sans doute pour voir si j'avalerais une histoire aussi rocambolesque.

— En fait, cet homme prétend être le vieux Templier. Ce n'est évidemment pas possible, tu es d'accord avec moi ? continua-t-il avec un sourire amusé.

— C'est un fou !

— Tout à fait. Mais à l'époque, Enric accepta de lui donner audience et d'approuver sa candidature. Mon père faisait également partie du jury qui écouta son histoire et, bien que soupçonneux, il vota pour son admission.

— Mais pourquoi l'ont-ils admis s'il était fou ?

— Pour le trésor.

— Le trésor ?

— Oui. Cet homme était réellement moine. Il a été expulsé de son ordre parce qu'il souffrait de terribles accès de violence et de fréquents changements d'humeur. Et pour cause, un jour qu'il se disputait avec un autre moine au sujet du programme télévisé qu'ils regarderaient, il l'a poignardé. Mais voilà, il proclamait être le continuateur d'une lignée de moines dépositaires du secret du trésor templier des couronnes d'Aragon, de Majorque et de Valence. Il portait une bague. Je ne l'ai jamais vue, mais si j'en crois tout ce qu'on m'en a raconté, elle ressemblait beaucoup à celle que tu portes.

Je baissai le regard vers le bijou qui, comme endormi, brillait d'une lueur évanescente sous les lumières du restaurant.

— Crois-tu que ce soit cette bague ? m'interrogea-t-il.

— Oui.

— Ce bijou est d'une importance capitale pour eux.

— Pour eux ?

— Oui. Pour la secte des Nouveaux Templiers d'Oriol et d'Alicia. Ce rubis représente le pouvoir dans la hiérarchie de l'Ordre. Selon Arnau d'Estopinyá, il appartenait au grand maître templier en personne. Lorsque Guillaume de Beaujeu mourut au combat, à Acre, sa bague, symbole de l'autorité templière conçue sur le modèle d'une bague portée par le pape, fut récupérée par l'un des chevaliers. Malgré ses blessures, ce dernier parvint à embarquer dans le navire d'Arnau, à qui il finit par confier le bijou quand les Templiers d'Aragon et de Catalogne furent emprisonnés par le roi.

En écoutant la version de l'antiquaire, qui cadrait parfaitement avec le manuscrit de la librairie du Graal, je m'alertai. Mais Artur continua son récit sans remarquer mon trouble :

— Lorsque Arnau d'Estopinyá mourut, à Poblet, la bague, la légende du trésor et le tableau se transmirent de moine en moine, suivant une curieuse succession d'élus, jusqu'à ce jour.

— Mais ton père et Enric pensaient que tout ça était plus qu'une légende.

— Exactement. Tous deux se lancèrent à la recherche des tableaux dans la région des monastères cisterciens de Poblet et Santes Creus. Mais ton oncle sortit le grand jeu.

— Comment ?

— En tant que maître de l'ordre des Nouveaux Templiers, il n'eut aucun mal à convaincre le moine fou que cette secte était la descendante directe de l'ordre du Temple. Il accueillit donc Arnau comme membre et lui octroya une pension à vie qu'il payait de sa poche. Enchanté, le moine jura obéissance éternelle à Enric et lui donna la bague qui, selon lui, revenait à ton parrain, maître de l'Ordre. Cet homme n'avait jamais considéré le bijou comme son propre bien. Selon lui, il en était juste le dépositaire.

— Que lui est-il arrivé à la mort d'Enric ?

— Mon père et mon oncle quittèrent la secte quelques mois avant leur décès, motivés par leur rivalité avec Enric au sujet des tableaux et la montée en puissance d'Alicia dans le groupe. À la mort d'Enric, Alicia alla à l'encontre de la tradition templière en prenant la charge de maître alors qu'elle était une femme. Pour ce faire, elle s'appuya sur un groupe d'imbéciles qu'elle tenait sous son emprise et honora la promesse de son mari en continuant à payer la pension d'Arnau qui, aussi pragmatique que fou, lui jura fidélité. Si je ne la connais pas, je ne doute pas un instant de son charisme. En dépit de quelques réticences, tous finirent par accepter l'autorité de cette femme, qui a su utiliser avec succès la tradition occultiste entourant le mythe des Templiers au profit de ses propres intérêts, pour se faire respecter et admirer par le reste des frères de l'Ordre.

— Mais quel rapport existe-t-il entre les sciences occultes et les Templiers ?

— Il y a eu tellement d'histoires ! La fin tragique de l'Ordre, les accusations de sorcellerie, ses grandes richesses... Forcément, tout ça a exacerbé l'imagination collective. Ajoute au tout l'anathème lancé sur le bûcher par Jacques de Molay, dernier grand maître du Temple, à l'encontre du roi de France et du pape, et leur mort quelques mois plus tard, et tu obtiens un tableau mystérieux et inquiétant à souhait. Sans compter que, pour certains, les Templiers étaient les dépositaires du Saint-Graal, des tables de la loi données par Dieu à Moïse et de croix-reliquaires qui, contenant des fragments de la croix du Christ, produisaient de vrais miracles...

— Et quelle est la part de vérité dans tout ça ?

— Tu veux mon opinion sincère ?

— Évidemment.

— Rien ! Ce ne sont que des légendes.

— En revanche, tu crois à l'existence du trésor.

— C'est différent. Des lettres écrites à Jacques II le prouvent. Quand les Templiers abandonnèrent Miravet, leur dernière place forte en Catalogne et leur quartier général dans le royaume d'Aragon, de Valence et de Majorque, les hommes du roi ne trouvèrent pas la fortune escomptée. Le souverain n'eut que des livres, à l'époque articles de luxe, à se mettre sous la main. La fabuleuse fortune censée se trouver dans la forteresse s'était envolée. Et, à ma connaissance, elle n'est jamais réapparue.

Artur se tut, laissant planer le mystère au-dessus de nous. Puis, comme s'il avait eu sa dose de légendes templières, il s'intéressa à ma vie new-yorkaise, me raconta des anecdotes sur ses séjours à Big Apple et me fit passer un très agréable moment.

L'antiquaire était un homme subtil. Il ne voulait, lors de ce rendez-vous, qu'instiller quelques idées et semer les graines de la méfiance dans mon esprit tourmenté. Comment lui en vouloir ? J'étais mieux placée que quiconque pour témoigner du mystère qui entourait mes hôtes. Que me cachaient encore les Bonaplata ?

Que ses histoires soient vraies ou fausses, Artur avait surtout réussi à me remonter un moral au trente-sixième dessous par la faute d'Oriol. Toujours souriant, il ne se lassait pas de me complimenter sur mon intelligence et mon physique. Des flatteries qui m'auraient laissée indifférente en temps normal, mais dont mon amour-propre avait tout particulièrement besoin après l'épisode de la veille. L'antiquaire me faisait la cour et me gratifia même d'un baisemain au moment de me quitter.

— Ne sois pas vieux jeu, le rabrouai-je, secrètement ravie, avant de lui coller un baiser sur chaque joue.

Je profitai ensuite de mon temps libre pour me renseigner sur cette supposée secte auprès de ma mère.

— Oui, ça ne fait aucun doute. Ton grand-père, tout comme le père d'Enric, appartenait à une espèce de groupe religieux. Je me souviens qu'ils se faisaient appeler « Templiers ». En tant que fils unique d'Enric, Oriol devrait effectivement suivre la tradition.

Cette nuit-là, je me retournai encore et encore dans mon lit. Non seulement Artur m'avait dit la vérité, mais son sourire me hantait. Dans quel pétrin m'étais-je encore fourrée ?

33

J'ouvris les yeux alors que les premières lueurs du jour pointaient à l'horizon, chassant de leur souffle pâle l'une des nuits les plus courtes de l'année. D'où venait ce cri ? Dans cet éclair de lucidité qui suit immédiatement le rêve, avant que les images nocturnes sombrent dans l'oubli, je compris que cet appel au secours provenait de ma gorge. Aussi réel que violent, mon songe m'avait marquée d'une empreinte indélébile. J'allumai la lumière pour m'assurer d'être bien éveillée. La bague me brûlait le doigt et, dans la semi-obscurité, sa pierre semblait m'observer tel un œil sanglant. Je l'ôtai précipitamment et ouvris grand la fenêtre pour respirer l'air frais du matin. Les lumières de la ville, encore plongée dans les ténèbres, me confirmèrent que j'étais réveillée. Réveillée... Si l'on considérait que toutes les aventures que je vivais depuis quelques semaines ne se réduisaient pas à un rêve sans fin, le fruit de l'imagination d'un être qui, bien que mort depuis des années, transformait son fantasme de quête chevaleresque en une réalité éphémère pour les trois enfants que nous étions restés.

Je ne savais pas qui j'étais lorsque je me retrouvai devant une porte, à laquelle je sonnai, une petite valise à la main. En revanche, je savais qu'en passant cette porte j'arriverais à mon port d'attache : la mort. Je n'avais d'autre option que le suicide, je devais dire adieu à l'existence. Mais avant, j'allais remplir ma mission, honorer la promesse qui m'unissait, au-delà de la vie, à l'être aimé. Comme les Templiers, comme les jeunes nobles thébains commandés par Épaminondas, je n'abandonnerais pas mon compagnon dans la mort, je le vengerais. Telle était ma promesse et telle était ma destinée. C'est ce qui avait fait des Thébains de cette période, fulgurante et brillante comme une étoile filante, les Grecs les plus puissants, les héros les plus brillants de l'histoire. Tout comme les Templiers avant leur décadence. Le sang de ces paladins coulait dans mes veines et j'allais entamer le tournoi final. Le cœur serré, je songeais à mon ami assassiné et au fils que je ne verrais plus, alors que la caméra de surveillance scrutait mon attente patiente. La gorge nouée et les yeux embués de larmes, je chuchotai une prière pour eux.

Deux inconnus vêtus d'un costume noir et d'une cravate m'ouvrirent. Alors que son compagnon restait à distance, celui qui me fit entrer m'adossa brutalement à la porte, m'obligeant à lâcher la valise. Sans un mot, il me fouilla. Une fois, deux fois, trois fois, ses mains filèrent le long de mon corps. Il inspecta mon portefeuille, mon stylo à plume et mes clés. Une fois certains que je ne portais pas d'arme, ils examinèrent mon chargement.

— Tout est en règle, vous pouvez passer, déclara le plus âgé.

Et il me précéda en emportant la valise.

— Un instant, lançai-je, en l'arrêtant. Ceci est à moi et le restera jusqu'à la transaction.

L'individu planta son regard dans mes yeux, où il lut sans doute ma détermination. Son comparse s'approchait déjà de moi d'un air mauvais.

— Laisse, ordonna-t-il en haussant les épaules. Laisse-lui sa putain de valise. Il n'y a rien à craindre.

Je les suivis dans une grande pièce de style éclectique, décorée de tableaux et d'objets de valeur. Jaime Boix, le plus jeune des deux frères, attendait dans un magnifique sofa style Chippendale alors qu'Arturo se tenait derrière un imposant bureau napoléonien.

À mon arrivée, tous deux se levèrent et Jaime, souriant sous sa moustache grise, me tendit la main pour me saluer :

— Bienvenue, Enric.

— Réglons ça le plus vite possible, déclarai-je en l'ignorant.

Le sourire de Jaime s'évanouit. Son frère, sérieux, m'indiqua une chaise.

— Assieds-toi, je te prie.

Malgré la politesse de la tournure, je savais qu'il ne s'agissait pas d'une invitation. J'obéis, posant la valise à mes pieds. Jaime s'assit sur le sofa, placé à ma droite, et son frère derrière le bureau. Je remarquai que les deux autres pièces du triptyque étaient accrochées derrière lui : les tableaux de saint Jean et de saint Georges. Je les contemplai un moment pour m'assurer qu'il s'agissait bien des vrais. Les deux autres hommes restèrent debout. J'observai avec une amère curiosité ceux qui avaient mis fin à la vie de mon bien-aimé Manuel. L'un se positionna à ma gauche, l'autre devant la porte.

— As-tu vérifié qu'il ne portait pas de microphone ? demanda Arturo au second.

— Ni microphone ni arme, aucun risque.

Il grimaça un sourire pervers et précisa :

— Je lui ai même palpé les couilles.

Arturo croisa le regard de son frère puis commença :

— Avant de conclure l'affaire, il y a une chose que nous voulons te dire. Nous n'avions pas prévu ce qui est arrivé. Nous regrettons la mort de ton ami. Il est devenu hystérique et a résisté. C'était un accident. Nous sommes heureux de constater que tu es beaucoup plus raisonnable que lui et que tu sais tenir parole en affaires, comme un bon chevalier du Temple.

Il avait prononcé les derniers mots d'un ton ironique. Mon sang bouillait dans mes veines. Je haïssais cet individu comme je n'avais jamais haï.

— Tu as menacé ma famille. Ça, ce n'est pas chevaleresque, c'est mesquin, indigne.

— Je veux que tu saches que nous n'avons rien contre les tiens. Nous n'avions rien non plus contre ce garçon... Tu n'as pas été raisonnable. Tu es seul responsable de ce qui est arrivé. Nous t'avons plus d'une fois laissé ta chance. Nous sommes des hommes d'affaires et il s'agit là d'une très belle affaire. Nous n'allions pas te laisser tout gâcher, par entêtement. Je regrette que les choses se soient passées ainsi.

Il se tut et ouvrit un tiroir pour en sortir plusieurs tas de billets bleus.

— Mon frère et moi avons décidé d'arrondir la somme à un demi-million de pesetas de plus. Le prix dont nous étions convenus représentait déjà le double de la valeur d'un tableau gothique du début du XIVe siècle. Nous ne sommes pas obligés de le faire, mais c'est notre manière de te dédommager pour ce qui est arrivé à ton ami et de régler les comptes.

Régler les comptes ! Mon sang ne fit qu'un tour. Ces individus croyaient donc qu'un demi-million de pesetas suffirait à régler les comptes ! Remarquant le tremblement qui secouait mes mains, je les serrai plus fort l'une contre l'autre.

— Eh bien, il est temps que tu nous montres la marchandise, intervint Jaime. Nous brûlons d'impatience de faire connaissance avec cette fameuse Vierge.

J'ouvris la valise et en sortis le tableau, que je posai délicatement sur mes genoux. Tous les yeux se tournèrent vers la peinture et, sans leur laisser le temps de remarquer qu'il s'agissait d'une copie, je déchirai le carton qui recouvrait le dos du tableau pour en extraire le revolver qui s'y trouvait, caché dans un renfoncement spécialement conçu. Ma main tremblait autour de l'objet et je me relevai brusquement, laissant tomber le faux.

J'avais prévu de tuer d'abord Arturo, ensuite Jaime. J'avais calculé que j'aurais tout juste le temps de mener à bien ma mission avant que les gardes du corps m'abattent. Mais au dernier moment, la peur, ou peut-être mon instinct de survie, me poussa à changer de plan.

La première balle alla se loger dans le ventre du gorille placé à ma gauche. Curieusement, le bruit de la détonation m'apaisa et j'affrontai tranquillement son collègue, prenant le temps de viser, en plein milieu du visage. Il avait déjà son revolver à la main. Quand j'étais petit, mon père m'emmenait pratiquer le tir olympique avec lui, et je qualifierais d'olympique le tir qui traversa la tête du second garde. Il me restait cinq coups. Je me tournai vers Arturo, qui avait éparpillé les billets sur le bureau dans un frénétique effort pour sortir son arme du tiroir. Je lui envoyai deux balles dans la poitrine.

Il ne restait plus que Jaime. Il me regardait, bouche ouverte. Un filet d'urine ruisselait du Chippendale. Quel gâchis !

— Je t'en prie, Enric, bégaya-t-il.

— Ne voulais-tu pas voir la Vierge ?

— S'il te plaît..., bafouilla-t-il.

— L'as-tu bien regardée ?

Les yeux écarquillés, il contemplait sa mort dans les miens, remuant les lèvres sans avoir la force de prononcer un mot.

— Parce que maintenant, tu vas faire connaissance avec Satan, conclus-je.

En appuyant sur la gâchette, je sentis l'ultime bonheur de la délivrance, avant de sombrer dans l'horrible réalité de mes actes. Je n'aurais pas dû être encore en vie. M'écroulant dans le fauteuil, je fondis en larmes.

34

Loin d'être peureuse, j'aurais même, selon ma mère, une fâcheuse tendance à friser l'inconscience. Je dois reconnaître qu'il m'arrive de me mettre dans des situations plutôt délicates... Voire dangereuses. Ce n'est qu'une fois au pied du mur que je me rends compte que je ne devrais pas me trouver à l'endroit où je suis, au moment où j'y suis. Cette fois, je me jetai tout droit dans la gueule du loup. À tel point que je crus, un instant, ne jamais en sortir vivante.

Je revis Artur Boix à deux reprises. En plus d'être amusant et séduisant, il constituait une véritable source d'informations sur les Bonaplata et leurs activités secrètes.

Il m'avoua avoir manigancé l'agression à la sortie de la librairie, parce que Oriol refusait de partager le trésor. Il m'assura également que ses hommes de main ne m'auraient pas touché un cheveu de la tête et, bien que furieux contre ces incapables qui avaient pris la fuite, il endossait une partie de la responsabilité puisqu'il n'avait pas su prévoir la réaction de l'homme qui me suivait.

Il en vint ensuite à déclarer que les Nouveaux Templiers formaient une secte dangereuse de fanatiques et de fantoches désaxés. Je ne connaissais pas le fonctionnement de l'ordre mais je n'hésitai pas à lui faire remarquer, par sympathie pour Enric et Oriol, qu'il diabolisait ce groupe dans le seul but de défendre ses propres intérêts.

Visiblement contrarié de me voir intercéder en la faveur de ses rivaux, il me raconta que les membres du cercle d'Alicia se retrouvaient pour des cérémonies secrètes dont seuls les initiés connaissaient l'existence. La preuve, ils m'avaient tenue à l'écart alors que j'étais concernée, parce que je vivais avec eux, mais surtout parce que la bague que j'avais héritée d'Enric me donnait non seulement le droit d'entrer dans le groupe, mais aussi d'y occuper une place importante. À dire vrai, cette attitude ne m'étonnait pas de la part d'Alicia. Mais devant l'insistance d'Artur et l'amertume que j'éprouvais à l'idée qu'Oriol m'eût volontairement laissée dans l'ignorance, je tournai son histoire en dérision.

Son sourire s'effaça alors pour laisser place à une expression d'enfant courroucé. Je remarquai que l'irrésistible Artur devenait simplement beau quand il pinçait les lèvres. C'est alors qu'il lança :

— Je parie que tu n'es pas capable d'aller à l'un de leurs chapitres !

Lorsque je rétorquai qu'il était très impoli de se présenter quelque part à l'improviste, il répliqua que je pouvais toujours observer les Templiers à leur insu, avant d'avancer que je me servais des convenances comme excuse à ma lâcheté. Il ajouta qu'il savait comment entrer et sortir en cachette de leur repaire et que seule me manquait l'audace.

— Et toi ? Aurais-tu le cran de venir avec moi ? demandai-je.

— Oui, mais jusqu'à la porte. Tu peux comprendre pourquoi... S'ils te découvrent, tu ne risques rien. Tu es leur amie et, de plus, tu portes la bague de l'autorité templière suprême. Alors qu'à moi, ils me réserveraient sûrement un autre traitement. Une chose est sûre, même si tu ne veux pas l'admettre, tu as plus confiance en moi qu'en eux.

Ce devait être le troisième ou le quatrième défi qu'il me lançait, avec le même sourire ironique qui accentuait ses nobles traits. Cette touche sarcastique me faisait penser à la saveur acide du sorbet au citron : elle le rendait plus appétissant. Pas surprenant, alors, que je succombe, le défiant du regard :

— Bien sûr que j'en suis capable ! Même si ton courage à toi se limite à m'ouvrir la porte de la cage aux lions. Je n'ai pas peur.

Il me manipulait et je le savais. Que cherchait-il en m'envoyant dans une église, au beau milieu de la nuit ? Il voulait sans doute que j'assiste à ces rites templiers pour que sa crédibilité augmente à mes yeux, au détriment de celle d'Alicia et d'Oriol. Lorsque je l'interrogeai directement, il répondit qu'il voulait m'avoir dans son camp pour chercher le trésor et que si les membres de la secte me découvraient, peu importait qu'ils apprennent que c'était son idée. Ainsi, ils sauraient qu'il n'avait pas abandonné la partie et qu'il se tenait prêt à négocier. Comme une bonne part de la fortune lui revenait de droit, le compromis restait, selon lui, la meilleure solution. Je me gardai bien de lui révéler le fond de ma pensée à ce sujet.

C'était la nuit de la Saint-Jean, la plus courte de l'année, la nuit du solstice d'été, des sorcières, de l'obscurité magique et des ombres lumineuses. Mais c'était aussi la fête de Jean-Baptiste, le saint patron décapité du Temple. La secte se réunirait donc dans une vieille église gothique proche de Plaça Catalunya. Si la liturgie catholique célèbre généralement la mort de ses saints, le Baptiste représente une exception à la règle. Dans le calendrier, sa naissance se situe à l'opposé de Noël, jour de la naissance du Christ. Ces dates ne sont évidemment pas le fruit du hasard. Elles correspondent aux célébrations populaires des solstices, des rites païens et ésotériques préchrétiens auxquels participaient les chevaliers du Temple de Jérusalem.

Je sentais la ville vibrer d'une énergie fiévreuse. C'était une nuit de veillée et personne ne se souciait du lendemain. Peu importait l'état dans lequel on se trouverait au réveil, le soleil se lèverait sur un jour de fête. Le ciel se parait de mille feux d'artifice et dans les rues, inondées de passants, des groupes de jeunes faisaient éclater des pétards, dont les détonations s'accompagnaient de cascades de rire et de courses folles. C'était une nuit de feux de camp, de *cava* et de *coca*, galette vernie de sucre et garnie de fruits confits et de pignons.

Artur me remit un plan de l'église en m'expliquant sa disposition interne. Aujourd'hui, les fidèles accèdent à Santa Anna par l'entrée située à l'extrémité du bras droit du transept, dont le portique est jalonné de cinq arcs gothiques reposant sur autant de colonnettes. Une statue de la Vierge trône à cette entrée, qui donne sur la petite place Ramón Amadeu. La deuxième entrée se trouve au pied de la croix latine que dessine le plan original de l'édifice, difficilement repérable de nos jours en raison des chapelles latérales qui y ont été ajoutées au fil des siècles. Cette porte communique avec le cloître, un magnifique ensemble composé d'un patio de verdure entouré d'un passage couvert par un étage bordé d'arcs gothiques. On accède également au cloître de la placette, bien que ce passage, fermé au moyen d'une chaîne cadenassée, ne soit ouvert au public que lors d'occasions bien spécifiques.

L'église et la place sont nichées au centre de hauts bâtiments modernes, formant une zone atemporelle, occulte et nostalgique de la prospérité des temps passés. La nuit, la place Ramón Amadeu est également fermée par deux grilles métalliques. L'une se situe au niveau du porche d'une vieille maison voisine donnant sur la rue Santa Anna, et l'autre, beaucoup plus moderne, permet d'accéder au Passeig Rivadeneyra, qui débouche à son tour sur Plaça Catalunya.

Au cœur de ce lieu secret, l'église jouit donc d'une protection qui, si elle paraît tout d'abord excessive, est plus compréhensible une fois connues les vicissitudes économiques et les dégradations qui ont marqué l'histoire de ce vénérable édifice, tout d'abord monastère de l'ordre du Saint-Sépulcre, collégiale, puis paroisse. Par le passé, tous les terrains autour du monument appartenaient au monastère, qui dut les céder au fil des siècles pour subvenir à ses besoins financiers, comme ce fut le cas d'immenses possessions du royaume de Catalogne, de Majorque et de Valence. L'église, fermée par les Français pendant l'invasion napoléonienne, souffrit de bien d'autres attaques. Peu de personnes savent qu'à l'endroit où se trouve aujourd'hui une place se dressait, au début du XXe siècle, une église de style néogothique surmontée de hauts pinacles qui ne resta sur pied que vingt-deux ans, avant d'être brûlée et dynamitée pendant la seconde République.

Le vieil édifice ne fut pas épargné par le feu mais, bien qu'une partie de sa toiture s'effondra, il échappa à la dynamite, probablement en raison de son statut de monument national. En ces temps agités, le recteur et d'autres dignitaires ne bénéficièrent pas de la même faveur et moururent assassinés.

L'église possède un troisième accès, exclusivement réservé au personnel religieux, qui longe la maison paroissiale du Passeig Rivadeneyra pour déboucher dans le cloître. Fermée par des grilles, cette entrée sert de parking au prêtre et est séparée du jardin par une porte à barreaux.

Les Nouveaux Templiers se réunissaient dans la salle capitulaire, autrefois chapelle de l'Ange de la Garde, accessible de l'église comme du cloître. C'est là que je devais me rendre.

Il existe une quatrième entrée, méconnue du plus grand nombre. De chaque côté du grand autel, au niveau du transept, se trouvent deux chapelles. Celle de droite, la chapelle du Très Saint, ouvre sur la sacristie, qui donne accès à deux petits bureaux. L'un d'entre eux possède une porte vitrée qui permet d'accéder à une cour exiguë protégée par les murs de l'église et les façades d'un bâtiment bancaire et d'une maison voisine de plusieurs étages, qui cachent la totalité de la construction médiévale. Un mur et un vieux portail hors d'usage séparent la propriété de l'église de celle de la banque. Dans la cour de l'institution bancaire, une solide porte métallique communique avec une ruelle débouchant sur la grande rue piétonnière de Portal de l'Ángel. C'est par là que j'étais supposée pénétrer dans le lieu sacré.

Le taxi nous déposa Plaça Catalunya et nous parcourûmes à pied les quelques mètres nous séparant de cette mystérieuse entrée.

En chemin, Artur me récapitulait la disposition intérieure de l'église. Puis, en me confiant les clés de la porte du bureau situé derrière la sacristie, il me précisa qu'il m'attendrait dans la ruelle. J'avoue que je n'en menais pas large à ce moment précis. Seul mon amour propre m'insufflait le courage de continuer. Et si je restais enfermée dans ce vieil édifice ? Entre autres détails affriolants énumérés par l'antiquaire, j'avais appris que le lieu était un ancien cimetière. Je le remerciai de me faire la courtoisie de m'attendre dehors, tout en exigeant qu'il me remît la clé de la porte métallique menant à la ruelle. Il m'étudia attentivement, ses lèvres dessinant ce sourire cynique au goût acide.

— Peur ?

— Prudence, répondis-je, pourtant incapable de faire la distinction en pareilles circonstances.

— Je te souhaite bonne chance.

Il souriait toujours et, me caressant la joue, il approcha doucement ses lèvres des miennes avant de m'embrasser avec fougue. Surprise par une telle démonstration d'affection, je ne le repoussai pas. D'ailleurs, j'avais d'autres chats à fouetter que de me formaliser pour un baiser.

— Profites-en, ma belle, ajouta Artur.

Et je me demandai si ce vantard faisait référence à l'expédition dans laquelle je me lançais ou à son baiser.

35

Quand la porte se referma derrière moi, je fus soudain plongée dans un autre univers et une autre époque. Peut-être était-ce le fruit de mon imagination, mais je ressentais plus que jamais l'étrange vibration de mon rubis. La clarté de cette nuit de juin me permit de trouver la porte qui séparait la cour de la banque de celle de l'église sans avoir recours à la lampe de poche dont je m'étais munie. Le muret était assez bas pour révéler une partie des murs de l'église. Soudain, je sursautai. Là, dans la pénombre engendrée par le contrefort de pierre, je crus distinguer un relief. Je l'illuminai d'un éclair électrique. C'était une sculpture érodée par le temps, une croix à double traverse semblable à celle que j'avais vue dans le tableau de Luis, à l'extrémité du bâton du Christ émergeant du Saint-Sépulcre. De nouveau dans l'obscurité, je levai les yeux vers le ciel, sans raison particulière, et distinguai, au sommet du toit, une autre croix de pierre, de forme identique à celle de la bague, se détachant sur un fond céleste étoilé. Lorsque je projetai le faisceau diaphane de la lampe vers cette croix templière, elle réverbéra une lueur rouge, tel un phare alertant d'un danger. Je frissonnais encore à l'idée de ce signe inquiétant envoyé par le destin au moment où je discernai un mouvement dans la cour. Je n'étais pas seule ! Les battements de mon cœur s'accélérèrent alors que je reculais, cherchant à m'effacer dans l'obscurité protectrice du mur, la torche serrée fort dans ma main. Je l'orientai dans la direction de l'invisible intrus. Deux yeux brillants transpercèrent l'obscurité.

« Un chat ! pensai-je. J'ai failli mourir de trouille pour un malheureux chat ! »

Bien que je ne sois ni superstitieuse ni peureuse, j'aurais juré que ce maudit chat était noir et je ne pus m'empêcher de penser à ces histoires de sorcières métamorphosées en matous couleur suie. Mais que diable faisais-je, par cette nuit de sorcellerie, à essayer de pénétrer dans un ancien cimetière rempli de fous se prenant pour des Templiers et d'experts en sciences occultes ? J'appuyai la main sur mon cœur dans l'espoir de modérer son rythme effréné. Respirant profondément, j'attendis d'avoir retrouvé mon calme pour enfoncer la clé, un objet de métal énorme qui tenait plus du marteau que d'autre chose, dans la serrure. J'eus autant de difficulté à la tourner qu'à pousser le portail. Je sursautai au crissement atroce des gonds, preuve incontestable que cette porte était très peu utilisée.

« Du calme ! me raisonnai-je. Tu n'es même pas encore entrée que tu es déjà une vraie boule de nerfs. »

Je songeai un instant à revenir sur mes pas, mais le sourire cynique du bel Artur m'impressionnait bien plus que l'armée de Templiers qui m'attendaient dans le vieil édifice, sans doute vêtus de tuniques et de cagoules à la Ku Klux Klan. En outre, les récits de l'antiquaire avaient tellement éveillé ma curiosité que je ne me serais jamais pardonnée de prendre la fuite. Je devais poursuivre mon expédition.

Comment Artur avait-il obtenu les clés de l'église ? En échange d'irrésistibles pots-de-vin, comme il en avait l'habitude ?

Je décidai de laisser le portail entrebâillé. J'éviterais ainsi de faire un boucan du tonnerre, tout en facilitant ma retraite, si jamais je devais prendre mes jambes à mon cou. Je me trouvais maintenant dans une cour étroite, où s'amoncelait un tas de pierres taillées, sans doute des restes d'un vieux bâtiment. En face de moi, je repérai une autre porte, dont la partie supérieure en verre était protégée par des barreaux. Beaucoup plus moderne que la première, elle s'ouvrit sans difficulté lorsque je tournai une petite clé dans la serrure. Je traversai alors le bureau qu'Artur m'avait indiqué sur le plan et pénétrai dans une grande pièce, dont les murs étaient décorés de meubles destinés à recevoir les objets du culte. C'était la sacristie, j'approchais de mon but. Poussant une autre porte, je me retrouvai dans une chapelle qui, si mes souvenirs étaient exacts, devait être celle du Très Saint. Tout doucement, en allumant la lampe juste le temps nécessaire pour m'orienter, je me dirigeai jusqu'au transept. À ma gauche, je repérai une structure de bois, sans doute le vestibule de l'entrée de la place Ramón Amadeu. Je tournai donc à droite pour arriver à la croisée du transept. Je restai un moment immobile, le temps d'accoutumer mes yeux à la pénombre. Hormis une petite flamme qui marquait la position du grand autel, à ma droite, l'église était plongée dans une obscurité totale. Je m'orientai toutefois aisément. Dans la direction opposée à l'autel, à ma gauche, se trouvait la partie du bâtiment la plus spacieuse, la nef centrale, dont l'extrémité, la base de la croix formée par l'édifice, donnait sur le cloître. C'est dans une chapelle située à droite de cette porte qu'étaient censées se tenir les réunions des Nouveaux Templiers. Dans le fond de l'église, je crus discerner une douce luminescence et entendre des murmures. J'éclairai rapidement la nef, pour repérer la position des bancs et orienter mes pas. Puis, j'avançai dans l'obscurité, veillant à ne pas trébucher, jusqu'à la source de cette pâle lueur. À ma droite, au fond d'un petit couloir, se trouvait une porte arquée en bois, décorée d'une croix divisant un panneau central de verre cathédrale en quatre zones translucides protégées par d'artistiques volutes en fer forgé. C'est de cette pièce, la salle capitulaire, que s'élevaient les voix étouffées. On y célébrait visiblement la messe, mais je ne comprenais pas les mots prononcés. Je collai l'oreille à la porte, attentive. Il ne s'agissait ni de catalan ni de castillan, probablement du latin. Malgré la tentation de jeter un coup d'œil au rituel qui se déroulait dans cette salle, je pris le temps de réfléchir. En ouvrant cette porte, j'avais de fortes chances de me retrouver d'un côté de l'oratoire, près de l'autel, sous les yeux de l'assistance. Peu enthousiaste à cette idée, je décidai d'espionner l'assemblée depuis la porte du cloître, à laquelle elle tournait probablement le dos. De retour dans la nef, je trouvai sans mal le petit vestibule de bois ouvrant sur le jardin. Les portes n'étaient pas fermées à clé et je me déplaçai sans bruit jusqu'au patio. Le ciel reflétait les lumières électriques de la zone urbaine et les fusées de la nuit de la Saint-Jean, entourant d'un halo diaphane le jardin central où se découpaient un palmier et un oranger. Sans utiliser ma lampe, je pouvais distinguer les ombres plus denses des fines colonnes qui soutenaient les arcs gothiques délimitant le cloître. À ma droite, je vis la porte entrebâillée de la salle capitulaire, ornée, de chaque côté, de deux fenêtres en ogive décorées de vitraux. Je me dirigeai vers elle quand je perçus un mouvement derrière moi. Par réflexe, je me collai contre le mur. Une fois de plus, mon cœur cognait brutalement contre ma poitrine. Je perçai l'obscurité du faisceau de ma lampe. Rien. M'approchant des colonnes qui entouraient le cloître, j'éclairai le couloir droit. Toujours rien. Alors que je me retournais pour passer en revue l'autre côté du jardin, je crus distinguer du coin de l'œil, à travers la végétation, une silhouette cherchant refuge derrière les piliers du couloir opposé. Mon cœur battait à une cadence infernale et chacune de ses impulsions augmentait ma panique. Que faisais-je dans cette église à minuit, à la Saint-Jean ? Maudissant le stupide orgueil qui m'avait poussée à visiter clandestinement ce lieu, je décidai de garder ma torche éteinte pour me cacher du spectre qui m'épiait. Mais alors que je me déplaçais dans l'obscurité des colonnes, je vis la silhouette se déplacer symétriquement. Dans quel pétrin m'étais-je encore mise ? J'avançai de quelques colonnes de plus, constatant avec horreur que l'ombre anonyme en faisait autant. Mon instinct me dictait de me lancer dans une course désespérée, mais je ne savais plus dans quelle direction orienter mes pas. Je restai donc paralysée, les yeux écarquillés pour sonder l'épaisseur de la nuit vers l'endroit où j'avais décelé le dernier mouvement. Malgré mon affolement, je me forçai à respirer profondément pour retrouver mon calme. J'aurais fait n'importe quoi pour me trouver ailleurs à ce moment précis, même entrer dans l'oratoire. Peu m'importait que les Nouveaux Templiers me découvrent. D'ailleurs, j'aurais dû commencer par demander franchement à Alicia et Oriol des explications sur cette histoire de secte néotemplière.

Je m'approchai furtivement de la porte entrebâillée et la poussai de quelques centimètres pour observer l'intérieur. Un groupe de personnes vêtues de capes blanches et grises me tournaient le dos, face à l'autel. Je n'eus pas le temps d'en voir plus. Tirée en arrière, je sentis soudain la froide morsure d'une lame de couteau appuyée sur mon cou. Ma lampe roula sur le sol dans un fracas sourd et, muette de terreur, je résistai à l'étreinte d'acier qui m'immobilisait pour voir le visage de mon agresseur.

Mon Dieu ! Je crus mourir de peur. Cette expression de fou furieux, cette barbe blanche éparse... C'était l'homme de l'aéroport !

Je n'ai pas l'habitude d'élever la voix mais cette situation m'arracha un cri d'horreur, strident, macabre et humiliant... J'ignorais d'ailleurs être capable de produire autant de décibels.

Toute l'assemblée se retourna avec stupéfaction et le fou, pressant toujours sa dague sur ma gorge, me poussa à l'intérieur de la chapelle. J'ai du mal à imaginer manière plus spectaculaire de faire connaissance avec un groupe d'inconnus. Mais, pour être sincère, j'avais à ce moment bien d'autres préoccupations que les formalités d'usage et peu m'importait d'être tournée en ridicule. Nous restâmes figés dans cette pose quelques instants, à nous dévisager, dans ce qui me parut un long arrêt sur image.

Puis la voix d'Alicia s'éleva du fond de la pièce. Elle portait une cape blanche ornée d'une croix rouge, la même croix à double traverse que j'avais vue sculptée dans la pierre quelques minutes plus tôt.

— Bienvenue, Cristina, sourit-elle. Nous t'attendions.

Elle se tourna vers le fou.

— Merci pour votre sollicitude, frère Arnau. Vous pouvez relâcher la demoiselle.

Elle s'approcha ensuite de moi et m'embrassa sur les deux joues avant de s'adresser à la cinquantaine de personnes assemblées dans la chapelle.

— Mes frères, je vous présente Cristina. Elle porte la bague du maître, elle est donc membre de plein droit de notre ordre.

Certains me saluèrent de la tête. Je remarquai que tous avaient une croix rouge à double traverse brodée sur l'épaule droite de leur cape. Je repérai Oriol. À l'instar des autres hommes de l'assistance, il portait un costume-cravate sous sa cape blanche. Il semblait très amusé par mon apparition folklorique. Je reconnus également le vieux grincheux de la librairie du Graal qui, sourcils froncés, me toisait avec hostilité, et Marimón, le joyeux notaire, qui me gratifiait d'un sourire paternel.

— Bien, poursuivit Alicia. Elle sera admise dans notre communauté si elle le désire et suit nos rites d'initiation.

— Je vous prie de m'excuser pour l'interruption, balbutiai-je, comme une étudiante qui se trompe de salle à l'université. Enchantée de faire votre connaissance. Mais je vous en prie, poursuivez...

Me prenant sous son aile, Alicia me conduisit jusqu'au premier banc, où elle prit place, et fit signe au prêtre de continuer. Alors que la messe reprenait en latin, je pensai à cet incident avec le fou. Arnau d'Estopinyá ! Depuis qu'Artur m'avait raconté son histoire, je nourrissais quelques soupçons sur l'identité de mon mystérieux poursuivant. J'en avais maintenant le cœur net : l'homme de l'aéroport et l'ancien moine qui se prenait pour Arnau d'Estopinyá ne formaient qu'une seule et même personne.

36

J'insistai tant qu'il finit par accepter. J'avais déjà reçu deux invitations pour la nuit de la Saint-Jean, mais pas la sienne. L'une venait de Luis, qui me proposait de me rendre à une soirée près de Cadaqués, dans une magnifique demeure sur une falaise au bord de l'eau. Une invitation que j'avais déclinée aimablement, sans la moindre hésitation. Mais ma belle détermination avait fondu comme neige au soleil à l'heure de recevoir l'invitation d'Artur. Il allait célébrer la Saint-Jean dans un hôtel particulier de Sarriá. Tenue correcte exigée : smoking ou complet noir pour les hommes et robe de soirée pour les dames. Je dois avouer que j'étais attirée par ce type, même si je savais pertinemment que j'avais affaire à un bel escroc. C'est d'ailleurs ce côté Arsène Lupin des temps modernes qui lui donnait probablement tant de charme à mes yeux.

Mais je ne désespérais pas de recevoir une autre invitation. Si bien que je répondis à Artur que nous aviserions en temps voulu. Tout dépendrait de mon humeur après mon expédition nocturne dans l'antre des Templiers. En bon gentleman, ou en bon stratège à la recherche de quelque intérêt, que ce soit moi ou le trésor, il accepta cette vague réponse. En réalité, j'avais le secret espoir d'aller fêter la Saint-Jean avec Oriol.

À la fin de la messe, Alicia conclut la réunion par un bref discours. Les Nouveaux Templiers avaient apparemment procédé à leurs étranges cultes ésotériques avant l'office. Tous plièrent soigneusement leur cape avant de sortir par la porte donnant sur la rue Santa Anna. Lorsque frère Arnau m'ordonna de lui remettre les clés qui m'avaient permis de pénétrer dans le lieu saint, Alicia sourit :

— Dorénavant, nous fermerons le verrou intérieur.

En sortant, j'aperçus Artur nous observant à distance. Je lui fis un signe discret pour lui indiquer que tout allait bien avant de me coller à Oriol et de l'interroger sur son programme de la soirée. Il m'informa qu'il allait rentrer chez lui avec sa mère pour se changer, puis rejoindre des amis. Constatant qu'il n'avait pas l'intention de m'inviter, je décidai de lui forcer la main en lui demandant expressément de m'emmener avec lui. L'idée ne parut pas vraiment l'enthousiasmer mais Alicia, qui n'avait pas perdu un mot de la conversation, intervint pour remarquer que j'étais en droit d'espérer cela de l'hospitalité des Bonaplata. Oriol finit donc par accepter, mais je savais que je ne devais toutefois pas m'attendre qu'il m'ouvrît galamment la portière lorsque nous arriverions à la voiture.

Sur le chemin du retour, il garda le silence alors

qu'Alicia redoublait d'amabilité. J'étais horriblement gênée de mon intrusion dans l'église mais, par bonheur, elle semblait accueillir l'incident avec légèreté et naturel.

— L'homme qui t'a découverte dans le cloître, c'est Arnau d'Estopinyá, me confirma-t-elle.

— Oui, tout coïncide avec l'histoire que m'a racontée Artur. Cet homme me suit depuis mon arrivée à Barcelone.

— Oui, trésor. Il te suit et te protège... Souviens-toi de l'agression à la sortie de la librairie du Graal. C'est lui qui vous a débarrassés des hommes de main de ton ami Artur.

— Dans l'église, tu as dit que tu m'attendais...

— Je me doutais que cet homme te proposerait de t'introduire dans l'église pendant l'une de nos réunions. Nous savions que vous vous rencontriez et qu'il possédait les clés de la ruelle.

— Pourquoi ne pas avoir changé les serrures alors ?

Alicia sourit.

— Je pensais que ton ami serait peut-être intéressé par certaines des pièces anciennes qui se trouvent dans l'église. S'il avait succombé à la tentation, il serait maintenant en prison.

Je plongeai dans un silence songeur. Cette femme semblait tout contrôler. Voilà qu'elle avait concocté un piège contre son rival. Je me réjouis à l'idée qu'Artur était assez intelligent pour lui résister.

Lorsque nous nous retrouvâmes seuls dans la voiture, en chemin pour la fête, je m'excusai auprès d'Oriol de mon apparition intempestive dans la salle capitulaire. Il se mit à rire, rétorquant que cette intrusion ne le surprenait pas du tout venant de moi. Il ajouta que sa mère avait visiblement tout prévu et que, au fait de mes rendez-vous avec Artur, elle avait gardé le secret sur les réunions templières dans l'espoir qu'il abattît ses cartes. Je me sentis trahie, vulgaire pantin manipulé de tous. Par pur esprit de revanche, je lançai une remarque moqueuse sur son habit de cérémonie : costume, cravate et cape.

— C'est la tradition, m'assura-t-il sans perdre le sourire. C'est comme ça que nos grands-parents voulaient que ça se déroule.

— Comment se fait-il qu'une personne aussi peu conventionnelle que toi se prête à ce petit jeu ?

Après un court silence, il déclara :

— Je le fais en mémoire de mon père.

Que répondre à un argument aussi implacable ? Je restai donc silencieuse. Nous étions bloqués dans les embouteillages, je ne savais pas où il m'emmenait, mais j'étais avec lui, et ne demandais rien de plus.

— Je veux que tu saches qu'il n'y a rien entre Artur et moi, précisai-je soudain, ressentant le besoin irrépressible de mettre les choses au clair. D'après lui, il peut vendre mieux que quiconque les objets du trésor. Il s'obstine aussi à revendiquer sa part. Il voudrait trouver un accord...

— C'est le trésor de mon père, trancha Oriol sèchement. S'il n'a pas voulu d'accord, je n'en accepterai pas non plus.

Son ton cassant m'interloqua. Il semblait me sommer de choisir mon camp. Je commençais à me faire une idée très claire de la situation, me remémorant les paroles d'Artur concernant la dette de sang entre les deux familles. Je soupirai en songeant à l'issue fatale que pouvait avoir notre quête et en espérant que les familles Bonaplata et Boix ne vivraient pas une nouvelle tragédie.

37

Nous arrivâmes aux abords d'une dense pinède en bordure de mer, dont le sol de sable fin était couvert d'un épais tapis d'aiguilles de pin. Un feu de camp brûlait près du rivage, à plusieurs mètres de la végétation. Des tables pliantes garnies de *cocas*, de boissons et de gobelets étaient disposées sur la plage, à proximité d'une soixantaine de personnes, toutes assises sur le sable. À notre arrivée, tout le monde salua Oriol, visiblement l'un des membres les plus populaires du clan. Les gens discutaient, un verre à la main, et Oriol se lança, avec un groupe de rastas, dans une conversation animée au sujet d'une maison abandonnée qu'ils occupaient illégalement. Il parlait avec emphase et semblait être le leader de ce groupe de squatters. J'avais du mal à croire qu'il portait, quelques heures plus tôt, un costume trois-pièces, une cravate et la cape blanche frappée de la croix patriarcale rouge des chevaliers du Temple. Ne connaissant personne et n'ayant pas grand-chose d'autre à faire, j'écoutais ce débat qui ne m'intéressait guère et auquel je ne pouvais rien apporter. À moins que je ne laisse se déchaîner la juriste qui sommeillait en moi pour leur signifier, dans une remarquable plaidoirie, que le squatt représentait, aux yeux de la loi, un délit. Comme s'ils l'ignoraient ! Quelle barbe ! Si c'était là l'idée qu'Oriol se faisait des fêtes, la soirée promettait d'être interminable.

Une fille qui suivait la conversation à côté de moi me tendit une cigarette roulée à la main et sans filtre qui, à en croire son piteux aspect et son extrémité mâchouillée, avait fait le tour de l'assistance. Je composai un sourire aimable pour décliner son offre puis la regardai plus attentivement. Comment cette véritable vitrine de quincaillerie passait-elle l'inspection de sécurité des aéroports ? Outre la rangée de cônes argentés qui courait le long de son oreille, elle portait plusieurs piercings sur les sourcils, le nez et le menton, sans compter les nombreuses incrustations métalliques que je me gardais bien d'imaginer aux endroits les plus intimes de son corps. Même en passant sous les détecteurs de la douane en costume d'Ève, elle aurait déclenché un véritable concert d'alarmes. Mais alors que je l'observais, elle aussi s'était mise à me jauger du regard. Elle me toisa des pieds à la tête, les mains sur les hanches, mâchonnant le joint qu'elle tenait du bout des lèvres dans un formidable numéro d'équilibre. Quand elle eut terminé, elle m'avait déjà cataloguée et, sans se fatiguer à me rendre mon sourire courtois, elle me lança, les yeux remplis de défi :

— Et toi, qu'est-ce que tu fais là ?

Oriol n'avait évidemment pas pris la peine de m'informer du type de soirée à laquelle nous nous rendions ou de la tenue adéquate. Sa remarque me fit donc prendre conscience que, sur cette plage, je détonnais bien plus que Miss Objets Métalliques, qui devait porter sur moi le même regard que j'aurais eu si elle avait débarqué avec sa quincaillerie à ma fête d'anniversaire, dans mon appartement de Manhattan avec vue lointaine sur Central Park.

Comme par miracle, mon prétendu ami s'était désintéressé de la conversation captivante qui l'animait jusque-là pour nous observer. Son sourire, qu'il n'avait même pas la décence de cacher, finit de me persuader qu'il prenait un malin plaisir à suivre la scène, le châtiment mérité pour lui avoir imposé ma compagnie cette nuit. Toutefois, même s'il m'avait prévenue, j'aurais pu fouiller mes valises de fond en comble sans trouver aucune tenue de camouflage appropriée pour me fondre dans la faune environnante.

— Eh bien... répondis-je, mal à l'aise. Je suis en visite à Barcelone.

— Une touriste ! s'exclama-t-elle.

Oriol lui prit le joint de la main pour fumer.

— Merde alors ! Qu'est-ce que fait une putain de touriste ici ?

La provocation ou les situations extrêmes peuvent faire naître en moi une agressivité insoupçonnée. Mais à cet instant, j'étais tellement intimidée que je ne pensais qu'à un moyen de me volatiliser. Je regardais Oriol, consciente qu'il ne comptait pas le moins du monde venir à mon secours. Au même moment, des battements de tambour s'élevèrent de l'autre côté du feu. Ces premiers bongos furent bientôt rejoints par d'autres, et d'autres encore, jusqu'à ce que je cesse d'intéresser ma rivale qui, récupérant son joint de la main d'Oriol, eut la bonne idée de s'éloigner en direction de la musique. De même, la subtile polémique au sujet de la maison squattée, autrefois vide et aujourd'hui surpeuplée, s'interrompit, en raison de l'incapacité des participants à faire entendre l'utopie du jour dans ce vacarme. Tout le monde s'assit alors que d'autres percussions apparaissaient encore. Presque toutes les personnes présentes possédaient un instrument, dont elles frappaient la peau tendue à un rythme de plus en plus rapide, jusqu'à atteindre une cadence infernale.

La rumeur des vagues se perdait dans la clameur des percussions et le feu s'élevait vers le ciel, formant une couronne de flammèches qui jouaient à se prendre pour des étoiles avant de retomber en cendres, astres fugitifs, feux follets de résine de pin. C'était un merveilleux spectacle et j'avais l'impression de découvrir une autre civilisation, un autre monde. Une fille aux cheveux tressés qui portait une chemise et une jupe longue moulante se leva et, comme en transe, commença à remuer les bras et les hanches au rythme fou que les tambours marquaient à l'unisson. Sa silhouette se découpait sur les flammes dansantes, la métamorphosant en une prêtresse de cultes païens, une sirène attirant les voyageurs de la nuit vers le feu. Je songeai à mon amie Jennifer et à son déhanché lors de nos soirées new-yorkaises. Comme elle, cette fille donnait le rythme, guidant ses congénères jusqu'à l'apogée de la nuit. Je constatai finalement, avec un absurde étonnement, que cette fête n'était pas si différente de celles que je fréquentais à New York, mis à part le décor plus rustique et l'absence d'électricité. Ceux qui ne jouaient pas d'un instrument dansaient et la réunion prit des allures de rite vaudou. Je finis par partager la frénésie générale, laissant mon corps se mouvoir aux battements des tambours. L'air fut alors traversé d'un son aigu qui pénétra au plus profond de mon être. Et alors que tous les pieds trépidaient au rythme des percussions, mon âme trépida sous cette vibration.

— C'est une *gralla*, m'expliqua Oriol.

Sans le laisser finir, je le tirai par le bras. Que l'instrument fût une *gralla* ou autre chose, il invitait à la danse de ses accords contagieux. Enivrée, je jetai mes chaussures au loin et, nouveau membre de cette drôle de tribu, je m'unis avec enthousiasme à la transe qui battait son plein autour du feu de camp.

Je ne sais pas combien de temps nous dansâmes ainsi. Mes pieds nus s'enfouissaient dans la fraîcheur du sable fin, massés au contact de cette matière mouvante. Dans la chaleur du feu, les visages brillaient, s'animant d'une féerie d'ombres et de lumières sous le regard bienveillant d'un ciel étoilé qui se parait, de temps à autre, des pépites multicolores de feux d'artifice lointains.

Oriol n'était pas un cavalier fidèle ; il se faufilait parmi les groupes, dansant avec des femmes autant qu'avec des hommes. C'était sa manière à lui d'être sociable. En l'observant attentivement, je devinai qu'il n'avait pas de partenaire fixe, masculin ou féminin. Pas dans ce groupe du moins, car je supposais que mon ami évoluait dans des cercles divers et variés, brassant tout un éventail d'individus. Les flammes et les battements des bongos faiblissaient quand je vis Oriol prendre un homme par la main et lui susurrer quelques mots à l'oreille. Mon cœur fit un bond dans ma poitrine lorsque ce dernier lui rendit son sourire. Malgré l'euphorie dans laquelle m'avaient plongée la *cava* et la musique, je ne perdais aucun détail de la scène qui se déroulait autour de moi. J'avais donc repéré plusieurs couples, parfois du même sexe, parfois de sexe opposé, entrer dans la pinède munis de serviettes de plage, draps rudimentaires à étendre sur un lit de sable et d'épines de pin.

« Qu'est-ce qu'il te prend, imbécile ? m'autocensurai-je à mi-voix. Tu es fiancée à Mike et tu l'aimes. Pourquoi Oriol n'aurait-il pas le droit de trouver le bonheur auprès d'un homme ? »

Malgré tout, c'est la gorge nouée et la vue brouillée par les larmes que je les regardai se diriger vers la forêt main dans la main. Je pouvais dire adieu à mes souvenirs les plus chers : la mer, l'orage, le premier baiser...

« Maman avait raison ! murmurai-je, dépitée. Elle a tout compris depuis le début, elle. »

Oriol et son ami firent subitement demi-tour et se lancèrent dans une course folle en direction du feu, qu'ils esquivèrent d'une cabriole. Ils atterrirent à la limite du foyer, faisant jaillir une gerbe de flammèches. Plus loin, ils se tapèrent dans les mains dans un éclat de rire pour se féliciter de leur pirouette. D'autres couples les suivirent. Oriol réédita ses prouesses avec des hommes, des femmes et toujours dans la même direction, de la forêt à la mer. Le rituel obéissait, en fait, à une certaine logique. Le feu était encore vif et si deux couples arrivant de directions opposées étaient entrés en collision, ils auraient non seulement souffert du choc mais également risqué de graves brûlures. En outre, si l'un d'eux prenait feu, le chemin à prendre était indubitablement celui de la mer.

Oriol, qui m'avait abandonnée presque toute la nuit, choisit ce moment pour me rejoindre.

— Le feu symbolise la purification, le renouveau, brûler le vieux pour commencer autre chose, m'expliqua-t-il tout sourire. Le but, c'est de se débarrasser de toute la merde. Et la nuit de la Saint-Jean, si on saute au-dessus du feu avec quelqu'un, ça signifie qu'on fait la paix avec cette personne, qu'on détruit les vieilles tensions et qu'on cherche à perfectionner son amitié ou son amour. Tu vas voir, on brûle aussi des objets. Ils représentent les choses desquelles on veut se libérer, celles dont on ne veut plus dans sa vie.

— Veux-tu sauter avec moi ? demandai-je.

— Je ne sais pas trop, me répondit-il avec un clin d'œil. Tout ce que l'on pardonne et tout ce que l'on demande en sautant par-dessus le feu la nuit de la Saint-Jean est retranscrit dans un grand livre par les sorcières. C'est un engagement éternel.

— Aurais-tu peur de prendre un engagement avec moi ? Ou alors as-tu quelque chose à te faire pardonner ?

— Ça, il ne faut jamais le révéler avant. Sinon, ça ne marche pas.

J'allai chercher mes chaussures et, après m'être demandé dans quel état elles ressortiraient de l'aventure, je décidai, heureuse, que le jeu en valait la chandelle. Main dans la main, nous nous dirigeâmes vers la pinède où s'était formée une file de couples. Seuls quelques bongos continuaient à retentir, d'un son grave et éteint. Serrant un peu plus la main d'Oriol, je pris une grande respiration pour m'imprégner de ce moment magique. Folle de joie, je sentais mon cœur battre à tout rompre. Tous les éléments étaient réunis pour régaler mes sens et faire de cette nuit un moment magique : l'odeur du feu et de résine brûlée, le ciel constellé d'étoiles, la musique. Je garde de ce saut un souvenir presque aussi fort que celui du premier baiser. Les longs doigts d'Oriol entouraient ma main d'une enveloppe protectrice, tendre et ferme.

Nous volâmes au-dessus des flammes. J'atterris dans les braises, légèrement derrière lui, mais élancée par notre course et entraînée par la vitesse d'Oriol, je n'y restai pas plus d'une demi-seconde.

J'avais terriblement envie de lui demander les vœux qu'il avait formulés et de l'embrasser, comme beaucoup le faisaient après le bond, mais il s'éloigna aussitôt pour parler à quelqu'un.

Des couples continuaient à franchir le brasier quand une fille s'approcha des flammes pour y jeter un tas de papiers. Puis un autre y déposa une sorte de caisse en bois. L'odalisque qui avait initié la danse ôta sa chemise et l'envoya valser dans les flammes, découvrant un magnifique buste à la poitrine abondante. Tradition de la tribu ou improvisation, ce geste eut beaucoup de succès et plusieurs autres femmes suivirent son exemple et se mirent torse nu, sans toutefois offrir un spectacle aussi ravissant.

Des hommes brûlèrent également leur chemise et je vis Oriol s'approcher du feu avec des papiers. Un geste qui, naturellement, éveilla ma curiosité.

Quand l'assemblée se fut débarrassée de tous ces supposés objets néfastes, le rythme des bongos s'accéléra et tous les musiciens en herbe cherchèrent de nouveau la cadence, dans un véritable tintamarre. La fête recommença de plus belle et la danseuse reprit son déhanchement rythmique, balançant ses seins nus au gré des battements de tambour. Elle arborait un grand tatouage qui lui couvrait l'épaule et une partie du dos. Assis à l'écart, Oriol contemplait les flammes et les silhouettes des danseurs se découpant contre leur lumière rougeâtre. Je m'assis près de lui.

— Qu'as-tu brûlé ?

Il me jeta un regard surpris, comme s'il avait oublié ma présence ou ignorait où il se trouvait. Ses yeux brillants, dont la pupille reflétait les flammes du brasier, étaient humides de larmes.

— On ne peut pas le dire, me répondit-il avec un sourire timide.

Je recueillis l'une de ses grandes mains dans les miennes.

— Bien sûr que si, on peut. Avant de sauter, non, mais maintenant, on peut. Une peine partagée pèse moins lourd. Tu te souviens, on se racontait tout avant...

— C'était une lettre, confessa-t-il après un long silence.

— Quelle lettre ? demandai-je, tout en suspectant la réponse.

— La lettre de mon père, celle du testament.

— Mais pourquoi l'as-tu brûlée ? questionnai-je, interloquée. La dernière lettre de ton père ! Tôt ou tard, tu le regretteras...

— Je le regrette déjà.

— Alors pourquoi ?

— Je voulais oublier. Ou, au moins, ne plus être obsédé par son souvenir, ne plus en souffrir. Mon père a été la grande tragédie de mon enfance. J'ai l'impression qu'il m'a abandonné.

Je me remémorai des images du passé. Quand son père arrivait dans le village où nous passions les vacances, Oriol courait l'accueillir, puis lui prenait la main, dans un geste de propriétaire orgueilleux, et le baladait d'un bout à l'autre du village. Il levait vers lui des yeux pleins d'admiration, le visage illuminé d'un sourire benêt.

— Il devait avoir ses raisons, le consolai-je. Tu sais

qu'il t'aimait plus que tout. Il n'a pas voulu t'abandonner.

Sans répondre, Oriol plaça un joint entre ses lèvres et l'alluma. Silencieuse, je restai près de lui, puis le lui piquai pour fumer à mon tour.

— Au fait, tu sais quoi ? lançai-je subitement.

Après une courte pause lors de laquelle il ne répondit rien, j'insistai :

— Tu sais, les lettres...

À en croire son regard, il ne voyait pas où je voulais en venir.

— Quelles lettres ?

— Les nôtres ! Celles que je t'ai écrites et celles que tu m'as écrites.

Ma voix trahissait une légère irritation. Comment pouvait-il avoir oublié ? Quelles lettres pouvaient bien être plus importantes que celles-ci ?

— Oui, et alors ?

— Je sais pourquoi nous ne les avons jamais reçues.

Il retomba de nouveau dans un silence distrait. Mais pas moi. Je lui racontai l'amour de ma mère pour son père, sa peur de revivre ces épisodes douloureux, que l'histoire ne se répétât avec moi, son opposition à notre amour et l'obstacle qu'elle avait dressé entre nous en interceptant ce courrier que nous attendions avec impatience. Je crus bon de m'abstenir de mentionner que María del Mar croyait fermement qu'il était, lui aussi, homosexuel.

— C'est vraiment dommage, finit-il par répondre. J'ai mis beaucoup de sentiments dans ce que je t'ai écrit, surtout à la mort de mon père. Je m'en souviens comme si c'était hier. Je me sentais très seul et je continuais à t'écrire, désespéré, même si je ne recevais aucune réponse. Ça me faisait plaisir d'imaginer que tu lisais ces lettres, j'avais besoin de me confier à quelqu'un. J'aurais tant aimé pouvoir te parler ! Mais je n'avais même pas ton numéro de téléphone.

Me rapprochant de lui, je suggérai :

— Peut-être que tout ça, tout ce que nous avons écrit et qui s'est perdu, nous pouvons nous le dire maintenant...

C'est le moment que choisit la danseuse au corps de déesse, désormais brillant de sueur, pour venir s'asseoir à côté d'Oriol. Fumant au même joint que lui, elle s'approcha un peu plus pour lui chuchoter quelque chose, à tel point que je crus un instant qu'elle lui mordillait l'oreille. Elle laissait échapper de petits rires, auxquels il se joignait de temps à autre, puis elle finit par se lever, prenant Oriol par la main. Alarmée, je l'imaginai déjà l'entraîner dans la pinède. Ils se chamaillèrent en riant puis, sa main dans la sienne, elle le guida vers la forêt.

J'étais dépitée. Quelques heures plus tôt, j'étais désespérée à l'idée de son homosexualité et voilà que je l'étais maintenant parce qu'il partait avec cette fille au corps de rêve. « Je devrais être contente, pensai-je, il n'est pas homo. D'ailleurs, qu'est-ce que ça change pour moi ? Ça ne devrait pas avoir tant d'importance à mes yeux. Je suis fiancée et je vais me marier dès mon retour aux États-Unis. Mike est un type formidable, mille fois mieux que n'importe qui sur cette plage. »

Mais quand je le vis revenir à peine quelques minutes plus tard, une guitare à la main, mon cœur se gonfla de bonheur. Comme j'étais heureuse que cette fille n'eût pas obtenu ce qu'elle voulait ! Sûrement cette nymphe trouverait-elle, dans l'obscurité de la forêt, un mâle pour satisfaire sa fureur libidinale !

Oriol prit place sur le sable, à un mètre de moi, et fit doucement tinter les cordes de la guitare. Soudain, je fus de nouveau assaillie d'horribles doutes : Oriol ne pouvait qu'être homosexuel pour résister aux avances de cette femelle en rut ! Puis les doutes firent place à une autre question : cesserais-je, un jour, de m'inquiéter de ses tendances sexuelles ?

Quelques timbales résonnaient encore de l'autre côté du feu de camp mais plus personne ne dansait. Depuis que vêtements et autres objets avaient été livrés aux flammes, la fièvre était progressivement retombée. Les percussions offraient un fond musical doux, méditatif et intime. Oriol égrena les cordes de la guitare avant de jouer un morceau classique que je ne reconnus pas. Il enchaîna ensuite sur un mélancolique *Cants dels ocells*, pétri de sentiments. Puis, s'accompagnant toujours des accords de la guitare, il se mit à fredonner tout bas, comme si la chanson ne s'adressait qu'à nous deux :

« Cuan surts per fer el viatge cap a Itaca... »

Ses yeux étaient gonflés de larmes. Je savais que cette chanson avait, pour lui, une signification particulière. N'était-ce pas l'une de celles qu'Enric avait écoutées avant de mourir ? Je me laissais imprégner par son chant, dans un silence religieux.

Il chantait d'une voix feutrée, intime et solitaire, mais plusieurs personnes s'approchèrent, formant un cercle autour de lui. Les auditeurs écoutaient dans un silence respectueux et j'eus l'impression que certains étaient complices d'un secret que je ne partageais pas.

Quand il eut fini, ils l'applaudirent et réclamèrent un autre morceau. Oriol refusa. Il semblait vivre l'intervention du public comme un viol de son intimité et insista pour donner l'instrument à un autre musicien. Il finit par échouer près de la fille qui m'avait provoquée en début de soirée. Manquant de mains pour mener à bien toutes ses petites affaires, elle passa son joint baveux à son voisin et entonna une chanson paillarde sur la maison d'une certaine Inés, dont je tairai les passe-temps favoris... Un percussionniste l'accompagnait au bongo. L'interprète était sans aucun doute l'héroïne de la chanson, l'œuvre portait la marque de l'artiste.

Je profitai qu'Oriol ne fût plus le centre de l'attention pour lui murmurer :

— Tu pensais à Enric en chantant.

— Mon père adorait cette chanson. Il l'a écoutée avant sa mort.

— Comment le sais-tu ?

— Le disque était sur la platine quand ils l'ont retrouvé. Je suis sûr qu'il l'avait écoutée. As-tu compris les paroles ?

— Oui, bien sûr, elle fait référence à Ulysse et à son retour de Troie. Il navigua des années et des années pour retrouver son île, Ithaque.

— Exactement. Les paroles s'inspirent du poème du Grec Constantin Kavafis.

Puis lentement, comme s'il fouillait sa mémoire, il commença à réciter :

— « Quand tu prendras le chemin d'Ithaque, souhaite que la route soit longue. Mais ne te hâte surtout pas dans ton voyage. Mieux vaut le prolonger pendant des années ; et n'aborder dans l'île que dans ta vieillesse, riche de ce que tu auras gagné en chemin, sans attendre d'Ithaque aucun autre bienfait. Ithaque t'a offert ce beau voyage. Et même si elle est pauvre, Ithaque ne t'a pas trompé. Sage comme tu l'es, avec une expérience pareille, tu as sûrement déjà compris ce que les Ithaques signifient. »

Sans me regarder, les yeux perdus dans le rouge ardent des braises, il réfléchit un moment avant de continuer :

— On passe sa vie à vouloir atteindre un objectif, à courir après des rêves, à croire qu'obtenir ce que l'on veut nous ouvrira les portes du bonheur. Mais ça ne se passe pas ainsi. C'est le chemin qui fait l'existence, pas l'aboutissement. Peu importe la beauté, l'importance ou la spiritualité de l'objet de nos prétentions. La mort est toujours au bout du chemin. Si on ne sait pas être heureux, évoluer, devenir ce que l'on veut en chemin, on n'y parvient pas plus à l'arrivée. C'est pour ça que l'on doit profiter du moment présent. La vie est pleine de trésors que l'on poursuit en pensant qu'ils nous apporteront le bonheur. Chimères ! Il arrive même qu'en réalisant son désir le plus cher on se retrouve finalement les mains vides.

— Insinuerais-tu que ton père se moque de nous avec ce trésor ? Qu'il nous fait jouer au même jeu que dans notre enfance, à l'échelle d'adulte ?

— Je ne sais pas, répondit-il dans un soupir. Ce que je sais, c'est que dans sa philosophie, le vrai trésor se trouve en chemin, dans l'émotion de la recherche, la tension du désir et non dans le soulagement de son assouvissement. Il croyait à la signification du *carpe diem* latin, vivre le moment présent. Je me souviens que lorsque nous jouions à la chasse au trésor, nous ne récoltions à la fin qu'une poignée de bonbons. L'important était l'émotion, les instants vécus à sa recherche.

Je sentais mes paupières s'alourdir, ma diction ralentir et mes neurones s'émousser. Je m'assoupissais, subissant le contrecoup des émotions qui m'avaient secouée tout au long de cette nuit remplie de péripéties : mon excursion clandestine dans l'église de Santa Anna, ma rencontre terrifiante avec Arnau d'Estopinyá, ma présentation devant les Templiers, la danse tribale, le saut par-dessus le feu de camp et le choc de la brève incursion d'Oriol dans la pinède. C'était beaucoup trop pour une seule soirée. Était-ce cela *carpe diem* ? Ou plutôt *carpe noctem*...

Oriol avait cessé de parler et écoutait la chanteuse. Quant à moi, assise dans le sable et couverte de l'une des serviettes de plage qu'il était allé chercher dans la voiture, je résistais difficilement aux assauts de la fraîcheur nocturne et du sommeil. Je ne distinguais pas les aiguilles de ma montre mais il ne devait pas être loin de six heures du matin. Une silhouette montra du doigt l'horizon au-dessus de la mer. Une ligne grisée émergeait entre le noir céleste et le bleu marin. Dans un regain d'énergie, plusieurs percussionnistes tambourinèrent sur leurs instruments, tentant de s'accorder entre eux pour rythmer à l'unisson le lever du jour. Pendant les interminables minutes où la clarté semblait paralysée dans le ciel balafré de déchirures cristallines, perdant parfois de son intensité, comme si la mer s'en imprégnait pour délaver ses propres couleurs, toute personne ayant sous la main un objet susceptible d'émettre un son le frappait frénétiquement, dans un impressionnant langage cabalistique d'enthousiasme exalté. Puis un point d'or brilla sur la ligne séparant la mer endormie du ciel limpide. Le tumulte augmenta encore et tous poussèrent de grands hurlements pour saluer le lever de l'astre roi. Je me joignis aux célébrations, désormais initiée aux rites de cette tribu en adoration devant son dieu. Peu à peu, traçant une ligne dorée sur l'horizon et déroulant un tapis tissé d'innombrables points lumineux sur les vaguelettes à mesure qu'il avançait vers nous, le soleil se leva jusqu'à se décoller de la mer, brûlant les yeux, même mi-clos. Deux membres de la tribu s'élancèrent alors à grands cris dans l'eau, en tenue d'Adam et Ève. Ils furent suivis d'une autre vague de baigneurs, et ainsi de suite. Je vis qu'Oriol se déshabillait et, désormais totalement sortie de ma léthargie, constatai que la nature l'avait plutôt gâté.

— Tu viens ? m'interrogea-t-il.

Je ne m'étais jamais montrée nue en public mais je n'y réfléchis pas à deux fois. Je me dégageai de la serviette, laissai rapidement tomber mes vêtements pardessus et, avec mes deux bagues pour seuls ornements, courus jusqu'à la mer main dans la main avec Oriol.

La tiédeur de l'eau contrastait avec l'air de la nuit et il était possible de marcher sur plusieurs mètres sans perdre pied en prenant garde aux creux inattendus. Toute la tribu barbota nue dans un concert de clapotis et de rires.

La baignade terminée, alors que beaucoup s'installaient pour dormir sur la plage, Oriol et moi décidâmes de rentrer à Barcelone. Mais en me rhabillant, je fus incapable de retrouver mes chaussures. Je les cherchais aux alentours quand j'entendis une voix familière dans mon dos :

— Eh, blondinette, qu'as-tu brûlé dans le feu ?

Je me retournai pour faire face à cette Inés, Miss Objets Métalliques. Elle était en train de se sécher avec une serviette et un coup d'œil suffit à confirmer mes soupçons. Elle portait bien des piercings sur les tétons, le nombril et j'en passe.

Elle avait définitivement une dent contre moi... Devais-je lui répondre ? J'étais éprouvée par cette nuit et mon humeur s'en ressentait. Au terme d'un effort d'amabilité, je répondis :

— Rien.

— C'est là que tu te trompes ! reprit-elle tout sourire. Tu as brûlé une paire de chaussures de luxe.

— Quoi ?

Cette fille se payait probablement ma tête devant ses amis.

— Oui. La morale de cette nuit, c'est qu'on n'a pas besoin de chaussures à deux cents euros pour traverser l'existence.

L'infâme passoire avait pris un air triomphant.

— Je les ai jetées au feu quand tu étais dans l'eau.

— C'est une plaisanterie.

— Et non, blondinette. Tu vas voir comme on marche mieux pieds nus.

J'étais sûre qu'elle se moquait de moi. Toutefois, je m'approchai du feu, d'où s'élevaient encore quelques flammes, et distinguai, horrifiée, mes chaussures au milieu des braises. L'une grillait, dégageant une odeur de corne brûlée, alors que l'autre avait déjà rendu l'âme, carbonisée. Je n'en croyais pas mes yeux.

J'entendis le rire de cette fille, probablement en train de raconter ses faits d'armes à sa bande d'amis. Je dois reconnaître qu'elle n'avait pas tort. On peut marcher sans chaussures. Et même courir. Je ne me souviens plus en détail de la suite mais ma rage leva toutes les barrières que constituaient, encore quelques secondes plus tôt, les conventions sociales, la fatigue et la prudence. Elle ne s'attendait certainement pas à cela de la « blondinette » et, alors qu'elle me tournait le dos, encore nue, parlant avec ses comparses, je me ruai sur elle et la tirai par les tresses avec une telle violence qu'elle s'écroula par terre. Prenant ses cheveux à pleines mains, je la traînai de toutes mes forces dans le sable, l'insultant sans répit, alors que sa copine tentait d'intervenir. Je ne sais pas ce qui aurait suivi si Oriol ne m'avait pas arrêtée alors que d'autres se chargeaient d'immobiliser ma rivale. J'aurais voulu la jeter au feu pour qu'elle aille retrouver mes chaussures, ou lui arracher ses piercings aux seins. Mais le premier transport de fureur passé, je laissai Oriol me séparer de ma proie. De nouveau sur pied, la passoire, heureusement retenue par ses amis, criait des injures traduisant une folle envie de me mettre en charpie.

Le rire d'Oriol nous accompagna sur tout le trajet de retour. Quant à moi, je palpais de mes orteils nus le caoutchouc du plancher de la voiture tout en faisant le bilan de la situation. Sauvage. Je m'étais comportée comme une vraie sauvage, pire encore.

— Alors, vas-tu pouvoir avancer dans la vie sans tes chaussures à deux cents euros ? me sermonna-t-il en rigolant.

J'éclatai de rire. L'aventure valait bien plus. *Carpe diem.*

38

Je fus réveillée par une insupportable sonnerie : mon téléphone portable. Je devais absolument changer cette musique. Cela faisait déjà un moment qu'elle m'irritait et, aujourd'hui, ce son était plus horripilant que jamais.

Qui pouvait bien m'appeler à cette heure matinale ? Ne pouvait-on pas attendre que je sois debout ? C'était Artur Boix, qui tenait à savoir comme s'était passée ma nuit. Ma nuit, elle était loin d'être terminée ! Oui, je m'étais couchée tard. Si tard qu'il était encore trop tôt pour parler. Non, les Templiers m'avaient bien reçue. Se retrouver pour déjeuner ? Non, quelle idée ! Déjà treize heures ? J'aurais aimé mais mon organisme réclamait vraiment une bonne nuit de sommeil, il pouvait me rappeler quand je serais réveillée. Après avoir raccroché, je regrettais mon manque d'amabilité. En outre, j'étais partie à la fête sur la plage sans mon téléphone alors qu'Artur devait me contacter pour s'assurer que j'étais saine et sauve. Je me surpris à rêvasser au lever du jour sur le sable, au clapotis des vagues et au corps nu d'Oriol, avant de sombrer dans une douce somnolence. Je ne crois pas m'être rendormie car il me sembla que mon satané téléphone sonna juste après que j'eus fermé les yeux. Pourquoi ne l'avais-je donc pas éteint ? À l'autre bout du fil, je reconnus la voix de Luis, pourtant très altérée par l'excitation.

— Je l'ai ! brailla-t-il.

— Quoi ?

— L'indice, la clé pour continuer.

— Continuer quoi ?

— L'idée m'est venue cette nuit, d'un seul coup ! s'exclama-t-il, enthousiaste. J'ai tout compris. La lettre d'Enric l'explique.

Je gardai le silence, le temps pour mon esprit endormi d'assimiler cette séquence de mots. Mais Luis ne semblait pas disposé à attendre.

— Je suis à Cadaqués et je vais aller directement chez Oriol. Tu es là-bas ?

— Oui.

— Alors préviens-le. À tout de suite.

Je remontai le store pour découvrir Barcelone, baignée du soleil de l'après-midi, plus endormie que jamais. Peut-être était-ce le reflet de mon propre état. Il était déjà plus de trois heures lorsque je descendis, après une bonne douche, maudissant Luis de m'avoir sortie du lit. Autant dire que je me serais bien passée de l'option « réveil intégré » du cousin d'Oriol.

Cher Luis,

Te souviens-tu quand nous jouions avec Oriol et Cristina à la course au trésor et que je cachais des pistes dans le jardin de la maison de l'avenue Tibidabo ? C'est pareil. Sauf qu'aujourd'hui, ce n'est plus un jeu.

Sois heureux auprès de Cristina et d'Oriol.

Ton oncle,

Enric

C'était tout. La lettre de Luis ne contenait que ces trois lignes. Après l'avoir lue à voix haute, il nous la fit passer, comme s'il nous demandait de constater par nous-mêmes ses talents de lecteur. Je la relus donc attentivement, en silence, puis la tendis à Oriol, qui suivit mon exemple. Assis autour de la table du jardin, peut-être pour échapper au contrôle d'Alicia ou retrouver le territoire de nos aventures enfantines, nous dévisagions Luis, qui ne nous quittait pas des yeux. Il arborait l'expression radieuse de celui qui en sait, ou croit en savoir plus.

— C'est évident, non ? risqua-t-il.

Je n'étais pas de cet avis, et Oriol non plus. Nous échangeâmes un regard chargé d'incompréhension, haussant les épaules.

— Les pistes ! continua-t-il. Il nous cachait des pistes dans le jardin. Et quelle était sa cachette favorite ?

— La pierre du puits ! criâmes-nous en chœur.

Nous ne nous trouvions qu'à quelques mètres d'une vaste pelouse, au centre de laquelle était construit un puits destiné, au début du XIXe siècle, à alimenter la maison en eau. Pour nous, ce n'était évidemment qu'un élément décoratif. Mais il possédait une caractéristique magique pour des enfants : l'une de ses pierres, à ras du sol, se déplaçait, découvrant une petite cavité qui avait joué un rôle capital dans nombre de nos chasses au trésor et dont l'existence n'était connue que d'un seul adulte, Enric.

— Crois-tu qu'il y ait une piste derrière la pierre du puits ?

À peine avais-je formulé cette question que je compris qu'elle était non seulement redondante, mais que sa réponse était évidente.

— Bien sûr ! C'est ce que dit la lettre, non ?

C'était effectivement ce que sous-entendait la lettre, dans la mesure où c'était ce qu'on voulait y lire.

— Allons voir ! proposa Oriol.

À cette simple suggestion, je ressentis un immense creux au ventre, comme lorsque, petite fille, je trépignais d'exaltation au début d'un jeu de piste.

En un bond, nous étions tous debout, courant vers le puits comme des gamins. Bien entendu, nous voulions tous déplacer la pierre, mais Luis ne manqua pas de nous rappeler que le mérite lui revenait, coupant ainsi court à d'éventuelles querelles puériles. Religieusement, il entreprit donc de tirer la pierre, s'aidant d'un trou qui n'avait jamais été rebouché. Je suivais la scène le cœur battant. Au terme de ce qui me parut une éternité, avec une lenteur exaspérante, il extirpa la pierre de son renfoncement. Passant la main dans la niche, il nous regarda, d'abord Oriol, puis moi, nous offrant son plus beau sourire. Je l'aurais tué ! Certaines personnes ne changent jamais et c'était le cas de Luis, resté ce petit gros insupportable qui aimait occuper le devant de la scène.

— Il y a quelque chose là-dedans, finit-il par révéler.

Il en sortit un emballage de plastique, qu'il ouvrit délicatement pour découvrir un revolver accompagné d'une note : « Cette fois, ce n'est plus un jeu. Utilisez-le si besoin. »

La vue de cette arme me donna la chair de poule. Pénétrée d'un sinistre pressentiment, je préférai ne pas partager mon angoisse avec mes amis. Ce devait être l'arme que le commissaire Castillo recherchait. Ce revolver, que j'avais vu en rêve, avait donné la mort à quatre personnes et Enric suggérait qu'il pouvait encore servir.

— N'y a-t-il rien d'autre ? demandai-je avec empressement.

Le pistolet ne nous apportait aucune piste qui nous mènerait au trésor.

Nous dûmes de nouveau supporter la petite cérémonie par laquelle Luis s'évertuait à prolonger le suspense. Fouillant le fond de la cavité de sa main, il finit par répondre :

— Si.

— Alors vide cette foutue cachette une fois pour toutes ! éclatai-je.

Il obéit à mon injonction, non sans me lancer un regard offensé, et révéla un autre emballage, beaucoup plus petit. Il contenait un papier sur lequel était écrit : « *TU QUI LEGIS ORA PRO ME* ».

— C'est du latin, nous éclaircit Oriol. Ça signifie : « Toi qui lis ceci, prie pour moi ».

— Ça ressemble à une tradition templière, murmurai-je.

Nous échangeâmes des regards attristés. Le visage de mes amis traduisait la surprise, mais surtout une profonde affliction. Enric nous demandait de prier pour lui. Et nous répondîmes à son appel posthume, les larmes aux yeux. Je l'imaginais en train de cacher l'arme du crime, sans doute meurtri par les remords et conscient, à l'approche de sa propre mort, que son âme ne reposerait pas en paix sans nos prières. Quels étaient ses sentiments lorsqu'il nous avait laissé cette requête ? Probablement une solitude infinie et une peur irrépressible de ses actes passés et à venir. Pourquoi s'était-il suicidé ?

— Et si nous allions à la messe ? proposa Oriol, interrompant mes lugubres conjectures.

Lorsque nous arrivâmes devant l'église, le soleil brillait encore sur la ville, même si les immeubles alentour empêchaient ses chauds rayons d'atteindre le vénérable édifice.

Malgré mon humeur peu propice à la contemplation, je découvrais avec plaisir, à la lumière du jour, le lieu que j'avais visité en cachette la veille au soir. La placette reposait tranquillement dans ce doux après-midi estival. Devant l'entrée donnant sur le cloître, je devinai les restes d'un calvaire, dont seul subsistait un long tronc de pierre. Sa partie supérieure n'avait malheureusement pas survécu aux razzias anticléricales, si fréquentes à Barcelone à l'aube du XXe siècle, ou à un acte de vandalisme. J'aurais aimé vérifier combien de traverses la formaient. La croix qui apparaissait sur le papier notifiant les horaires de messe en possédait deux, tout comme les gravures incrustées çà et là dans la pierre de l'église ou encore la croix qui marquait la cape des Nouveaux Templiers. Je le fis remarquer à Oriol, qui s'empressa de me donner quelques éclaircissements :

— Les Pauvres Chevaliers du Christ utilisaient deux modèles de croix : la croix à double traverse, qui possède une multitude de dénominations, notamment croix patriarcale, du patriarche de Jérusalem, croix de Lorraine ou croix de Calatrava ; et la croix aux bras égaux et aux extrémités pattées, comme celle de ta bague, dont ils se servaient comme sceau.

— Et pourquoi y a-t-il tant de croix du Temple dans cette église ?

— Parce que les Templiers n'avaient pas l'exclusivité de la croix patriarcale. L'ordre du Saint-Sépulcre l'utilisait également comme symbole, tout comme les Hospitaliers ou les chevaliers de Calatrava. Or Santa Anna constituait le siège barcelonais de l'ordre des chevaliers du Saint-Sépulcre. Aujourd'hui, cet ordre utilise comme signe distinctif une croix rouge entourée de quatre petites croix, en mémoire des cinq stigmates du Christ. D'ailleurs, officiellement, cette église constitue toujours son siège catalan.

— Et officieusement ?

— Tu le sais déjà, répondit Oriol avec un clin d'œil complice.

Je n'avais pas suivi un office religieux avec tant d'attention depuis bien longtemps. La supplication laissée dans le muret du puits par Enric m'avait bouleversée et la découverte du revolver m'emplissait d'une profonde et lugubre tristesse, réveillant le douloureux souvenir de mon expérience onirique de l'assassinat des Boix. Comment quelqu'un comme Enric, grand amoureux de la vie, avait-il pu commettre un tel crime, puis mettre fin à ses jours ? Cet acte attestait d'un désespoir incommensurable et d'une grande solitude. Comment avait-il pu abandonner Oriol ? Je passai une bonne partie de la messe à pleurer, en priant pour l'âme de mon parrain. De temps en temps, je relevais la tête pour observer mes deux amis. Tout comme moi, Oriol se recueillait. Quant à Luis, il promenait un regard distrait de part et d'autre de l'église, s'efforçant parfois de se concentrer sur ses prières, si tant est qu'il s'en souvenait encore.

À l'issue du service religieux, je me sentais plus légère. Mes pleurs avaient laissé place à de longs soupirs émanant du plus profond de mes entrailles, mais je me sentais sereine, presque heureuse. J'avais accompli mon devoir envers Enric par de ferventes prières. Je me promis de renouveler l'expérience plus fréquemment, dans l'espoir que la messe et la prière soulagent autant son âme qu'elles avaient soulagé mon esprit tourmenté.

Oriol nous fit signe de le suivre vers la porte du cloître. À notre droite se trouvait le couloir conduisant à la salle capitulaire, où se déroulaient les cérémonies templières. Un frisson me donna la chair de poule au souvenir de mon aventure et de mon tête-à-tête avec Arnau d'Estopinyá.

— Le mot de mon père n'était pas seulement destiné au salut de son âme, nous informa Oriol à voix basse.

Je suis sûr que nos prières l'ont beaucoup aidé, mais je pense que le mot est en fait une piste.

— Une piste ? répéta Luis, d'une voix forte.

Je m'efforçai de rassembler mes esprits.

— Comment peux-tu le savoir ?

— Regardez à votre droite.

Nous nous empressâmes d'obéir. Dans une niche du mur gisait une statue représentant un certain Miguel de Borea, amiral général des galères espagnoles, décédé bien des siècles auparavant. J'avais presque oublié que l'église faisait également office de cimetière. Nous nous approchâmes. Oriol désigna une pierre tombale sur le sol. Elle portait l'inscription :

« *TU QUI LEGIS ORA PRO ME* ».

Luis et moi restâmes muets de surprise.

— Quand as-tu fait le rapprochement ? finit par articuler Luis.

Oriol affichait un sourire espiègle.

— Dès le début. Je viens dans cette église depuis que je suis tout petit. J'en connais le moindre recoin.

Je décidai de ne pas intervenir. Bouleversée par le message de mon parrain, je m'étais épuisée à force de prières et de pleurs. Et voilà que cette note se révélait être un maillon du jeu, rien de plus. Cette crapule d'Oriol avait pris un malin plaisir à jouer avec mes sentiments ! Ces prières n'avaient, certes, fait de mal à personne et Oriol avait évidemment consacré ces instants à l'oraison, mais je me jurai de lui rendre, un jour, la monnaie de sa pièce.

— Et que faisons-nous maintenant ? continua Luis.

— Pour le moment, nous sortons d'ici. Si le curé me surprend en train de bavarder dans l'église, il va piquer une colère, comme lorsque j'étais petit.

Nous nous réfugiâmes donc dans une *granja* de la rue Santa Anna pour décider de la marche à suivre.

Selon Luis et moi, la meilleure chose à faire était de soulever, par quelque moyen, la pierre tombale pour découvrir ce qu'elle recelait. Oriol avait beau vouloir nous faire entendre que nous n'y trouverions qu'un cadavre, nous étions bien décidés à fouiller cette tombe de fond en comble. Lorsque Oriol hasarda qu'il s'agirait d'une profanation et qu'ouvrir des tombes constituait un délit aux yeux de l'éthique, de la loi et de la religion, Luis rétorqua que violer une demeure de ce type ne devait pas poser de gros problèmes à un squatteur, puisque le propriétaire ne risquait certainement pas de porter plainte. Ce à quoi Oriol répondit que le curé n'y manquerait pas.

— Nous n'avons qu'à le faire de nuit, quand il n'est pas là, insista Luis.

Oriol ne pliait pas. Le prêtre appartenait à sa confrérie et il ne pouvait se résoudre à agir derrière son dos. Quand nous lui fîmes remarquer que s'il était l'un des siens, l'ecclésiastique pouvait parfaitement nous aider, il ne trouva rien à redire. La discussion s'arrêta donc là.

Quand nous allâmes le trouver, l'homme d'église cria au ciel :

— Vous voulez ouvrir la tombe de l'amiral ? N'y songez même pas ! répondit-il à Oriol. Ton père avait déjà voulu le faire et je le lui avais interdit. De plus, il n'y a rien sous la statue. Je le sais, parce qu'elle a été exposée pendant de nombreuses années au Musée maritime.

— Mon père voulait ouvrir la tombe ? répéta Oriol.

— Oui. C'est bien ce que j'ai dit. Il voulait déposer quelque chose dedans, mais je ne l'ai pas laissé faire.

— Qu'a-t-il fait alors ?

— Il me l'a donné à moi, pour que je vous le remette quand, à votre tour, vous voudriez ouvrir la tombe.

Quelques minutes plus tard, nous tenions entre les mains un manuscrit identique à celui de la librairie du Graal et portant le même sceau de cire rouge.

Radieux, nous échangeâmes des regards triomphants. Une pièce supplémentaire du puzzle !

39

Les jours qui suivirent marquèrent un retour magique à l'enfance. Quand je reviens sur ce séjour à Barcelone, je m'aperçois que chaque minute de cette fabuleuse quête nous rapprochait un peu plus d'un heureux passé.

Alors que Luis nous conduisait jusqu'à son appartement, la voiture était animée d'une cacophonie enthousiaste. Une fois arrivés, nous rompîmes le sceau de cire, comme nous l'avions fait pour le premier manuscrit d'Arnau d'Estopinyá, et découvrîmes qu'il s'agissait non seulement du même papier, mais également de la même écriture. Oriol recommanda de lire les dernières phrases du premier document, ce dont Luis, reprenant son rôle de lecteur, s'acquitta avec empressement. Les mots du vieux moine Arnau d'Estopinyá emplirent de nouveau la pièce :

« Mais les frères Jimeno et Ramón me réservaient un honneur tout particulier. Désireux de protéger les pièces les plus précieuses de chaque commanderie, ils me chargèrent, si la situation ne s'améliorait pas, d'acheminer jusqu'à Peñíscola les trésors réunis à Miravet et de les embarquer sur la *Na Santa Coloma*, la meilleure galère de la flotte, pour les cacher en un lieu sûr en attendant des jours meilleurs. Je jurai, sur le salut de mon âme, de ne laisser quiconque qui ne fût un bon Templier s'approprier ces richesses. Ramón Saguardia m'offrit alors la bague du grand-maître en souvenir de ma promesse et de ma mission : un rubis qui projetait, sous la lumière, une croix pattée. J'étais ému de la confiance que ces hauts dignitaires me témoignaient. Alors que les Templiers du royaume nous faisaient parvenir leurs biens, je passai les jours suivants à jeûner et à prier le Seigneur de me rendre digne d'une entreprise de cette importance.

» J'aurais tout donné, y compris ma vie, pour mener à bien ma mission. »

Luis fit une pause pour s'emparer de la première feuille du nouveau document.

« Le 5 novembre, le frère Jimeno de Lenda se vit accorder une entrevue avec le roi, auquel il demanda son soutien. Ce dernier lui assura qu'il croyait en notre innocence mais refusa de prendre une décision sans en référer à son conseil. En outre, Jacques II reprocha à notre maître de ravitailler les châteaux en munitions, preuve inéluctable qu'il nous surveillait de près.

» Loin de revenir tranquillisé de cet entretien avec le monarque, frère Jimeno décida que son lieutenant et ami, le frère Saguardia, différerait son retour à la commanderie de Masdéu dans le Roussillon pour rester un moment au quartier général de Miravet. Le maître, qui continua d'intercéder auprès du roi en faveur de l'Ordre, obtint une autre entrevue avec le monarque le 19 novembre, à Teruel. Alors que nous attendions avec anxiété le retour de frère Jimeno à Miravet, frère Saguardia apprit que le roi avait réclamé la présence du dominicain Juan de Lotger, l'inquisiteur général qui cherchait à nous emprisonner. Il envoya aussitôt un message à son supérieur : « Nous pensons que vous, frère, et tout autre moine présent à la cour, courez un immense danger. » Mais le frère Jimeno ne se souciait guère de sa propre sécurité, sa seule préoccupation étant d'obtenir le salut de notre congrégation. Faisant fi de la prudence, il décida donc de séjourner quelques jours de plus auprès du monarque.

» Le jour suivant, frère Saguardia me donna sa bénédiction pour quitter Miravet juste après matines. Accompagné d'une nombreuse escorte, je rejoignis Peñíscola aussi vite que le permettait l'allure des chars. Ce n'est qu'en sentant sous mes pieds les solides planches de bois de ma galère, et après m'être assuré que tout le trésor était chargé, que je retrouvai la sérénité. Je sollicitai auprès du commandeur de Peñíscola, Pere de Sant Just, une protection spéciale pour la nuit et nous larguâmes les amarres à l'aube, le lendemain. Plusieurs jours plus tard, je jetai l'ancre au même endroit, après avoir fait le voyage de retour à la voile. Je ressentais une extrême satisfaction pour avoir mené à bien la mission dont le maître m'avait chargé, bien que la réussite de cette expédition fût ternie par l'obligation de sacrifier tous les galériens sarrasins qui m'avaient aidé à cacher le trésor. Certains de ces esclaves maures étaient sous nos ordres depuis des années et c'est avec une grande douleur que nous les avions décapités. »

— Une minute ! interrompis-je Luis.

Devenue experte en ce genre de situation, je me dirigeai tout droit vers les toilettes, où je m'assis sur la cuvette. Mon Dieu ! Voilà que tout recommençait ! Le récit rapportait les exécutions que j'avais vues en rêve. La crique, la mer agitée, la fuite des nuages dans le ciel et les moines tranchant la gorge à ces malheureux enchaînés. Quelle horreur ! Et dire qu'Arnau d'Estopinyá faisait allusion à cette scène avec le plus grand naturel, sans vraiment y accorder d'importance... Je pris une grande inspiration, m'efforçant de me tranquilliser. Je ne pourrais jamais m'habituer à ces phénomènes de psychométrie. La pierre, coupable de mes angoisses, diffusait une lueur blafarde, comme si elle goûtait à un doux repos. Pas étonnant qu'Arnau d'Estopinyá, pas celui qui avait écrit ce manuscrit au XIVe siècle, mais son *alter ego* moderne, le fou qui se prenait pour le Templier, eût perdu la raison. Il avait toutefois été assez sage pour se débarrasser du bijou à la croix sanglante en l'offrant à Enric en échange d'une pension. Était-ce cette bague démoniaque qui avait poussé mon parrain au meurtre puis au suicide ? À ma main, le bijou me narguait, cachant tous ses mystères sous une apparence inoffensive et la lumière intérieure de sa magnifique étoile à six branches. La mise en garde d'Alicia au sujet de la bague me revint à l'esprit. Elle avait raison : ce rubis mâle était sous l'emprise de Mars, de la violence et du sang.

De retour dans le salon, je trouvai Luis en train de servir le café et de commenter à Oriol qu'Arnau devait se croire charitable en décapitant ses galériens, leur ouvrant plus tôt que prévu les portes du paradis. Particulièrement en verve, il ne manqua pas de m'accueillir avec son habituelle impertinence et un commentaire moqueur sur mes fréquents séjours aux toilettes. Oriol souriait, plissant ses yeux en amande, comme pour encourager les blagues de son cousin.

— As-tu toujours mal au doigt ? me questionna-t-il en signalant ma main.

Je compris alors que son sourire n'était pas destiné à Luis et à ses plaisanteries. Il connaissait les pouvoirs du rubis et devinait mes souffrances.

Luis reprit la lecture. La voix d'Arnau d'Estopinyá traversa de nouveau les siècles :

« À mon retour, on m'informa que, malgré le danger, notre maître avait pris la résolution de suivre le roi jusqu'à Valence pour continuer à plaider notre cause. C'est là, dans notre couvent de la capitale, que le monarque, peu soucieux de sa parole, fit emprisonner le frère Jimeno, le 5 décembre. Mais le roi Jacques n'était pas disposé à s'arrêter en si bon chemin. Deux jours plus tard, il faisait prisonniers tous les moines de Burriana, avant de prendre le château de Chirivet, qui céda sans résistance, et de remonter en direction du Nord, vers la forteresse de Peñíscola. À l'instar du misérable roi de France, le roi d'Aragon usa de sa perfidie pour prendre les moines par surprise et étouffer toute résistance. Lorsque j'appris qu'il faisait route vers nous, j'étais sur le point de mettre le cap vers le sud. La saison était loin d'être idéale et je manquais de galériens, mais fidèle à sa réputation, la *Na Santa Coloma* savait voguer à voiles à la perfection et possédait un loyal équipage.

» Toutefois, cette fuite supposait que nous ne pourrions faire escale dans aucun port de Catalogne, de Valence ou du royaume de Majorque. Peut-être même sur aucune terre chrétienne. Je devrais survivre en piratant les navires du Royaume de Grenade ou de Tunisie, car jamais je n'aurais consenti à me faire corsaire à la solde des Maures. Et ce, jusqu'à ce que le Temple retrouvât sa liberté et son honneur ! En revanche, si le pape Clément V appuyait l'action du monarque, comme le prétendait la rumeur circulant dans le royaume, cet acte de rébellion me vaudrait l'excommunication. Nous devrions alors, moi et mes hommes, nous résoudre à un triste destin consistant à attaquer et piller des navires sarrasins jusqu'à tomber au combat, nous faire trancher la gorge par les Maures ou pire, être pendus à une corde chrétienne. Toutefois, ces perspectives ne m'effrayaient pas. Un capitaine de mon expérience aurait, avec une galère comme la *Na Santa Coloma*, amassé bien des richesses. Non, je revins sur ma décision car je ne me résolvais pas à abandonner mes frères à leur triste sort.

» Que puis-je vous dire de plus ? Sinon que je parlai à Pere de Sant Just, le commandeur de Peñíscola, qui m'avoua avoir décidé, en raison de son âge, de se rendre et de céder sa commanderie au roi. Je lui demandai donc la permission de rejoindre, avec tous les moines disposés à me suivre, la forteresse de Miravet, où j'étais sûr que le frère Ramón Saguardia ferait front à la traîtrise du souverain. Avec sa bénédiction et pour seuls marins et soldats trois sergents, un chevalier et sept séculiers, je partis donc au galop en direction de Miravet. Bien conscients que, dix jours plus tôt, le roi Jacques avait ordonné l'arrestation de tous les Templiers et la saisie de tous leurs biens, nous n'avions toutefois pas renoncé à porter avec fierté les habits marqués de la croix rouge de l'Ordre et ne cachions pas nos armes. Aucun des soldats, aucune des milices locales que nous croisâmes sur le chemin n'osèrent nous arrêter dans notre course.

» Deux jours plus tard, le 12 décembre 1302, les troupes du roi prenaient Peñíscola et les forteresses et commanderies des alentours sans se heurter à aucune résistance. Tous les biens templiers du royaume de Valence avaient été saisis et tous ses moines étaient derrière les barreaux.

» Comme je m'y attendais, frère Saguardia avait ignoré l'ordre royal de rendre le château de Miravet. Nous arrivâmes alors que le siège avait déjà commencé mais les milices de Tortosa et celles des villages voisins, qui l'organisaient sous l'ordre du monarque, ne tentèrent même pas de nous couper la route.

» Réjoui de notre arrivée et soulagé d'apprendre que j'avais accompli ma mission avec succès, frère Saguardia m'accueillit d'une étreinte chaleureuse. Il me pria de garder la bague et m'informa que personne ne devait connaître la raison pour laquelle je la portais. Je reçus ce témoignage de confiance avec émotion. J'avais certes perdu à jamais mon cher navire, mais je sus à ce moment que j'avais pris la bonne décision. Ma place était sur le front, avec mes frères. Les commandeurs de Saragosse, Grañena et Gebut avaient également trouvé refuge à Miravet. Tous, nous nous préparâmes donc à un long siège.

» Alors que l'année touchait à sa fin, un messager nous informa que le roi Jacques II de Majorque, l'oncle de notre souverain, avait fait main basse sur la commanderie du frère Ramón Saguardia, tout comme sur les autres propriétés templières du Roussillon, de Cerdagne, de Montpellier et de Majorque. Les émissaires royaux n'avaient rencontré aucune résistance et, bien que tous les moines fussent tombés sous leur autorité, ces derniers jouissaient encore d'une relative liberté.

» Au début de l'an 1308, seuls deux châteaux résistaient encore en Catalogne : Miravet et Ascó. En Aragon, la forteresse de Monzón et plusieurs citadelles subissaient les assauts royaux avec de plus en plus de difficultés. L'une d'entre elles, Libros, qui n'abritait qu'un seul Templier, le frère Pere Rovira, aidé d'un groupe de fidèles séculiers, tint héroïquement le siège pendant six longs mois.

» Le 20 janvier, le roi nous fit parvenir une lettre, nous commandant d'obéir à l'ordre du pape. Mais lorsque frère Saguardia demanda à négocier, il ne reçut aucune réponse. Jacques II menaça ensuite de pendaison, de confiscation de biens et de représailles les familles des soldats qui nous défendaient. Le frère Berenguer de Sant Just, commandeur de Miravet, proposa alors de libérer les soldats de leur service en leur payant leur dû. Saguardia accepta et négocia donc avec les représentants du roi la sortie de cette troupe pour s'assurer qu'elle ne subirait aucun dommage physique ou matériel. Il était hors de question que ces innocents et les leurs souffrissent de notre fidélité à l'Ordre. C'est la mort dans l'âme que je fis mes adieux à mes derniers marins.

» Frère Saguardia pria ensuite le roi d'envoyer des messagers à Rome pour défendre notre cause devant le Saint-Père. Jacques II répondit à sa requête en lançant la construction de machines de guerre et en pilonnant notre château. Il fit venir des renforts de Barcelone et obtint même l'aide de son oncle, le roi de Majorque.

» Ainsi se poursuivit le siège, ponctué d'infructueuses tentatives de négociation et de viles trahisons.

Les vivres s'amenuisaient alors que l'ombre de la menace royale planait, de plus en plus obscure, sur notre château. Rien ne pouvait fléchir la détermination du roi, pas même les nombreux services que nous lui avions rendus, à lui et aux siens, en reconquérant le royaume et en restant fidèle à son père lorsque le pape l'avait excommunié et avait lancé une croisade contre lui. En octobre, nous négociâmes avec succès la sortie des jeunes chevaliers et des novices qui n'avaient pas encore prononcé leurs vœux. Ils purent retourner librement dans leurs familles.

» Frère Saguardia n'accordait aucune confiance au roi mais nourrissait encore quelques espoirs à l'égard du pape. Notre communauté priait avec ferveur pour que le pontife vît la lumière, reconnût notre innocence et nous octroyât de nouveau ses faveurs. Moyennant le soutien de Clément V, ce courageux Templier se croyait capable de vaincre le roi d'Aragon en personne. Frère Sant Just et les autres commandeurs, qui pensaient que le pape lui-même était à l'origine de tous ces maux, désiraient accepter les conditions du monarque.

» La majorité finit par l'emporter et, bien malgré lui, le lieutenant Saguardia dut rendre Miravet et Ascó le 12 décembre, après plus d'un an de résistance acharnée. Les forteresses de Monzón et Chalamera endurèrent quelques mois de plus les assauts des troupes royales.

» Dans un premier temps, notre emprisonnement ne s'accompagna pas de grandes souffrances. Je partageais ma cellule avec quatre moines, un chevalier, un chapelain et deux sergents. À ma demande, j'étais détenu dans la commanderie de Peñíscola. De là, je pouvais voir la mer. Mais la *Na Santa Coloma* n'y voguait plus, on l'avait emmenée à Barcelone.

» Après deux mois d'incarcération, je subis mon premier interrogatoire de l'Inquisition. Avais-je craché sur la croix ? Avais-je renié Notre Seigneur Jésus-Christ ? Avais-je embrassé mes frères sur l'anus ou d'autres parties honteuses ? Avais-je commis des actes impurs ou autres indécences avec mes frères ?

» Que puis-je vous dire ? J'avais beau avoir eu vent de toutes ces questions, je n'en ressentis pas moins une extrême indignation. J'avais assisté à la mort de mes compagnons lors d'abordages de navires sarrasins et à la destruction des murs d'Acre par les Égyptiens, vu des centaines de moines templiers rendre l'âme pour la foi véritable et mon corps portait encore les cicatrices du sang versé pour Notre Seigneur. Et je devais répondre aux ignominieuses questions de ces dominicains, ces prêtres qui n'avaient jamais vu la couleur de leur propre sang, sauf lorsqu'ils s'étaient blessés avec les instruments qu'ils maniaient si bien pour torturer de bons chrétiens.

» Avant de nous rendre, nous avions négocié avec le roi le respect de nos personnes. Mais le traître qui occupait le trône avait encore failli à sa parole. Nous étions non seulement plus surveillés que les Templiers qui s'étaient rendus avant nous, mais nous fûmes également tous mis aux fers l'été suivant.

» Que dire, sinon qu'il faut le vivre pour savoir ce que représentent des mois d'enchaînement, l'impossibilité totale de se mouvoir, la morsure du métal sur la peau et les boursouflures qui meurtrissent les membres engourdis. Réunis à Tarragone, les évêques demandèrent au roi de nous libérer mais les inquisiteurs dominicains insistèrent, au contraire, pour plus de sévérité à notre égard.

» Nous fûmes envoyés là-bas pour un nouveau concile, lors duquel les évêques invitèrent de nouveau le monarque à plus d'indulgence dans les traitements qui nous étaient infligés. Mais, peu après, le pape envoya une missive sommant de nous torturer.

» Nous fûmes transférés à Lleida et, un matin brumeux du mois de novembre, je fus soumis au supplice du chevalet. »

Cette fois, je me gardai bien d'interrompre la lecture de Luis. Depuis mon dernier séjour aux toilettes, j'étais persuadée que le témoignage d'Arnau mentionnerait cette horrible scène. Je me contentai de fermer les yeux et de respirer profondément, dominant ma terreur de revivre ces instants pour me concentrer entièrement sur le récit.

« Nous savions qu'il fallait résister et ne pas céder à la douleur, comme certains de nos frères français l'avaient fait. »

Luis poursuivait la lecture, inconscient de mon malaise.

« Je vécus des heures interminables, seulement interrompues par les deux pauses quotidiennes des bourreaux, qui divisaient notre passion en trois étapes. Les inquisiteurs me posèrent les mêmes questions que lors de mon premier interrogatoire, mais cette fois en présence d'officiers du roi. Ce dernier, incapable de mettre la main sur nos trésors, cherchait à obtenir des informations. Menteur, voleur et assassin ! Aucun des nôtres ne confessa avoir désobéi à la règle, renié le Christ Notre Seigneur, adoré ce Baphomet ou forniqué avec nos frères. Nous n'avouâmes pas non plus avoir caché un quelconque trésor. Plutôt mourir que de permettre à cet indigne monarque, ce pape couard et cruel et ces tortionnaires méprisables de mettre la main sur nos possessions.

» Nul moine de Catalogne, d'Aragon ou de Valence ne céda à la torture et tous, sans exception, maintinrent leur innocence. Certains trouvèrent la mort à la suite de ces horribles traitements, d'autres furent mutilés à jamais et Jacques II, cet infâme hypocrite, envoya alors des médecins et des remèdes pour entrer dans les grâces de ceux qui nous soutenaient. Imposteur !

» Presque un an plus tard, nous fûmes tous regroupés à Barberá et le concile de Tarragone proclama notre innocence.

» Mais le Temple n'existait plus. Quelques mois auparavant, Clément V avait signé sa suppression par la bulle *Vox in excelso*. C'en était fini de l'Ordre qui avait fait la gloire de la chrétienté. De surcroît, le pape menaça d'excommunier quiconque se déclarerait templier. Nous ne pouvions même plus porter notre identité !

» Le roi nous octroya une pension en fonction de notre rang. En tant que sergent, je recevais quatorze deniers. Nous devions nous installer dans des monastères administrés par des religieux n'ayant jamais été templiers et continuer à respecter nos vœux de chasteté, de pauvreté et d'obéissance. Nous pouvions renoncer au quatrième, la lutte contre les infidèles. De fait, nous n'avions désormais plus les moyens de mener notre combat.

» Cinq ans que je n'avais pas foulé le pont de la *Na Santa Coloma* ! Pendant toute cette pénible période de pénitence, il me suffisait de fermer les yeux pour voir se gonfler les voiles de mon navire, déployant la croix rouge dessinée en leur centre, illuminées par le soleil se levant sur la route d'Almería, de Grenade ou encore de Tunisie, où nous attaquerions et saborderions les vaisseaux sarrasins. Ces visions m'accompagnaient toujours, à matines, aux repas, dans mes promenades. Lorsque j'avais recouvré ma liberté, l'idée m'était venue de trouver une galère et de reprendre le combat contre les infidèles avec quelques compagnons. J'en rêvais et passais mon temps à ébaucher des projets de fuite avec d'autres moines. Si certains d'entre eux n'avaient jamais navigué, nous désirions tous nous rendre utiles, retrouver notre dignité, la liberté. Mais ce n'étaient, finalement, que des chimères de vieux fou. J'avais déjà plus de quarante-cinq ans et la torture et la prison avaient consumé mon énergie. Je n'avais plus le courage d'aller au combat et, chaque jour, je caressais un peu plus l'idée de prier jusqu'à ma mort. Un moine m'enseigna l'art pictural et ma pension me permettait de me procurer du bois, du stuc, de la colle et de la peinture. Je pensais que je servirais ainsi mieux le Seigneur, en représentant ses saints dans mes humbles œuvres d'amateur, pour permettre au peuple de les prier.

» Pendant ce temps, le pape et le roi Jacques se disputaient, tels des vautours, les dépouilles de nos possessions. Le monarque avait obtenu que la bulle *Ad providam Christi*, promulguée cette année-là et par laquelle le pontife octroyait les biens de l'Ordre aux moines hospitaliers, exclût les royaumes hispaniques. Puis il convainquit le pape de créer l'ordre de Montesa, qui jurerait fidélité à la couronne et hériterait des possessions templières du royaume de

Valence. Il finit par céder le reste des biens de Catalogne et d'Aragon aux Hospitaliers, tout en gardant tout ce qu'il pouvait sous prétexte de se rembourser des frais occasionnés par son combat contre les Templiers. Il s'empara d'argent, de bijoux et de biens précieux, y compris d'objets liturgiques, si bien que le culte ne pouvait plus être célébré dans certaines églises. Il s'octroya évidemment les rentes de nos propriétés foncières qu'il administra pendant les dix années de dispute avec le pape, agrémentées de quelques châteaux situés dans des positions stratégiques. Et pour finir, il obtint des moines de l'ordre de Saint-Jean de l'Hôpital le tribut de nos pensions jusqu'à notre mort.

» Si nous ne pouvions plus user en public du nom du Temple, aucun de nous ne se résolut à s'associer à une autre confrérie.

» Presque deux ans après notre libération, la nouvelle nous parvint de France. Le misérable Philippe le Bel avait subitement décidé d'exécuter sur le bûcher le grand maître du Temple, Jacques de Molay, et deux de ses dignitaires. Le vieux religieux avait fini par recouvrer sa dignité en proclamant, entre la prison et la torture, la pureté et l'intégrité de l'Ordre, accusant le roi de France et le pape. Il mourut dans les flammes en hurlant son innocence et la nôtre. Il paraît que, dans son supplice, le grand maître assigna le monarque français et le pontife à comparaître devant le tribunal de Dieu. Tous deux périrent la même année, dans d'étranges circonstances.

» Le roi Jacques vécut encore longtemps. Il mourut il y a un an à peine, dans le monastère de Santes Creus, près de celui de Poblet. Il rendit l'âme à la tombée du jour alors que les candélabres s'allumaient les uns après les autres. L'épitaphe qui lui est dédiée annonce : *Circa horam pulsacionis cimbali latronis*. Je ne comprends pas bien le latin, mais je sais qu'il s'agit de l'heure où l'ombre gagne la terre. L'heure du voleur.

» Que dire de plus ? J'arrive au bout du voyage. Après bien des fiertés, des actions de panache, des victoires, des défaites, des souffrances et des passions, j'ai découvert que le secret que je défendais se trouve en Dieu. Il est caché dans la terre que les saints foulèrent et dans la divinité de la Vierge. Que Notre Seigneur Dieu pardonne mes péchés et prenne pitié de mon âme. »

40

Nous nous regardions les uns les autres, muets d'émotion. Oriol se décida finalement à briser le silence, pour nous donner une opinion de spécialiste du Moyen Âge.

— Le texte semble authentique. En fait, on dirait un récit de Templier traduit en langue moderne. On trouve même les adresses au lecteur à la forme interrogative, très courantes dans les écrits de Ramón Muntaner, un chef catalan contemporain d'Arnau, chroniqueur de l'épopée des Almogavares en Turquie et en Grèce. Par exemple, « que puis-je vous dire ? » ou « que dire ? ».

» Ce document peut être une copie de la traduction

vieux textes ou la retranscription écrite d'une tradition orale. Je pencherais plutôt pour la première solution, parce qu'il contient des détails très précis. Je connais très bien cette période historique et tout s'est exactement passé comme le raconte Arnau. Bien qu'il décrive Jacques II comme un misérable, il faut reconnaître que le roi fut très habile. Au lieu de se mettre le pape à dos, comme l'avaient fait son père et son grand-père, il sut le manipuler adroitement. Il obtint tout d'abord du pontife la Corse et la Sardaigne, puis il fit mine de faire la guerre à son frère à la demande de Clément V mais, alors qu'il était sur le point de l'emporter, il retira ses troupes et le laissa régner sur la Sicile, dont il avait, évidemment, déjà occupé le trône. L'île restait ainsi entre les mains de la famille et échappait à la couronne française. Il contribua ainsi à consolider l'emprise de la maison de Barcelone et d'Aragon sur la Méditerranée. Le pape ne put garder aucune des possessions templières d'Aragon et de Valence alors que Jacques II s'en mit plein les poches ! Une réponse logique face aux manœuvres de son rival français, qui s'était fait une petite fortune sur le dos des Templiers. Comme aujourd'hui, l'argent était un facteur stratégique primordial pour l'armée.

» Enfin, bien qu'Arnau décrive en héros ses camarades soumis au supplice, il faut préciser que, s'il y eut en Aragon des tortures sur lesquelles un voile de pudeur était jeté, elles n'étaient pratiquées que pour satisfaire les exigences du pape, qui se plaignait continuellement du laxisme des bourreaux de la région. Attention, je ne prétends pas qu'il n'y a pas eu de tortures, mais il y a des persécutions auxquelles on peut survivre et d'autres non. En fait, le roi Jacques II, bien que persuadé que

Philippe le Bel était derrière tout ça, manipulant le pape, désirait rester dans les bonnes grâces du pontife. En revanche, les Templiers de France subirent les pires tortures, si bien que nombre d'entre eux confessèrent ce que le roi désirait entendre. « S'ils veulent que je confesse que j'ai assassiné le Christ de mes propres mains, je le ferai, déclara un chevalier templier français. Mais je ne peux rien supporter de plus. »

— Toute cette histoire est bien belle, intervint Luis. Mais ça ne nous donne aucune piste.

— Peut-être que si, reprit Oriol d'un air mystérieux.

— Fais-tu référence à l'avant-dernière phrase ?

Luis s'empara de nouveau de la liasse de feuillets et consulta la dernière page.

— « J'ai découvert que le secret que je défendais se trouve en Dieu. Il est caché dans la terre que les saints foulèrent et dans la divinité de la Vierge », répéta-t-il. La terre que les saints foulèrent ! s'exclama-t-il alors. Aux pieds des saints et de la Vierge, c'est là que nous avons trouvé les inscriptions cachées dans le tableau.

— Exactement, affirma son cousin.

— Oriol, intervins-je, dans un éclair de lucidité. Nous n'avons pas passé l'intégralité des tableaux aux rayons X.

— Bien sûr que si, repartit-il. Tu as bien vu les radios.

— J'aimerais les voir de nouveau.

Oriol ressortit les radiographies des trois volets du triptyque. Les peintures étaient difficilement reconnaissables.

— Plus une zone du tableau est hermétique aux rayons X, plus elle apparaît blanche sur la radio, c'est bien ça ? m'assurai-je.

— Oui.

— Et si elle apparaît tout en blanc, c'est qu'un métal empêche les rayons de pénétrer ?

Oriol esquissa un sourire :

— Je vois où tu veux en venir.

— Où ? s'impatienta Luis.

— C'est simple, repris-je, triomphante. Une partie du volet central n'a pas été soumise aux rayons X. Ne vois-tu pas une zone totalement blanche sur la radio ?

— L'auréole de la Vierge ! s'écria Luis.

— Oui, continua Oriol. Et le texte dit : « la divinité de la Vierge ». Ce doit être une piste puisque, la Vierge étant humaine et non divine, le moine aurait dû écrire : « la sainteté de la Vierge ». Dans l'iconographie chrétienne, la sainteté est représentée par l'auréole, un cercle entourant la tête des saints. Quand j'ai vu cette zone blanche sur la radiographie, je n'y ai pas vraiment prêté attention parce que dans certaines œuvres de l'époque, notamment dans la peinture italienne et dans certaines icônes grecques, l'auréole n'est pas composée de stuc et de feuilles d'or mais de vrai métal, généralement de l'étain doré gravé de motifs floraux ou d'inscriptions.

Oriol alla chercher une boîte à outils pendant que Luis et moi restions les yeux rivés sur le tableau, la Vierge et son auréole, qui semblait effectivement en étain.

— J'ai été stupide, dit Oriol. Si à la place des rayons X, comme l'indiquait mon père dans son testament, j'avais directement utilisé des infrarouges, nous aurions tout de suite su s'il y avait un autre dessin ou une inscription sous le métal. Mais nous n'allons pas attendre d'avoir accès à du matériel de réflectographie...

Luis et moi partagions évidemment l'avis d'Oriol. Nous couchâmes aussitôt le tableau sur la table et, avec une infinie précaution, Oriol chercha les bords de l'auréole à l'aide d'un cutter puis décolla délicatement une extrémité. C'était bien ça ! Elle se composait d'une fine couche de métal et d'une sorte de matière élastique ! Il la souleva alors tout doucement, afin qu'elle se détachât sans se rompre. Elle cachait une inscription lisible à l'œil nu : « *Illa Sanct Pau* ».

— L'île de San Pablo, m'écriai-je. Le trésor se trouve dans une grotte marine sur l'île de San Pablo.

— San Pablo ? répéta Luis. Je n'ai jamais entendu parler de cette île.

— C'est vrai, corrobora Oriol. Moi non plus.

Mon sourire se gela sur mes lèvres.

Si mes deux amis ne connaissaient pas San Pablo, soit cette île représentait un minuscule morceau de terre, soit elle se trouvait à des milles et des milles de la côte catalane. Nous nous lançâmes aussitôt à sa recherche, moi sur toutes les cartes et dans tous les atlas qui me tombaient sous la main, et Oriol et Luis auprès de capitaines de navire, de géographes ou de toute personne susceptible de nous renseigner. Quand nous nous retrouvâmes l'après-midi suivant, aucun de nous n'avait récolté le moindre indice sur la situation géographique de cette mystérieuse île.

— Je n'ai pas arrêté d'y penser, déclara Luis. N'est-il pas envisageable qu'elle ait changé de nom ? Ou alors que les Templiers l'aient rebaptisée avec un nom de saint, pour des raisons religieuses ?

— C'est bien possible, convint Oriol.

— Sur la carte figurent San Pietro et San Antioco en Sardaigne, récitai-je en consultant mes notes. Toujours dans les eaux italiennes, dans les îles Lipari, petit archipel de la mer Tyrrhénienne, se trouve une autre île San Pietro. Sinon, une île San Antico apparaît dans le golfe de Tarente. Ensuite, pour trouver des îles portant des noms de saints, il faut aller jusqu'à la mer Adriatique ou la mer Ionienne.

— Non, c'est trop loin, affirma Oriol.

— J'ai cherché San Pablo, Sant Pau, Sant Pol, Saint-Paul et Santo Paolo dans l'index d'un atlas. Rien ! Même si on ne garde que le prénom en enlevant le titre religieux, conclus-je, fière de mon efficacité.

— Cette île doit se trouver relativement près de Peñíscola, remarqua Oriol.

— Pourquoi ?

— Les dates indiquées dans le récit nous donnent un indice, expliqua notre historien. Selon Arnau d'Estopinyá, il part cacher le trésor le jour suivant l'entrevue du frère Jimeno de Lenda avec le roi Jacques II à Teruel, le 19 novembre. C'est une période très tardive pour la navigation d'une galère. Ce type de bâtiment n'opérait que de mai à octobre. Les galères étaient certes très rapides mais présentaient un faible tirant d'eau, ce qui les rendait peu sûres par temps houleux. De surcroît, elles offraient peu de protection à l'équipage. Les galériens vivaient presque nus sur le pont. Ce facteur a d'ailleurs été décisif dans la bataille de Lépante, presque trois cents ans plus tard. Les flottes combinées chrétiennes ont attaqué les galères turques dans le golfe où ces dernières s'étaient réfugiées pour passer l'hiver. On était déjà début octobre et bon nombre des hommes d'équipage ottomans avaient regagné leur foyer.

» Un grand capitaine de galère comme l'était apparemment Arnau d'Estopinyá n'aurait pas fait courir de risques inutiles à son navire et à sa cargaison en s'aventurant trop loin à cette époque de l'année. En outre, le 5 décembre, quand le roi fit emprisonner le maître de la province, Arnau était déjà de retour depuis un moment. Ce qui signifie qu'il n'est pas resté en mer plus de dix jours au total. Je concentrerais donc la recherche sur une zone d'un rayon de deux jours de voyage en galère depuis Peñíscola, et donc sur les côtes les plus familières à Arnau. Regardez...

Il se pencha sur la carte de la Méditerranée que nous avions étalée sur la table, puis planta la pointe d'un compas sur Peñíscola et étendit l'autre branche jusqu'au Cap d'Agde pour tracer un cercle qui, comprenant les îles Baléares, s'étendait jusqu'à Mojácar.

— Je ne pense pas qu'il se soit dirigé vers le Cap d'Agde. Il aurait pris de gros risques en s'aventurant sur le territoire français avec un navire templier, sans compter que le froid et les orages auraient rendu la navigation difficile. Un spécialiste qui connaissait parfaitement son navire ne se serait jamais risqué à traverser une zone de tramontane à cette période. Je pense qu'il s'est dirigé vers l'est ou vers le sud. Ce qui inclut les îles Columbretes, toutes proches de Peñíscola, les Baléares et toute la côte méridionale, mais pas plus loin que Guardamar... Peut-être jusqu'au cap de Palos. Plus loin, il se serait trouvé en territoire maure.

— Il n'existe pas d'îles portant un nom de saint dans les Columbretes, ni dans les Baléares, sur la côte de Valence ou de Murcie, affirmai-je. En revanche, il y en a dans des petits îlots avant le cap de Gata : San Pedro, San Andrés et San Juan.

— Trop loin, et notre saint n'apparaît pas, trancha Oriol.

— Il y a bien un village du nom de Sant Pol sur la côte catalane, et aussi un Santa Pola près d'Alicante... remarqua Luis.

— En face de Santa Pola se trouve effectivement une île, déclarai-je, mais elle ne porte pas un nom de saint. Sur la carte, elle apparaît sous le nom de Nueva Tabarca ou île Plana.

— Je connais cette île, intervint Oriol. Au XVIIIe siècle, Charles III, las qu'elle fût un repaire permanent de pirates, y fit construire un village protégé de remparts qu'il repeupla de chrétiens d'origine génoise, autrefois captifs des Algériens. Ces prisonniers venaient de l'île de Tabarka, une ancienne possession espagnole en Afrique du Nord où l'on pratiquait la pêche du corail. C'est de là que vient ce nom.

— L'île était donc un refuge de pirates. Des Sarrasins ? m'enquis-je. Que se passait-il sur cette île avant qu'elle tombât entre les mains des chrétiens?

— Les chroniques musulmanes du royaume de Murcie, auquel appartenait la zone avant la Reconquête, racontent qu'elle était inhabitée, mais qu'elle possédait un port sûr, où se réfugiaient les ennemis de l'islam pour fomenter leurs actes de piraterie.

— Arnau d'Estopinyá en faisait-il partie ?

— Sans aucun doute, affirma Oriol. Au milieu du XIIIe siècle, un lien de vassalité fut établi entre le roi de

Murcie et celui de Castille, jusqu'à ce qu'une révolte mudéjare obligeât Jacques Ier, le grand-père de Jacques II, à venir en aide aux Castillans. Un traité avec la Castille permit alors à la couronne d'Aragon d'annexer la totalité du territoire, au début du XIVe siècle, quelques années avant la chute des Templiers. Arnau connaissait certainement cette île, s'il ne s'en servait pas pour protéger la chrétienté ou attaquer et piller les musulmans...

Nous convînmes qu'Oriol étudierait l'histoire des îles, et tout particulièrement de Nueva Tabarca, pour vérifier qu'aucune ne se fût appelée Sant Pau, San Pol ou San Pablo.

Le lendemain matin, il m'appela sur mon téléphone portable.

— Note ça, me somma-t-il, sans me laisser le temps de me munir d'un crayon. Les historiens Mas i Miralles et Llobregat Conesa pensent que le nom de Santa Pola est pré-arabe et provient de Sant Pol, puisque les Arabes féminisaient tous les toponymes. Ils l'écrivaient en fait Shant Bul, dont la prononciation est assez proche de Sant Pol. La légende raconte que saint Paul aurait débarqué à Portus Ilicitanus, ancien nom romain de Santa Pola, en l'an 63 de notre ère, dans le but d'évangéliser l'Espagne. D'où le nom de la ville. L'île qui se trouve juste en face de cette dernière prit ensuite le nom de San Pablo. Selon les historiens, les livres de paroisse ont longtemps fait référence à la zone habitée de Tabarca sous le nom de village de San Pablo.

Mon cœur fit un bond dans ma poitrine.

— Nous le tenons, balbutiai-je.

41

L'après-midi touchait à sa fin lorsque le lointain nous révéla Nueva Tabarca. Embrasée par le soleil couchant, elle se détachait sur un horizon clair, mince étendue de terre flottant sur le bleu profond de la mer. À droite, une fortification se dressait au-dessus des flots, accueillant dans ses murs protecteurs le village, dominé par une église aux allures de forteresse. Les murs et les toits s'illuminaient des teintes fauves du crépuscule, dans un contraste d'ombre et lumière animant de volumes cubistes les maisons du village, qui, vu de cette perspective, semblait tout droit sorti d'un roman de piraterie. L'île est formée d'une bande de terre deux fois plus longue que large, avec un isthme central abritant un port orienté au nord, vers le continent. Déserte, l'extrémité opposée de l'île est couverte d'une végétation rase aux tons bruns dont la monotonie n'est rompue que par la présence de deux tours, dont un phare.

Luis nous avait conduit jusqu'au phare de Santa Pola, situé au sommet d'un mont qui, plongeant vers la mer en une vertigineuse cascade de roches, offrait une vue spectaculaire. Rayonnant sous la caresse des dernières lueurs du soleil, l'île contrastait avec la plage au pied du précipice, plongée dans la pénombre.

— L'île au trésor ! pensai-je à voix haute. Comme elle est belle !

Une forte odeur de pin m'enivrait et, soudain, un gigantesque papillon aux ailes rigides multicolores surgit silencieusement du pied de la falaise pour flotter dans les airs au-dessus de nos têtes. L'un après l'autre, les trois parapentes, dirigés par une femme et deux hommes, émergèrent de l'ombre pour aller se brûler les ailes aux derniers rayons du soleil. Le spectacle était magnifique.

Luis nous expliqua qu'en se heurtant à la falaise, la brise maritime provoquait un courant d'air vertical qui permettait aux parapentes de s'élever au-dessus de l'escarpement. Je nous identifiai à ces apprentis anges, suspendus au-dessus d'un abîme par de fragiles ailes de toile comme nous vivions cette aventure suspendus au fil tissé par de vieilles paroles et d'antiques légendes. Je les regardai avec crainte. Peut-être pressentais-je le danger de notre propre périple. Prise d'une envie subite d'enlacer Oriol, qui contemplait la vue au côté de Luis, je m'approchai des deux cousins et les pris tous les deux par la taille, histoire de ne pas faire de jaloux. Ils me passèrent chacun un bras autour du cou et la chaleur de leur corps m'instilla le même sentiment de camaraderie qui nous liait lorsque, enfants, nous rayonnions de bonne humeur. Me remémorant les mots du poète grec Kavafis dans *Ithaque*, je compris que je devais savourer ce moment de bonheur et d'espérance, et chaque minute des jours à venir. Je reportai mon attention sur la beauté du paysage et la chaleur de mes sentiments pour mes amis puis, après avoir empli mes poumons d'une grande bouffée d'air, dans une tentative illusoire de m'imprégner à jamais de tout ce qui rendait cet instant magique, la lumière, l'amitié, l'émotion, la couleur de la mer et les flamboyants murs de l'île, je soupirai :

— Qui sait ce que nous réserve cette aventure ?

Les garçons ne répondirent pas. Sans doute se posaient-ils la même question.

Postés à la proue de la navette qui reliait Santa Pola à Nueva Tabarca, nous regardions les contours de l'île se dessiner lentement devant nous. Le jour était clair, la mer calme et le soleil, encore bas, se reflétait sur les eaux, si bien que Tabarca semblait flotter sur un lac de lumière. L'embarcation évita quelques écueils aux abords de l'île puis le village apparut derrière son épaisse muraille, dont se détachait l'imposante église. Ses quatre majestueuses fenêtres baroques surplombant les toits me rappelaient les sabords d'un brigantin, prêts à découvrir leurs canons. Les mouettes virevoltaient au-dessus de nos têtes et, dans les eaux diaphanes de la Méditerranée, nous vîmes flotter une méduse pourpre de la taille d'un ballon de football.

Sur le bateau, quasiment vide à cette heure matinale, voyageaient quelques touristes en excursion pour la journée. Lorsque le navire entra dans le port, les marins firent le spectacle en jetant du pain à la mer. Des centaines de beaux poissons argentés s'amassèrent aussitôt, dans un élan vorace, autour de ce festin.

— Pas la peine de s'attarder pour regarder les poissons, m'annonça Oriol. Tu en verras bientôt tellement que tu t'en lasseras.

Après avoir débarqué, nous nous dirigeâmes directement vers le village, passant sous une arcade ouverte dans l'énorme muraille de pierre calcaire érodée et jaunie. Je retombais en enfance, j'avais l'impression de visiter l'île aux pirates d'un parc d'attraction floridien. Sous cette entrée étaient creusées deux niches abritant une statue de la Vierge et plusieurs images saintes égayées de fleurs en plastique. Nous déposâmes nos affaires à l'hôtel et partîmes immédiatement inspecter l'île, que les deux cousins connaissaient déjà pour l'avoir visitée avec leur famille.

Nueva Tabarca porte bien son deuxième nom. Car

l'île Plana, ou île plate, semble se composer de deux petites îles, qui s'étendent en total sur mille trois cents mètres, avec chacune une plaine centrale s'élevant à sept ou huit mètres au-dessus du niveau de la mer. À l'ouest, la plus petite, également la plus élevée, est entourée de murailles et abrite le village. La majeure partie des remparts, directement bâtis sur les à-pics, surplombent la mer. Au centre de l'île, l'isthme, moins élevé, abrite une plage au sud, et le port au nord, face au continent. Mes amis y découvrirent de nouveaux aménagements, notamment une zone urbaine longée de promenades et plusieurs restaurants les pieds dans l'eau. La partie est de l'île présente, quant à elle, une tour de défense levée sur des fondations romaines, un phare et, à la pointe du territoire, le cimetière. S'y trouve également une vieille ferme en ruines, bien que les seuls végétaux poussant aujourd'hui sur cette terre, hormis quelques arbrisseaux, soient des figuiers de Barbarie. Au vu du dénivelé de la côte, plongeant brusquement dans la mer, et de la forme capricieuse des roches, la présence de grottes semblait garantie.

Notre exploration marine débuta l'après-midi même. Nous nous équipâmes chacun d'un masque, d'un tuba et de chaussons de plongée, qui nous permettaient de marcher sur la rive ou de prendre appui sur des roches submergées sans risque de piqûres d'oursins ou de coupures et sans ralentir notre progression dans l'eau. Comme lorsque nous étions petits, sauf qu'à l'époque nous étions chaussés de sandales en plastique. Nous faisions finalement de parfaits touristes, prêts à découvrir les fascinants fonds marins de Nueva Tabarca.

Nous quittâmes le village par la porte ouest pour nous retrouver face à la Cantera, un éperon rocheux terminé en récifs et trop peu élevé pour cacher des grottes. Comme souvent à cette époque de l'année, le *lleberig*, un vent du sud-ouest qui souffle sur la Méditerranée, s'était levé. Nous décidâmes donc de marcher vers le nord de l'île, où la mer était calme. Là, au pied des remparts s'élevant à la verticale au-dessus de nos têtes, nous nous jetâmes à l'eau.

Nous étions tous les trois excités comme des gamins et d'excellente humeur, à tel point que mes amis se lancèrent dans une course, me laissant loin derrière. Élancé et gracieux, Oriol l'emporta, malgré la musculature développée de Luis, qui avait gardé un soupçon de sa robustesse. Alors qu'ils étaient tous deux perdus dans la contemplation d'un banc de saupes, dont les flancs argentés rayés d'or se réverbéraient sur le sable, je me lançai à toute allure devant eux pour leur rire au nez. J'étais retournée en enfance et seule la vue de leur corps d'homme me rappelait le passage du temps.

Après avoir parcouru quelque trois cents mètres vers l'est, en direction du port, nous avions repéré deux brèches dans les murailles, au niveau de la mer. Nous décidâmes de revenir explorer plus tard ce qui pouvait être d'anciennes grottes obstruées. À l'écart du bastion, nous découvrîmes également une petite cavité, que nous inspectâmes sans succès. Arrivés près du port, nous continuâmes notre trajet à pied jusque derrière la digue.

Notre deuxième parcours sous-marin débuta sur un écueil, le long d'une côte accidentée plongeant dans la mer en une avalanche de plaques rocheuses d'un dénivelé de trois ou quatre mètres. Un peu plus loin se trouvait un arc marin séparant les récifs d'une grande piscine naturelle d'eau chaude ouverte sur le rivage. L'île offrait en ce lieu un magnifique paysage sous-marin composé de rochers regorgeant de vie. Anémones vertes et jaunes, étoiles de mer rouge vif, oursins, spirographes, coraux... dévoilaient subitement des fosses aux diverses intensités de bleu, ou de vertes prairies de posidonies, appelées à tort « algueraies » par les habitants de l'île, puisque ces végétaux composés de racines, de tiges, de feuilles et de fruits constituent de véritables plantes poussant sur le sable blanc en eau peu profonde. Entre leurs feuilles paissaient tranquillement une kyrielle de poissons, des bancs d'oblades, de saupes, de dorades et de sars argentés, accompagnés de poissons verts et de girelles multicolores. L'un d'entre eux se risquait parfois à venir fureter juste devant mon masque, intrigué par cette intrusion dans son paradis marin. Le soleil filtrait à travers la surface limpide de la mer, épargnant curieusement les premiers mètres de profondeur de la brûlure de ses teintes jaunes et rouges, qui ne se révélaient que dans les abysses. Ce fut un après-midi magique et, bien qu'en arrivant au rocher de la Tanda, à l'extrémité ouest de l'île, nous n'avions trouvé aucune formation rocheuse d'intérêt, notre moral atteignait des sommets lorsque nous nous résolûmes à cesser les recherches pour la journée.

Avant le dîner, nous fîmes escale dans un bar, où nous rencontrâmes un vieux pêcheur, dont le nom, Pianelo, en disait long sur l'histoire du lieu. Il nous parla de la « Cova del llop marí », située à quelques mètres de l'endroit où nous nous trouvions, au pied des remparts sud de ce village fortifié. Il nous raconta la légende de la grotte, où le dernier phoque moine se réfugiait au début du XXe siècle, des histoires de pirates, de contrebandiers, de pêcheurs et de donzelles séquestrées dont les plaintes déchirantes retentissaient dans les longues nuits hivernales balayées par le vent. Située au niveau de la mer, la grotte pénètre sur plusieurs mètres à l'intérieur de l'île et Luis proposa de l'explorer dès le lendemain matin. Oriol voulait, quant à lui, continuer une recherche systématique, en partant du rocher de la Tanda et en avançant le long de la côte sud vers l'ouest, jusqu'à ce que nous trouvions la « cova », près de l'enceinte fortifiée. Ce fut à moi de trancher et j'optai, bien évidemment, pour la proposition d'Oriol.

Je garde de ce dîner un souvenir particulièrement agréable. Le corps fatigué et endolori, nous mangions avec appétit, riant aux éclats entre deux gorgées de vin, malgré, ou grâce à la fâcheuse tendance de Luis à me lancer des plaisanteries et des sous-entendus grivois. Je retrouvais le coq et son amusante agressivité. Lorsqu'il s'agissait de me faire la cour, il semblait curieusement ignorer le rival potentiel que représentait Oriol. Pour lui, les goûts sexuels de son cousin ne laissaient apparemment pas le moindre doute.

Je regardais Oriol, guettant ses commentaires, sa réaction aux idioties de Luis, ce perpétuel sourire sur les lèvres, qu'il me regarde moi ou son cousin, et son rire, parfois bruyant, qui découvrait de belles dents blanches. Ses gestes pouvaient, certes, être qualifiés de maniérés de temps à autres mais je n'arrivais pas à me libérer d'une étrange sensation quand nos regards se rencontraient et ne se quittaient plus, prenant un infime plaisir à explorer les yeux de l'autre.

Lorsque nous décidâmes de faire une promenade

avant de nous coucher, Luis déclara qu'il devait monter un moment dans sa chambre.

Je me dirigeai donc vers la porte avec Oriol et fis quelques pas dans la rue. Si j'avais mauvaise conscience de ne pas attendre Luis, j'avançai une excuse toute trouvée :

— L'île est petite, il nous retrouvera bien.

42

Nous marchâmes jusqu'au rempart nord, musardant à travers des ruelles bordées de murs derrière lesquels se devinaient des jardins secrets, ne révélant à la vue que des bougainvilliers et des jasmins odorants, taches mauves, cannelles et blanches sur fond vert, auréolées par l'éclairage public. Les belles-de-nuit s'ouvraient sur la place de l'église et un palmier découpait son exotique profil contre un ciel étoilé. Dans cette nuit chaude de début juillet, l'île, désertée par les touristes repartis avec la dernière navette, devenait un lieu intime, pittoresque et énigmatique.

Je pris Oriol par la main, essayant de contrôler les battements de mon cœur, émue par ma hardiesse et le plaisir de sentir la chaleur de sa main dans la mienne. Nous continuâmes en silence jusqu'au chemin de ronde, au sommet de la muraille.

En face de nous s'étendait la baie, ses eaux noires plissées par le passage de quelque bateau de pêche contrastant avec le contour lumineux de la côte. Nous distinguions Santa Pola, le mont couronné par son phare, à droite, et plus loin, la ville d'Alicante.

Nous nous assîmes sur le rebord du chemin de ronde, plusieurs mètres au-dessus des vagues qui léchaient les murs dans un paisible murmure.

Après quelques minutes, sa voix brisa le silence en un chuchotement, reprenant notre conversation de la Saint-Jean.

— Je souffre encore de la mort de mon père, de son abandon.

— Je suis certaine qu'il n'a pas voulu t'abandonner. Mais peut-être devait-il respecter une promesse d'honneur...

Oriol porta sur moi des yeux interrogatifs.

— Oui, peut-être avait-il fait une promesse à un ami.

Je tenais, toutefois, à lui épargner les détails de la vision qui m'avait révélé que son père était prêt à mourir pour venger son amant. Le moment n'était pas encore venu.

— Tu sais bien, continuai-je, face à son silence. La promesse des Templiers, celle de la légion sacrée thébaine dont tu m'as parlée...

Je n'avais pas oublié sa remarque : « N'est-ce pas beau d'aimer quelqu'un assez fort pour lui offrir sa vie ? » Avait-il lu dans mes pensées ? Car soudain, d'un air méditatif, il continua :

— Cette histoire n'est pas encore terminée. Entre nous et les Boix, le sang peut encore couler.

Je frissonnai. Les mêmes paroles qu'Artur !

— Regarde cette paix, la beauté du moment, ajouta-t-il. C'est le calme avant la tempête. Artur Boix ne renoncera pas au trésor. Je ne sais pas comment, mais je suis sûr qu'il nous surveille.

En prononçant ces paroles, il avait resserré l'étreinte de sa main, toujours autour de la mienne. Puis, face à mon silence :

— La promesse, celle des chevaliers templiers, la ferais-tu avec moi ?

Cette proposition stupéfiante me laissa songeuse. Il s'agissait, historiquement, d'un pacte entre deux personnes de même sexe. Oriol insinuait-il que tel était notre cas ? Je n'étais pas sûre de vouloir y répondre, du moins pas avec des mots, et je décidai de me risquer à un baiser, dont je rêvais depuis toujours. Le cœur battant, j'approchai doucement mes lèvres des siennes, pour sentir une fois de plus le goût de la mer, de l'adolescence.

— Vous voilà enfin !

J'avais maudit Luis des centaines de fois, mais jamais autant qu'à cet instant précis. Ce don qu'il avait de toujours arriver au mauvais moment me mettait hors de moi ! À l'extrémité du chemin de ronde, il s'approchait de nous, bien que trop loin pour apprécier notre situation dans la pénombre.

L'espace entre Oriol et moi, qui se réduisait doucement quelques secondes plus tôt, augmenta subitement. Je lui lâchai la main. Luis ne s'était visiblement rendu compte de rien et je ne voulais pas lui donner matière à ses blagues malséantes.

Lorsque nous regagnâmes nos chambres, peu de temps après, je sentais encore la chaleur de la main d'Oriol dans la mienne et la brûlure du désir inassouvi. Pleine de regret, je contemplais les lumières lointaines d'un navire, appuyée sur le rebord de ma fenêtre donnant plein sud, sur la mer ouverte, lorsqu'on frappa de petits coups discrets à ma porte. Mon cœur fit un bond dans ma poitrine.

Oriol. Probablement partageait-il mes sentiments et avait-il été aussi gêné que moi par l'apparition inopportune de son cousin. Je courus à la porte et l'ouvris pour me retrouver face à face avec Luis. Il me souriait, mi-plaisantin, mi-séducteur.

— Je t'offre un peu de compagnie ? proposa-t-il.

— Va te faire foutre, crétin ! lui envoyai-je, sans détour.

Je lui claquai aussitôt la porte au nez, espérant de tout mon cœur toucher ma cible. Cet imbécile avait-il vraiment pris au sérieux ses blagues stupides ?

Indignation, frustration, insatisfaction, je n'aurais su exprimer ce que je ressentis sur le moment. Mais la rage fit bientôt place à un trouble plus profond. Je désirais plus que tout ce baiser et j'aurais donné ma main à couper qu'Oriol l'aurait accepté avec joie quelques minutes plus tôt. Instinct féminin. Non, je refusais de me résigner, de rester ainsi sur un échec. Je baissai le regard sur mes bagues. Alors que le diamant brillait d'une lueur pure et innocente, me rappelant mon obligation envers Mike, le rubis, désormais rouge passion, rayonnait d'éclats ironiques. J'ôtai les deux bijoux, les posai sur la table de nuit et les couvris d'un oreiller. Je ne voulais plus les voir.

Je pensais à ma mère et à sa relation avec Enric. Au moins avait-elle eu le cran de tenter le tout pour le tout ! Leur histoire n'avait pas eu la fin escomptée, certes, mais elle n'y était pour rien. Aurais-je moins de courage que María del Mar ?

J'ouvris la porte et sortis sur la pointe des pieds dans le couloir. Personne. Je m'arrêtai devant la chambre d'Oriol, le poing levé, prête à frapper. Mais je me figeai dans cette pose ridicule. Qu'allais-je lui dire ? « Je t'offre un peu de compagnie ? », comme son cousin venait de me le proposer ? « Et si nous reprenions là où nous nous sommes arrêtés ? »... Je me rendis compte que ce que je m'apprêtais à faire était ce que ma mère s'était efforcée d'éviter au cours des quatorze dernières années. Et je fus subitement saisie de panique. Comment Oriol le prendrait-il ? Et s'il était vraiment homosexuel et repoussait mes avances ? Ou pire, s'il acceptait, comme Enric l'avait fait avec ma mère. Et Mike dans tout ça ?

J'ai honte d'avouer que je battis en retraite et regagnai ma chambre aussi vite que je l'avais quittée. J'admirais ma mère. Il fallait vraiment beaucoup de force pour réaliser un tel acte ! Encore plus avec une personne chère ; la relation d'amitié pouvait être gâchée à jamais. Cette nuit-là, je pleurai de ma lâcheté, le visage caché dans l'oreiller, les deux bagues enfermées dans le tiroir de la table de nuit.

Le lendemain, j'ouvris les volets sur un ciel clair et lumineux couronnant une mer calme. La vue de ce spectacle me fit oublier toute ma mauvaise humeur nocturne. Je décidai de profiter de ce jour exceptionnel et, après un bon petit déjeuner plein de rires et de regards chargés de signification, nous débutâmes la journée avec optimisme.

La matinée se passa comme l'inoubliable après-midi précédent. À travers la surface de l'eau, le soleil nous caressait la peau et illuminait les verts herbiers de posidonie qui jonchaient le sable blanc et contrastaient avec les parois rocheuses tombant à des profondeurs invisibles. Des centaines de poissons nageaient çà et là, dans les surprenantes transparences développant un splendide camaïeu de bleus. Le goût du sel sur mes lèvres me rappelait la saveur de mon premier baiser. Je retrouvais avec plaisir une Méditerranée chaleureuse et maternelle qui me transportait vers le passé et les beaux jours d'été de mon enfance.

L'exploration de la côte s'étendant de l'extrême est de Tabarca jusqu'à la plage ne nous apporta rien de plus que le plaisir de la promenade maritime. Mais la côte sud-est, composée d'énormes parois rocheuses sur lesquelles sont bâties les murailles du port, nous réservait une surprise. Là où nous nous attendions à trouver la « Cova del llop marí », nous ne découvrîmes pas une grotte mais deux, séparées par une crique. Si l'une se révéla plus profonde que l'autre, elles se ressemblaient à bien d'autres égards. Il fallait y pénétrer à la nage car le sol était submergé sur les premiers mètres avant de s'élever au-dessus du niveau de la mer sous la forme de roches, parfois recouvertes d'autres pierres. Les deux grottes aboutissaient à une zone fermée par d'énormes rochers. Malgré une fouille consciencieuse à l'aide de torches, notre exploration ne donna aucun résultat intéressant.

Les deux jours qui suivirent, nous inspectâmes de fond en comble toutes les grottes de l'île, creusant même le sol de celles qui remontaient au-dessus du niveau de la mer lorsqu'il se composait de sable ou de petites pierres. Notre motivation s'étiolait au fil des heures. À mesure que nous perdions espoir de découvrir quoi que ce soit, les rires se firent plus rares. Puis vinrent la fatigue et la désillusion. Nous résistions fermement à toutes ces épreuves mais nous dûmes finalement nous rendre à l'évidence : c'était la fin de notre aventure.

43

Sur le chemin du retour, Oriol insista pour faire une halte à Peñíscola et visiter la base maritime templière qui avait servi de quartier général à Arnau d'Estopinyá.

— Peut-être trouverons-nous une piste, avança-t-il pour nous convaincre.

Car, le moral au plus bas, nous n'étions pas vraiment d'humeur à jouer les touristes. Après un dernier tour de Nueva Tabarca, où nous avions exploré chaque millimètre des cavités repérées sans trouver aucun indice laissant supposer qu'Arnau d'Estopinyá eût caché la légendaire fortune sur l'île, nous avions dû nous résoudre à dire adieu à cette belle histoire de trésor et de pirates. Malgré nos recherches méticuleuses, nous n'avions pas découvert d'autres grottes. Nous nous étions arrêtés à chaque renfoncement dans la pierre, avions déplacé des rochers, creusé le sable... En vain. Je croyais nous revoir, enfants, jouer avec ces énormes bulles de savon dont l'enveloppe s'irisait d'un bel arc-en-ciel avant qu'elles éclatent subitement, nous éclaboussant le visage, figé dans une moue de dépit.

— Nous ne trouverons rien ici, répondit Luis, abattu. Autant rentrer le plus tôt possible à Barcelone.

Même si je partageais son avis, je soutins une fois de plus Oriol. Lui donnais-je raison ou voulais-je tout bonnement lui faire plaisir ? La question ne se posait même pas.

Nous visitâmes le vieux centre du village et sa forteresse. Alors qu'Oriol montrait une surprenante énergie et une bonne humeur inattendue, Luis et moi, totalement découragés, traînions les pieds derrière lui. Nous découvrîmes le château du pape Luna, le schismatique, qui avait vécu quelque deux cents ans après notre Arnau. Le village a certainement beaucoup changé depuis, mais il présente encore des éléments architectoniques du XIIIe siècle, les mêmes pierres qu'avait vues Arnau d'Estopinyá, si tant est qu'il avait réellement existé, bien sûr.

Oriol voulut ensuite observer l'ensemble monumental depuis la plage. Luis, d'humeur exécrable, et moi, exténuée, le suivions en silence. Là, au bord de l'eau, le regard tourné vers la lointaine forteresse, Oriol annonça la nouvelle :

— Je crois que nous avons trouvé la grotte.

— Quoi ? répondîmes-nous en chœur.

— Nous la tenons.

Nos expressions éberluées lui arrachèrent un sourire satisfait.

— Mais puisque nous n'avons rien trouvé ! m'exclamai-je.

— Eh bien, si. Nous avons découvert quelque chose.

À mesure qu'il parlait, son sourire s'élargissait. Il se plaisait à nous faire mariner.

— Ah oui ! Quoi, alors ?

L'agressivité de Luis trahissait ses pensées. Son cousin se moquait de nous.

— Une piste. Une piste capitale.

— Laquelle ?

— Des pierres.

— Putain, Oriol ! s'énerva Luis. On a vu des milliers de pierres. Pourquoi ai-je les mains détruites à ton avis ? On en a déplacé des tonnes.

— D'accord, mais peu d'entre elles étaient en granit ou en marbre.

— En granit ou en marbre ? répétai-je, dans l'espoir d'obtenir plus d'informations.

— Des pierres rondes, comme de gros galets de trois ou quatre kilos.

— On en a vu des tas, rétorquai-je.

— Je parle de pierres rondes en granit ou en marbre, insista Oriol.

— Dis-nous où tu veux en venir, gronda Luis.

— Des pierres rondes en granit ou en marbre dans une île où ces roches n'existent pas. Qu'est-ce que vous en dites ?

— Ça ne concorde pas, répondis-je. Elles n'ont rien à y faire.

— Elles ont pu être charriées par le courant, tenta Luis.

— Selon toi, le courant peut emporter des pierres au fond de la mer puis les remonter ?

— Pourquoi pas ?

— Non. Ces pierres ont été placées à cet endroit par l'homme. Pour cacher l'entrée d'une grotte marine.

Luis et moi échangeâmes un regard stupéfait.

— Dis-nous tout une bonne fois pour toutes ! s'impatienta Luis.

— Très bien. Je vais vous exposer ma théorie. Dans la partie sud-est de l'île, en face d'une falaise, nous avons vu un tas de pierres rondes et uniformes, situé à environ cinquante centimètres de profondeur à marée basse. Or, elles appartiennent à des familles de minéraux qu'on ne trouve pas à Tabarca. Cette zone ne présente que des roches métamorphiques de couleur foncée, un peu verdâtre, ou parfois ocre. Autrefois, ce minéral était exploité. Ce tas de pierres a attiré mon attention à notre première exploration et j'ai eu l'occasion de vérifier ma théorie au cours des suivantes. Ces pierres ont été amenées par l'homme. D'où viendraient ces roches rondes sinon ? En toute logique, elles n'ont pas été placées à cet endroit par hasard. C'est donc quelqu'un qui s'en servait habituellement qui a décidé de s'en débarrasser là pour répondre à un besoin ponctuel. J'en suis donc arrivé à la conclusion qu'elles venaient d'une galère, où elles étaient utilisées comme lest et comme projectiles.

— Explique-moi cette histoire de projectiles, l'arrêta Luis.

— Les galères comportaient un équipement réglementé en fonction de leur taille. Les inventaires écrits que l'on a retrouvés sont très précis : tant de rameurs, de timons de rechange, de cales, de cuirasses, de lances, d'arbalètes, d'arcs, de flèches, de catapultes et... de projectiles. À la fin du XIIIe siècle, les galères vénitiennes étaient déjà équipées d'artillerie mais il est fort probable que la *Na Santa Coloma* d'Arnau d'Estopinyá utilisait encore les anciennes catapultes, qui lançaient des roches rondes pour briser et couler les bâtiments ennemis ou des pots remplis de naphte enflammée pour les incendier. Quoi qu'il en soit, même si la galère d'Arnau était équipée d'artillerie, les canons de l'époque envoyaient encore des pierres. Élémentaire.

» Alors, s'il voulait cacher une grotte qui s'ouvre en un petit siphon au niveau de la surface de l'eau, comme ce devait être le cas, il lui suffisait de déplacer quelques grosses roches, pour éviter que les petites pierres ne roulent jusqu'au fond de la mer, et de recouvrir le reste de l'entrée avec les projectiles utilisés comme lest dans la cale. Il protégeait ainsi la grotte sans la condamner puisqu'il était toujours possible de dégager l'accès en bougeant ces pierres relativement légères. Qu'en pensez-vous ?

— Incroyable, m'exclamai-je, impressionnée. Le trésor ne serait donc pas perdu ?

— Il faut croire que non.

— Et pourquoi as-tu attendu si longtemps pour nous dire tout ça ?

Luis, dont l'intonation révélait une joyeuse excitation, semblait toutefois garder rancune à son cousin.

— Parce que je crains la réaction de Boix et de ses hommes de main. J'ai été sur mes gardes tout au long du séjour et je n'ai rien vu, personne de louche, mais je suis persuadé qu'il nous surveille. Artur Boix n'est pas près de s'avouer vaincu et j'ai donc pensé qu'il valait mieux qu'il croit que nous rentrions bredouilles et découragés. Ça m'étonne de n'avoir rien remarqué mais je suis certain qu'il espionne nos faits et gestes. J'en viens même à me demander s'il n'a pas fait mettre des micros dans la voiture. C'est pour ça que j'ai préféré vous parler ici, sur la plage, et que je vais vous demander de ne plus parler de cette affaire, ni dans la voiture ni à la maison.

— Mais il faudra bien, tôt ou tard, revenir à Tabarca, remarquai-je.

— Et le plus tôt sera le mieux, répondit Oriol. Ça fait deux jours que je réfléchis à la marche à suivre.

Voici le plan : demain nous reprendrons notre vie normale, faisant semblant de retrouver nos activités quotidiennes. Après-demain, toi, Cristina, tu loues une voiture pour partir faire du tourisme sur la Costa Brava. Et toi, Luis, tu te rends à Madrid pour un voyage d'affaires. Nous ferons le nécessaire pour semer toute personne susceptible de nous suivre. Prenez le minimum avec vous, un bagage à main fera l'affaire. De mon côté, je me rendrai, en prenant pas mal de détours, à Salou, où un ami me prêtera un bateau de quarante pieds et un Zodiac. Je naviguerai jusqu'à Valence, où je retrouverai Cristina, dans la marina. Je te suggère de laisser la voiture de location, avec les clés cachées à l'intérieur, dans un parking près de la gare de l'un des villages que tu visiteras, de reprendre le train jusqu'à Barcelone et de rejoindre directement l'aéroport, où tu achèteras un billet sur le premier vol pour Valence. Surtout, utilise la carte d'embarquement le plus tard possible, pour que personne ne puisse connaître ta destination jusqu'au dernier moment. Je prendrai Luis dans le port d'Altea. Je te propose d'utiliser la même tactique que Cristina à deux reprises : une fois pour le trajet de Barcelone à Madrid, puis de Madrid à Alicante. Si vous pensez que vous êtes suivis, ou en cas d'urgence, vous pourrez me joindre sur mon portable pour modifier les plans. Si je n'ai pas de nouvelles, ça voudra dire que tout va bien. Il y aura, dans le bateau, l'équipement de plongée nécessaire pour nous faciliter le travail sous l'eau.

— N'exagères-tu pas un peu avec tant de précautions ? risquai-je.

Oriol me fixa de ses yeux en amande bleu mer. J'en eus le frisson. Comment faisait-il pour me déstabiliser d'un seul regard ?

— Tu connais Artur...

Je me contentai d'esquisser un petit mouvement de tête, il savait bien que oui.

— Peut-être, mais tu ne connais pas le vrai Artur Boix, continua-t-il. L'homme intelligent et cruel, le truand qui pense que nous, les Bonaplata, avons une dette envers sa famille, celui qui a soif de vengeance. Il n'abandonnera pas, jamais il ne s'avouera vaincu.

Les mots d'Artur au sujet de la dette de sang résonnèrent dans ma tête. Mais je gardai le silence.

— C'est un type dangereux, reprit Oriol. Très dangereux. Tous les efforts que nous pourrons faire pour le tenir à distance ne seront jamais suffisants.

Pour l'instant, l'homme dangereux en question me faisait la cour. Il représentait, d'ailleurs, un prétendant fort intéressant. Peut-être pas pour moi, déjà fiancée à New York, mais certainement pour tout autre cœur à conquérir. Mais tout cela, Artur Boix le savait fort bien.

Je m'en étais déjà aperçue lors de nos précédents rendez-vous. Il savait mettre à profit sa beauté, son air mondain et sa classe pour que ses compliments fassent mouche. Face à lui, une femme se sentait comme une reine.

Ainsi se déroula la première partie du déjeuner auquel il m'avait invitée, un jour à peine après mon retour de Tabarca. Comme s'il m'attendait. Sans en faire mention, nous gardions toutefois tous deux à l'esprit le baiser qu'il m'avait donné, et que j'avais accepté, surprise, avant d'entrer en cachette dans l'église Santa Anna par la porte de derrière.

Je dois avouer que le charme de ce don Juan avait

déjà opéré à l'heure du dessert. On serait certes en droit d'attendre d'une future mariée qu'elle contrôlât parfaitement ce genre d'états d'âme mais je me rendis compte, non sans une pointe de culpabilité, que depuis mon arrivée à Barcelone je me laissais complètement dépasser par les événements et vivais intensément cette drôle d'existence sans vraiment prendre le temps de réfléchir.

J'étais une femme sérieuse et fiancée. Mais les circonstances m'avaient confrontée à mon premier, et pendant longtemps, unique amour, malgré la distance. Or sa présence me troublait. Enfin, comme si la situation n'était pas assez compliquée, voilà que rôdait autour de moi cet homme capable de toucher toutes les cordes sensibles d'une femme pour s'attirer ses faveurs. J'en étais à ce point de mon raisonnement lorsque Artur tendit sa main vers la mienne, qu'il prit et embrassa. Abandonnant aussitôt ma méditation, je fermai les yeux et soupirai. Si ma capacité à gérer mes sentiments s'était quelque peu détériorée ces derniers temps, je pouvais bien attendre quelques jours de plus avant d'y remédier.

— Alors, ces recherches à Tabarca ?

Cette question inattendue me désarçonna. Mon soupirant était mû par des intérêts pécuniaires.

— Comment sais-tu que je suis allée à Tabarca ?

— Je le sais, sourit-il. Je veille au grain. N'oublie pas qu'une partie de ce trésor me revient.

— Tu nous as fait surveiller, n'est-ce pas ?

Artur haussa les épaules et me gratifia d'un de ses sourires fascinants, arborant la mine d'un polisson pris sur le fait.

— Alors pas la peine de te dire que nous n'avons pas trouvé la moindre piste, mentis-je.

— C'est ce qu'on dirait, mais je suis déçu. J'avais placé beaucoup d'espoirs en toi.

— En moi ?

— Oui, évidemment. Nous sommes associés.

Il reprit ma main dans la sienne.

— Et nous pouvons être plus, si tu le désires. Deux tiers du trésor me reviennent puisque je suis l'héritier légitime des deux tableaux qu'Enric a volés à ma famille. Le dernier tiers est pour vous, mais cet obstiné d'Oriol n'a jamais voulu négocier avec moi. C'est bien le fils de son père.

Je l'observai avec plus d'attention pour déceler dans ses paroles quelque sous-entendu, mais ni son ton ni ses gestes n'exprimaient l'ironie.

— Toi et moi, nous pouvons trouver un accord, continua-t-il. Je suis prêt à te céder un pourcentage de ma part si tu fais équipe avec moi. Je donnerais aussi quelque chose aux deux autres pour avoir la paix.

— Tout ça est bien beau, répondis-je. Mais il n'y a rien à négocier. Il n'y a pas de trésor.

J'avais décidé de continuer dans cette ligne. Je n'étais certes pas indifférente au charme d'Artur, mais je n'aurais trahi Oriol pour rien au monde. Peut-être l'antiquaire avait-il raison, peut-être devrions-nous trouver un accord. J'en parlerais à Oriol et Luis.

— Et maintenant, quels sont tes projets ?

— Je vais profiter de mon passage ici pour visiter la Costa Brava quelques jours. Je pars demain.

— Seule ?

— Seule.

— Je viens avec toi.

Je l'observai de nouveau. Cherchait-il à me séduire

ou soupçonnait-il que je ne partais pas faire du tourisme ?

— Non, Artur. Nous nous verrons à mon retour.

En sortant du restaurant, il m'invita chez lui. J'hésitai quelques secondes avant de refuser. J'avais deux bonnes raisons de dire non. Deux autres hommes. Comme si ces deux-là ne me posaient pas déjà assez de problèmes comme cela !

44

Cette fois, nous abordions l'île par l'est. Nous avions retrouvé Luis au port d'Altea, dont les eaux protégées nous avaient accueillis pour notre première nuit à bord. Le bateau était équipé d'un lit immense situé sous la proue, que les cousins m'avaient cédé par galanterie. Quant à eux, ils dormirent dans le carré, grande pièce aménagée d'une cuisine et de deux couchettes. Oriol nous réveilla de bon matin puis exécuta toutes les manœuvres nécessaires pour lever l'ancre avec une habileté qui me déconcerta, même après que j'eus appris qu'il possédait un diplôme de commandant de bord. Quelques minutes plus tard, nous mettions le cap vers le sud.

Lorsque j'aperçus dans le lointain sa silhouette terreuse illuminée par les rayons du soleil nous chauffant le dos, je fus submergée par une vague d'émotion. Nous étions de retour sur l'île au trésor. Et cette fois, il ne nous échapperait pas !

Nous jetâmes l'ancre non loin de la côte sud-est, alors que le sonar indiquait sept mètres de profondeur. Là, à environ vingt-cinq mètres devant nous, gisait le trésor, dissimulé par les projectiles de la galère d'Arnau.

— Mieux vaut utiliser une combinaison néoprène, des chaussons de plongée et des gants, indiqua Oriol. Ils nous protégeront contre les coups, les écorchures et le froid. Les palmes nous gêneront plus qu'autre chose. Nous utiliserons donc des sandales de plastique par-dessus les chaussons de plongée pour mieux nous protéger des pierres.

Nous nous mîmes au travail avec enthousiasme. Le tas de rochers ronds dont avait parlé Oriol se trouvait au pied d'un promontoire qui s'élevait à la verticale à environ cinq mètres au-dessus de la mer. En atteignant la rive, Luis et moi nous empressâmes de vérifier la constitution des pierres. Certaines étaient, en effet, formées de granit et de basalte, d'autres de marbre ou de quartz et celles qui provenaient de l'île de roche volcanique verdâtre ou de craie ocre. Si nous ne doutions pas de la théorie d'Oriol, la vue de ces roches nous procura toutefois une vive satisfaction.

Au-dessus de nos têtes virevoltaient de sympathiques puffins au ventre blanc. Dans de grands cris, ils menaient une pêche frénétique, plongeant à la recherche de poissons puis regagnant leur nid sur la falaise.

Les pierres reposaient à environ un demi-mètre de profondeur à marée basse et près d'un mètre à marée haute. Nous entreprîmes donc de dégager l'entrée de la grotte en déposant les rocs dans une déclivité légèrement plus au large pour éviter que les vagues ne les repoussent vers nous. La frontière entre le tas de pierres rondes et la zone plus profonde se formait d'un petit récif de grandes roches qui, comme nous le supposions, avaient pu être transportées par des hommes.

Postés à la limite du récif, nous déblayâmes les premières roches sans aucune difficulté, tout particulièrement lorsque la marée était encore basse et que nous pouvions nous passer des tubas. Mais la tâche se compliqua rapidement lorsqu'il fallut déplacer les roches un peu plus loin. Pour couper à un difficile exercice d'équilibriste sur les rochers, nous décidâmes de former une chaîne : le premier ramassait la pierre, qu'il passait au deuxième, et le troisième l'envoyait de l'autre côté du récif rocheux. Les bras et le dos moulus, nous ne tardâmes pas à nous rendre à l'évidence : il nous faudrait plusieurs jours d'effort pour accéder à la grotte. Des pauses s'imposaient fréquemment et la marée haute nous contraignait à un repos de plusieurs heures.

En perpétuel état d'alerte, Oriol finit par nous communiquer son inquiétude :

— Ça m'étonnerait qu'on ait berné Artur aussi facilement, répétait-il sans cesse. Il peut débarquer d'un moment à l'autre et les choses tourneront alors très mal.

Nous suivions donc d'un regard méfiant la moindre embarcation s'approchant de notre point d'ancrage. Une chance que nous ne nous trouvions pas dans une zone de mouillage et que la majorité des visiteurs se rendaient sur la plage, à quelque quatre cents mètres au sud-ouest, derrière une petite île et un écueil. C'est là que les touristes ancraient leur bateau pour rejoindre les restaurants de la côte et le village en barque pneumatique ou à la nage.

Je ressentais la culpabilité d'une femme adultère pour ne pas avoir informé Oriol de ma rencontre avec l'antiquaire à notre retour à Barcelone. Un sentiment absurde ! Je n'étais engagée avec aucun d'eux et si j'avais des comptes à rendre à quelqu'un, c'était plutôt à Mike.

À la mi-journée, nous jetâmes l'ancre un peu plus au sud et, comme trois touristes parmi tant d'autres, prîmes le Zodiac jusqu'à la plage pour déguster un savoureux *caldero de Tabarca*, spécialité de l'île à base de poisson et de riz.

— Il ne faut pas oublier le plaisir, ni laisser ce travail de titan nous gâcher l'aventure, rappela Luis à Oriol lorsqu'une deuxième carafe de sangría suscita la controverse. Souviens-toi de la philosophie de ton père. Il faut profiter de la vie sur le chemin parce qu'il ne reste plus grand-chose à l'arrivée. L'objectif principal est l'aventure et le trésor n'est qu'un bonus.

— Tu as raison, reconnut Oriol. Mais je suis préoccupé à cause d'Artur, j'ai peur qu'il arrive à l'improviste et je ne serai pas tranquille tant que nous n'aurons pas pénétré dans cette grotte.

J'assistai avec une curiosité incrédule à cette scène, dans laquelle les rôles semblaient inversés. Le squatter insurgé contre le système se souciait des objectifs matériels alors que le capitaliste matérialiste, esclave de l'argent, tenait à profiter du moment présent alors qu'il avait une petite fortune à portée de main. Il fallait le voir pour y croire !

L'aube du troisième jour se leva sous le souffle violent du mistral, mais nous continuâmes notre entreprise sans problème majeur. Au sud-est de l'île, nous étions relativement bien protégés de ce vent de nord-est. Nous avions mis au jour une trouée dans la roche, s'ouvrant sur un passage vers le centre de l'île, à environ soixante centimètres de profondeur à marée basse. Il nous restait toutefois encore beaucoup de pierres à retirer. Nous nous relayions dans la chaîne pour éviter de trop souffrir de la fatigue générée par une position inchangée, mais notre tâche se compliquait à mesure que nous approchions du fond, jusqu'à ce que le masque et le tuba deviennent des outils indispensables.

Cet après-midi-là, nous travaillâmes d'arrache-pied. Pierre après pierre, le tunnel se révélait et l'émotion insufflait à nos corps épuisés l'énergie nécessaire pour continuer, malgré le vent d'est, qui soufflait maintenant et formait de grosses vagues se brisant contre la paroi rocheuse. Nous dûmes finalement nous équiper d'un gilet, d'une bouteille de plongée et d'une torche pour y voir plus clair.

Bien que le tunnel semblait déjà praticable au coucher du soleil, nous convînmes d'attendre le lendemain pour y pénétrer. Nous étions trop éreintés pour conclure notre aventure la nuit même. En outre, les vagues s'abattaient avec furie sur la roche, rendant toute expédition nocturne très risquée, d'autant plus que nous étions à bout de forces.

— On dit que le levant souffle toujours trois jours, nous informa Oriol. Et de plus en plus fort. La nuit va être très agitée. Il serait plus prudent de nous abriter dans le port.

Nous refusâmes. Si près du but, nous ne pouvions accepter de laisser notre trésor sans surveillance.

Les prévisions annonçaient des vagues de plus de deux mètres, incommodantes, certes, mais pas dangereuses. Oriol prit tout de même la précaution d'éloigner le bateau de dix mètres de plus du rivage, si bien que nous jetâmes l'ancre à une profondeur de onze mètres. J'avalai une double dose de médicaments contre le mal de mer avant de passer l'épreuve de la douche. Il fallait suivre la trajectoire de l'eau, ondulant avec le balancement du navire, et se placer sous le jet relevait de l'exploit.

Nous dînâmes en silence de sandwichs avant de prendre congé. La mer épuise, d'autant plus si elle est agitée. Comme les nuits précédentes, nous nous écroulâmes, exténués, sur nos couchettes.

Toutefois, je ne pouvais me vider l'esprit. Le grand jour était enfin arrivé, celui dont nous rêvions tous. Le jour du trésor... Je m'endormis en priant pour que le vent tombât et que la houle diminuât pour nous permettre d'accéder à la grotte, mais je ne parvenais pas à calmer mon angoisse. Était-ce l'émotion ou un inexplicable pressentiment ? Nous étions trop près du but, tout cela paraissait presque trop facile.

Un bruit sourd me tira du sommeil superficiel et agité dans lequel j'étais tombée. Je me dressai aussitôt sur mon lit et cherchai la lumière. Tout bougeait autour de moi, beaucoup plus que lorsque je m'étais endormie. Que se passait-il ? Avions-nous percuté un écueil ? Nous avions vérifié l'amarre avant de nous coucher et je croyais sentir les à-coups donnés par la chaîne retenant le navire contre la force des vagues. Non, nous ne pouvions pas dériver. Aucun son ne s'élevait du carré et je décidai, par sûreté, de rechercher l'origine de ce vacarme. Doucement, je fis glisser le rideau pliable qui séparait ma chambre du petit salon et allumai la lumière. Assis par terre, Luis se frottait les yeux avec une mine déconfite. Je revis alors le petit gros de mon enfance, qu'une secousse avait fait tomber de sa couchette. Oriol, lui, dormait profondément et pas même mes éclats de rire n'eurent raison de son sommeil.

45

Le levant, qui avait légèrement tourné sud, annonça une aurore sans brume. Puis, presque par surprise, le soleil émergea sur un horizon de mer et de ciel.

Face à l'île, j'observais les vagues fouetter la falaise, infatigables. Si elles n'étaient pas énormes, elles étaient bel et bien dangereuses. Jamais nous ne pourrions accéder à la grotte dans de telles conditions. Déjà en pleine activité, les puffins luttaient contre le vent pour disputer leur nourriture aux mouettes.

Je m'étonnai de voir des touristes dans cette partie de l'île à une heure si matinale. Même si la saison commençait tôt, nous n'avions pas croisé beaucoup de visiteurs lors de nos trois journées de déblayage sous-marin ; nous nous trouvions dans un endroit peu fréquenté, à l'écart du village et de la plage. Mais je n'y prêtai bientôt plus attention.

Après un rapide passage aux toilettes, lors duquel j'eus toutes les peines du monde à rester assise sur la cuvette, je me résolus à avaler une autre pastille contre le mal de mer avant de retourner au lit. Je ne pourrais expliquer ce qui me poussa à regarder de nouveau à l'extérieur. Bondissant sur les vagues, deux bateaux semblables au nôtre se dirigeaient droit sur nous. Ce n'est que lorsque je reconnus l'un des passagers que je compris ce qui nous attendait. Artur !

— Ils foncent droit sur nous ! criai-je aux deux cousins endormis. C'est Artur !

Les deux embarcations mirent moins de temps à nous rejoindre que Luis et Oriol à émerger. Leur équipage manœuvra avec habileté et le bateau d'Artur cogna la poupe du nôtre tout juste assez fort pour nous faire trembler.

Le choc sortit Oriol de sa torpeur. Il se leva d'un bond et, comme s'il avait déjà vécu ce moment en rêve des milliers de fois, sortit sur le pont sans aucune hésitation, se munissant au passage de la gaffe, dont il se servit pour empêcher les hommes de l'antiquaire de grimper sur le bateau. Il frappa l'un deux sur la tête avec une telle force qu'il le précipita dans l'eau. Cependant, il ne put éviter que deux hommes ne sautent sur le pont, à la poupe du navire. Nous étions perdus.

— Appelez la police ! nous cria Oriol.

Je me précipitai vers la radio mais Luis, qui s'était bien gardé de porter main forte à son cousin, me retint par le bras et me fit descendre de la passerelle.

— Attends ! Si la police s'en mêle, nous pouvons dire adieu au trésor. Mieux vaut négocier avec eux.

— Négocier ? répétai-je, surprise. Comment peux-tu... ?

Je ne terminai pas ma phrase. L'un des gros bras d'Artur avait fait le tour de la cabine par tribord et arrivait dans le dos d'Oriol.

— Derrière toi ! criai-je.

Il se retourna rapidement en brandissant la gaffe mais, déjà sur lui, son assaillant se protégea avec les bras. Artur et un autre homme sautèrent juste derrière Oriol. Lorsque ce dernier se retourna et vit se dresser devant lui son ennemi juré, son sang ne fit qu'un tour et il lui décocha un coup inattendu dans la bouche. Je suivais la scène médusée. Le squatter pacifiste semblait en connaître un rayon sur les arts martiaux. Les deux autres individus, légèrement plus petits mais beaucoup plus robustes, réussirent à l'immobiliser avant de l'exhorter à se calmer à force de coups de poing bien placés dans le plexus. Bien que la gifle reçue par l'antiquaire n'eût pas été très puissante, il porta la main à ses lèvres pour voir si elles saignaient. Rassuré, Artur recouvra vite sa prestance mondaine pour me gratifier d'un sourire :

— La Costa Brava se trouve plus au nord, me lança-t-il. Te serais-tu perdue, ma belle ?

— Pas du tout, mon beau, répondis-je, avec le même cynisme. C'est ce qu'on appelle un changement de programme.

Il eut une petite inclinaison de la tête, acceptant poliment l'explication d'une dame, puis son regard se posa sur Luis.

— Señor Casajoana, je constate avec plaisir que vous êtes un homme de parole.

Luis ! Comment avait-il pu copiner avec Artur ?

— Les accords sont faits pour être honorés, répondit ce dernier. Maintenant c'est à votre tour de tenir parole et, comme convenu, d'ouvrir des négociations avec mes amis pour que tout le monde soit satisfait.

— Je l'ai déjà tenté par le passé. En vain ! Croyez-vous vraiment qu'ils seront plus réceptifs aujourd'hui ?

Son sourire se fit diabolique. Il savourait son triomphe.

— Bien sûr qu'ils vont vous écouter, affirma Luis en me lançant un regard suppliant.

— Comment as-tu pu ? lui lançai-je. Pourquoi nous as-tu trahis ?

— Je pense que M. Boix, au même titre que nous, a droit à une part du trésor, affirma-t-il, le menton relevé en un geste qu'il voulait digne.

— Et tu t'es permis d'en décider seul, au nom de tous ? insistai-je.

— Il m'a également vendu sa part, précisa Artur. Il y a quelques mois, ton ami a investi dans des start-up et perdu beaucoup d'argent. Pas seulement le sien. Il était dans de sales draps. Nous avons donc négocié et je lui ai acheté sa part du trésor. Et aujourd'hui, il tient promesse.

— Mais comment as-tu osé... ?

— Je n'avais pas le choix ! Il me menaçait de mort !

Luis était bouleversé. L'intonation plaintive de sa voix me rappela le petit gros geignard de mon enfance. Mon Dieu ! Qu'il se mette à pleurnicher et j'allais le réduire en bouillie !

— Tu peux être content de toi ! intervint Oriol. Maintenant, il va tous nous tuer ! Ne comprends-tu pas que, même si nous trouvons un terrain d'entente, il ne pourra jamais revendre les pièces tranquillement avec trois témoins risquant de le dénoncer ?

Artur se tourna vers Oriol, que ses deux hommes à la mine patibulaire retenaient toujours par les bras.

— Tu te crois très intelligent. Tu croyais pouvoir me tromper, que le crime de ton dégénéré de père allait rester impuni, que tu t'approprierais tout... Et en plus, tu oses me frapper...

Artur envoya son poing droit dans la mâchoire

d'Oriol. Nous entendîmes un coup sourd, un bruit d'os brisé. Je courus pour m'interposer mais Artur me poussa sur le côté.

— Ne reste pas là, rugit-il. C'est une affaire entre lui et moi...

En tant qu'avocate, je ne conseillerais à personne de se retrouver dans une telle situation, et encore moins de la provoquer, mais pour une femme partagée entre deux hommes, il n'existe pas meilleur moyen de clarifier ses sentiments que de voir s'affronter deux prétendants dans une lutte meurtrière. Le cœur prend immédiatement parti. À la vue d'Oriol, les lèvres en sang, entouré de ces deux gorilles, et d'Artur qui le frappait d'un air triomphant, je fus prise d'un élan de tendresse pour le garçon aux yeux en amande, qui avait pourtant porté le premier coup, et animée d'une haine infinie pour son adversaire. Comme il était prévisible, mon cœur choisit Oriol et quelques secondes me suffirent à rentabiliser des cours de self-défense qui ne m'avaient jamais servi. Mon pied alla instinctivement trouver l'entrejambe de l'antiquaire dans un impact brutal, qui fut suivi d'un long soupir et d'un interminable cri. Artur tomba à genou, protégeant, certes un peu tardivement, ses parties génitales avec ses mains, avant de se recroqueviller sur lui-même. Je dois lui accorder que même ce geste revêtait, chez lui, une certaine élégance.

Profitant de la confusion générale, Oriol se libéra du cerbère à sa droite en lui plaçant un beau coup de coude en plein visage. Ce dernier tomba en arrière pendant que mon ami se débarrassait du deuxième gorille d'un coup de poing qui obligea ce dernier à lui lâcher le bras. Sans réfléchir une seule seconde, il sauta ensuite par-dessus bord. Devinant sur-le-champ ce qu'il comptait faire, je sentis la panique m'envahir. Oriol nageait, sans aucun équipement de plongée ni aucune protection, vers l'entrée de la grotte que les vagues fouettaient avec violence. C'était du suicide ! Qui savait ce qu'il trouverait de l'autre côté ? La grotte pouvait être obstruée par un éboulement de pierres ou inondée et, épuisé par la bagarre et la nage dans une mer déchaînée, il n'aurait pas la force de lutter contre le courant. Et si les vagues l'écrasaient contre la paroi ? Sortir vivant de cette expédition relevait du miracle.

Depuis notre promenade nocturne sur les murailles de Tabarca, je n'avais cessé de penser à la promesse templière qu'Oriol m'avait proposé d'échanger. J'attendais en fait le moment propice pour sceller ce pacte, et pourquoi pas plus, par un baiser dont m'avait privé l'irruption de Luis. Pour mon premier amour, j'étais déterminée à marcher sur les pas de la légion sacrée de Thèbes, des chevaliers templiers, prêts à se sacrifier pour leur compagnon, et d'Enric, qui avait assassiné quatre hommes pour venger son amant...

Je sentais monter en moi la même émotion, la même force qui m'avait fait courir au secours de mon ami et frapper l'entrejambe d'Artur sans me préoccuper des conséquences.

Lorsque je vis lutter contre les vagues le garçon maigrichon et timide que j'avais tant aimé, celui avec qui j'avais échangé mon premier baiser, je sus que le moment était venu :

— Je te le jure.

La veille, j'étais tellement exténuée que je m'étais écroulée sur mon lit sans m'acquitter d'une des règles de base d'entretien du matériel de plongée. Je ne l'avais ni démonté ni nettoyé. D'où je me trouvais, je voyais ma combinaison de néoprène, les chaussons posés sur la ceinture de plomb et le gilet avec la bouteille, dont je m'étais contentée de fermer l'arrivée d'air, négligeant de démonter le détendeur. Je profitai alors de la diversion créée par le plongeon d'Oriol pour me précipiter vers mon équipement. Ouvrant rapidement le robinet, je constatai qu'il restait un peu plus de cent bars : peu mais assez pour nous sauver tous les deux. J'enfilai rapidement les chaussons de plongée, me passai le masque et le tuba autour du cou et endossai difficilement le gilet et la bouteille en les posant sur le bastingage. Le temps m'était compté. Je devrais me débrouiller sans la combinaison et la ceinture de plomb. J'entendis alors une détonation, suivie d'une autre. Mon sang ne fit qu'un tour. Ils voulaient le tuer, les misérables ! Ils tiraient sur un homme sans défense à la merci d'une mer démontée.

— Arrêtez, bande d'abrutis ! cria Artur, alors que je me félicitais de ne pas l'avoir frappé plus fort. Ne faites pas de bruit. Bon Dieu ! Ne voyez-vous donc pas qu'il ne peut pas s'échapper ? L'île est pleine de gens.

Je n'appréciais guère le ton confiant qu'il avait employé pour suggérer que nous étions piégés, et encore moins que son seul souci fût de ne pas attirer l'attention par des coups de feu. Mais cela ne changeait rien à ma détermination, ni à ma promesse. Au moment de sauter, je levai les yeux vers le rivage et distinguai effectivement plusieurs personnes tournées dans notre direction.

Je me sentis soudain tirée en arrière alors qu'une voix narquoise demanda, assez fort pour que les autres entendent :

— Et toi, ma jolie, où comptes-tu aller comme ça ?

C'était l'une des deux brutes. Je me débattis pour me libérer de son étreinte mais il me retenait par le dos avec une telle force que je finis par comprendre qu'il me serait impossible de me débarrasser de lui. Désespérée, j'essayai en vain de lui donner des coups de pied. Il me serra encore plus fort.

Petite, j'avais toujours eu plus ou moins conscience de plaire à Luis. Il était même très amoureux, raison pour laquelle il adoptait un comportement si dur avec moi et ne cessait de m'enquiquiner. Il cherchait à se prouver à lui-même que les sentiments qu'il entretenait à mon égard n'étaient pas de l'amour, mais de la haine. À cet instant, sans doute ressentit-il pour moi ce que j'avais ressenti pour son cousin quelques secondes plus tôt, lorsque j'avais trouvé le courage de frapper Artur. Quoi qu'il en soit, il surgit à ma droite, brandissant un pare-battage, et en assena un terrible coup sur la tête de mon tortionnaire, qui sonna étrangement creux.

— Saute, sergent Cri ! m'ordonna-t-il, tout en m'aidant avec l'équipement.

Je mis le masque et me laissai tomber à l'eau.

Alors que je m'éloignais du bateau, je fus envahie d'un curieux bonheur. Pour Luis et sa réaction héroïque. Pour sa dignité recouvrée. Si jamais ce geste ne suffisait pas à nous sauver, Porcinet aurait au moins eu le droit à sa minute de gloire. Cette seule action de bravoure et de générosité le réhabilitait aux yeux de tous. Et si Oriol et moi pouvions nous attendre à passer un moment difficile, Luis se trouvait en bien plus mauvaise posture. Ces brutes n'hésiteraient pas à passer leur rage sur le seul d'entre nous qu'ils avaient sous la main.

46

Je nageai encore et encore. Il était éreintant d'évoluer sans palmes avec le matériel de plongée et je dus dégonfler un peu le gilet pour avoir plus de liberté de mouvement des bras. Un instant, je crus voir Oriol à la crête d'une vague, quelques mètres plus loin, juste devant la falaise. Puis plus rien. Alors que je me rapprochais de la côte, j'étudiais le mouvement de la mer, plus démontée que la nuit précédente. Je devais profiter de l'impulsion d'une vague pour plonger avant que le ressac m'attirât vers l'arrière. Il y avait peu de profondeur à cet endroit et, comme la force de la houle diminuait considérablement sous la surface, je réussirais peut-être à trouver l'entrée du tunnel sans trop de difficultés. Je dégonflai complètement le gilet, remplaçai le tuba par l'embout du détendeur et inspirai une longue bouffée d'air comprimé. Tout fonctionnait ! D'un coup de reins, je plongeai alors qu'une vague me portait vers l'avant. Jamais je n'avais vu les fonds marins dans un tel chaos. Au-dessus du sol rocheux, des fragments de feuilles mortes de posidonie et des milliers de particules en suspension se mêlaient à l'écume et aux bulles que je produisais. Prisonnière du ressac, j'étais emportée d'avant en arrière dans un véritable brouillard aquatique. Je songeai à Oriol. Comment espérait-il passer sans oxygène ni masque ?

Luttant contre le courant, je descendis jusqu'au fond et continuai ma progression, une main tendue devant moi pour me protéger des coups et éviter, à tâtons, les rochers du sol. J'avançai lentement, en brasse, jusqu'à distinguer les contours de l'entrée de la grotte. Pour la première fois de la journée, je ressentis une peur viscérale. Et si Oriol n'avait pas réussi à entrer dans la grotte ? Pire, si je me retrouvais nez à nez avec son cadavre à l'intérieur ? L'ombre d'un instant, j'imaginai son corps bloquant le passage, en flottaison contre la paroi supérieure du tunnel. Je frissonnai. Mais j'avais promis. Je m'approchai donc de la cavité obscure, me maudissant d'avoir oublié ma torche. Tant pis, je devrais m'en passer. À l'entrée du tunnel, je sentis le courant me balayer d'avant en arrière mais, à force d'efforts, je pénétrai finalement dans le souterrain. Au moins le reflux indiquait-il l'existence d'une poche d'air, quelque part dans la grotte.

J'avais parcouru un peu plus d'un mètre lorsque je sentis quelque chose me retenir. Mon cœur s'affola. Je ne pouvais plus avancer. M'agrippant aux rochers, je tentai de me pousser vers l'arrière. Sans succès. Prise de panique, je forçai, avec l'énergie du désespoir, pour me débloquer. Je crois qu'il faut subir les effets de la claustrophobie pour en mesurer toute l'horreur. C'était terrible. J'aurais été capable de n'importe quoi pour sortir de cette tombe obscure, froide et humide. J'étais prise au piège, je ne pouvais pas bouger et les parois latérales, à seulement une trentaine de centimètres, m'interdisaient tout mouvement. L'angoisse paralysait ma réflexion. Je fis un effort désespéré vers l'avant. Rien. Je renouvelai la tentative vers l'arrière. Malgré la bouteille d'oxygène, je respirais de plus en plus difficilement et, après avoir donné une dernière secousse hystérique et infructueuse, je cherchai le salut dans la prière. Les professionnels répètent de ne jamais pénétrer dans un tunnel sous-marin sans entraînement spécial. Il était trop tard pour y penser.

Au moment d'entrer dans la grotte, je n'avais qu'une pensée en tête : la promesse que je venais de faire, celle de mourir plutôt que d'abandonner Oriol. J'étais résolue à la tenir. D'ailleurs, je la tenais déjà. Je connaîtrais une fin atroce, piégée dans l'obscurité, rattrapée par la mort à chaque minute écoulée. Je cessai de me débattre, haletante. Je n'avais pas bougé d'un centimètre, toujours prisonnière de ce lugubre tombeau, entourée d'une multitude de bulles, autant de secondes de vie volées. Combien de temps me restait-il encore ? Une demiheure peut-être... Le compte à rebours fatal avait déjà commencé. À mesure que l'oxygène se raréfierait, j'éprouverais de plus en plus de difficultés à l'inspirer. Puis plus rien.

Je me promis que lorsque l'heure viendrait, je ne me débattrais pas. Au contraire, je me débarrasserais du détendeur et prendrais une profonde inspiration... d'eau.

Aussi curieux que cela puisse paraître, l'idée d'affronter la mort avec dignité, d'accepter mon destin, m'apaisa. En plongée, la respiration est capitale. En me calmant, j'utiliserais moins d'air. Petit à petit, je retrouvais le contrôle. J'étais bloquée, ou plutôt retenue par le matériel de plongée. Sans lui, je serais sûrement passée. Je pouvais toujours détacher le gilet, prendre une profonde bouffée d'air et nager vers l'avant. La sortie du siphon ne pouvait pas être bien loin. Sinon, personne n'aurait pu passer dans la grotte, surtout sans équipement. Or, au XIIIe siècle, Arnau d'Estopinyá n'avait pu entrer qu'en apnée. Soudain, je me souvins que nous avions travaillé jusqu'à la nuit, la veille. Nous utilisions des torches. Où avais-je bien pu ranger la mienne avant de regagner le bateau. Après tout, peut-être l'avais-je rangée... dans mon gilet ! Palpant la toile, je sentis un objet dur dans ma poche droite. J'allais y voir plus clair ! La première chose que je consultai fut le manomètre. Soixante bars ! Il me restait encore un petit moment de vie ! J'examinai ensuite ma situation. À l'écart des remous de la mer, ce nid rocheux offrait une bonne visibilité. Quelques centimètres devant moi, le plafond du tunnel s'élevait et je crus même discerner un rayon de lumière à l'autre bout. Nous avions sûrement omis de dégager quelques pierres du boyau et ma bouteille d'oxygène s'était coincée dans une des saillies du plafond. Ma flottabilité m'empêchait de m'enfoncer des quelques centimètres nécessaires pour me dégager. J'élaborai donc un plan, que je me répétai mentalement plusieurs fois, en envisageant tous les contretemps possibles et imaginables, avant de me décider à agir. Je détachai toutes les boucles du gilet, fourrai la torche allumée dans ma culotte, pris une profonde aspiration puis me lançai en avant vers le sol du tunnel. Le gilet se détacha assez facilement et, à peine deux mètres plus loin, je distinguai, au-dessus de ma tête, la surface de l'eau. Dès que j'eus assez de marge de manœuvre, je fis demi-tour, m'introduisis de nouveau dans le siphon et tirai le gilet vers le bas pour le récupérer. Le matériel pouvait encore m'être utile. Au bout de quelques secondes qui me semblèrent une éternité, je trouvai le bouton pour le gonfler et, une main au-dessus de la tête pour éviter de me cogner, je remontai à l'air libre beaucoup plus rapidement que je ne le pensais. Sauvée ! Pour l'instant.

Je me trouvais dans un lieu singulier. Le plafond de la grotte, relativement élevé, semblait monter et descendre à chaque ondulation de l'eau. Produit par l'effet de siphon, le courant du boyau par lequel j'étais entrée transmettait à cette piscine surnaturelle le mouvement de la mer gonflée sous la course des vagues. Un rayon de soleil opalin se profilait à travers une fente du plafond, entourant ce petit lac secret d'une aura réjouissante. Tirant le gilet derrière moi, je me hissai jusqu'à des rochers dressés hors de l'eau.

Je le vis aussitôt, étendu sur le dos, dans un endroit épargné par l'inlassable activité de l'eau. Une joie immense me dilata le cœur. Oriol était en vie ! Inerte, certes, mais s'il avait pu atteindre cet endroit au sec, il était bel et bien vivant. Je dirigeai le faisceau de ma torche sur lui sans obtenir aucune réaction de sa part. Il était dans un sale état. À sa lèvre inférieure en sang s'étaient ajoutées de nombreuses contusions. Comment avait-il pu arriver jusque-là dans cet état ? Il portait toujours son caleçon de nuit, complètement déchiré sur une cuisse. Je m'agenouillai à côté de lui et lui caressai le front.

— Oriol, susurrai-je.

Comme il ne réagissait pas, un affreux doute m'envahit. Respirait-il encore ?

— Oriol ! répétai-je plus fort.

Était-ce l'effet du froid, qui m'avait pénétrée graduellement, ou celui de la peur ? Le fait est que je me mis à trembler comme une feuille face à un Oriol toujours aussi immobile. Ses efforts pour arriver jusque-là lui avaient-ils coûté la vie ? Je posai ma main sur sa carotide. Aucun pouls.

— Oriol ! criai-je.

J'éprouvai la même angoisse que dans le siphon. Paniquée, je tentai la respiration artificielle. Comme le jour de l'orage, je décelai la saveur de la mer sur sa bouche. Mais cette fois s'y mêlait un goût de sang.

Soudain, je sentis son souffle. Il respirait ! Il était sauvé ! Remerciant Dieu, je l'enlaçai, prenant soin de ne pas gêner sa respiration. Puis je m'étendis doucement sur lui pour lui donner ma chaleur et me réconforter de la sienne.

Je cherchai de nouveau la saveur de ses lèvres.

Peu après, peut-être stimulé par mes caresses, Oriol ouvrit les yeux. Ces yeux que j'aimais tant et que je devinais plus que je ne voyais dans la pénombre. Je ne prononçai aucune parole et restai collée à lui, immobile pour ne pas frotter ses blessures.

— Cristina ? articula-t-il difficilement.

— Oui, c'est moi.

Il regarda autour de lui puis, comme s'il comprenait soudain la situation, s'exclama :

— Mais, que fais-tu ici ?

— Je suis avec toi.

— Comment es-tu entrée ?

— Par le siphon, comme toi.

Je lui effleurai le front pour écarter quelques mèches de cheveux.

— Tu es folle !

— Toi, tu es fou !

— Je m'étais juré que ce serait moi, et non Artur, qui découvrirais le trésor de mon père.

— Eh bien moi j'ai juré, comme les jeunes nobles thébains de la légion sacrée, comme les chevaliers du Temple, de ne pas abandonner mon compagnon.

— Tu as juré ?

Il desserra un peu notre étreinte pour mieux lire dans mes yeux.

— Oui, lorsque tu as sauté du bateau.

Il ne répondit rien et nous restâmes un moment silencieux. Je lui laissai le temps d'évaluer la situation.

— Merci, Cristina, finit-il par déclarer, d'une voix empreinte d'émotion. Quoi qu'il arrive, il nous tuera. Mais ce sera beau de mourir ainsi.

Je ne pus me retenir de l'embrasser de nouveau. Cette fois, il répondit à mon baiser. Le sel, la mer démontée, ses lèvres, et même une grotte et le froid, comme pour la première fois. La seule différence venait du goût de sang, sinistre présage. Peu m'importait, je me laissais submerger par le souvenir de ce qui avait été et le regret de ce qui aurait pu être mais ne serait jamais, de mes rêves d'adolescente dans lesquels nous partions tous les deux, main dans la main, à la découverte du monde, de ces lettres d'amour qui n'étaient jamais arrivées et n'arriveraient jamais à destination. Tout cela faisait partie du passé. Oriol avait raison, Artur allait nous tuer.

Je repensai soudain au trésor. Je l'avais complètement oublié. Et pour cause, je n'étais pas entrée dans la grotte pour lui, mais pour Oriol.

Ce dernier ne semblait pas plus pressé que moi de rechercher cette fortune. À l'approche de l'heure de notre mort, alors que nos chances de survie étaient infimes, nos priorités avaient changé. Pourquoi aurions-nous voulu, lui et moi, trouver un trésor ? Notre amitié, notre affection et les minutes passées ensemble, voilà ce qui avait le plus de valeur dans cette grotte. La seule motivation qui pousserait désormais Oriol à chercher ce trésor serait la mémoire de son père. C'était l'unique raison valable.

Je ne sais combien de temps nous restâmes ainsi, à

nous caresser et à nous embrasser tendrement, avec l'intensité qui imprègne tous les adieux. J'oubliais tout, seul m'importait le moment présent. Nos tendres échanges dans ce coin sec de la grotte m'ôtèrent un peu la sensation de froid qui m'avait glacée à la vue d'Oriol inerte. J'eus soudain un mouvement de surprise en sentant une pression familière contre mon bas-ventre :

— Oriol ! m'exclamai-je, confrontée à l'inattendu.

Pour toute réponse, je perçus une pression plus intense.

— Oriol ! insistai-je.

Cette fois, je relâchai mon étreinte, juste assez pour le regarder droit dans les yeux. Malgré le contexte tragique, la situation virait au comique.

— Comme tu peux le constater, répondit-il, je reprends du poil de la bête.

Si j'avais cru qu'il était ce genre d'animal !

— En es-tu sûr ?

— De quoi ?

— Que c'est en mon honneur...

— Sûr et certain.

La parole céda la place au geste, dans un baiser oublieux de sa lèvre en sang, des meurtrissures de nos corps, du trésor et de la mort qui nous attendait hors de notre nid d'amour. Nous ne sentîmes même pas les pierres qui jonchaient le sol. Et il me suffit, pour oublier le froid, de me débarrasser de mes vêtements humides.

Nous nous aimâmes avec une passion extrême. Je ne me souviens pas avoir vécu, de toute mon existence, de moment aussi intense. Ni avant ni après. Et si j'avais encore des doutes sur l'identité sexuelle d'Oriol, ils se dissipèrent ce matin-là. J'eus rapidement la certitude qu'il ne faisait pas d'exception en raison de la situation d'urgence et que ce n'était pas, non plus, la première fois qu'il couchait avec une femme. Il savait ce qu'il avait à faire, à chaque seconde, et se révélait expert dans l'art d'aimer.

Nous nous trouvâmes avec la fièvre du désespoir, la fougue accumulée en quatorze longues années d'attente. Comme si c'était la première fois. Comme si c'était la dernière. Sans préoccupation aucune, sans précaution. Nous n'avions pas de lendemain.

Ces fureurs libidinales ne sont en général pas dans mes habitudes. Même jamais. Serais-je vraiment bizarre ? Il faut croire que les situations critiques me mettent dans tous mes états. Comme l'après-midi du 11 septembre, dans mon appartement avec Mike. Ce désir de perpétuer la vie lorsque l'odeur de la mort se fait sentir serait-il une réaction propre à l'espèce humaine, ou à toute espèce animale ? Était-ce seulement une tentative de combattre la peur, de l'éloigner pour quelques secondes en trouvant refuge dans l'amour et l'ardeur charnelle ?

Serrés l'un contre l'autre, nous vibrions encore de passion alors que le feu nous quittait doucement, rappelant à notre conscience nos douloureuses blessures. Je cherchai une dernière fois sur ses lèvres le goût de la mer, de l'enfance à l'aube de l'adolescence, du premier baiser. Je vécus un moment de bonheur extrême suivi d'une immense souffrance. Un sanglot traversa ma gorge et mourut sur mes lèvres en un hoquet. Je ne voulais pas pleurer. Si mourir était terrible, il l'était encore plus de mourir sans avoir vécu. Je ne pourrais jamais plus connaître cet amour. Quelle injustice ! Découvrir que notre histoire avait un lendemain au moment même où nous n'en avions plus.

47

Quelques minutes passèrent avant que nous relâchions notre étreinte, avec une lenteur chargée de regret.

— Il faut voir s'il existe une autre sortie, me murmura Oriol.

Finalement sur pied, nous observâmes attentivement la grotte. La lagune interne se soulevait toujours au rythme régulier des vagues, comme si elle prenait son souffle au poumon de la mer. Le murmure de la houle, inépuisable, parvenait jusqu'à nos oreilles.

Nous nous trouvions sur une plate-forme relativement lisse, bien que parsemée de cailloux, et le rayon de lumière qui pénétrait par une faille, environ trois mètres au-dessus de nos têtes, était descendu, suivant, de gauche à droite, la courbe invisible d'un arc de cercle sur la paroi rocheuse.

— Regarde, alertai-je Oriol.

Là, à un mètre à peine de la zone éclairée, la roche était décorée d'une croix pattée rouge. La même que celle de ma bague.

— Elle se trouve à l'endroit exact où donne le soleil de midi, commenta-t-il, après l'avoir observée. Cette grotte constitue une cachette parfaite.

Le rayon d'espoir disparut soudain. Alarmés, nous levâmes la tête vers la brèche.

— Ce sont les puffins, ils font leur nid dans la crevasse, m'informa Oriol après une observation attentive. C'est un bon refuge pour eux.

Un battement d'ailes confirma ses paroles.

Puis, me passant le bras autour des épaules, il ajouta :

— Ne t'en fais pas. Ils ne se risqueront pas jusqu'ici, pas par cette mer. Ils attendent que nous sortions.

Il planta son regard droit dans mes yeux. Je pus alors explorer à loisir leur profondeur marine.

— Je regrette. Je n'aurais jamais dû t'embarquer dans cette histoire.

— Tu n'y es pour rien, repartis-je. Je suis majeure, et totalement responsable de mes actes et de leurs conséquences.

Je l'enlaçai et nos corps nus puisèrent chaleur et énergie au contact de l'autre, dans une longue étreinte qui nous fit perdre toute notion du temps. Enfin, nous séparant, nous cherchâmes une éventuelle issue. La brèche par laquelle la lumière perçait, creusée dans une paroi très lisse, au-dessus de l'eau, était inaccessible et trop petite. Impossible de sortir par là. À gauche du promontoire sur lequel nous nous tenions, la grotte était condamnée par d'énormes blocs de pierre inamovibles. En continuant vers la droite, par le chemin que suivait le rayon de lumière à mesure que les heures défilaient, elle se prolongeait sur un fond de roches rondes qui, submergées sur quelques mètres, ressortaient ensuite de la mer. Plus loin, environ un mètre et demi au-dessus de la surface de l'eau, s'ouvrait une cavité plus profonde. Alors que je sondais l'obscurité à l'aide de ma torche, j'aperçus un coffre :

— Le trésor ! m'exclamai-je, avec un enthousiasme incertain.

Oriol ne répondit rien et, sans même nous arrêter plus longtemps sur notre découverte, nous continuâmes dans la même direction, à la recherche d'une issue. Progressivement, l'espace se rétrécissait et le sol s'élevait jusqu'à ce qu'il ne restât plus qu'un étroit passage bouché par de lourdes roches. Impossible de continuer.

— Rien d'autre, soupira Oriol. Il n'y a pas d'autre issue.

— Que nous, le trésor et la mort, continuai-je, pensive.

— Au moins mourrons-nous riches ! reprit-il d'un rire jaune.

— On regarde ce qu'il y a dedans ?

— Bien sûr !

J'éclairai la malle du faisceau de la torche. De taille moyenne, en bois renforcé de bandes métalliques rivetées, elle se trouvait en excellent état.

— Il n'y a ni verrou ni cadenas, s'étonna Oriol.

— Il n'y en a pas vraiment besoin.

Il souleva le couvercle sans aucune difficulté.

Sous l'éclairage de la torche apparurent alors... des pierres. Mais pas des pierres précieuses. Non, un tas de simples pierres, de vulgaires galets... de ceux que l'on trouve par milliers dans cette région de l'île.

Comme pris de frénésie, Oriol se mit à sortir tous ces cailloux, les jetant par terre.

— Il n'y a pas de trésor ! criait-il, alors qu'il approchait du fond du coffre. Pas de trésor !

Puis, il se tourna vers moi, le visage illuminé d'un sourire radieux, la main serrée sur quelque chose.

— Nous sommes sauvés ! s'exclama-t-il. Le trésor n'est qu'une légende !

— Et Artur ? demandai-je, sous le choc. Ne va-t-il pas nous tuer ?

— Plus maintenant ! Il n'a plus aucune raison de le faire. Artur est un type rationnel, un homme d'affaires. Non, il ne nous tuera pas, il ne prendra pas ce risque pour rien. Je ne dis pas que ça ne lui ferait pas plaisir, mais c'est l'appât du gain qui le guide. Sans profit, il ne prendra jamais un tel risque.

Je ne partageais pas cette belle certitude : pour l'antiquaire, il s'agissait plus que d'une quelconque transaction. Je n'avais pas oublié ses propos sur la dette de sang. Je ne voulais toutefois pas démoraliser mon ami.

— Qu'as-tu dans la main ? lui demandai-je.

— On dirait un papier. Un papier protégé par un plastique.

Il s'agissait, une fois de plus, d'un message d'Enric :

« Mes chers enfants,

J'espère de tout mon cœur et je ne doute pas que vous lirez un jour ces mots. Vous avez trouvé le trésor ! Vous êtes maintenant trop grands pour des bonbons et des chocolats mais j'espère que vous n'êtes ni trop jeunes ni trop vieux pour profiter pleinement de cette expérience. Pour en arriver jusque-là, vous avez dû vivre ensemble des heures inoubliables. Vous avez découvert le trésor de la vie. Je vous souhaite qu'il enrichisse le reste de vos jours.

Je vous aime.

Enric »

Nous plongeâmes dans un silence méditatif. Tout n'était donc qu'un jeu, une immense farce. Le même scénario que lorsque nous étions enfants, dans sa version pour adultes.

— *Carpe diem*, murmurai-je.

Je bénissais ce jeu qui nous sauvait la vie. Je pouvais désormais me projeter dans l'avenir, au-delà de ces parois de pierre, au-delà de la mer et de l'océan. Si je gardais quelques réserves quant à la réaction d'Artur, j'envisageais plus que jamais la possibilité de rester en vie. Et ma vision de la situation changea du tout au tout. Me rendant soudain compte que j'étais nue comme un ver, mis à part les chaussons de plongée, je fus envahie d'une pudeur que l'approche de la mort avait reléguée dans les profondeurs de ma conscience. Je repérai mon pyjama à l'aide de la torche et m'empressai de me couvrir. J'étais rongée de culpabilité. N'était-ce pas moi qui avais fait le premier geste vers Oriol, qui lui avais peut-être même forcé la main ? Moi, qui portais toujours à mon doigt ma bague de fiançailles. Prise de remords et honteuse, je regrettais d'avoir franchi le point de non-retour entre désir et action. Lisant probablement la culpabilité sur mes traits tendus, Oriol m'attrapa par le bras pour m'attirer jusqu'à lui et m'embrassa. Je me laissai emporter sans résistance alors que nos corps se cherchaient de nouveau. Plus aucun doute, Oriol ne se forçait pas. Si je goûtais avec plaisir à cet instant, il avait toutefois perdu la magie de la première fois. Cette fois, je sentis les cailloux sous notre étreinte.

Assis côte à côte, nous nous caressions tendrement alors que le froid commençait à gagner mon corps, temporairement réchauffé par nos ébats.

— Il y avait tout de même des détails très bizarres, observa Oriol, suivant le cours de sa pensée. Mais j'étais tellement aveuglé par l'aventure que je ne voulais pas les voir. Des messages médiévaux cachés sous la peinture. N'importe quoi ! On trouve ça dans les romans, ça manque d'originalité, et surtout de réalisme. Aujourd'hui, au XXIe siècle, nous avons tous les instruments nécessaires pour mettre au jour les ébauches et dessins dédaignés par l'artiste et recouverts d'autres œuvres. Mais au XIIIe siècle, personne n'aurait eu l'idée de cacher un message sous une peinture, à moins de vouloir qu'il se perde à jamais.

Sa voix tremblait de déception. L'être humain constitue décidément un nœud de paradoxes ! Quelques minutes plus tôt, nous éclations de joie en apprenant que tout n'était qu'une invention et que nous avions la vie sauve. Et voilà que, la peur oubliée, Oriol regrettait l'absence de trésor.

— Mais les tableaux ne sont-ils pas authentiques ?

— Si, bien sûr, mais mon père était un restaurateur talentueux. Il a dû les trafiquer. D'ailleurs, il a si bien réussi à imiter les inscriptions anciennes que nous sommes tous tombés dans le panneau. Il a également fait du très beau travail avec les manuscrits.

— Crois-tu qu'ils soient faux ?

— Il faut le croire, cette histoire de triptyque falsifié semble le confirmer. Même s'ils contiennent des détails d'un réalisme surprenant et que ce témoignage cadre parfaitement avec les faits historiques, rien ne prouve que ce n'est pas une pure invention.

— Arnau d'Estopinyá ne serait donc qu'un personnage fictif ? m'enquis-je, une pointe de déception dans la voix. Et la bague, d'où vient-elle alors ?

— Je ne sais pas, mais je peux t'assurer qu'Arnau d'Estopinyá a bien existé. Son nom apparaît dans les documents de la commanderie templière de Peñíscola et dans les rapports de l'Inquisition. En revanche, je ne peux pas te dire quelle est la part de réalité et la part de fiction à attribuer à mon père dans ce récit.

— Mais Enric était convaincu de l'existence d'un trésor. Cette histoire l'a même poussé à tuer des hommes...

— Je ne pense pas qu'il ait tué pour l'argent. Plutôt par éthique, par respect pour son propre code d'honneur. On sait qu'il cherchait un trésor, mais tout porte à croire qu'il n'a pas été capable de mettre la main dessus et, à la place, a créé l'un de ses jeux favoris, un jeu posthume.

Il se tut un moment avant de s'exclamer :

— J'aurais dû m'en rendre compte !

— De quoi ?

— Avec mon père, nous sommes venus plusieurs fois sur cette île pour les vacances. Il adorait ses fonds marins et il la connaissait par cœur. Il faisait de la plongée en apnée et en scaphandre. Ça faisait beaucoup de coïncidences.

— Et alors, quelle importance maintenant ?

Le soleil illuminait déjà la croix peinte sur la roche et sa clarté me permettait de parfaitement la voir sans torche. Je me tournai vers Oriol, souriante. Alors qu'il me rendait mon sourire, je continuai :

— Nous allons vivre ! C'est formidable !

La gorge sèche, je ressentais une soif terrible. Nous nous étions assez attardés dans ce lieu irréel, cette caverne aux mille merveilles, et il était grand temps de sortir avant de perdre plus de forces. À en juger par le mouvement du lac souterrain, nous devrions affronter de nouveau une mer démontée. Je convainquis Oriol, qui voulait sortir le premier, en apnée et sans matériel, de me laisser prendre les devants et d'attendre une demi-heure avant de me suivre. Bien que je sois certainement descendue dans son estime après avoir exercé mes notions de self-défense, Artur m'accorderait sans doute une confiance plus grande qu'à Oriol et digérerait mieux la nouvelle si c'était moi qui la lui annonçais.

Je n'eus aucun mal à quitter la grotte. Nous descendîmes tous les deux jusqu'à hauteur du siphon, munis du gilet dégonflé et chacun d'un détendeur. Presque arrivée au bout du boyau, je récupérai le gilet et lui laissai la torche. La lumière extérieure suffisait pour m'indiquer le chemin.

Respirant sans aucune difficulté, je nageai en profondeur vers le large afin de ne pas être emportée par les violentes vagues qui se brisaient contre la falaise. Lorsque le rythme affaibli du remous m'indiqua que je me trouvais à distance raisonnable des récifs, je gonflai le gilet et suivis sa remontée jusqu'à la surface. J'enfournai le tuba dans ma bouche avant de chercher à m'orienter. Je n'étais qu'à quelques mètres des navires. Je me dirigeai alors lentement vers eux, me demandant quel accueil me réserverait Artur.

Bien qu'il écoutât la nouvelle avec une rage palpable, Artur, qui avait retrouvé ses manières mondaines, me reçut avec une courtoisie forcée. Luis n'avait, quant à lui, pas bénéficié du même traitement. Mon héros de la dernière heure, qui avait servi de souffre-douleur à ces hommes assoiffés de revanche, avait le visage violacé par les ecchymoses. Un moindre mal lorsqu'on imaginait ce dont ils étaient capables. En me voyant saine et sauve, il grimaça un sourire douloureux, qui s'élargit lorsqu'il saisit la signification salvatrice de mes paroles.

J'avais deviné juste. Dissimulant admirablement bien son dépit, Artur finit par accepter mes explications. Il décida d'envoyer deux plongeurs sur un Zodiac, attaché par un câble à l'un des bateaux pour éviter qu'il ne s'écrasât contre la falaise. Oriol, qui avait pris soin de laisser le message de son père là où il l'avait trouvé, fut donc secouru sans souci.

Par la force des choses, nous devînmes les hôtes d'Artur jusqu'à ce que ses hommes aient retourné chaque pierre de la grotte, en milieu de matinée le lendemain.

Ces heures furent cependant bien employées. Désormais disposé à négocier, Oriol sut se montrer très persuasif face à un Artur désabusé. Reconnaissant la dette inappréciable qui existait entre les Boix et les Bonaplata, il observa qu'elle devait être laissée aux morts. En revanche, il revenait aux vivants de solder les comptes matériels et lui, Oriol Bonaplata, reconnaissait que son père avait volé les deux volets latéraux du triptyque et s'annonçait disposé à les acheter, en souvenir, pour un prix incluant la dette que son cousin avait contractée auprès de l'antiquaire. Le tableau central appartenait à Enric et était maintenant en ma possession, sur ce point il n'accepterait aucune revendication. Il ne m'échappait pas que le prix discuté par les deux hommes affichait une majoration considérable visant à faire abandonner à Artur tout désir de revanche. De ces négociations acharnées, qui ne se conclurent que le lendemain matin par la signature d'un document privé, je ne retins que l'insignifiance que semblait avoir l'argent aux yeux d'Oriol et sa générosité envers son cousin.

Je passai le voyage du retour à chercher l'attitude à adopter vis-à-vis d'Oriol. Nous nous comportions tous les deux comme si rien ne s'était passé dans la grotte. Sans les preuves irréfutables que constituaient une douleur lancinante dans le dos et les hématomes imprimés par les cailloux sur ma peau, j'en serais même venue à me demander si je n'avais pas rêvé ces délicieux instants.

Observant attentivement la réaction d'Oriol, je mentionnai de manière anodine l'organisation de mon retour à New York dès que nous arriverions à Barcelone, dans l'espoir d'entendre une remarque aimable ou une invitation à rester quelques jours de plus. Il ne répondit rien. Distrait, il semblait avoir foule de choses plus importantes à l'esprit et ce mutisme indifférent porta un coup cruel à mon amour-propre. Voire à mon amour tout court. J'en conclus qu'il faisait peu de cas de l'épisode passionné de la grotte et désirait oublier l'incident au plus vite.

Luis, quant à lui, se confondait en excuses. Mais Oriol ne voulut rien entendre, déclarant qu'il n'y avait aucun malentendu. Le tableau de saint Georges lui appartenait maintenant et peu importait le prix qu'il avait fallu payer, autant mettre à profit le premier héritage qu'il avait reçu de son père. Et la discussion se termina sur une franche accolade.

48

Ce n'est que le jour suivant que je pris conscience que l'aventure était bel et bien terminée. La veille au soir, Oriol avait disparu sans même prendre congé, craignant peut-être que je ne le suive jusqu'à sa chambre. Dans l'espoir de le croiser, je me réveillai de bon matin et descendis rapidement prendre le petit déjeuner. Il était déjà trop tard. Alicia m'informa qu'il était parti depuis longtemps. Je dissimulai autant que possible ma déception alors que je m'efforçais d'entretenir la conversation et de répondre aux innombrables questions qu'elle n'avait pas eu le temps de poser au dîner, la veille. Elle voulait connaître chaque détail de l'expédition et, bien que je me gardais de lui relater l'épisode intégral de la grotte, elle semblait deviner ce qui s'y était déroulé. Sa réputation de sorcière n'était pas sans fondement. En outre, la lassitude avec laquelle je m'exprimais me trahissait. Alicia n'était pas dupe. Sur le point de fondre en larmes, je pris rapidement congé, prétextant une migraine. Avais-je si peu d'importance aux yeux d'Oriol qu'il ne prenait pas même la peine de me faire ses adieux ?

Le moment était venu de faire mes valises. J'ouvris l'armoire, espérant presque qu'elles aient disparu, mais elles se trouvaient toujours à leur place. À leur vue, je m'effondrai sur le lit, secouée de sanglots. C'était la fin. La chasse au trésor était arrivée à son terme. Cet amour impossible était mort, prisonnier d'une grotte marine, avec pour seul souvenir tangible quelques ecchymoses et un dos endolori. Je remarquai alors les deux vinyles sur la table de nuit. Sans doute les avait-on déposés là pendant mon sommeil. L'un était *Viatge a Itaca* et l'autre un album de Jacques Brel. Je frissonnai. Mon Dieu ! Les disques qu'Enric avait écoutés avant sa mort ! Cette idée lugubre venait-elle d'Alicia ? D'Oriol ?

Oriol, très certainement. Il cherchait à me faire passer un message en me rappelant l'enseignement du voyage, l'expérience de la recherche. Oui, il s'agissait bien de cela. Je n'avais pas compris la leçon. Le chemin était le but en soi, la vie l'objectif final. Mais il me coûtait encore de l'accepter.

Au moment de m'installer dans cette chambre, je m'étais étonnée de la présence d'un lecteur de vinyles en plus d'une stéréo moderne. L'appareil fonctionnait à la perfection et, après y avoir inséré un disque, je m'étendis sur le lit. Je voulais trouver un sens à cette aventure, une signification que je n'avais pas encore réussi à découvrir.

Les pochettes des albums serrées contre moi, je fermai les yeux. J'entendais les bruits de fond produits par le vent et la mer alors que la musique envahissait progressivement la pièce. Je m'évadai alors dans les verts herbiers de posidonie couvrant le sable blanc de Tabarca, parmi les bancs d'oblades, dont les flancs bleutés et argentés brillaient sous les rayons du soleil traversant la surface de l'eau. Je retrouvai la mer d'huile des premiers jours et les flots déchaînés du dernier voyage. Je retournai dans la grotte pour y trouver Oriol, étendu sur le sol, et tout ressuscita. Ne s'agissait-il pas de cela ? De vivre le moment présent, puis d'en garder le souvenir, parfois de manière obsessionnelle, tout au long d'une vie. À jamais. Comme l'image de l'orage et du premier baiser...

Constantin Kavafis, ce sage poète, avait-il quelque conseil à prodiguer aux victimes du *carpe diem*, ceux qui, vivant intensément le moment, se retrouvaient le cœur brisé ? Seul le sommeil finit par sécher mes larmes.

— Commissariat de police, bonjour, répondit une voix énergique.

— Bonjour.

Un nœud d'émotion me serrait la gorge. Malgré la nervosité, j'étais bien décidé à vivre intensément ces derniers instants.

— Bonjour, insista l'agent d'un ton péremptoire. Je vous écoute.

— Je vais me tirer une balle.

Un silence surpris envahit la ligne alors que j'imaginais la mine interloquée de cette voix dynamique.

— Pardon ? balbutia l'agent.

— Je viens de vous dire que je vais me suicider.

— C'est une plaisanterie.

— Loin de là, souris-je.

Son trouble m'amusait. Ce bleu devait avoir oublié le chapitre du manuel concernant la procédure à suivre en cas de confrontation avec un présumé suicidaire.

— Mais, pourquoi ? Pourquoi voulez-vous mourir ? reprit-il d'une voix angoissée.

J'expirai une longue bouffée du dernier Davidoff que je savourais. Depuis mon fauteuil, à travers les fenêtres grandes ouvertes sur le balcon, j'admirais les feuilles vert foncé des platanes de la promenade en ce bel après-midi de printemps ensoleillé. Le jour de ma mort serait un jour diaphane et lumineux. La vie jaillissait de toutes parts avec cette vigueur impétueuse qui ne cessait de m'impressionner, année après année.

En fond sonore, Jacques Brel chantait ses paroles d'adieu :

« Adieu l'Émile je vais mourir.

C'est dur de mourir au printemps tu sais... »

Oui, il était dur de mourir un après-midi comme celui-ci, lorsque, dans la vieille ville de Barcelone, tout respirait la vie : les pigeons, la brise printanière, les arbres de ma rue, et même les passants, pourtant ceux de tous les jours, qui semblaient dégager à chaque pas une énergie exubérante.

Mais ce jour était celui de ma mort.

— J'ai descendu quatre individus.

— Quoi ?

— Je viens de vous le dire. Je les ai tués, à coups de revolver.

— Bon Dieu ! s'exclama le policier.

Il y eut un long silence, puis :

— Ça suffit, assez ri. Je ne vous crois pas.

— Je vous en donne ma parole.

— Puisque c'est comme ça, donnez-moi le lieu et le jour du crime pour que nous vérifiions.

— Ça fait déjà plusieurs jours et ce n'est plus le moment de vérifier quoi que ce soit. Je vais me faire sauter la cervelle dans quelques minutes. Et ça vous faciliterait trop la tâche que je vous raconte tout, votre travail en perdrait en intérêt.

— Non, vous ne voulez pas mourir, rétorqua-t-il avec calme et assurance. Vous téléphonez pour demander de l'aide. Si vous aviez voulu vous tuer, vous l'auriez fait depuis longtemps.

— J'appelle pour que vous n'accusiez personne de ma mort.

Ou tout simplement pour jouir d'un peu de compagnie. Je ne voulais pas mourir seul. Je sirotai une gorgée de cognac, laissant mon regard se perdre sur mon tableau préféré de Ramón Casas : un couple de bourgeois catalans de la fin du XIXe siècle, tout de blanc vêtu, la femme en robe et l'homme en complet, buvant un rafraîchissement sous une tonnelle. Mes grands-parents. Ils étaient magnifiques avec ces jeux d'ombre et de lumière, ces tons pastel estompés et cette plaisante atmosphère alliant douce torpeur et décadence.

— C'est tout de même plus pratique que d'écrire une lettre, ajoutai-je.

— Donnez-moi votre nom et votre adresse. Nous parlerons un peu. Aussi compliquée que soit votre situation, il y a forcément une autre issue.

J'attendis avant de répondre, le temps d'écouter une dernière fois cette chanson que je connaissais par cœur, mot pour mot.

« Je veux qu'on rie
Je veux qu'on danse
Quand c'est qu'on me mettra dans le trou... »

— Enric Bonaplata, Passeig de Gràcia, déclarai-je enfin. Et si vous vous dépêchez d'envoyer une unité, en face de la Manzana de la Discordia, vous pourrez même entendre la détonation.

Puis d'une voix mielleuse :

— Quel âge as-tu, petit ?

— Vingt ans.

— Et de quelle couleur sont tes yeux ?

— En quoi ça vous intéresse ? questionna-t-il, irrité.

— C'est pour te faire un peu la conversation. N'essayez-vous pas de localiser l'appel ? Dis-moi, alors, de quelle couleur sont-ils ?

— Verts.

— Hum...

Je tirai de nouveau sur mon cigare avant de continuer. Je me représentai un beau jeune homme aux yeux de chat. L'accompagnement idéal au verre de cognac et au cigare.

— Et dis-moi, jeune inconnu aux yeux verts, as-tu déjà vu quelqu'un mourir ?

— Non.

— Eh bien, aujourd'hui, tu vas entendre quelqu'un mourir.

— Attendez !

— Je te souhaite une longue et heureuse vie, mon cher ami. Et maintenant, excuse-moi, mais je vais devoir interrompre cette charmante conversation, il est très malséant de parler la bouche pleine.

— Attendez ! Attendez une seconde !

Je posai le combiné du téléphone sur la table basse, à côté du cigare encore fumant. Puis j'écoutai :

« C'est dur de mourir au printemps tu sais.

Mais je pars aux fleurs la paix dans l'âme... »

Je ne ressentais pas cette paix à laquelle Brel faisait référence dans sa chanson alors qu'un flot d'émotions se déversait dans ma poitrine ; dans mon esprit, les images de toute une vie luttaient pour l'honneur d'être ma dernière vision. Je devais le faire, pour ma famille, par dignité. Je contemplai le tableau de Picasso qui ornait l'un des murs de la pièce : une fenêtre ouverte sur une ville méditerranéenne, peut-être Barcelone vue des hauteurs. Des habitations, des palmiers, la végétation... et la mer. Des tons vibrants, une explosion de couleurs, des traits épais.

Je bus une dernière gorgée de cognac, gardant le savoureux breuvage dans ma bouche quelques secondes pour m'imprégner de sa saveur, respirer ses effluves. Puis je mis le froid canon du revolver entre mes lèvres, pointé sur le palais. Je vis deux jeunes garçons, l'un déjà mort et l'autre qui avait toute la vie devant lui : mon fils Oriol. Mon Dieu, aidez-le à traverser cette épreuve ! Je pris une longue inspiration et dirigeai mon regard vers la promenade, pour que mes yeux se gorgent de la lumière et du vert resplendissant du printemps, de cette force implacable qui émane de la vie. Voilà ma dernière vision.

La détonation qui parvint aux oreilles du jeune agent Castillo à travers le combiné téléphonique lui fit faire un bond sur sa chaise. Les pigeons du passage prirent leur envol en un seul corps nuageux, comme s'ils s'y étaient préparés, et les passants levèrent la tête vers ce bel immeuble moderne dont les fenêtres d'un balcon étaient grandes ouvertes.

J'ouvris les yeux sur le plafond alors que la stéréo jouait la chanson suivante de l'album de Jacques Brel. Je me redressai d'un bond. Voilà que ces rêves recommençaient ! J'étais déjà assez perturbée par mes seuls sentiments pour Oriol sans que la bague ne vînt ajouter à mon trouble en me faisant, de nouveau, vivre des histoires de fantômes ! Dans un élan désespéré, je retirai le sceau à la croix de sang et le posai, avec ma bague de fiançailles, sur la table de nuit. Je n'aurais su dire lequel des deux bijoux était le plus dur à porter.

Je descendis à la recherche d'Alicia et, lorsque je lui eus mentionné l'incident, elle me conduisit jusqu'à son boudoir. Là, dominant la ville radieuse et ensoleillée, je lui racontai ma vision en détails.

— Tiens, ça va te rasséréner, me dit-elle en me servant un cognac.

Puis elle m'observa attentivement.

— C'est, c'est... bégayai-je après avoir avalé la première gorgée.

J'avais détecté le même goût que dans mon songe.

— Oui. Je bois le même cognac qu'Enric.

Certainement pas disposée à jouer les cobayes, je me levai pour partir.

— Pardon, s'excusa-t-elle. Je ne l'ai pas fait exprès... Je n'ai pas compris jusqu'à ce que j'observe ta réaction.

Peu convaincue, je restai debout devant la porte, hésitant à m'en aller.

Elle se leva et prit ma main de sa longue main chaude qui me rappelait tant celle de son fils, pour me faire asseoir sur un fauteuil.

— Je suis désolée, chérie, me persuada-t-elle de sa voix profonde. Reste avec moi, je vais me faire pardonner en te racontant une histoire qui devrait t'intéresser. Tu le mérites bien.

Méfiante, je redoutais le prochain tour qu'elle tenterait de me jouer. Elle commença à parler sur un ton posé :

— Tu dois maintenant savoir qu'Enric n'était pas plus attiré par les femmes que moi par les hommes. Nous nous sommes mariés pour nos familles et parce que nous voulions avoir un enfant. C'était le seul moyen à l'époque. Chacun de nous faisait sa vie et nous restions amis. Oriol est le fruit d'un effort qui en valait vraiment la peine. Ne crois-tu pas ?

Elle me dévisageait, souriante. Puis, sans attendre ma réponse, elle continua :

— C'est un garçon formidable ! Et si jamais tu as des doutes, il est hétéro. Eh oui, personne n'est parfait ! continua-t-elle avec un soupir résigné agrémenté d'un sourire.

» Enric et moi étions très proches l'un de l'autre. C'est lui qui a fait en sorte que l'ordre templier fondé par son grand-père et ton arrière-grand-père change de statuts pour que je puisse l'intégrer. Mais tout s'est compliqué à l'apparition d'Arnau, avec cette histoire de tableaux et de trésor. Enric était un romantique passionné par les Templiers. Il aurait tout fait pour ressusciter leur histoire. Alors, l'existence de ce trésor l'a plongé dans un état second ! Cette quête est devenue une véritable obsession. C'est alors qu'a commencé la mésentente avec les Boix. À l'époque, il avait aussi fait admettre comme chevalier des Nouveaux Templiers son amant, Manuel, dont il était éperdument amoureux. Tous deux s'étaient unis par la promesse templière, celle des soldats thébains d'Épaminondas.

Elle m'observait, comme pour s'assurer que je suivais bien. Je lui fis signe de continuer.

— Son assassinat l'a profondément affligé. Je le revois encore ici même, assis dans le fauteuil que tu occupes maintenant. Rien ne pouvait calmer ses larmes. Sentant qu'une tragédie allait se produire, je l'ai supplié de rester raisonnable. Imagine ma surprise, quelques jours plus tard, quand il m'a annoncé qu'il avait abattu quatre hommes et vengé Manuel. Ton parrain n'avait rien d'un grand tireur, je pense qu'il a eu de la chance.

Je me gardai bien de me prononcer là-dessus, mais je savais pertinemment que personne ne connaissait mieux que moi cet épisode de la vie d'Enric.

— Mais la police a commencé à resserrer les mailles du filet autour de lui. Beaucoup de personnes savaient qu'il était en conflit avec ses concurrents et anciens confrères templiers, les Boix. Sa relation avec Manuel et la mort violente du jeune homme n'étaient, en outre, un secret pour personne.

» Pendant quelques jours, je n'ai plus eu aucune nouvelle de lui. La police m'a appelée à plusieurs reprises et les agents sont même venus jusqu'ici, croyant le trouver pour l'interroger. Ils n'avaient pas de mandat mais, de toute évidence, Enric était leur principal suspect. Il ne m'a jamais raconté ce qu'il a fait pendant son absence mais je pense qu'il a vainement cherché le trésor. Un soir, il est venu à la maison. Il a dîné avec nous, a parlé un moment avec Oriol puis, ce dernier couché, nous sommes montés ici pour boire un cognac. Il m'a demandé de lui tirer les cartes. J'ai accepté ; la cartomancie était alors un de mes divertissements favoris. Mais ce soir-là, j'ai tout de suite repéré la mort dans sa combinaison. Le squelette le fixait, sa faux à la main. Le message était très clair mais je lui ai dit que les signes étaient contradictoires. Il s'est contenté de me regarder en silence. J'ai recommencé à battre les cartes, les lui ai fait battre puis couper. J'en ai encore la chair de poule. Le même scénario s'est reproduit. Cette fois, c'était la tête de mort qui lui souriait. Complètement angoissée, j'ai de nouveau battu les cartes pour les lui tirer une troisième fois, priant pour que n'importe quelle carte sorte, sauf celles-là. Mais il a tiré la même combinaison. Les cartes sont tellement obstinées lorsqu'elles veulent faire passer un message ! Je n'ai pourtant pas la larme facile, mais je me suis difficilement retenue de pleurer lorsque j'ai rangé le jeu de tarots. Je ne savais pas quoi dire et nous sommes restés silencieux. Enric a bu une gorgée de cognac avant de me dire, en souriant, de ne pas m'inquiéter, que mes cartes avaient raison et qu'il allait bientôt mourir. Il semblait très serein. Il m'a confié qu'il était atteint du sida et qu'il ressentait les premiers symptômes de la maladie. Il n'existait pas de traitement à l'époque, la science ne pouvait même pas soulager la souffrance des malades. La police était sur sa piste, tout comme la mafia des contrebandiers d'art, à laquelle appartenaient les Boix. Ces derniers menaçaient même de s'en prendre à Oriol. Il m'a juré qu'il ne mourrait pas en prison. Il refusait aussi de continuer à vivre dans ces conditions, de dormir avec un revolver sous l'oreiller, et pensait qu'Oriol serait plus en sécurité s'il disparaissait. C'est sûrement à ce moment qu'il a élaboré cette dernière course au trésor pour vous.

Elle se tut, pensive, puis me regarda droit dans les yeux :

— Enric avait des opinions bien tranchées et appliquait à la lettre les attitudes qu'il pensait justes. Il a vécu et est mort en accord avec ses principes, son propre style de vie. Je crois qu'il repose en paix.

En silence, Alicia posa un regard nostalgique sur la ville, avalant une gorgée de cognac. Je l'imitai et la saveur ambrée sur mon palais me rappela mon horrible vision.

— Alicia ?

— Oui.

— La chambre où je dors, était-ce celle d'Enric lorsqu'il passait la nuit ici ?

— Oui.

— Est-ce toi qui as laissé ces vinyles sur ma table de nuit ?

— Oui, c'est moi.

— Tu l'as fait exprès, pour que j'ai cette vision, n'est-ce pas ?

Ma voix ne reflétait aucune colère, juste de la curiosité.

Elle resta silencieuse, sirotant son cognac, perdue dans la contemplation de la ville. Puis elle ancra dans les miens ses yeux en amande d'un bleu unique, que l'on ne retrouvait que chez Oriol :

— Il est parti en paix, n'est-ce pas ? m'interrogea-t-elle, d'un ton presque suppliant.

— Oui, mentis-je, après un silence absorbé.

49

Je ressentais une douloureuse mélancolie à l'idée que plus rien ne me retenait à Barcelone. J'entrai dans ma chambre, ouvris la fenêtre et restai là, appuyée sur le châssis, à dresser le bilan de la situation. Bien sûr ! Il me restait encore une chose à accomplir avant de quitter ma ville natale, avant de la laisser derrière moi pour ne plus jamais revenir. Jamais, comme avait cherché à le faire, avant moi, ma mère.

Arnau d'Estopinyá. Au cours des derniers jours, il

m'était arrivé de jeter autour de moi des regards terrorisés, à la recherche de ce visage désormais très familier. Mais le moine semblait s'être volatilisé.

Alicia saurait où le trouver !

Les rôles s'inversaient. Postée dans un petit troquet d'une rue étroite de la vieille ville, je surveillais la porte d'entrée de l'immeuble du vieux moine. Il vivait dans le Raval, autrefois appelé Barrio Chino puis Distrito Quinto, un quartier dont les loyers peu élevés attirent de nombreux immigrés. Les téléboutiques y sont un commerce florissant et une foule colorée et multiraciale anime les rues où se côtoient toutes les langues et toutes les traditions vestimentaires. D'après Alicia, c'était là qu'Arnau d'Estopinyá louait une chambre. La somme qu'elle versait chaque mois au vieil homme n'était visiblement pas bien faramineuse.

Je l'aperçus alors qu'il se trouvait à une quinzaine de mètres de chez lui. Vêtu de sa sempiternelle chemise noire, sous un costume gris foncé aux couleurs des ténèbres, il marchait d'un pas martial et déterminé, tendu comme un arc, si bien que certains passants descendaient du trottoir pour l'éviter. Il s'était coupé la barbe et les cheveux, qui formaient maintenant un duvet d'un demi-centimètre sur son crâne.

Traversant la rue au pas de course, j'arrivai tout juste au moment où, dos à moi, il enfonçait la clé dans la serrure.

— Arnau, l'appelai-je en posant la paume sur son épaule.

Il se retourna d'un geste fier, sa main se dirigeant imperceptiblement vers son côté droit, à la recherche de son poignard. Je frissonnai sous son regard de fou, ses yeux bleu délavé.

— Frère Arnau. C'est moi, la légataire de la bague, m'empressai-je de lui rappeler.

Ses traits s'adoucirent quelque peu.

— Que voulez-vous ? demanda-t-il d'une voix lente qui semblait surgir d'outre-tombe.

— Vous parler.

Surprenant son regard sur ma main, je me rappelai que le rubis représentait à ses yeux un symbole d'autorité. Comme il ne répondait rien, je choisis mes mots avec soin avant d'adopter mon ton le plus militaire :

— Moine-sergent d'Estopinyá, je vous invite à déjeuner.

Il hésita un instant, ses yeux voyageant inlassablement de mon visage à la bague, puis accepta avec un grognement.

Je l'emmenai dans un bar-restaurant familial, l'une de ces gargotes aux odeurs de friture qui proposent un menu du jour et des sandwichs aux calamars frits. Le quartier ne laissait d'ailleurs pas grand choix. Je choisis une table éloignée du téléviseur, de la machine à sous et des bruits de vaisselle qui s'élevaient de derrière le bar. Malgré cette intimité toute relative, je n'arrivais pas à entamer la conversation avec le moine. Lorsqu'on nous apporta le pain, ce dernier bénit la table et, le visage baissé sur ses deux mains jointes, se mit à prier dans un murmure indistinct. Un instant, il releva la tête vers moi pour s'assurer que je suivais le même rituel. Je m'empressai donc de l'imiter. Aussitôt ses prières terminées, il s'attaqua sans cérémonie au pain, avant même que l'entrée fût servie. Bien que je déployai des efforts infinis pour gagner sa confiance, je n'obtenais que des réponses monosyllabiques. Si Arnau ne s'illustrait pas par ses talents de communication, probablement parce qu'il avait tout simplement perdu l'habitude de converser, sa voracité était, elle, impressionnante. Sûrement ne mangeait-il que rarement à sa faim ou suivait-il un jeûne strict, que ce fût par conviction religieuse ou manque de moyens. Il appréciait également le vin, qui semblait adoucir son humeur, si bien que je commandai une seconde bouteille dans l'espoir de lui délier la langue.

Soudain, alors que je ne m'y attendais plus et qu'il avalait les dernières bouchées de son assiette, il se mit à parler :

— Je descends d'une lignée de moines fous. Je sais bien pourquoi maître Bonaplata s'est suicidé.

Je le regardai bouche bée. C'était les deux premières phrases consécutives que le vieux prononçait de tout le repas.

— Ne croyez surtout pas ce qu'on vous dit. Le moine qui m'a désigné pour hériter de la bague s'est tué, lui aussi, et bien d'autres avant. Tout le monde dans la congrégation le croyait fou. Tout le monde, sauf moi. Il m'a confié la bague et après ils ont décrété que, moi aussi, j'étais un dément. Ça commence avec les visions. Avez-vous vécu la torture ? L'interrogatoire des inquisiteurs ? Avez-vous assisté à la chute de Saint-Jean d'Acre ? Avez-vous senti les coups de poignard des Sarrasins ? Combien d'assassinats le rubis vous a-t-il fait vivre ? Combien de mutilations ? Beaucoup de vies et beaucoup de souffrances, voilà ce que cette pierre contient. Et voilà qu'ils s'installent avec vous et vous harcèlent jour et nuit.

— Qui ? demandai-je, intriguée.

— Qui ? répéta-t-il, les yeux écarquillés, comme désarçonné par une question si naïve. Les esprits des moines. Ils sont dans la bague. Et, à chaque apparition, ils s'emparent un peu plus de vous. Je ne suis plus celui que j'étais. Un jour, j'ai fait un rêve différent. J'avais déjà eu beaucoup de visions de frère Arnau d'Estopinyá auparavant, mais ce jour-là, son esprit torturé est resté en moi. Pour toujours. Ce jour-là, je suis devenu Arnau.

» C'est une âme du purgatoire ! Il souffre des crimes qu'il a commis. Mais ce n'est pas sa préoccupation principale. Non, il sait qu'il n'a jamais accompli sa mission, que le trésor n'est jamais retourné aux Chevaliers du Temple.

Il me dévisageait, les yeux exorbités. Je n'osai pas intervenir.

— Arnau d'Estopinyá, c'est moi, répéta-t-il en haussant le ton. Je suis le dernier Templier. Le dernier vrai Templier.

À la fin de sa phrase, il planta ses yeux dans les miens, me défiant de remettre en question son affirmation. Inutile de dire que je m'en gardai bien.

Puis il s'adoucit, et continua dans un murmure :

— Faites très attention, mademoiselle. La bague est dangereuse. Le jour où je suis tombé sur l'ordre du Temple et maître Bonaplata, j'ai su que j'avais trouvé ma maison. Quand je lui ai remis le bijou, j'ai ressenti un vif soulagement. On raconte que le pape Boniface VIII portait une bague comme celle-ci et que Philippe le Bel affirmait que le diable vivait dedans.

» Bien sûr, le roi voulait diffamer le pape et trouvait

n'importe quel prétexte pour l'incriminer, mais il possédait tout un réseau d'espions et fondait ses accusations sur des faits réels. Quelque chose vit dans cette pierre, dans son étoile à six branches... Personne ne peut garder ce bijou sans malheur...

— Avez-vous également donné à M. Bonaplata des documents ? l'interrompis-je.

J'avais assez entendu parler de la bague pour aujourd'hui.

— Non. J'ai raconté au maître la vie du moine-sergent Arnau d'Estopinyá, comme l'avait fait pour moi mon prédécesseur, le porteur de la bague, en la complétant des événements vécus à travers mes visions.

Je le regardais finir son verre de vin. Moi qui avais déjà quelques réticences au sujet de ce bijou, j'étais désormais épouvantée à l'idée de ses pouvoirs. Savoir si ce détraqué était oui ou non possédé par l'esprit du vieil Arnau m'importait peu. Pour moi, les deux hommes n'en faisaient qu'un, j'avais devant moi le dernier des Templiers.

— Et le triptyque ? questionnai-je.

— Au même titre que la bague et que la tradition orale sur la vie d'Arnau, le triptyque constituait une partie de l'héritage du Templier, transmis de moine à moine pendant des centaines d'années. Mais lors des soulèvements anticléricaux de 1845, Poblet fut mis à sac et incendié et le tableau volé. Nous savions qu'il n'avait pas brûlé parce que les moines ont essayé de rattraper les voleurs avant que la foule ne leur barre la route. Beaucoup d'œuvres d'art ont disparu à cette époque, mais pas le triptyque. Peut-être que ceux qui l'ont dérobé connaissaient l'histoire.

— Pourquoi me suiviez-vous ?

— Maître Alicia m'a donné l'ordre de lui rapporter tous vos faits et gestes. Ensuite, quand j'ai su que vous aviez l'anneau, je vous ai surveillée pour vous protéger. Comme lorsqu'on vous a attaquée dans la rue.

— Mais si vous assurez ma protection, pourquoi ne vous ai-je pas vu ces derniers jours ?

— Parce que vous avez quitté la ville. C'est ici que plane la menace. C'est pour ça que je ne vous ai pas suivie.

— De quoi me parlez-vous ?

— Elle est ici, à Barcelone.

— Quoi ? insistai-je. Quelle menace ?

Il ne répondit pas, le regard perdu dans le vide. Puis, rivant ses yeux sur des Maghrébins accoudés au bar, il marmonna, d'une voix rageuse :

— Ne le voyez-vous pas ? Ils reviennent. Un jour, j'en égorgerai quelques-uns.

Il retomba ensuite dans son silence habituel.

Un frisson de terreur me parcourut. Arnau d'Estopinyá ne plaisantait pas.

50

À mon retour, dans l'après-midi, je me trouvai de nouveau confrontée au problème des valises. Bien résolue à en finir une bonne fois pour toutes avec cette angoissante tâche, je me dirigeai vers l'armoire, lorsqu'une pensée me traversa l'esprit. Je savais qu'Oriol n'était pas à la maison et, sur la pointe des pieds, je m'approchai de sa chambre, voisine de la mienne. Je tournai la poignée de la porte avec précaution et me glissai à l'intérieur.

Son odeur emplissait la pièce. Oriol ne se parfumait pas, pas plus qu'il ne dégageait une odeur particulière, mais mon imagination me jouait des tours. Chaque millimètre carré de cet endroit était imprégné de sa présence. Je promenai mon regard dans la pièce : le lit, l'armoire, le bureau disposé devant la fenêtre, face à la ville. Mais ce n'était pas le moment de me disperser, je ne tenais pas à être surprise ici. Je commençai donc par les tiroirs du bureau. Je ne pus cependant pas m'empêcher de farfouiller dans un tas de photographies de lui avec des amis, dont la fille de la plage. Après m'être rappelée à l'ordre, je passai en revue la table de nuit, la commode... Rien. Jusqu'à ce que je fouille dans l'armoire, dans le tiroir des sous-vêtements. Voilà où il l'avait caché. Le revolver de son père. Celui qui avait mis fin à la vie des frères Boix et que nous avions trouvé derrière la pierre du puits.

Je le glissai dans ma ceinture et montai au grenier, où je n'eus aucun mal à trouver ce que je cherchais : l'imitation de mon volet du triptyque. Après avoir arraché le carton qui recouvrait le dos du tableau, je constatai que l'intérieur était creux, malgré l'apparente épaisseur du bois sur lequel l'œuvre avait été peinte. De larges montants de bois étaient disposés sur les bords et au centre du tableau, dont ils renforçaient la structure tout en composant un compartiment élaboré. Je plaçai l'arme dans cet ingénieux casier. Il semblait avoir été conçu sur mesure pour contenir le revolver. L'arme, maintenue par les montants de bois, pouvait toutefois être délogée avec facilité par la culasse. Je répétai le geste à plusieurs reprises, me remémorant mon rêve de l'assassinat des Boix. Oui, c'était bien ainsi que tout s'était déroulé. J'avais résolu l'énigme du commissaire Castillo, même s'il n'en saurait jamais rien. Mais le souvenir de mon parrain dans ce rêve sanglant et la preuve tangible que ma vision reflétait parfaitement la réalité ne me réconfortèrent pas. Au contraire. Je ne supportais plus ces images terrifiantes. Mieux valait retourner à mes ennuyeuses valises.

Avant de m'atteler à la tâche, je téléphonai à mon cabinet de New York et demandai de reprendre le travail la semaine suivante. Mon supérieur me répondit que mes vacances prolongées n'avaient pas fait l'unanimité auprès des associés et que mon retour devrait être traité en conseil. Cependant, son intonation positive me suggéra que je n'avais pas perdu mon emploi.

Puis je prévins María del Mar de mon retour. Enchantée, elle poussa toutefois un cri d'horreur lorsque je lui annonçai ma décision de quitter Mike. Je lui racontai alors mon aventure avec Oriol, qu'elle jugea être une raison insuffisante pour renoncer à un homme comme Mike. Prétextant que des fiançailles ne se rompaient pas par téléphone, elle m'adjura de m'accorder un temps de réflexion et d'attendre mon retour avant d'entériner ma décision.

Il était temps de refermer le livre de mon histoire barcelonaise. L'aventure avait, certes, été magique, mais ma vie continuait à New York. Avec ou sans Mike.

J'avais achevé mon voyage à travers le temps, l'espace et ma conscience.

J'avais enfin satisfait mon désir pour Oriol, réprimé pendant de si longues années, et la blessure du passé avait cicatrisé. Notre histoire resterait à jamais celle d'un amour d'été, consumé et consommé. J'étais retournée à Barcelone, à une enfance méditerranéenne abandonnée à treize ans, qu'un furtif retour en arrière m'avait permis d'amender.

Ce pèlerinage avait changé ma vision du monde et des êtres humains. Non, je n'étais pas la même Cristina qu'à mon arrivée. J'étais désormais capable d'aller pieds nus de par le monde, de par la vie.

Je ne devais surtout pas, arrivée à bon port, me plaindre de trouver Ithaque pauvre, aussi futile et décevante que me semblait la fin de l'histoire. J'avais appris en chemin, apprécié les heureux moments. Voilà en quoi consistait la vie.

Désormais, plus rien ne me retenait ici, mon avenir m'attendait à New York.

Quand Oriol frappa à ma porte, mon lit était jonché de vêtements, mes deux valises gisaient béantes sur le sol et tout un fouillis était éparpillé aux quatre coins de ma chambre.

— Ma mère m'a dit que tu partais.

— Oui, l'aventure est terminée et il faut rentrer. Tu sais, la famille, les responsabilités...

Il baissa le regard vers mes mains. Depuis ma conversation avec ma mère, je portais de nouveau le bijou de Mike.

— Où se trouve la bague de mon père ?

— Je l'ai laissée sur la table de nuit. Elle m'effraie.

— Alicia m'a raconté... m'interrompit-il. Quand pars-tu ?

— Demain.

— Je t'achète ton tableau.

Je lui lançai un regard grave.

— Le tableau n'est pas à vendre. C'est un cadeau, de quelqu'un que j'aimais énormément.

— Ton prix sera le mien.

Son obstination m'offensa.

— Je connais ta générosité, Oriol, et te sais gré de l'avoir pratiquée pour sortir Luis du pétrin, répliquai-je, les larmes aux yeux. Mais je n'ai pas besoin d'argent. Moi aussi, je peux faire preuve de générosité ; si tu y tiens tant que ça, je te le donne. Il est à toi.

Son visage s'illumina d'un sourire rayonnant.

— Merci beaucoup.

— Si tu n'as rien d'autre à me dire, je vais continuer mes valises.

Je n'avais qu'une envie, qu'il partît au plus vite, pour pouvoir laisser libre cours à mes larmes dans la plus stricte intimité.

— Pourquoi ne repousses-tu pas ton départ ?

— Pourquoi le ferais-je ? Plus rien ne me retient ici.

— Je ne peux pas accepter un cadeau de cette valeur. Alors, si tu ne veux pas vendre ton tableau, tu es obligée de devenir mon associée et de rester quelques jours de plus.

Son regard sûr et son intonation quelque peu arrogante me blessèrent dans mon amour-propre, déjà bien altéré à ce moment précis. Mais la curiosité eut raison de ma colère lorsque je demandai d'un ton posé :

— Ton associée pourquoi ?

— Pour chercher le trésor templier !

Je le scrutai longuement, essayant de détecter la moquerie dans ses yeux bleus. Il se lança alors dans une longue explication passionnée :

— Depuis que je suis resté seul dans la grotte de Tabarca, je n'ai pas arrêté de cogiter. Certes, mon père a intégré de fausses pistes dans le triptyque, mais ça ne remet pas en cause son authenticité, ni l'existence d'un trésor. Et si c'est le cas, les indices doivent être sous nos yeux, même s'ils ne peuvent être décelés que par un initié. Si nous ne les avons pas vus, c'est parce que les inscriptions dissimulées par la peinture nous ont aveuglés ; nous n'avons pas su reconnaître les véritables pistes. Je n'ai presque pas dormi de la nuit et, ce matin, je suis parti le plus tôt possible pour porter ton tableau et les miens au meilleur atelier de restauration de la ville. J'ai passé presque toute la journée à consulter des experts, demander des analyses... Viens voir !

Il me prit par la main et me conduisit jusqu'à sa chambre.

51

Les tableaux trônaient sur sa commode, appuyés sur le mur.

— Regarde-les bien, me recommanda-t-il.

Je ne remarquai rien que je n'avais déjà observé dans les œuvres médiévales. Le tableau de gauche représentait, sous un arc décoratif de stuc peint, le Christ triomphant sortant du tombeau, et, sur la partie inférieure, saint Jean-Baptiste annonçant le message divin, vêtu de peaux de bête. Sur le volet central, également chapeauté d'un arc brisé, se trouvait Marie, mère de Dieu, comme l'indiquait l'inscription *Mater* à ses pieds. Représentée de face, elle affichait une expression triste contrastant avec celle de son enfant, dont la main droite était levée dans un signe de bénédiction. La partie métallique de son auréole, toujours détachée, laissait entrevoir l'inscription *Illa Sanct Pol*. Dans le cadre supérieur de la troisième peinture, celle au curieux arc lobé, un Christ crucifié était entouré de saint Jean et de la Vierge. Dessous, saint Georges écrasait son ridicule petit dragon.

— Aujourd'hui, j'ai commencé par vérifier l'authenticité des inscriptions aux pieds des saints et sous l'auréole de la Vierge, reprit Oriol. Leur peinture, et celle qui les recouvrait, contient des composants synthétiques qui n'existaient pas au Moyen Âge, ce qui prouve que ce sont des ajouts. Les textes cachés sont donc très récents, et je parie que mon père en est l'auteur. Cependant, la bague de la Vierge, qui avait déjà attiré mon attention, est bien médiévale elle. Tout comme le reste du triptyque, qui date de la fin du XIIIe siècle, ou du début du XIVe tout au plus.

— Ça confirmerait donc que cette histoire a un fond de vérité.

— Exactement. C'est la première véritable piste que nous ayons. C'est quelque chose qui saute aux yeux et paraît normal aujourd'hui mais qui aurait tout de suite attiré l'attention à l'époque. La Vierge est une madone classique. Elle ne porte pas de couronne royale, seulement une simple tunique et une auréole, ce qui souligne d'autant plus la présence incongrue de ce bijou à son doigt. Comme je te l'ai expliqué, ce n'était pas bien vu par les chrétiens et seuls les hauts dignitaires de l'Église portaient des bagues.

— Ce serait donc un élément étrange pour l'époque mais authentique, résumai-je.

— Tout à fait. Nous avons donc, à notre disposition, deux éléments qui nous viennent de cette période et que nous pouvons considérer comme des indices potentiels : les tableaux et la bague. Ce n'est qu'au moyen de ces objets qu'Arnau d'Estopinyá, ou qui que ce soit, aurait pu transmettre son message à travers les âges.

— Mais que dire du manuscrit ? Ne crois-tu pas qu'il contient également un fond de vérité ?

— Bien sûr que si ! Dans certaines cultures, la tradition orale est chose courante et il est surprenant de constater la manière dont des histoires très anciennes se transmettent de génération en génération. Étant donné qu'il s'agit ici d'un secret vital pour les concernés, il est bien possible que le véritable récit soit arrivé jusqu'à nous dans son intégralité ou presque, avec très peu d'omissions et d'ajouts.

— Mais nous ne saurons jamais quelle est la part de vérité et la part d'invention.

— Tu as raison. Mais je crois qu'il faut parfois faire confiance à son intuition, et pas seulement à la raison pure, comme source de connaissance. La science n'est pas le seul fondement du savoir humain.

Silencieuse, je pensai au choc que j'avais eu en découvrant la cachette pour le revolver dans la copie du tableau rangée au grenier. Oriol, quant à lui, continuait son raisonnement :

— Un initié repérerait au premier coup d'œil que ce triptyque porte le signe du Temple, même si la Vierge était un thème commun dans la peinture de l'époque.

L'importance du culte marial chez les Templiers et la présence de leurs saints patrons dans les volets latéraux prouvent que ce petit autel portatif appartenait aux moines guerriers. D'autant qu'on y trouve également les deux croix utilisées par l'ordre : la croix patriarcale sur le sceptre du Christ ressuscité et la croix pattée sur la tenue de saint Georges. Voilà un élément qui retient l'attention. Saint Georges porte normalement la croix des croisés, une croix plus fine, comme celle qui figure sur l'écu de Barcelone. Ce saint n'était jamais représenté avec une croix pattée.

— Nous avons donc la preuve que le triptyque est authentique et appartenait aux Templiers, conclus-je. Et à quoi cela nous avance-t-il ?

— Eh bien, nous savons maintenant que, s'il existe un message, il se trouve là, sous nos yeux, à la vue de tous. Non ?

— Peut-être, répondis-je, peu convaincue. Parce que je ne crois pas que la bague contienne de message. Sa surface est lisse et elle ne présente ni marque ni gravure.

— Bon, il nous reste donc les peintures et le récit d'Arnau, enfin ce que l'on peut en croire...

Je ne voulus pas l'interrompre, mais j'avais de bonnes raisons de penser qu'une grande partie de l'histoire du vieux moine était véridique.

— Il faut les regarder avec les yeux d'un détective de la fin du XIIIe siècle. Quels détails attireraient l'attention d'un fin limier de l'époque ?

— C'est toi le médiévaliste, répondis-je avec un haussement d'épaules. J'ai bien peur de ne pas pouvoir t'être d'un grand secours.

— Bon, alors... Mis à part ce que j'ai déjà souligné,

cette inscription aux pieds de la Vierge me paraît un peu étrange...

— Pourquoi ?

— *Mater* étant le mot latin pour « mère », cet élément est superflu. Tout le monde sait que la Vierge Marie est la mère de Jésus. Pourquoi le peintre le préciserait-il alors qu'il est évident que la Vierge est mère ? Les inscriptions pour identifier les saints étaient assez communes, notamment quand l'artiste n'était pas capable de bien les distinguer dans son œuvre. Ça se faisait beaucoup dans l'art roman. Mais dans cette peinture, tout le monde est en mesure de reconnaître la Vierge Marie, saint Georges victorieux du dragon et Jean le Baptiste, avec ses peaux de bête et son parchemin représentant l'Ancien Testament et la prophétie de l'avènement de Jésus. Ils sont tous parfaitement identifiables, on ne peut pas se tromper. Aucun besoin, donc, de donner des précisions.

— Peut-être l'artiste voulait-il souligner l'importance de la Vierge...

— Non, je ne crois pas. La Vierge occupe déjà tout le volet central du triptyque. Sans compter que, dans la peinture ancienne, les modèles se répètent beaucoup et que je n'ai jamais vu une inscription référant à la Vierge sous le terme « mère ». On utilisait plutôt « Marie » ou « sainte Marie ». S'il avait voulu utiliser le mot « mère » pour désigner la Vierge, le peintre aurait certainement écrit « *Mater Dei* », mère de Dieu.

— Quelle est donc ta conclusion ?

— Que *Mater* ne fait pas référence à *Mater Dei*.

— À quoi alors ?

— Si ce mot est écrit dans le volet central, il

concerne forcément un personnage de cette peinture. Et s'il ne s'agit pas de la mère de l'enfant, ce doit être...

— La mère de la mère !

— Exactement ! Et la mère de la Vierge était...

L'éducation religieuse n'avait jamais vraiment été l'un de mes points forts, mais, mémoire ou intuition, je trouvai la réponse en un éclair...

— Sainte Anne !

Nous nous dévisageâmes, bouche bée.

— Sainte Anne, m'exclamai-je. L'église de Santa Anna !

Santa Anna. Le lieu saint où les Nouveaux Templiers d'Enric et d'Alicia tenaient leurs réunions. L'inscription du triptyque avait-elle vraiment un lien avec cet édifice ou était-ce un tour de notre imagination, qui s'acharnait à trouver des indices ? Non, il y avait trop de coïncidences. Était-ce encore une de ces fausses pistes qu'Enric avait placées dans l'œuvre ? Non plus. Oriol avait soigneusement vérifié les pigments utilisés dans chacun des volets et ceux de l'inscription sous la Vierge dataient bien du Moyen Âge.

Alors que mon instinct me soufflait que l'église de Santa Anna était la clé du mystère, ma raison altérait ma conviction, probablement née du désir de me raccrocher aux conjectures les plus fragiles dans le seul espoir de prolonger l'aventure.

Après une longue discussion lors de laquelle il s'évertua à réfréner mon enthousiasme et, par la même occasion, le sien, Oriol trancha :

— Nous accepterons cette possibilité comme hypothèse de travail.

Je lui reprochai de renier ses principes. Quelques minutes plus tôt, il défendait l'intuition, l'instinct, comme source de connaissance et voilà qu'il prenait des airs de grand scientifique. Je savais qu'il avait raison, qu'il nous fallait une méthode de travail, mais j'ai toujours aimé les débats et je prenais un malin plaisir à essayer d'avoir le dernier mot à force de polémiques oiseuses.

Grâce à cette faculté typiquement féminine qui consiste à pouvoir mener deux conversations à la fois, je continuais à alimenter une controverse dont je mesurais toute la stérilité, tout en observant le triptyque à la dérobée pour détecter d'autres étrangetés dans sa composition.

— Les arcs ! m'exclamai-je soudain.

Oriol me lança un regard déconcerté. Que venaient faire des arcs dans le débat opposant intuition et méthode ?

— Les arcs, répétai-je. Dans les deux volets latéraux, les arcs des chapelles devraient être semblables, non ? Voilà quelque chose de bizarre !

— Oui, c'est vrai, me répondit-il après avoir retrouvé le fil de la conversation. Et cet arc lobé, celui du tableau de droite, a attiré mon attention dès que je l'ai vu.

— Ah bon, il est si étrange que ça...

— Oui, extrêmement... Je crois qu'une nouvelle visite à l'église de Santa Anna s'impose dès demain. Tu viendras avec moi, n'est-ce pas ?

Je fermai les yeux quelques secondes, m'efforçant de dresser le bilan de ma situation. Oriol et moi nous trouvions dans sa chambre, devant le triptyque supposé détenir les clés du trésor et, à côté, dans ma chambre qui semblait avoir été balayée par un cyclone, des vêtements éparpillés un peu partout attendaient d'être empilés dans mes valises. Et voilà qu'Oriol me demandait si le lendemain, jour de mon départ, je l'accompagnerais pour percer ce mystère. Que pouvais-je répondre à cela ?

— Oui.

En prononçant ce mot, je pris conscience que je venais de mettre ma vie en l'air, comme le disait si bien ma mère. Ni le récent engagement que je venais de prendre auprès de mon cabinet ni l'ancien, avec Mike, ne m'empêchèrent de formuler ce oui, je le veux, qui m'unissait de nouveau à l'aventure. Mais qui résisterait à un tel appel ?

52

La matinée, radieuse, annonçait l'un de ces jours d'été précoce où Barcelone resplendit sous un ciel limpide et une douce chaleur, offrandes de la brise méditerranéenne. Alors que je m'étirais tranquillement, la caresse du soleil à travers la fenêtre me rappela le lever du jour sur la plage à la Saint-Jean, le joyeux tintamarre, la baignade et le reste... Autant de moments que je revivrais avec joie. Plus bas, sur la toile de fond tissée par les bleus de la mer et du ciel, la ville bourdonnait d'activité. Un avion traversa les airs, me ramenant à la déplaisante réalité de mon retour à New York et de « mes responsabilités ». J'avais l'impression de faire l'école buissonnière. Autant profiter de cette liberté temporaire, pensai-je, en sautant sous la douche pour rapprocher l'heure de mon petit déjeuner avec Oriol dans la roseraie. Café aromatique fumant, croissants, tartines, beurre, confiture... et lui. J'en avais l'eau à la bouche. *Carpe diem*, criai-je en guise d'excuse et d'antidote contre le remords.

Nous entrâmes par la porte située à l'extrémité sud du transept, bras le plus court de la croix latine que forme le plan de l'église. Si, lors de mes précédentes visites, je n'avais pas vraiment eu l'occasion de m'attarder sur l'architecture de l'édifice, ses arcs étaient cette fois l'objet d'une observation scrupuleuse. Debout dans la croisée face à l'abside, sous le dôme, nous trouvâmes aussitôt ce que nous cherchions : trois chapelles alignées suivant le schéma du triptyque. Comme dans le tableau, le chœur, au centre, était beaucoup plus vaste que les chapelles latérales, la chapelle du Saint-Sépulcre à gauche et la chapelle du Très Saint à droite.

— Souviens-toi du tableau, me chuchota Oriol. Il y a trois chapelles et, selon la tradition de l'époque, chacune d'entre elles est surmontée d'un arc, comme s'il s'agissait d'un oratoire. À gauche, la première chapelle, celle du Christ ressuscité, présente un arc en berceau très légèrement brisé, transition entre le style roman et le style gothique. L'arc ne repose sur aucune imposte, mais directement sur le piédroit, sans aucune coupure dans la construction.

— Exactement comme la chapelle qui se trouve à notre gauche, commentai-je avec excitation. Et regarde ! La chapelle est dédiée au Saint-Sépulcre, comme le volet du tableau qui lui correspond et représente le tombeau du Christ.

Oriol acquiesça de la tête.

— Le volet central possède un arc du même type, mais posé sur un petit rebord et surmonté d'un second arc plus pointu.

— Comme l'arc du chœur !

— Et enfin, tu te souviens que le volet droit du triptyque contient un arc singulier, avec un lobe central. Si les arcs lobés sont courants dans les peintures du style de notre triptyque, ils sont généralement formés de plusieurs lobes, pas d'un seul. Mais regarde à notre droite...

— C'est la chapelle du Très Saint. Et devant, il y a deux petites voûtes formées par des arcs surbaissés reposant sur des impostes. Ces dernières couronnent d'épais murs latéraux et un mur de division central plus fin.

— Mais si on les dessinait de face, on ne verrait que les arcs surbaissés et une colonne pour le mur central, non ?

— Exact.

— Maintenant, imaginons cette représentation sans la colonne centrale. Nous obtiendrions quelque chose qui ressemble beaucoup à la représentation du tableau droit. Il ne s'agit donc pas d'un arc avec un lobe central mais de deux arcs surbaissés soutenus, à leur extrémité commune, par la même imposte. De plus, te souviens-tu que dans la peinture, le bras vertical de la croix se trouve exactement à la place du mur de séparation entre les deux arcs qui, vu de cette perspective, forme une simple colonne ?

— Sans doute une coïncidence ! rétorquai-je, pour le faire rager.

— Bien sûr que non ! s'exclama-t-il, enthousiaste. Sûrement pas ! Le peintre n'a rien laissé au hasard. Le triptyque constitue un plan de cette église ! Les chapelles peintes représentent les vraies chapelles, vues de la nef. Il est ici, Cristina !

Nous résolûmes de recueillir le plus d'informations possible sur l'église de Santa Anna, tant le moindre détail pouvait se révéler important pour notre quête. Nous nous divisâmes donc le travail : j'étudierais les sources modernes tandis qu'Oriol l'historien se chargerait des documents anciens.

Je compilai tous les ouvrages mentionnant l'édifice et son histoire, des guides touristiques de la ville aux volumineux écrits doctes traitant de l'architecture gothique catalane. Oriol, pour qui l'église avait peu de secrets en raison du lien particulier qui l'unissait à sa famille, me procura une petite merveille : un livre en édition limitée récemment paru et entièrement dédié à Santa Anna. À en croire l'épaisseur de l'ouvrage, je trouverais dans ses pages tout ce que nous désirions savoir. Ce monument n'aurait plus aucun secret pour moi !

Le sourire ironique avec lequel mon ami accueillit ma déclaration exaltée suscita en moi un sentiment mitigé, entre l'extase et l'humiliation. Dieu qu'il était beau... et pédant !

Je consacrai l'intégralité des jours suivants à la lecture de tous ces ouvrages et à des visites répétées à Santa Anna. À plus d'une occasion, j'y croisai Arnau d'Estopinyá qui, s'il daignait répondre à mon salut, le faisait par un grognement revêche, vouant à l'échec toute tentative d'engager une conversation de plus de deux phrases.

Je serais tentée de rapporter dans le détail toutes les informations intéressantes que j'appris au sujet de Santa Anna, mais je me contenterais d'un résumé plus digeste. L'histoire documentée de cette église semble commencer en l'an 1141, à la suite du testament du roi d'Aragon Alphonse Ier, qui légua la totalité de son royaume aux ordres militaires du Temple, des Hospitaliers et du Saint-Sépulcre. Cette année-là, un certain Carfillius, chanoine du Saint-Sépulcre, se rendit à Barcelone pour négocier, au nom de son ordre, avec le comte de Barcelone Raimon Bérenger IV, héritier par alliance de la couronne. Le nouveau roi récupéra donc son royaume en échange de biens et de prébendes au profit des trois ordres militaires.

C'est ainsi que le Saint-Sépulcre se retrouva du jour au lendemain à la tête d'immenses possessions en Catalogne et en Aragon. Parmi elles figurait l'église extramuros de Santa Anna, probablement antérieure à cette date, où l'Ordre décida d'établir un monastère, toujours placé sous l'invocation de cette sainte, qui finit par englober des territoires en Catalogne et dans les royaumes de Majorque et de Valence. Au cours de sa tumultueuse histoire, le monastère passa d'une période dorée à une lente décadence, qui le vit devenir collégiale puis seulement paroisse. Ses nombreux biens furent vendus à mesure de son déclin, y compris les terrains adjacents à l'édifice, où des immeubles abritent aujourd'hui les traces de sa splendeur passée. Pillée et condamnée lors de l'invasion napoléonienne, l'église fut ensuite profanée par des groupes armés, et fermée au public en 1873, pendant la première République, avant d'être incendiée et de nouveau dévalisée en 1936, lors de la seconde République. C'est à cette époque, comme me l'avait indiqué Artur, que l'édifice fut dynamité. Il ne reste donc de ce magnifique monument néogothique que quelques murs longeant la place Ramón Amadeu.

L'ensemble actuel est le résultat de plusieurs siècles de construction. Selon les archives, le presbytère et la nef transversale ont été édifiés entre 1169 et 1177, la nef centrale, tout comme certaines des chapelles, au XIIIe siècle, la chapelle du Saint-Sépulcre et le porche principal au XIVe, le cloître ainsi que la salle capitulaire au XVe, et la chapelle du Très Saint au XVIe, avant d'être rénovée au siècle dernier.

Je ne mis donc pas longtemps à comprendre qu'il existait un anachronisme entre la peinture et la construction. Si la chapelle du Très Saint n'avait pas été bâtie avant le XVIe siècle, comment expliquer la représentation de l'oratoire dans le volet droit du triptyque ? Ne nous trompions-nous pas d'église ? En outre, même si la représentation du Saint-Sépulcre dans le tableau coïncidait avec sa situation dans le plan de l'édifice, cette chapelle datait du XIVe siècle, ce qui semblait déjà une date bien tardive par rapport à celle du triptyque. Sans compter qu'aucune des autres chapelles ne correspondait aux saints représentés dans le tableau. Dans le presbytère, le grand autel rend hommage à sainte Anne, représentée les bras ouverts sur sa fille et son petit-fils en un geste protecteur. Bien que ces représentations soient postérieures à l'incendie, il est fort probable que le presbytère et le grand autel célébraient le culte de la sainte patronne, comme le veut l'usage. Pour finir, dans la chapelle du Très Saint, à droite, ne figure aucune crucifixion, mise à part une Pietà sur une fresque murale contemporaine. Certes, certains éléments concordaient, mais bien plus divergeaient. Nous nous étions de nouveau engagés sans réfléchir sur une fausse piste.

Je fis part à Oriol de mon scepticisme :

— Nous nous sommes laissé aveugler par nos fantasmes, conclus-je.

— Les vieux édifices comme celui-ci évoluent au fil des siècles, répondit-il. Les choses n'étaient pas forcément au même endroit, et de toute façon, Santa Anna n'a pas été suffisamment étudiée.

— Crois-tu que les livres au sujet de l'église soient erronés ?

— Sur certains points. Pour commencer, les parties les plus antiques de Santa Anna ne sont pas le presbytère et le transept. Ce sont juste les premières parties du bâtiment dont on a trace dans les archives. Quand l'ordre du Saint-Sépulcre a pris possession de Santa Anna, l'église existait déjà. Sinon, ils l'auraient baptisée monastère du Saint-Sépulcre, et non Santa Anna. Me suis-tu, jusqu'ici ?

J'acquiesçai de la tête.

— Alors, selon toi, où l'ancienne église se trouvait-elle ?

Je haussai les épaules en signe d'ignorance.

— Viens avec moi !

Nous nous rendîmes de nouveau à Santa Anna et, me prenant par la main, il me mena jusqu'au presbytère.

— Ne remarques-tu rien de bizarre ?

En hauteur dans le mur de l'abside, derrière le grand autel, s'ouvraient un vaste vitrail gothique et, plus bas, deux petites fenêtres en ogive. À la même hauteur que celles-ci, sur le mur de droite, se trouvaient trois fenêtres identiques.

— Il y a des fenêtres sur le mur de droite et pas sur celui de gauche.

— Et quoi d'autre ?

J'observai de nouveau le presbytère.

— Mise à part la fenêtre la plus haute, continuai-je, aucune de celles du presbytère ne donne sur l'extérieur. Les deux du fond donnent sur la sacristie et les trois de droite sur la chapelle du Très Saint.

— Que peut-on en conclure ?

— Que lorsque l'abside a été construite, toutes les fenêtres donnaient sur l'extérieur. Et s'il n'y a pas de fenêtre à gauche, c'est qu'il devait y avoir un autre bâtiment, peut-être l'église d'origine.

— Exactement ! La chapelle du Saint-Sépulcre actuelle était en fait l'ancienne église, probablement édifiée au XIe siècle dans le plus pur style roman.

— Mais pourquoi toutes les recherches contemporaines la situent-elles au XIVe siècle ?

— Parce qu'elles ne se penchent pas sur toute l'histoire et qu'elles étudient la construction à partir de ce qui est visible aujourd'hui. L'ancienne chapelle romane s'est effondrée lors de l'incendie de 1936, comme de nombreuses sections de l'église et la coupole, qui a volé en éclats. La nouvelle chapelle présente un arc en berceau brisé, comme le presbytère et le transept, mais l'ancien arc était probablement plus arrondi. Et ce n'est pas la seule différence. J'ai dégoté des plans de l'église de 1859 signés d'un architecte du nom de Miguel Garriga. Selon ces documents, la structure des murs de la chapelle *Dels Perdons*, comme elle s'appelait à l'époque, différait totalement de celle des autres murs de l'église. De plus grosse épaisseur, ils présentaient des niches pour placer des icônes.

» Quant à la chapelle située à droite du presbytère, aujourd'hui appelée chapelle du Très Saint, elle n'existait pas au XIIIe siècle puisque les fenêtres donnaient sur l'extérieur. La sacristie ne fut édifiée à cet emplacement qu'au XVIe siècle. Mais, à l'époque qui nous intéresse, il y avait déjà deux oratoires surmontés de deux petites voûtes en croisée d'ogives dont on peut observer la structure à l'entrée de la chapelle actuelle et qui apparaissent dans la peinture, juste au-dessus de la croix, sous la forme de cet arc surbaissé que nous prenions pour un arc lobé. En réalité, le volet droit du triptyque représente ces oratoires. L'entrée principale et son porche, situés juste à côté, datent de 1300 et comme leur style gothique correspond à celui des oratoires, on peut supposer que ces derniers ont été construits à la même date.

— Ce qui signifie qu'Arnau, en supposant qu'il soit bien l'auteur du triptyque, voyait quatre arcs et pas trois, comme ce qui apparaît dans le tableau.

— Tout à fait. Mais le triptyque était un classique de la peinture gothique et les ensembles à quatre tableaux n'existaient pas, tout simplement. Il a donc dû les réduire en trois volets. Celui de gauche représente la chapelle du Saint-Sépulcre par un Christ ressuscité triomphant. Au centre, dont la proportion rappelle celle du presbytère par rapport aux chapelles attenantes, se trouve la Vierge, mais le mot *Mater* fait référence à Santa Anna. En suivant toujours la même direction, il aurait dû peindre les deux oratoires, qui ont d'ailleurs survécu jusqu'aux incendies de 1936. Le premier abritait la Vierge de l'Étoile, une sculpture gothique similaire à la Madone du tableau central, et le second donnait accès à la sacristie. Et devine à qui était dédié cet oratoire ?

Je gardai le silence, attendant la réponse.

— À Jésus crucifié, reprit-il, souriant. Il y avait une immense croix avec une peinture du Christ grandeur nature.

— Comme dans le tableau ! murmurai-je.

53

Sortis de l'église pour pouvoir parler à notre guise, nous parcourions la rue Santa-Anna alors qu'Oriol poursuivait à voix haute sa réflexion :

— En admettant que le personnage d'Arnau ait vraiment un rapport avec la bague et le triptyque, comme le laisse supposer le manuscrit de mon père, et en sachant que le porche et les oratoires ont été construits autour de 1300, le moine devait voir l'église de Santa Anna comme elle est représentée dans les tableaux. Les Templiers n'ont pas été poursuivis avant l'an 1307 et, à en croire le récit d'Arnau d'Estopinyá, il a vécu au moins jusqu'en 1328, un an après la mort de Jacques II.

— Tout coïncide, continuai-je avec conviction. Un contemporain d'Arnau connaissant l'église aurait été en mesure de l'identifier dans le triptyque.

— Tout se serait donc passé ainsi, continua Oriol... Arnau mit les voiles vers le nord, et non vers le sud. Les Templiers ont toujours gardé de bonnes relations avec leurs collègues du Saint-Sépulcre. Au contraire des Hospitaliers, cet ordre plus modeste ne suscitait aucune rivalité. En outre, il ne possédait alors pas de branche militaire en Catalogne et se composait de simples ecclésiastiques. Lenda et Saguardia avaient dû se mettre d'accord avec le commandeur du Saint-Sépulcre à Barcelone pour qu'il gardât leurs trésors. Arnau d'Estopinyá jeta donc l'ancre dans une crique à proximité de la ville, bien qu'à l'écart du siège du Temple, proche des arsenaux et sans doute sous surveillance, et du port de Can Tunis, sur la côte sud du Montjuïc, protégé par un château fort abritant les garnisons du roi. Seuls ses galériens sarrasins virent à qui il remettait le chargement et il les fit décapiter sur le chemin de retour pour garantir le secret. Il avait de bonnes raisons de craindre les interrogatoires auxquels les agents de l'Inquisition ou du roi pourraient soumettre son équipage. En revanche, les moines du Saint-Sépulcre, au-dessus de tout soupçon, purent transférer en toute tranquillité le trésor jusqu'à leur monastère, où ils le cachèrent dans l'église de Santa Anna. Située à l'extérieur des murs de Barcelone, leur retraite possédait ses propres fortifications. Sans compter que les seconds remparts de la ville, incluant Santa Anna, étaient en construction à l'époque. Je ne sais pas si la muraille protégeait déjà la commanderie du Saint-Sépulcre à cette période, mais ce qui est sûr, c'est que les moines, dont le couvent longeait les murs de la ville, jouissaient d'un accès privé ou étaient dispensés des taxes et des fouilles. Ils n'eurent donc pas à donner d'explications au sujet de leur cargaison.

— Mais ça ne s'est pas forcément passé ainsi..., avançai-je.

— Non, pas forcément. Le trésor a pu être acheminé par voie terrestre depuis le château de Miravet. Mais le résultat reste le même.

— Bien, d'accord. Nous savons donc que le trésor

templier se trouve dans l'église de Santa Anna. Que faisons-nous maintenant ?

Oriol se gratta la tête d'un air songeur. Nous nous trouvions désormais sur la Rambla de las Flores, immergés dans les couleurs de ce splendide après-midi d'été et la foule pittoresque de la promenade. Il s'arrêta devant l'un des kiosques et saisit un bouquet de fleurs multicolore, qu'il m'offrit en l'agrémentant d'un baiser. J'avais beau désirer intensément ce geste, il ne m'en surprit pas moins après l'indifférence dont Oriol avait fait preuve à mon égard ces derniers jours. Mais je n'en perdis pas pour autant mes réflexes et, jetant mes bras autour de son cou, je m'unis à lui dans une longue étreinte passionnée.

— Il faut le chercher, finit-il par déclarer. N'es-tu pas d'accord ?

Il souriait et ses yeux bleus en amande reflétaient un immense bonheur.

— Pas le choix ! affirmai-je.

Et main dans la main, nous descendîmes la Rambla, discutant du trésor et de mille autres choses, riant sans raison si ce n'est le bonheur de vivre et de partager cet instant de joie. Peu m'importait de trouver ou non le trésor. Je l'avais d'ailleurs presque oublié...

Nous passâmes l'après-midi et la nuit sur un nuage de bonheur et l'aube nous surprit sur le lit défait d'Oriol, assis nus devant le triptyque illuminé par deux bougies flottantes, la fenêtre ouverte sur le réveil silencieux de Barcelone.

Au bout d'un long moment de silence, je rompis la profonde méditation dans laquelle s'était plongé Oriol, visiblement déterminé à mettre au jour tous les secrets des tableaux au moyen d'un difficile exercice mental. J'entrepris de résumer mes idées à voix haute :

— Bien. Nous savons que cet ensemble pictural représente un plan de l'église, rappelai-je. Il s'agit donc maintenant de trouver l'itinéraire caché dans ce plan.

— Oui, reconnut-il, pensif.

— Il faut chercher un élément insolite...

— La position de l'enfant Jésus, appuyé sur le bras droit de la Vierge ! m'interrompit-il. Je t'ai déjà dit que c'était très inhabituel. Dans les peintures et sculptures gothiques produites à l'époque dans le royaume d'Aragon, la majorité des Vierges représentées tiennent l'enfant dans leur bras gauche, comme pour garder la main droite libre. Mais pas sur ce tableau.

— Une nouvelle piste !

— Exact ! L'enfant, lui, est généralement occupé à diverses activités : un livre à la main, jouant avec des oiseaux, offrant un fruit à sa mère... Mais la représentation la plus commune est un geste de bénédiction.

— C'est exactement ce qu'il fait dans mon tableau.

— Non ! Regarde bien ! Il ne bénit pas. La bénédiction se donne en levant l'index et le majeur de la main droite, comme le fait le Christ en sortant du Saint-Sépulcre dans le volet de gauche.

— Mais l'enfant Jésus tend seulement l'index.

— Justement ! Il ne bénit pas, il désigne...

— Mais quoi ? Il pointe le doigt vers le ciel, légèrement vers la gauche, rien de bien concret, remarquai-je, pensive. Ce geste annonce sans doute la promesse du royaume des cieux pour les croyants...

— Pas du tout ! Regarde ! Je viens juste de remarquer...

Oriol fit pivoter le volet du Saint-Sépulcre sur des gonds imaginaires pour le rabattre légèrement sur le tableau principal.

— Et maintenant, que montre l'enfant Jésus ?

Je regardai dans l'angle que formaient alors les deux tableaux.

— Le Saint-Sépulcre.

— Il montre la tombe, dans la chapelle à gauche du grand autel de l'église de Santa Anna, à Barcelone, récapitula Oriol. La chapelle de l'ordre du Saint-Sépulcre, la chapelle *Dels Perdons* !

Je réfléchis en silence. Si tout ceci paraissait tiré par les cheveux, il y avait tout de même une certaine logique dans la théorie d'Oriol. J'essayai de me remémorer l'église.

— Es-tu vraiment sûr que le trésor soit dans cette tombe ?

Oriol haussa les épaules.

— Ça ne coûte rien de vérifier.

— Mais comment va-t-on obtenir l'autorisation de creuser le sol de l'église ?

— J'en parlerai à ma mère, répondit Oriol. Je suis sûr qu'elle sera capable de convaincre le curé de nous laisser explorer cette chapelle. Elle et sa « confrérie » sont les principaux bienfaiteurs de l'église. Quant à toi, tu annules définitivement ton retour. Tu ne vas pas me laisser seul pour éclaircir ce mystère, n'est-ce pas ? Rappelle-toi, nous avons juré de ne jamais abandonner l'autre.

Quelle question ! Le laisser seul ? Jamais. Même si cette fameuse église était sur le point de s'effondrer sur nous, avec tous ses arcs, voussures, voûtes, colonnes, impostes et autres vieilles pierres, je n'abandonnerais certainement pas l'aventure maintenant.

54

Nous passâmes de merveilleuses nuits dans sa chambre, déchiffrant les mystères de nos corps et de nos esprits puisque nous avions épuisé ceux du triptyque. Dans ma chambre régnait toujours un chaos de valises, attendant d'être bouclées, ou oubliées.

Ces heures nocturnes nous offrirent tout le loisir de parler, du premier baiser, de la mer, de nos lettres confisquées et des événements des derniers jours. La nymphe dont Oriol avait repoussé les avances la nuit de la Saint-Jean se révélait être l'une de ses élèves de l'université, ce qui rendait la situation embarrassante. Il avait donc jugé peu opportun de faillir à ses devoirs d'hôte en m'abandonnant pour s'éclipser avec elle dans la pinède. Susi, le transsexuel que nous avions rencontré en sortant du Pastis, participait à un programme d'aide instauré par l'une des associations dont Oriol était membre et dont le siège se trouvait dans un squatt du quartier. Amusé par mon expression effarée, il avait continué la plaisanterie du ménage à trois. Entre deux rires, il m'assura que les transsexuels n'étaient pas de son goût. Puis, retrouvant son sérieux, il ajouta que si tel était le cas, il ne choisirait pas Susi pour partenaire : elle avait le sida. Le projet, dans lequel Oriol s'était engagé en mémoire de son père, consistait à porter assistance aux séropositifs sans ressources. Scandalisée, je lui rétorquai qu'un prostitué séropositif représentait un véritable danger. Oriol se contenta de hausser les épaules. La maladie n'ôtait pas à Susi ses droits élémentaires : libre de ses choix, elle avait besoin de revenus pour subsister et d'amour pour rester vivante. Je tombai d'accord avec lui sur le principe mais gardai toutefois mes réserves, prisonnière de mes peurs les plus profondes. Son explication au sujet de sa petite plaisanterie m'avait également peu convaincue et je me fis un plaisir de le railler sur son piètre sens de l'humour.

Jamais je n'oublierai ces jours passés à préparer notre fouille de l'église. Nous nous rassasions de la splendeur de Barcelone, des premiers jours d'été et de l'amour. C'était d'ailleurs l'amour qui conférait au reste cette touche d'enchantement. J'abandonnai mon téléphone et me déconnectai complètement des États-Unis. Quelques coups de fil m'avaient suffi à mettre un peu d'ordre dans mes affaires. J'avais réussi l'impossible en obtenant du cabinet la permission de prolonger mon séjour. J'avais ensuite informé Mike de mes doutes quant à notre avenir commun et l'avais prévenu qu'un messager lui remettrait le solitaire, même s'il ne s'avouait pas encore vaincu au terme de notre longue conversation.

Pour finir, je téléphonai à une María del Mar effondrée, qui dut pourtant se résigner à l'un de ces caprices du destin auxquels les simples mortels ne peuvent échapper, quelle que soit l'énergie employée pour y résister. Je lui répétai de ne pas se faire de souci, que je passais de formidables moments avec Oriol et qu'elle ne devait pas s'inquiéter si elle n'avait pas de nouvelles pendant quelques jours. Tout allait bien. Très bien.

Nous nous rendions régulièrement à Santa Anna, à la recherche du moindre indice.

— L'église possède une crypte, m'annonça Oriol un matin.

— Une crypte ? répétai-je. Une chapelle souterraine ?

— Oui. J'en suis sûr, elle en a forcément une. L'ancienne église de Santa Anna a sans doute été édifiée au milieu du XIe siècle, à peine cinquante ans après le pillage de Barcelone par Al-Mansur, qui s'est emparé de tous les objets de valeur de la ville et de milliers d'esclaves. Les raids maures étaient encore fréquents et la crainte de nouveaux assauts très vive. Située hors des murs de la ville, cette église devait logiquement posséder des fortifications et un endroit où cacher les objets de culte et de valeur en cas d'attaque.

— Mais ce n'est qu'une simple hypothèse.

— Non, c'est bien plus qu'une hypothèse. J'ai trouvé des documents très anciens qui mentionnent la crypte de San José.

— Et où se trouverait-elle alors ?

— Sous la chapelle du Saint-Sépulcre, affirma-t-il.

— Pourquoi ?

— C'est la partie la plus ancienne de l'église et également la plus vénérée. Autrefois, les murs extérieurs de l'oratoire du Saint-Sépulcre étaient gravés de coquilles de pèlerin, en référence au pardon accordé dans cette chapelle, comme lors du pèlerinage au Saint-Sépulcre de Jérusalem. Imagine un peu l'importance spirituelle et économique de cette mansuétude pour le monastère. Les coquilles et certains éléments structuraux ont disparu lors de la reconstruction de l'édifice, après l'incendie de 1936 et l'effondrement du vieux toit en berceau, mais il est fort possible que ce qui se trouvait au sous-sol y soit encore. Personne ne se souvient plus, aujourd'hui, de l'existence de cette crypte et de son emplacement. Mais les diverses dégradations n'ont pas pu la détruire, tout au plus ont-elles obstrué son entrée. Je suis sûr que quelque part sous ces dalles se cache une crypte secrète, et je parie que c'est justement sous l'ancienne chapelle *Dels Perdons*.

Munis de leviers de fer et d'une de ces petites grues qui servent pour les ouvrages de taille réduite, nous parvînmes, avec l'aide du sacristain, à déplacer la stèle de la chapelle afin de trouver l'entrée de la crypte. Mais notre enthousiasme retomba dès que nous découvrîmes ce que cachait la statue de l'ecclésiastique : des os. La brillante théorie d'Oriol commençait à s'effondrer. Il demanda au curé l'autorisation de soulever les dalles, mais ce dernier refusa. Si la confrérie qui servait de couverture à l'ordre des Nouveaux Templiers d'Alicia était une source de revenus non négligeable pour l'église, cette considération ne suffit pas à faire fléchir la détermination du prêtre. Quelques années auparavant, un système de chauffage avait été installé sous la nef centrale et les ouvriers avaient mis au jour d'innombrables restes humains. L'ecclésiastique n'était donc pas disposé à autoriser d'autres excavations qui pourraient le replonger dans une situation embarrassante.

Toutefois, il nous permit de continuer nos recherches dans le chœur.

Après avoir déplacé les bancs de l'abside, nous découvrîmes quatre stèles situées sur les côtés du maître-autel et portant des croix à double traverse. Si des gravures laissaient supposer qu'il s'agissait de tombes de cardinaux ayant officié dans l'église, les deux premières pierres, les plus proches de la chapelle du Saint-Sépulcre, se révélèrent vides. Mais nous retrouvâmes espoir en soulevant la troisième, à l'apparition d'un escalier escarpé et étroit plongeant dans l'obscurité du caveau.

— L'entrée de la crypte !

Mes yeux cherchèrent ceux d'Oriol, brillants d'émotion.

Il alluma une bougie et entreprit de descendre. Souriant au spectacle de cet archaïsme naïf, je lui fis remarquer qu'une des lampes torches que nous avions prévues serait sans doute plus utile.

— C'est pour l'oxygène, m'informa-t-il. Beaucoup de personnes sont mortes en descendant dans des puits ou des lieux souterrains sans prendre cette précaution. Le dioxyde de carbone ou d'autres gaz plus lourds que l'air ont tendance à stagner dans ces dépressions et les personnes y pénétrant continuent de respirer cet air sans oxygène jusqu'à mourir asphyxiées. Placée à la hauteur de la taille, la flamme de la bougie indique, lorsqu'elle s'éteint, qu'on ne peut plus respirer et qu'il faut faire demi-tour au plus vite.

Je pensai avec fierté que j'avais décidément un amant très avisé et me préparai à le suivre, unc torche à la main. Il descendit le premier, face à la pente, s'aidant des murs et du plafond, mais l'escalier était si étroit que je préférai le suivre de dos, en m'agrippant fermement aux marches. Je me serais bien passée d'une promenade dans cette sinistre obscurité.

Légèrement moins vaste que l'abside, la crypte se constituait d'une voûte en berceau soutenue par des murs bas. La hauteur sous plafond maximale ne dépassait pas les deux mètres et demi. Hormis un autel de pierre, au fond de la pièce, et une grande croix patriarcale peinte en rouge, symbole de l'ordre du Saint-Sépulcre comme de celui du Temple, la crypte était vide. La bougie d'Oriol brûlait toujours et il la posa sur l'autel, à côté de petits coffres.

— Peut-être s'agit-il des reliques de sainte Anne, sainte Philomène et du *lignum crucis*, conservés dans l'église avant la guerre, observa Oriol. Le curé de l'époque et d'autres ecclésiastiques ont été assassinés, ils ont pu emporter ce secret dans leur tombe.

— Il n'y a pas l'air d'avoir le moindre trésor ici, déclarai-je.

Sans répondre, Oriol commença à balayer le sol du faisceau de sa torche pour y trouver des pierres tombales. De temps à autre, il s'arrêtait au-dessus de l'une d'entre elles comme pour déchiffrer des signes, auxquels je ne comprenais rien.

— Les cardinaux doivent être enterrés ici, finit-il par déclarer en indiquant une stèle à ses pieds.

Ses traits trahissaient une certaine déception.

Munis de lampes électriques, le sacristain et le curé nous rejoignirent pour nous aider à fouiller le sous-sol mais nous ne trouvâmes aucune piste intéressante. Les pierres tombales de la crypte n'hébergeaient que des ossements. Nous n'avions désormais plus aucun indice pour nous mener au trésor.

Oriol semblait prendre cette recherche infructueuse avec résignation. En lui promettant que tout serait en ordre pour la première messe du matin, il demanda au prêtre la permission de continuer à examiner la crypte pendant la nuit, rien que nous deux. Après nous avoir assommés d'un chapelet de mises en garde, le vieux curé accepta à contrecœur. Oriol m'invita ensuite à dîner. Je n'étais pas vraiment enthousiasmée à cette idée, il faut dire que fouiner dans des caveaux funéraires n'ouvre pas forcément l'appétit. En sortant de l'église, j'avais mal au cœur, mais Oriol insista en avançant que nous avions besoin de reprendre des forces.

— Une coquille. L'as-tu vue ? demanda Oriol dès que nous fûmes installés dans le restaurant. Il y avait une coquille de pèlerin gravée sur le mur gauche de la crypte, sur une pierre de la taille d'une pierre tombale, qui pourrait très bien cacher un passage assez grand pour un homme.

— Et que signifie cette coquille?

Ses yeux brillaient d'enthousiasme.

— Tu te souviens que c'est le signe de la chapelle *Dels Perdons* et du Saint-Sépulcre, celui qui se trouvait à l'extérieur de l'oratoire mais qui a disparu pendant les travaux qui ont suivi la guerre civile...

— Et... ?

— Pourquoi graver une coquille de pèlerin dans une crypte située sous l'abside, qui n'a, à première vue, aucun rapport avec la chapelle *Dels Perdons* ?

— Pour montrer qu'il existe justement un rapport, tentai-je vaguement.

— Évidemment !

Un sourire triomphal dansait sur ses lèvres.

— C'est sûrement l'entrée d'une autre crypte, plus ancienne. Celle dont nous n'avons pas trouvé l'accès dans la chapelle.

Nous abrégeâmes le dîner pour retourner le plus rapidement possible explorer la crypte. Le curé nous avait prêté les clés de la grille du passage qui, à partir de la rue Rivadeneyra, longe le presbytère pour donner sur le cloître. En passant devant la salle capitulaire, je ne pus réprimer un tressaillement au souvenir de ma rencontre avec Arnau d'Estopinyá, au même endroit, quelques jours plus tôt.

Après plusieurs tentatives, nous parvînmes finalement à faire bouger la pierre gravée de la coquille de pèlerin à l'aide de leviers. Mais il nous fallut bien plus de temps pour complètement dégager l'ouverture. Des émanations rances surgirent alors de la cavité obscure. Oriol plaça une bougie sur le sol à l'entrée de l'orifice puis s'arrêta pour me regarder. Souriant, il me prit la main et me donna un baiser. Je sentais mon cœur s'affoler d'émotion et je sus que je devais apprécier à sa juste valeur ce moment unique. Le légendaire trésor des Templiers se trouverait-il dans les ténèbres, derrière ce mur ? D'un geste galant, Oriol me fit signe de passer devant. Malgré ma curiosité, je ne mourais pas d'envie d'entrer dans cette crypte humide. Après avoir vérifié que la bougie brûlait sans problème à mes pieds, je demandai à Oriol de garder ma main dans la sienne. Puis, m'encourageant d'un *carpe diem* intérieur, je me baissai pour m'introduire dans cette nouvelle crypte, située légèrement plus bas que la première. Je tenais toujours la bougie devant moi, à la hauteur de ma taille. Rassurée de constater qu'elle ne s'éteignait pas, je la brandis au-dessus de ma tête pour distinguer alentour. Oriol m'aida immédiatement avec sa torche. Le plafond de la pièce, beaucoup plus petite que la précédente, se formait d'arcs en plein cintre reposant sur les murs. Au centre se trouvaient trois colonnes, probablement wisigoths, comme Oriol m'en informerait plus tard. Mais à ce moment précis ce détail m'importait peu. À la vue du contenu de la crypte, Oriol s'exclama :

— Le trésor !

55

Un frisson d'émotion me traversa des pieds à la tête. Au centre de la crypte, nous étions entourés de plusieurs malles. Le long des murs étaient empilés de nombreux petits coffres, dont certains réfléchissaient un éclat métallique sous le faisceau électrique de la torche.

Je fixai ma bougie sur une malle à l'aide de la cire chaude et proposai à Oriol d'en ouvrir une autre. Alors qu'il éclairait la plus proche de moi, je soulevai de toutes mes forces le couvercle, qui céda dans un long grincement. Rien ! Oriol en ouvrit un autre... Toujours rien ! Rien ! Rien ! Rien ! Les six gros coffres étaient totalement vides.

— Il n'y a rien ! dis-je, consternée.

Anéanti, Oriol réfléchit quelques secondes.

— Je suppose que si. Il n'y a pas d'or ou d'argent, mais je crois que le trésor qui avait le plus de valeur aux yeux des Templiers est toujours ici. Regarde les coffrets.

Je me tournai vers la multitude de coffrets, tous magnifiquement travaillés. Certains se composaient de métal et d'émail de Limoges, d'autres présentaient des figurines d'ivoire sculpté, ou encore des reliefs de damasquines ou de bois stuqué couvert de peintures du même style que le triptyque.

— Ces coffres-là sont forcément pleins... assura Oriol.

Me préparant déjà à cligner des yeux, aveuglée par le scintillement de l'or et des pierres précieuses, j'en ouvris un. Mais je ne trouvai que l'éclat du sourire cadavérique d'un crâne encore recouvert de lambeaux de peau séchée et de quelques cheveux.

— Mon Dieu ! criai-je dans un sursaut. Un crâne !

Oriol, qui avait entre-temps ouvert deux coffrets, dirigea sa lampe vers moi.

— Ce sont des reliques. Elles sont restées ici car il n'était pas facile de faire du trafic sur ce marché.

Il se saisit d'une boîte en bois décorée de peintures romanes représentant des saints. Le couvercle portait une croix semblable à celle de ma bague. J'illuminai alors le bijou pour observer le rubis et crus sentir une étrange vibration dans la pierre de sang.

— Aucun doute, nous avons bien trouvé le trésor des Templiers, conclut Oriol en ouvrant une autre boîte pour découvrir de nouveaux restes humains. Les chroniques de l'église que j'ai étudiées révèlent qu'à la dissolution de l'ordre du Saint-Sépulcre, au XVe siècle, le monastère est devenu une collégiale augustine. Ses pensionnaires n'étaient donc plus des moines mais des chanoines séculiers qui ne faisaient pas vœu de chasteté et, en de nombreuses occasions, étaient sanctionnés pour leurs débauches et leurs habitudes dispendieuses. Jamais un ordre mendiant n'aurait pu financer un tel train de vie. Les prébendes, les rentes et les offrandes perçues par la communauté ne couvraient pas même un centième de ces dépenses. En lisant ça, j'ai deviné que le trésor avait bien été conservé ici et que sa partie monétaire avait été dilapidée une centaine d'années après la mort d'Arnau. Cela dit, pour les Templiers, les reliques des saints avaient beaucoup plus de valeur que l'or et l'argent. Et il faut croire que les chanoines augustins qui ont vécu ici les respectaient, voire les craignaient. Aucune chance qu'ils les aient vendues.

— Entre nous, je les comprends un peu. Sortons de cet horrible cimetière, implorai-je.

L'estomac noué, j'essayais de faire abstraction de ce spectacle qui me donnait la nausée. C'était loin de l'idée que je me faisais du fabuleux trésor templier. Soudain, je ressentis une crainte superstitieuse, comme si nous avions profané une tombe, un geste passible d'un obscur châtiment. La nuit, cette vieille église aux ombres angoissantes, ces catacombes remplies d'odeurs nauséabondes et ces restes de cadavres entassés dans les châsses éveillèrent en moi un horrible pressentiment accompagné d'une incontrôlable répulsion. Je devais sortir, mais pas sans Oriol. Jamais je ne pourrais affronter seule l'obscurité de l'église.

Mais je me trompai. Je ne fus pas accueillie par les ténèbres, mais par une lumière électrique qui me brûla les yeux.

— Tiens donc, Cristina ! lança une voix familière. Je te croyais déjà aux États-Unis... Ou sur la Costa Brava...

Je reconnus l'intonation cynique d'Artur, qui me prit courtoisement la main pour m'aider à sortir des catacombes, puis comptai trois de ses gorilles, tous armés d'une lampe torche et d'un revolver. Juste derrière moi, Oriol se retrouva également dans la ligne de mire des hommes de l'antiquaire.

— Tu pensais me rouler, n'est-ce pas ? lui lança Artur.

Sa voix avait pris un ton très différent de celui qu'il avait employé pour s'adresser à moi.

— Je me méfie toujours lorsque quelqu'un paye une pièce trop cher. Surtout lorsqu'il connaît sa valeur sur le marché. Comment as-tu pu croire que je tomberais dans le piège ?

— Il n'y a pas d'or, intervins-je. Juste des reliques.

J'espérais pouvoir nous sauver en le convainquant que le contenu des coffres de la crypte ne valait pas le risque de se débarrasser de nous.

— Détrompe-toi, ma belle, répondit-il. J'ai entendu votre conversation. Des dizaines de châsses et de reliquaires des XIIe et XIIIe siècles. Du métal habillé d'émail de Limoges, des malles stuquées couvertes de peintures romanes ou gothiques, des coffrets avec des figurines sculptées dans l'ivoire... Tout ça représente une vraie fortune. Si ce n'était pas un trésor pour un roi de l'époque et que seules les reliques l'étaient pour les moines, c'est une richesse incalculable pour un antiquaire du XXIe siècle. Les objets de cette période sont très rares et très bien cotés sur le marché.

— Que vas-tu faire des reliques ? demanda Oriol.

— Nous laisserons la charogne où nous l'avons trouvée, le coupa Artur. Et je parle aussi pour toi...

Cette fois, nous étions perdus. Qui avait-il soudoyé pour accéder à l'église ? Possédait-il un autre jeu de clés ? Peu importait désormais. Celui ou celle qui l'avait aidé à pénétrer dans l'édifice ne viendrait certainement pas à notre secours. Désespérée, je cherchai à tout prix un moyen de nous sortir de cette situation tragique. Mais ma pensée restait pétrifiée sur une seule image : mon cadavre et celui d'Oriol, gisant dans l'obscurité, sur les dépouilles putréfiées de tous ces saints délogés de leurs châsses et entassés dans un coin, à jamais prisonniers de la crypte secrète.

— J'ai de l'argent, si c'est ce que tu veux, proposa Oriol.

Artur lui lança un regard écœuré, comme si cette remarque l'avait atteint au plus profond de sa dignité.

— Je ne veux pas de ton argent ! Ne comprends-tu donc pas ? Ce qu'il y a dans cette crypte pourrait être la découverte du siècle en art médiéval ! Et d'ailleurs, je ne suis pas un preneur d'otage.

— Mais un assassin, si ? risquai-je dans mon indignation.

Comment avais-je pu me sentir attirée par ce mondain prétentieux, ce snob minable...

— Je regrette ma belle, répondit-il avec une moue peinée. C'est ce qu'on appelle des dommages collatéraux.

— Artur, il doit bien y avoir une autre solution, négocia Oriol. Prends tout ce que tu désires et enferme-nous quelque part jusqu'à ce qu'il ne reste plus rien. Personne ne connaît l'existence de cette crypte et aucun de ces objets n'est répertorié, personne ne portera plainte. Nous te promettons, nous te jurons, sur ce que tu veux, que nous garderons le secret. Prends tout.

L'antiquaire laissa son regard se perdre dans la pénombre de la coupole, faisant mine d'étudier l'offre d'Oriol.

— Non. Je regrette, trancha-t-il après quelques

secondes qui me semblèrent une éternité. Vraiment, je suis désolé. Pas pour toi, mais pour elle. Car dès que vous vous serez remis de votre frayeur, vous courrez me dénoncer. Je ne pourrai jamais profiter de ces objets d'art en toute tranquillité. Car ce n'est pas seulement une histoire d'argent. Je compte garder les plus belles pièces, pour pouvoir les contempler, les sentir et les caresser, pour le seul plaisir de les posséder...

Il parlait à voix basse. Malgré la situation, l'église nous inspirait à tous un indéfinissable respect.

Je contemplais désormais ma mort. Car il allait nous tuer. J'aurais supplié à genoux si je n'avais été convaincue de la vanité de toute imploration. Je remerciais toutefois silencieusement Oriol d'essayer. L'idée qu'il le fît plus pour moi que pour lui-même m'apportait un certain réconfort. Peut-être aurais-je moi aussi tenté de négocier si des mots sensés m'étaient venus à l'esprit, mais la peur me paralysait alors que je jetais des coups d'œil paniqués au trou noir d'où nous venions de sortir.

— Je crains de ne pas avoir le temps de continuer cette conversation. Faites-moi le plaisir de descendre. Si vous évitez une scène, personne ne souffrira inutilement.

Plutôt mourir que de descendre là-dedans ! Ma main chercha celle d'Oriol et la serra avec violence. Cette main qui, à l'accoutumée, m'entourait de sa chaleur, était désormais froide, presque aussi glacée que la mienne. Nous ne pouvions pas accepter de mourir ainsi, sans rien tenter. Incapable de trouver la moindre solution, je me raccrochai avec désespoir à la main d'Oriol, me rapprochant de lui jusqu'à ce que nos épaules se touchent. J'étais certaine qu'il allait réagir d'une manière ou d'une autre, et que je retrouverais alors mes moyens, prête à le suivre jusqu'au dernier souffle.

— Nous ne descendrons pas !

Malgré son ton autoritaire, je détectai une pointe de tension dans sa voix.

— Tu peux comprendre, Bonaplata... répondit Artur, comme s'il déplorait l'incivilité d'Oriol. C'est juste pour ne pas salir l'église.

Évaluant la situation, je constatai avec terreur qu'il n'y avait aucune issue. Je ne trouvais aucun moyen d'échapper à cette mort certaine. Les torches formaient un quadrilatère lumineux dont les côtés se déplaçaient lorsque les hommes d'Artur orientaient leurs faisceaux de part et d'autre. L'antiquaire, quant à lui, braquait sa lampe sur nos visages.

Sans doute Artur voulait-il que nous descendions dans les catacombes avec ces sbires pour ne pas assister à notre mort. Peut-être lui restait-il encore un soupçon de conscience...

C'en était fini. Il s'apprêtait à ordonner à ses cerbères de nous éliminer sur-le-champ, dans un lieu saint. Soudain, un cri s'éleva du centre de l'église. C'était l'un d'eux. Toutes les lampes se dirigèrent vers la nef, illuminant une scène atroce. Toujours torche et pistolet aux poings, le gorille de l'antiquaire se débattait contre une ombre qui lui avait empoigné le menton pour lui tirer la tête en arrière. Un éclair d'acier fendit l'air et des flots de sang se déversèrent de la gorge de la victime. Un coup de feu résonna comme une bombe dans l'église. L'homme tirait sans but, dans le vide, contre sa propre mort qui planait au-dessus de lui. Je reconnus l'agresseur, ses cheveux blancs ras, la lueur de folie de ses yeux. Arnau d'Estopinyá venait de trancher la gorge du sicaire, qui se vidait de son sang sur la pierre froide de l'église. Mon Dieu ! Il avait égorgé cet homme comme les Templiers de mon rêve s'étaient débarrassés des esclaves sur la crique. Mais je n'eus pas le temps de m'attarder sur cette pensée. Les deux autres gardes d'Artur firent feu sur le vieux alors qu'Oriol me lâchait la main et se lançait sur l'un d'eux pour lui arracher son arme. Je vis Artur chercher quelque chose dans sa veste. Un revolver ? Je me trouvais à proximité et, instinctivement, lui portai un coup de pied en plein entrejambe, juste au bas de la braguette. Paf ! Comme à Tabarca. Il poussa un hurlement strident en se recroquevillant, encore une fois trop tard. À croire que je développais une sorte d'attirance freudienne pour cette région de son anatomie. Arnau, qui essayait de ramasser l'arme de sa victime, s'effondra dans l'obscurité, abattu par plusieurs tirs à quelques mètres de la torche qui éclairait désormais les dalles de pierre. Oriol luttait avec l'un des hommes d'Artur, agrippant des deux mains le revolver de ce dernier, qui avait laissé tomber sa lampe mais refusait de lâcher son arme.

— Sauve-toi, Cristina, me cria-t-il. Maintenant, pars !

Entre ombre et lumière, je discernais leurs mouvements et vis alors son adversaire lui asséner un coup de tête puissant en plein visage.

Je n'hésitai qu'un instant. Je ne pouvais pas le laisser seul ! Me remémorant la promesse templière qui nous unissait, je compris toutefois que si je parvenais à sortir vivante de cette église, ils n'oseraient pas l'abattre. Un seul des gorilles avait réussi à conserver sa torche dans la confusion et l'église était presque plongée dans l'obscurité. Je me mis alors à courir à toutes jambes vers la porte du cloître, priant dans ma fuite pour que les deux grilles donnant sur la rue Rivadeneyra ne soient pas verrouillées. C'était par là que nous étions entrés. Mais alors que j'avais déjà parcouru la moitié de la nef, je me souvins que nous avions fermé le portail, laissant seulement ouverte la porte entre le cloître et l'église, et qu'Oriol détenait les clés. Par où avaient-ils bien pu entrer ? Par la sacristie, comme lors de ma visite clandestine ? Il était trop tard pour faire demi-tour.

— Empêchez-la de sortir, ordonna Artur d'une voix plaintive mais parfaitement audible.

Alors qu'un faisceau lumineux balayait l'église à ma poursuite, un coup de feu retentit dans le lieu sacré. J'avais la mort aux trousses.

— Arrête-toi ou je tire, hurla l'homme après sa première tentative.

Un frisson d'horreur me parcourut la nuque et je sentis mes jambes se dérober sous moi. Mais je continuai ma course désespérée en direction du jardin. Je me rappelai avoir entendu, probablement de la bouche d'un connaisseur, qu'il était extrêmement difficile, y compris pour un tireur chevronné, de faire mouche sur une cible mouvante, même proche, tout particulièrement si elle changeait de trajectoire. Il semblerait que, contrairement à ce que les films veulent nous faire croire, viser juste est plus une question de chance que d'adresse. En outre, les ombres de l'église jouaient en ma faveur. C'était une question de vie ou de mort. Pour Oriol et pour moi, je devais prendre le risque. Mais cette pensée optimiste ne dura pas plus de quelques secondes. Bien que ce recoin de l'édifice fût plongé dans le noir, j'avais réussi à atteindre la porte avec une avance considérable sur mon poursuivant et, alors que je passais dans le petit vestibule de bois pour me mettre temporairement hors de danger, je me retrouvai nez à nez avec un homme qui m'attrapa aussitôt. Artur avait posté un autre de ses complices à la sortie !

Plus que de la peur, je ressentis alors un profond accablement. Notre aventure allait donc se terminer ainsi ! J'essayais désespérément de me libérer de l'étreinte de mon ravisseur, qui tenait sa main sur ma bouche, lorsque je vis d'autres silhouettes se déplacer dans la pénombre du jardin. L'inconnu dans mon dos m'exhorta alors à me calmer. J'étais sauvée, il était de la police.

Enfin libre, je chancelai jusqu'au mur pour y prendre appui, remarquant alors que je me trouvais à côté de l'une des fenêtres qui séparait le cloître de la salle capitulaire, la salle des rituels templiers. Tremblante, je me laissai glisser sur le sol.

Tout se déroula ensuite très rapidement. Le sicaire à mes trousses finit dans les bras du même agent, qui fut aussitôt rejoint par une horde de policiers armés jusqu'aux dents.

Alicia sortit des ténèbres, suivie du prêtre. C'était elle qui avait averti la police, dont les hommes avaient également investi l'église par Portal de l'Ángel, les cours de derrière et l'entrée principale de la rue Santa-Anna et de la place Ramón Saguardia.

Forte de son autorité habituelle, Alicia semblait tout diriger. Malgré ses nombreuses interventions pour reprendre la direction des opérations, le capitaine finit, tout comme ses hommes, par suivre les instructions de la mère d'Oriol, qui décidait avec fermeté des actions de la troupe.

Bien que dans un état lamentable, couvert de

contusions et le nez en sang, Oriol était sain et sauf lorsque je tombai dans ses bras. Le dernier homme d'Artur, resté dans l'église, avait jeté son arme au loin à l'apparition des agents et jamais on ne put prouver qu'Artur en portait une. Et dire qu'il est encore en liberté conditionnelle, attendant un jugement qui tarde à venir, après avoir passé une seule petite nuit au commissariat.

Les cadavres restèrent tels quels, dans le couloir central de l'église, aux abords de la croisée du transept. Nous ne devions rien toucher avant l'arrivée du juge.

Sur les pierres gisait le corps d'Arnau d'Estopinyá, sur le ventre, entouré de sa dague ensanglantée, du pistolet arraché à sa victime et d'un téléphone portable. J'appris plus tard que cet objet, qui ne cadrait pas avec le personnage du vieux Templier, lui avait été confié par Alicia pour qu'il la prévînt en cas d'urgence. Elle nous raconta que, pour l'ancien moine, cette église était comme une demeure. Il y avait passé maintes nuits de pénitence, priant avec ferveur à genoux jusqu'à s'endormir à même le sol ou sur l'un des bancs.

Il n'était pas mort sur le coup. Avant de rendre son dernier souffle, il avait eu le temps de dessiner sur le sol, avec son propre sang, une croix patriarcale, la croix à quatre bras qui hantait ce lieu. La mort l'avait surpris alors qu'il l'embrassait. Malgré moi, j'ai toujours identifié cet homme au commandant de galère. Ils ne faisaient qu'un à mes yeux. Les manuscrits, dans lesquels Enric avait apparemment retranscrit ce récit, inventé, entendu, deviné, ou tout à la fois, contaient pour moi l'histoire d'Arnau le possédé, que ce soit celui du XIVe ou du XXIe siècle. J'avais plus d'une fois été terrorisée par son regard de fou, son air mauvais et son expression d'halluciné fanatique, mais à la vue de son corps étendu dans une flaque de sang, mes yeux se brouillèrent de larmes et mon estomac se noua. C'était un inadapté, un homme qui s'était trompé de siècle, un marginal solitaire et violent, mais cohérent dans sa folie, sa foi et ses idéaux. Il était mort pour ses croyances. Nous sauver la vie n'était probablement pas sa priorité, mais il n'avait pas hésité à sacrifier son seul bien, sa vie, pour éviter que le dernier trésor des Templiers ne tombât entre des mains impies.

À l'image de celle de son *alter ego* du Moyen Âge, son existence n'avait été ni tranquille, ni belle, ni même édifiante. La violence et le malheur avaient jeté leur ombre sur ses jours. Mais ses dernières minutes sur cette terre ne manquaient pas de beauté pour un Templier. La mort l'avait frappé alors qu'il combattait pour sa foi contre les infidèles, sauvant la vie de ses compagnons d'arme pour défendre les reliques des martyrs. Qu'aurait souhaité de plus un chevalier du Temple de Salomon ?

Alicia organisa des funérailles dignes d'un héros. La salle capitulaire fit office de chapelle ardente et le cercueil fut placé sous la surveillance constante de quatre chevaliers vêtus d'une cape blanche décorée d'une croix patriarcale rouge sur l'épaule droite. La même croix qu'Arnau avait embrassée à sa mort. À titre posthume, il fut adoubé chevalier par Alicia. Quant à moi, je fus nommée dame du Temple en raison de la bague que je portais, bien que je considérais faire partie de la congrégation depuis que je m'étais jetée à l'eau en jurant de ne jamais abandonner Oriol. Toutes ces cérémonies, que l'assistance prenait tellement au sérieux, ne m'en paraissaient pas moins pastichées. Dans ces solennités, seul le cadavre d'Arnau, le dernier des Templiers, était authentique. Et l'ironie du sort voulait que la seule personne de la pièce qui avait consacré toute son existence à cette utopie n'eût jamais porté que la cape obscure réservée aux sergents, alors que les nobles et nantis, dont le seul mérite était la naissance, arboraient la cape blanche des chevaliers. Une belle imposture !

Malgré tout, j'assistai à la cérémonie funéraire avec émotion, au côté d'Oriol. Je pris alors conscience que tout était terminé. Notre navire était arrivé à bon port, à Ithaque. C'était la fin de l'aventure.

56

Je ne m'attarderai pas sur la suite de l'histoire, plutôt déprimante. Aussi déprimante, d'ailleurs, que l'abîme qui sépare le rêve de la réalité.

Nous avions laissé derrière nous les jours heureux de notre seconde enfance et l'aventure, cadeau posthume d'Enric. Bien souvent les amitiés, les relations et les amours nouées lors de circonstances exceptionnelles se révèlent impossibles lorsque se dessine à l'horizon la perspective d'une vie entière. Je l'aime toujours, comme il m'aime. Mais, malgré nos efforts, cet amour n'était visiblement pas suffisant pour ériger un pont par-dessus l'océan de nos différences.

Certes, notre aventure nous avait rapprochés. Je n'étais plus cette petite snob incapable de parcourir la vie pieds nus. J'acceptais que les « Susi » et autres brebis galeuses aient le droit de vivre et d'aimer, que certains soient prêts à tout donner par amour, même si ce n'était pas mon cas.

Oriol, lui aussi, avait changé. Fini l'anarchiste radical et contradictoire. En découvrant le trésor de son père, il avait soldé une vieille dette. Lequel des deux, père ou fils, était créancier ? Lequel était débiteur ? Si je me pose encore la question, j'ai toutefois acquis une certitude : en tournant cette page de sa vie, Oriol avait trouvé la paix, se réconciliant avec le monde, lui-même ou peut-être seulement un souvenir.

Ces changements ne suffirent malheureusement pas. Lui et moi étions encore très différents. La vie nous avait menés sur des chemins divergents, où il nous était impossible de faire demi-tour ; les aiguilles du temps ne tournent que dans un sens. La Costa Brava, l'orage et le baiser resteraient enfouis dans le sable du passé.

À mon grand dépit.

Et le trésor templier ? me demanderez-vous. Pour tout vous dire, je ne sais pas où a atterri le butin des catacombes et ne cherche pas vraiment à le découvrir. Pour rien au monde je ne voudrais revoir l'une de ces « merveilles », quelle que soit la valeur artistique, historique ou pécuniaire des châsses qui les renfermaient. La seule pensée d'un de ces coffrets trônant dans mon appartement de New York me donne la chair de poule. La bague de rubis, aussi sinistre que magnifique, et ses restes humains incrustés m'avaient fourni ma dose de frissons macabres.

Quant à Oriol, tout médiévaliste passionné qu'il est, il ne convoite pas plus que moi l'un de ces joyaux historiques. Sa prétention se limite à vouloir les étudier dans le détail.

Selon lui, l'aventure que nous avons vécue représente le seul et unique trésor, le véritable legs de son père. Et rien ni personne ne pourra nous le dérober. Un avis que je partage entièrement.

Comme écrivit Kavafis :

Ithaque t'a offert ce beau voyage.
Elle n'a rien de plus à t'apporter.
Et même si elle est pauvre, Ithaque ne t'a pas trompé.
Sage comme tu l'es, avec une expérience pareille,
Tu as sûrement déjà compris ce que les Ithaques signifient.

Cela reste, toutefois, une opinion très personnelle.

En rendant publique la découverte du trésor templier, l'intervention de la police avait ouvert la boîte de Pandore. Le trésor ayant été trouvé à l'intérieur de l'église, le diocèse de Barcelone considère que les reliques lui reviennent. Mais c'est sans compter le Saint-Sépulcre, déterminé à faire valoir ses droits. Car à l'époque où le trésor y avait été déposé, l'église appartenait au monastère de Santa Anna, sous la direction de cet ordre, dont l'édifice représente toujours le siège catalan... Toutefois, les reliquaires et leur contenu comptaient parmi les biens de l'ordre du Temple, dissout par le pape. Or ce dernier était convenu avec le roi d'Aragon de céder le peu de possessions templières restant après la spoliation royale à l'ordre de Saint-Jean de l'Hôpital, aujourd'hui actif sous le nom d'ordre de Malte, et donc héritier de droit de ces trouvailles.

Mais l'État espagnol a également son mot à dire quant à la destinée de ce trésor artistique et historique qui appartient, cependant, au patrimoine culturel catalan. Ce domaine ayant fait l'objet d'une décentralisation, la Communauté autonome de Catalogne n'est pas disposée à se voir déposséder de ses biens...

Je ne parle pas, bien sûr, des successeurs véritables ou potentiels des Pauvres Chevaliers du Christ... Car des centaines de groupes se déclarent aujourd'hui les héritiers de droit du Temple, y compris celui d'Alicia.

Fort heureusement, le trésor ne correspond qu'aux biens d'une province templière, celle qui regroupait les royaumes d'Aragon, de Majorque et de Valence. Une donnée qui limite le nombre de ces revendications. Dans la région de Valence, c'est l'ordre de Montesa, fondé sur un caprice de Jacques II, qui succéda au Temple. Mais à cette époque, le royaume de Majorque, indépendant des deux autres, s'étendait jusqu'à la Provence, aujourd'hui territoire français. Des groupes néo-templiers de France seraient donc en droit de réclamer leur part du butin...

Rusée, Alicia refusa de s'engager dans une longue procédure pour ces héritages moraux templiers... Un véritable guêpier ! Non, elle déposa plutôt une requête au nom des découvreurs, en l'occurrence Oriol et moi. Je la soupçonne de porter un inquiétant intérêt à ces reliques, bien plus fort que celui qu'elle montre pour leurs sublimes écrins. Je ne préfère d'ailleurs pas connaître ses raisons...

En revanche, par curiosité professionnelle, j'attends avec impatience le verdict qui mettra fin à cet imbroglio. S'il y a une chose dont je suis sûre, c'est qu'Alicia obtiendra une bonne partie de ce qu'elle désire. Comme à son habitude.

Dans l'avion me ramenant à New York, seule, j'observais d'un air hébété ma main nue. Toutes les aventures ne se concluent pas par un beau mariage et une ribambelle d'enfants...

J'avais renvoyé la bague de fiançailles à Mike alors que je vivais une passion exaltée avec Oriol. Le magnifique rubis mâle, celui de la violence martienne, de l'étoile à six branches brillant de l'intérieur, de la croix templière découpée dans de l'os humain, la pierre à l'éclat sanglant qui renfermait des âmes en peine, j'en avais fait cadeau à Alicia.

Enric avait écrit dans sa lettre que je devais donner la bague à celui qui la méritait le plus, moi ou un tiers. « Cette personne devra être forte d'esprit, précisait-il, car cette bague a une vie et une volonté propres. » Si je n'avais pas prêté attention à cette mise en garde sur le moment, j'avais peu à peu découvert tout ce que le bijou portait en lui et en avais pris peur. Qui, de ma connaissance, en était plus digne qu'Alicia ? La mère d'Oriol mérite la charge de grand maître des Nouveaux Templiers. Elle l'honorait déjà sans le rubis, elle l'honore aujourd'hui avec le symbole historique de sa position. Elle connaît, en outre, mieux que quiconque les lugubres propriétés de cette bague et si quelqu'un a les dons nécessaires pour la posséder sans danger, c'est bien elle.

Lorsque je la lui donnai, elle me sourit sans rien dire. Aucune protestation du genre : « Non, je t'en prie, Enric te l'a donnée à toi, garde-la, elle t'appartient. » Elle se contenta de la passer au doigt, comme si ce bien lui revenait de droit. Elle me gratifia cependant de deux baisers et d'une étreinte chaleureuse. À l'évidence, Alicia s'était plus d'une fois imaginée dans la peau d'un chevalier du Temple, chevauchant son destrier en direction du champ de bataille, un casque d'acier sur la tête, la cotte de mailles sur le dos, fière de ses attributs masculins bien placés entre son entrejambe et sa selle. Je l'imagine suivie de son fidèle écuyer, également à cheval, portant ses armes et tenant les rênes d'une troisième monture de combat. Peu importe l'identité de cet écuyer, ou écuyère, il ne serait jamais aussi noble, aussi volontaire qu'elle.

— Merci, déclara-t-elle, après avoir contemplé le bijou à sa main.

L'anneau qui me liait avec l'aventure avait donc abandonné mon doigt, signant la fin de la période la plus merveilleuse de ma vie. L'histoire était close.

Installée dans l'avion pour New York, je m'apprêtais à continuer, procès après procès, à grimper les échelons d'une brillante carrière d'avocate. Mes parents m'avaient informée qu'ils m'attendraient à l'aéroport et... Surprise ! J'y trouverais également Mike, heureux de constater que j'avais réussi à vaincre le mauvais sort jeté par mon cadeau d'anniversaire posthume grâce à son magnifique solitaire à l'éclat pur et limpide, promesse d'une vie fastueuse au sein d'une des familles les plus fortunées de Wall Street. Ainsi va la vie. Les belles fins de cinéma renvoient rarement le reflet de la réalité.

Le trésor trouvé, Arnau enterré dans l'église de Santa Anna, les jours de folle félicité écoulés, l'heure était à la raison et aux plans d'avenir.

— Viens, lui avais-je proposé.

— Reste, avait-il répondu.

— Une brillante carrière m'attend à New York.

— Et moi, mon travail est à Barcelone.

— Ce que tu as ici, tu peux le trouver n'importe où, avais-je rétorqué. Un bien meilleur poste t'attend sûrement aux États-Unis.

— Un spécialiste de la recherche médiévale aux États-Unis ? avait-il ri nerveusement. Toi, en revanche, tu peux devenir une grande avocate à Barcelone.

J'avais souligné que mon cabinet comptait les meilleurs avocats du monde, que je ne pourrais jamais progresser autant ailleurs, ni grimper aussi haut.

— Viens, s'il te plaît. Aie le courage d'être le chevalier de ta dame, l'avais-je supplié. Allez ! Ne fais pas ton macho. Jamais je n'aurais cru ça de toi.

— Tu n'y es pas, Cristina, avait-il répondu, les yeux baignés de larmes. Tu as des ailes, moi des racines. J'appartiens à cette terre. C'est ma culture, je vis pour elle. Je ne peux pas partir. Reste avec moi à Barcelone, et mène ta belle carrière ici.

Il m'accompagna à l'aéroport, où chacun de nous essaya, une dernière fois, de convaincre l'autre. Mais tout se termina à la porte d'embarquement :

— Au revoir, Oriol. Nous nous verrons bientôt, mentis-je, je ne sais pourquoi. Je te souhaite de trouver le bonheur.

— Au revoir, mon amour. Vole avec tes ailes jusqu'à l'objet de ton ambition. Obtiens ce que nul autre n'a jamais obtenu.

Une fin d'une tristesse infinie... Je passai le voyage du retour en pleurs, faisant une véritable razzia de mouchoirs en papier dans les toilettes de l'avion.

J'arpentais désormais les couloirs de JFK, l'aéroport international de New York. Là, derrière les guichets du contrôle de l'immigration et de la douane, m'attendaient mes parents et Mike, satisfaits de me voir retrouver le droit chemin.

Je laissais derrière moi un rêve qui aurait pu devenir réalité mais resterait à jamais du domaine de l'illusion. Une grande histoire. Pas une amourette. Oriol avait été mon premier amour, et sans aucun doute aurait-il été le dernier si ma famille était restée à Barcelone. Mais il faut savoir être raisonnable, garder les pieds sur terre.

Garder les pieds sur terre, mais pourquoi ?

Pourquoi ne pas donner une seconde chance à cette vie parallèle ? Si mon cœur me dictait de retourner à Barcelone, ma raison se refusait à abandonner ma belle carrière new-yorkaise. Peut-être pouvais-je, effectivement, connaître la réussite professionnelle en Espagne ? Pourquoi ne pas essayer plutôt que de vivre le reste de mes jours dans le doute et le remords ?

Carpe diem. C'était la leçon que j'avais tirée de cette

aventure. Je n'avais pas réussi à convaincre Oriol, certes, mais il faut parfois savoir perdre une bataille pour remporter la guerre. Je devais nous donner une chance.

Je fis aussitôt demi-tour, oubliant mes bagages, mes parents et Mike, tout. Je me dirigeai directement vers un comptoir pour acheter un billet sur le prochain vol en direction de Barcelone.

— M. Oriol n'est pas à la maison, m'informa la bonne.

— Savez-vous quand il sera de retour ? demandai-je, anxieuse.

— Je ne peux pas vous dire. Mais ce ne sera sûrement pas aujourd'hui, ni même demain. Il est parti en voyage sans préciser quand il reviendrait.

Je sentis le sol se dérober sous mes pieds. J'aurais voulu que ce maudit aéroport disparût sous terre, m'emportant avec lui. Le sort s'acharnait contre cet amour. Barcelone, si merveilleuse à mes yeux, était en un instant devenue une ville froide, sans attrait. Elle ne pouvait plus m'offrir la seule et unique chose que je désirais d'elle. Je me sentis abandonnée, trahie, sans avenir.

Oriol avait tôt fait de se consoler de mon départ ! Un voyage. Avec une de ses amies, peut-être... Cette sirène de la plage ? Et dire que je voulais lui faire une surprise en lui offrant ma vie, ma carrière professionnelle, mon amour... Tout. Quelle imbécile ! La gorge nouée, j'étais incapable de prononcer une seule parole au téléphone.

— Je crois qu'il a mentionné New York, ajouta la domestique pour rompre le silence.

Je la remerciai d'une voix inaudible et raccrochai.

New York ! Mon Dieu, New York ! Les jambes en coton, je cherchai un banc pour m'asseoir. Oriol, lui aussi, avait tout abandonné pour moi !

Je baissai le regard sur mes mains, où l'absence de bague me rappela la liberté retrouvée, une liberté qui avait désormais moins de valeur que l'amour. Je fermai les yeux et respirai profondément, basculant la tête en arrière, alors qu'un sourire de bonheur illuminait mon visage.

Je vis alors notre navire abandonner le port d'Ithaque, ses voiles blanches gonflées par le vent, et mettre le cap sur l'aventure de la vie, prêt à affronter les tempêtes et les batailles imposées par les dieux. Le poème de Kavafis et la musique de Llach résonnaient en moi. Je vis la mer azur de la Costa Brava et de Tabarca sous le soleil de midi, les bancs de saupes aux reflets argentés et dorés sous ses chauds rayons, la verte posidonie et le sable blanc. Puis je sentis le sel sur ma bouche alors que je me remémorais mon premier baiser et l'orage... Mon premier amour. Mon dernier amour.

« Peut-être... », ajouta avec malice une petite voix intérieure.

Achevé d'imprimer par GGP Media GmbH, Pößneck
en août 2006
pour le compte de France Loisirs,
Paris

N° d'éditeur: 46648
Dépôt légal: juillet 2006

Imprimé en Allemagne